KB075881

향수에 젖다

향수에 젖다

이수진 미스터리 스릴러

공즈너
이엔티

향수에 젖다

초판 2쇄 발행 2021년 5월 18일

지은이 이수진
펴낸이 배선아
편 집 박미애
디자인 엄인경
펴낸곳 (주)고즈넉이엔티

출판등록 2017년 3월 13일 제2021-000008호
주소 서울시 중구 청계천로 40, 12층 1203호
대표전화 02-6269-8166 **팩스** 02-6166-9199
이메일 gozknockent@gozknock.com

ⓒ 이수진, 2021
ISBN 979-11-6316-145-5   03810

잘못된 책은 구입하신 서점에서 교환해 드립니다.
이 책은 저작권법에 따라 보호받는 저작물이므로 무단 전재와 복제를 금합니다.
이 책의 전부 또는 일부 내용을 재사용하려면 사전에 저작권자와 본사의
서면 동의를 받아야 합니다.

정태희라는 여자의 인생은 살얼음판 위에 지어진 궁전과도 같았다.

실금조차 허용되지 않는 삶은 완벽하게 아름답지만

한편으로 부서질 듯 섬세했다.

눈을 뜨고 있어도 보이지 않는 풍경이 있다.

무억도의 밤이 그랬다. 해가 지고 모두가 잠든 밤이 되면 눈앞에 있는 것을 구분하기 어려워서 애꿎은 제 손만 더듬거렸고, 어선이 나가지 않는 날엔 저녁 아홉 시만 되어도 고요해서 작은 소리에도 마음 졸여야 했다. 영선은 가방을 짊어지고 소리 나지 않게 밖으로 빠져나왔다. 암흑 속에서 비린내만 코끝에 맴돌았다. 새까만 바다가 모든 것을 집어삼키고 난 후 같았다.

유일한 불빛은 얼마 전에 완공된 무영다리를 비추고 있었다. 다리는 통영과 무억도를 이어주었고, 영선과 친구들은 매일 자전거를 타고 거길 건너 통학했다. 가끔 누가 먼저 도착하는지 내기를 하곤 했지만 무의미한 일이었다. 꼴찌는 정해져 있었다.

영선은 힘껏 페달을 밟다가도 중간에 뒤를 돌아보는 버릇이 있었다. 그때마다 긴 머리카락이 바닷바람에 날려 앞으로 쏟아졌고, 이를 정리하다 보면 어느새 네 사람은 끝에서 기다리고 있었다. 다시 페달을 밟아 달리면 그들은 환하게 웃으면서 영선을 맞이해주었다. 이젠 다시없을 시간이겠지만.

자전거로도 한참이나 걸리던 거리를 걸어가려니 허벅지가 뻐근하게 아려왔다. 옷가지와 화장품이 전부인데도 가방은 시간이 지날수록 무겁게 느껴졌다. 신발을 하나 더 챙겨 올 걸 그랬다는 후회도 들었다.

편지 끝에 사랑한다는 말을 적을 걸 그랬나.

두고 온 것들이 생각난 영선은 가쁜 숨을 몰아쉬며 돌아보았다. 어둑한 무억도는 마치 블랙홀처럼 입을 쩍 벌리고 있는 것 같았다.

영선은 핸드폰을 꼭 쥐고 다시 가야 할 컴컴한 길을 보았다. 왔던 만큼 더 가야 했다. 이젠 돌이킬 수 없어. 가방끈을 말아 쥐고 숨을 크게 들이켰다. 소금기 가득한 바람이 온몸에 퍼지는 것 같았다. 영선은 늘 이 냄새가 싫었다.

살려줘, 영선아.

어둠은 비명마저 삼킬 것이다. 영선은 다시 성큼성큼 앞만 보고 걸었다.

1

지현은 아침부터 백화점을 돌며 적당한 가격대의 찻잔 세트를 고르고 있었다. 가격은 3만원을 넘지 않으면서도 그 이상 되어 보이는 세련된 디자인을 원했다. 하지만 디자인이 마음에 들면 예산보다 비쌌고, 생각한 금액에서는 눈에 들어오는 것을 찾기가 힘들었다.

도곡동 마제스티. 높은 매매가로 유명한 고급 아파트는 건축 당시부터 화제였다. 준재벌 총수와 고위 공무원들이 입주 예정이었고, 한류 스타가 펜트하우스 계약을 마쳤다는 소문에 더욱 유명세를 탔다. 블라인드 테스트를 거친 디자이너들이 각자 한 층을 맡아 인테리어를 진행해서 건물 전체가 하나의 예술품이라는 평가를 듣는 곳이었다.

평생을 벌어도 인연이 닿지 않을 것이라 생각했는데. 월급의 절반을 월세와 대출금을 갚는 데 쓰는 지현에겐 꿈도 꾸지 못할 아파트였기에 자꾸만 새어 나오는 설렘을 감출 수가 없었다.

"찾으시는 것 있으세요?"

벌써 몇 바퀴째 같은 자리를 빙빙 도는 걸 지켜보았는지 직원이 다가와 조심스레 물었다.

"선물을 하려고 하는데요."

"가격대는 어느 정도로 생각하세요?"

"5만 원대였으면 하는데, 그 이상도 괜찮아요."

지현은 금액대를 조금 더 높였다. 직원은 기다렸다는 듯 앞에 전시해둔 찻잔들을 설명해주었다.

"그럼 이건 어떠세요? 지금 행사 중인 제품인데, 파란색이라 시원해 보이고 주방에도 포인트가 돼서 많이 찾으세요. 테두리가 금색이라 고급스러워 선물하시기도 좋으실 거예요. 지금 구매하시면 찻잔 두 개에 티스푼도 같이 드려요."

지현이 괜찮은 것 같다는 뜻으로 고개를 끄덕이자, 직원은 조금 미안한 표정으로 말을 이었다.

"그런데 금액이 말씀하신 것보다 조금 더 높아요. 두 개가 한 세트라 6만 원대인데……."

"주세요."

예상보다 높은 지출이었지만 지현은 받아들이기로 했다. 마치 그것이 입장료라도 되는 것처럼.

"정태희님의 손님분들 맞으십니까?"

마제스티 아파트에 들어선 캘리그라피 취미반 수강생들은 직원의 안내에 따라 신분증을 맡기고, 방명록을 쓴 뒤 출입 카드를 하나씩 받았다. 지현은 자신이 사는 5층 오피스텔 건물보다 훨씬 높은 로비를 보며 입을 다물지 못했다. 한쪽에는 거대한 수직녹화가 설치되어 있었고, 반대쪽에는 미술 작품들도 보였다. 곳곳에 장식된 화려한 생화 아래에는 방송에서 보았던 플로리스트의 이름이 적혀 있었다.

제각각 다른 곳을 훑어보던 네 사람의 시선은 이내 한곳으로 향했고, 그들은 엘리베이터에 올라타 출입카드를 찍었다. 지현은 우아하게 붓글씨를 쓰던 태희의 옆모습을 떠올렸다. 이 거대한 예술품에 가장 잘 어울리는 조각상 같은 여자였다.

마제스티 1차 5402호는 평소 깔끔하고 차분한 태희를 위해 만들어진 공간 같았다. 모노톤의 인테리어는 군더더기 없이 정갈했고, 산뜻한 화이트 자스민 향이 현관에서부터 그들을 반겼다. 사람들은 집으로 들어서자마자 감탄을 금치 못했다. 넓게 펼쳐진 공간을 따라가다 보면 전면 유리창으로 햇살이 가득 들어왔다. 응접실 하얀 식탁보를 덮은 테이블 위엔 오렌지빛 블론디와 라벤더, 유칼립투스를 꽂은 화병이 놓여 있었다.

"오시느라 고생 많으셨죠? 앉으세요."

태희가 환한 미소로 그들을 맞았다. 베이지색 원피스가 그녀의 인상을 한층 더 부드럽게 만들어주었다. 한때 배우가 되고 싶었다던 그녀는 당장이라도 꿈을 이룰 수 있을 것처럼 아름다웠다.

"자기는 대체 못 하는 게 뭐야?"

태희가 준비한 음식들을 선보이자 제일 연장자인 윤선이 부러운 듯 눈을 흘겼다.

토마토와 프로슈토, 루꼴라를 곁들인 부라타치즈 샐러드와 링귀니 면으로 만든 오일 파스타, 직접 만든 블루베리 잼을 얹은 프렌치

토스트와 감자튀김이 그들 앞에 놓였다.

"언니, 이거 별 건 아니지만 선물이에요."

다들 식탁에 앉기 전에 지현은 준비해온 찻잔 세트를 내밀었다. 얼핏 봐도 부피가 가장 커서 이 정도면 나쁘지 않은 선물 같았다. 다른 사람들도 저마다 준비한 것들을 내밀었다.

"빈손으로 오셔도 되는데. 정말 감사합니다."

태희는 쑥스러운 표정으로 미소를 지었다.

"일단 밥부터 먹고 해요. 냄새가 너무 좋아서 참기 힘들어."

주영의 넉살에 모두 웃으면서 거실에 선물을 내려놓고, 자리에 앉았다. 태희는 사과와 케일을 간 주스를 한 잔씩 놔주었다.

"센스는 타고나는 건가 봐. 난 이런 집 살아도 이렇게 예쁘게 꾸미지 못할 거야."

"저도요. 캘리그라피 전시회 열 때도 태희 씨 엽서가 제일 먼저 매진이었잖아요. 귀퉁이에 매화 그린 것."

"태희 씨 남편은 좋겠다. 예쁘지, 착하지, 손재주도 있지."

"그러게요. 전 이런 집 살면 걱정이 하나도 없을 것 같아요."

한마디씩 거드는 수다에 지현도 나지막이 덧붙였다. 진심에서 우러나오는 말이었다.

"사람 사는 거 다 똑같죠."

태희는 그렇게 말하며 차를 한 모금 마셨다.

잘못 본 걸까?

사람들이 과장되게 맞장구를 쳤고, 화제는 빠르게 넘어갔다.

지현은 남은 토스트가 마저 목구멍으로 넘어가지 않았다. 아주 잠시였지만 어색하게 굳은 태희의 얼굴을 보았다. 공연히 불안해진 지현이 눈치를 살폈지만 어느새 그녀의 표정은 처음과 다르지 않았다.

식사가 마무리되고 다과시간이 시작될 무렵, 희선이 거실에서 선물들을 모두 들고 왔다.

"위스키를 햇빛 비추는 데 계속 둘 뻔했네요. 빨리 풀어보세요."

태희는 사람들이 가져온 선물을 하나씩 풀어보았다. 희선의 선물은 로얄살루트 위스키로 이 중에서 최고가를 자랑했고, 윤선은 태희가 자주 사용하다던 샤넬 바디로션을, 주영은 태희가 사고 싶다고 말했던 회색 머플러를 선물했다.

"어머, 예쁜 찻잔이네요!"

마지막으로 태희는 지현의 선물을 확인했다. 고마워요, 잘 쓸게요. 다정한 목소리에도 지현은 얼굴이 화끈거렸다. 온통 하얀색과 그레이 계열의 집에서 새파란 찻잔은 이질적이었다.

"역시 우리 막내가 트렌디하다니까. 올해의 컬러가 블루 계열이라잖아."

눈치를 보며 말을 고르던 주영이 칭찬하자, 다른 이들도 얼른 동조했다.

"근데 이건 누가 사온 거야?"

윤선이 구석에 있던 투박한 상자를 들어 올렸다. 태희는 그 상자가 어제부터 거실에 있었다는 걸 기억해냈다. 남편이 퇴근하면서 가지고 올라온 택배였는데 손님 맞을 준비를 하다 보니 치우는 걸 깜빡했던 것이다.

"택배인데요? 태희 씨한테 온 거예요."

희선이 상자를 이리저리 돌려보다가 주인인 태희에게 건넸다. 그런 말은 못 들었는데. 태희는 상자를 받아들면서 의아하게 보았다.

"아직도 신혼인가 봐. 달달하네?"

남편이 주는 깜짝 선물로 오해하곤 주영이 일부러 눈을 가늘게 떴다. 궁금하니 열어보라는 듯 다들 눈을 반짝이며 태희를 보고 있었다. 겉을 둘러싼 종이를 뜯어내니 회백색의 상자가 나왔다.

향수였다.

"난 정말 태희 씨가 너무 부러워."

희선의 농담에 태희는 얼굴을 붉혔다.

지현은 그녀가 향수병 위에 놓인 작은 카드를 손에 숨기는 것을 보았다.

"차가 다 식겠어요. 당근케이크 가져올게요."

태희는 응접실을 빠져나가 거실로 향했다. 두리번거리며 혼자 있다는 것을 확인한 후 움켜쥔 카드를 확인했다. 손이 덜덜 떨리고 식은땀이 나고 있었다.

보고 싶어, 영선아.

2

태희는 한 쪽 벽면을 가득 채운 향수 선반에서 시트러스 계열의
향수를 꺼내 팔꿈치 안쪽과 오른쪽 귀 뒤에 뿌렸다.

상큼한 유자 향기는 단번에 기분을 상쾌하게 바꾸어주었고, 비에
젖은 풀 향기는 불안한 마음을 진정시켜주었다. 시간이 지나면 바
질과 클로브 향이 올라오면서 안정에 도움을 줄 것이다.

향수의 매력은 노트에 있었다. 뿌렸을 때 즉각적으로 맡을 수 있
는 탑 노트와 한 시간 뒤 발향하는 강렬한 미들 노트, 잔향인 베이
스 노트까지. 세 번에 걸쳐 향기가 바뀐다. 인생도 마찬가지였다.

태희의 경우엔 임신이었다. 김준영은 몇 가지 조건들을 건 후에야
예식장을 잡았다. 첫째, SNS를 하지 않을 것. 둘째, 개명을 할 것. 셋
째, 모든 인연을 정리할 것.

다소 황당하고 거북한 요청이었지만 영선은 오히려 고마워하면
서 그 제안을 받아들였다. 그녀에게 준영은 튼튼하다 못해 질긴 동

아줄이었다. 이 남자의 손을 잡으면 인생의 2막을 화려하게 시작할 수 있을 것만 같았다. 모든 일들이 순조롭게 진행되었다. 단 하나만 제외하고는.

그녀는 아직도 잊지 못할 순간을 다시 떠올렸다.

아직 영선이라는 이름을 가지고 있을 때였다. 그때 영선은 오래도록 해야 할 말을 고르며 망설였다. 통화를 해야 한다는 게 두렵기까지 했었다. 기어이 자연스럽게 외우고 있는 유일한 번호를 눌렀다. 짧은 신호음 끝에 익숙한 목소리가 들렸다.

영선이냐. 엄마의 목소리였다. 영선은 왈칵 눈물이 쏟아져 나오는 것을 참기 위해 단어 하나하나 힘주어 발음했다. 나 결혼해. 보이지는 않았지만 들뜬 듯 희미한 웃음소리와 함께 대답이 돌아왔다. 영선은 쓰라린 목구멍을 쥐어짜냈다. 엄마는 오면 안 돼. 핸드폰 너머로 긴 한숨이 이어졌다.

타들어가는 속을 달래며 영선은 빠르게 말을 이었다. 앞으로는 통화하기도 힘들 거야. 편지 보낼게. 답장은 하지 마. 일방적인 대화를 끝낸 후, 영선은 그제야 눈물을 터뜨렸다.

방문 앞에서 지켜보던 준영이 다가와 그녀를 안으며 속삭였다. 모두 당신을 위해서라고.

뿌린 향수를 장식장에 올려놓고 일어나려다 다시 앉았다. 태희의 시선이 정중앙에 멈추었다.

30ml 용량의 길고 네모난 향수병. 하얀 라벨에는 이니셜 K만 적혀 있었다. 검색을 해도 나오지 않을 정도로 흔한 디자인이었지만 카드에 담긴 의미는 명확했다.

보내는 사람 정영선.

그것은 누군가 태희에게 보내는 경고장과도 같았다.

주부의 아침은 정신없이 흘러간다. 이제 막 초등학생이 된 아들 지우는 다행히 학교도 학원도 적응이 빨랐다. 태희는 지우의 아침 식사로 잘게 자른 브로콜리를 넣은 볶음밥과 문어 모양 소시지를, 남편에게는 돼지갈비와 알탕, 호박전, 야채 무침을 차려주었다.

두 사람이 집을 나서고 나서야 크림치즈를 토스트에 발라 식사를 간단히 해결하고, 바로 세탁물을 모아 빨래를 시작했다. 동시에 청소기를 돌리며 다른 생각들이 끼어들 틈 없이 바쁜 아침을 보냈다. 정리가 끝나자마자 태희는 쉬지 않고 바로 외출 준비를 했다. 지우가 유치원을 다닐 때 친해진 엄마들의 브런치 모임이 있었다.

겉보기에 그들의 대화는 평범해 보였지만, 그 안에서는 유용한 정보들이 쉴 새 없이 오고갔다. 아이의 성장 발달 상태와 교육 상황, 남편의 사업 규모, 인맥, 앞으로의 사업 계획 같은 내용들을 아이들 일화 중간에 섞어가며 공유했기에 빠질 수 없는 자리였다.

차에 시동을 걸고 압구정로데오역 근처에 있는 브런치 카페로 출발했다. 단체석이 따로 마련되어 있고, 인테리어나 맛이 훌륭해서 모임 장소로 적당한 곳이었다.

약속 시간인 11시가 넘었지만 지하주차장에서 내린 태희는 서두르지 않았다. 유니폼을 갖춰 입은 직원의 안내를 받아 별도로 마련되어 있는 룸 앞에 도착했다. 그녀는 들어가기 전에 장식용 거울을 보며 헤어스타일을 다시 매만졌다.

10분. 도로가 막혔다는 핑계가 가벼운 웃음으로 받아들여지고, 최대한 약속 시간에 맞춰서 나왔다는 말이 진정성 있게 들리는 시간이었다. 동시에 화기애애한 분위기 가운데 주목받으며 등장할 수 있는 마지노선이기도 했다. 태희는 눈썹을 한껏 내리고 미안한 표정으로 룸에 들어섰다. 예상대로 사람들은 그녀를 반갑게 맞았다.

"지우 엄마는 볼 때마다 더 예뻐지는 것 같아요. 남편 사업이 잘되니까 웃음도 절로 나오시겠다."

"서아는 벌써 영어 회화 A반이라면서요? 전 그게 더 부러워요."

태희는 서아 엄마에게 인사를 건네며 가장자리에 앉았다. 아이들이 같은 영어학원을 다니고 있어 어렵지 않게 친분을 맺을 수 있었다.

"비법 좀 알려줘요. 우리 애는 집에서 영어만 쓰는데도 밖에 나가면 입을 안 열더라고요."

윤호 엄마가 걱정스러워하면서 물었다. 그녀는 결혼 전까지 영국에서 살아서 한국어보다 영어가 익숙한 사람이었다.

"서아네가 교육을 잘 시켰나 봐요. 우리 애는 영어로 물어보면 계속 한국어로 대답해요. 청개구리가 따로 없어."

"그러니까요. 얼마 전에 시부모님 계시는 뉴욕에 갔었거든요. 거기선 잘하더니 학원에서 시험만 보면 B반이에요. 남편은 내가 저녁에 한두 시간씩 가르쳐주길 바라더라고요."

하린 엄마는 십대 시절을 캘리포니아에서 보냈고, 은호 엄마는 서울대를 졸업한 인재였다. 자유로운 분위기였지만 대화의 순서는 정해져 있었다. 사람들은 이내 태희를 바라보았다. 그녀는 얼른 포커스를 다른 곳에 맞추었다.

"집에선 항상 남편이 놀아주고 있어서요. 제가 끼어들 틈이 없네요."

태희는 수줍은 미소를 띠며 앞에 놓인 차를 홀짝였다. 모두 부럽다는 눈빛으로 그녀를 보았다.

"역시 지우네는 다르다. 우리 남편은 집에 오면 숙제부터 체크해서 애가 맨날 도망 다녀요."

"그것도 관심 없으면 못 하죠. 우리 남편은 애가 놔두면 알아서 크는 줄 안다니까요."

자연스럽게 주제는 남편의 육아 참여로 넘어갔다. 준영은 아들인 지우와 놀아주려고 애쓰긴 했다. 목마를 태우면서도 시선은 보고서에 가 있으니, 지우가 흥미를 잃고 태희를 찾는 게 문제였을 뿐이다.

때마침 브런치 메뉴들이 테이블에 놓였고, 모두 일제히 휴대폰을 들었다. 서로를 보다 웃음이 터진 사람들은 즐겁게 식사를 시작했다.

"지우 엄마는 인스타그램 시작하신 거 맞죠? 친구 추천에 뜨던데."

민준 엄마가 핸드폰 화면으로 SNS 계정을 보여주며 말했다. 화려하면서도 정갈한 피드가 펼쳐졌다. 태희가 살짝 고개를 끄덕였다.

결혼한 지 8년 차, 지우가 초등학교에 입학하면서부터 남편의 마음은 많이 누그러져 있었다. 그 틈을 타서 얼굴이 나온 사진을 올리지 않는다는 조건으로 허락을 얻어냈다.

"여기 청담동 '미옐'이네요. 예약하려면 한참을 기다려야 한다는데, 역시 외식산업 하시는 분이라 빠르시네. 전 어제 남편분 프랜차이즈 가봤어요. 신경 많이 쓰셨던데요? 음식도 맛있고 인테리어도 예뻤어요. 혹시 꽃 장식은 지우 엄마가 직접 한 거예요?"

은호 엄마가 게시물을 보면서 물었다. 태희의 인스타그램에는 꽃시장 방문이나 꽃꽂이를 한 사진이 가득했다.

"전문가가 와서 해주신 거예요. 전 아직 부족해서 안 돼요."

"겸손하긴. 사진만 봐도 보통 실력이 아닌데요. 남편분이 지우 엄마 무리하지 말라고 못 하게 하는 거죠? 워낙 사랑꾼이시잖아요."

그들의 대화는 남편으로 넘어갔다. 대부분 사업하는 사람들이라 서로 알고 지내는 경우가 많았다. 태희의 남편인 준영은 그중에서도 애처가로 유명해서 많은 사람들의 질투를 샀다.

남편은 실제로도 스스럼없이 달콤한 말을 퍼부었다. 당신을 위해서, 당신을 보호하려고, 당신을 사랑하니까. 그 말들은 정태희를 '지우 엄마'로 남게 만들었다. 하지만 그녀는 사람들이 부러워할 때마다 긍정도 부정도 하지 않고 엷게 미소만 지었다.

"부럽다. 우리 남편은 매일 야근하느라 얼굴 보는 것도 힘들던데."

하린 엄마의 너스레에 사람들은 그런 말을 기다렸다는 듯 작은 웃음을 터뜨렸다. 조만간 중견기업 회장 자리에 오를 하린의 남편은 자주 신문기사에서 얼굴을 확인할 수 있었다.

차라리 이렇게 얼굴이라도 띄엄띄엄 보면 마음은 더 편했을지도 모른다. 준영은 퇴근하면 바로 집으로 오는 타입이었다. 회식이 있어도, 운동을 하러 나가도 일단 집부터 들어와서 태희의 얼굴을 꼭 보고 다시 나갔다.

밀린 업무가 있으면 집에서 처리하곤 해서 아예 집 안에 사무실과 비슷한 인테리어의 서재를 만들어두었다. 그게 남편의 사랑이라고 볼 수 있을까. 태희는 가끔 의문을 가졌다.

"오늘 모임이 있다고 하니까 남편이 이걸 드리라고 해서요. 별건 아니고, 이번에 오픈한 레스토랑 4인용 초대권이에요. 드시고 싶으신 대로 주문하실 수 있어요."

태희는 남편이 준 초대권을 사람들에게 한 장씩 돌렸다.

남편은 주부들의 입소문이 얼마나 영향력이 있는지 잘 알고 있었다. 사람들은 예상치 못한 선물에 크게 기뻐했다. 그들은 식사를 마친 후, 태희에게 연락해 후기를 남겨줄 것이다. 고급스러운 취향을 자부하는 그들에게 질 좋은 피드백을 받는 것과 동시에 이미지 관리를 할 수 있는 좋은 기회였다.

"지우 엄마 이름이 정태희였어요? 이름까지 예쁘네."

윤호 엄마가 운을 띄우자 다들 감탄하면서 다시 초대권을 확인했다. 그곳엔 선명하게 이름이 새겨져 있었다. 태희는 놓치지 않고 사람들의 표정을 살폈다.

보낸 사람 정영선, 받는 사람 정태희.

향수를 보낸 택배 운송장에는 정확히 이름이 적혀 있었다. 처음 듣는다는 듯 신기해하는 얼굴들. 이들 중에는 없었다. 태희는 안도의 미소를 지었다.

"헤어지기 아쉬우니까 단체 사진 한번 찍을까요?"

"제가 찍어드릴게요."

사람들의 만류에도 불구하고 얼른 일어나 태희가 휴대폰을 들었다.

그녀는 헤어스타일이 망가졌다는 핑계를 대고, 마치 사진을 찍는 데 취미가 있는 사람처럼 신중하게 셔터를 눌렀다.

태희는 얼굴이 콩알만큼 나와서 식별하기 어려운 30명 이상 단체가 아니면 사진을 찍지 않았다. 뷰파인더 너머로 환하게 웃는 사람들은 즐겁고 끈끈해 보였다. 가끔 단체 사진을 남기고 싶었지만 누군가 SNS에 올릴 수 있었기에 참아야 했다. 태희는 한 번도 남편과의 약속을 어긴 적이 없었다. 모두가 입을 모아 칭찬하는 남편의 다정함이 돌변하는 것은 상상만 해도 두려운 일이었다. 이건 자신을 위한 일이기도 했다.

"지우 엄마는 사업할 생각 없어요? 아까 보니까 재주가 많던데. 조향사 자격증도 있는 것 보니까 공방 하나는 금방 차릴 수 있겠던데요. 취미로만 남기기엔 너무 아깝잖아요."

브런치 카페를 나오면서 같은 방향으로 가던 은호 엄마가 말했다.

"남편 보니까 사업도 아무나 하는 게 아니더라고요. 지금은 애 키우기도 정신이 없어요. 혹시 다치기라도 할까 봐 눈을 뗄 수가 없네요."

거짓말은 아니었다. 하지만 진심도 아니었다. 아직은 아들이라는 가장 큰 과제가 남아 있었지만 태희는 늘 자신의 가게를 가지고 싶었다. 금빛 테두리의 새하얀 가구들, 투명한 유리병들이 선반을 채우고 풍성한 꽃과 풀 내음이 가득 찬 작은 공방.

사설학원에서 조향사 자격증을 딴 것도 언젠가는 그럴 수 있으리라는 희망 때문이었다. 물론 남편은 그녀가 오로지 가정에만 집중하기를 바랐다. 그의 고집이 쉽게 꺾이지는 않겠지만 아들이 성인이 되고 난 후에는 작은 가게쯤 차리는 건 허락해줄지도 몰랐다.

태희는 사람들과 헤어진 후 서둘러 움직였다. 지우가 학원에서 돌아오고, 남편이 퇴근하기 전까지는 지우 엄마가 아닌, 정태희의 시간이었다. 그녀는 남편이 허락한 자유 시간 안에 문제를 해결해야 했다.

누가 향수를 보냈지?

필라테스 강사의 목소리에 맞추어 천천히 호흡을 조절하면서도 태희의 신경은 온통 다른 곳에 가 있었다. 남편의 제안을 받아들이면서 영선이라는 이름을 아는 사람은 이제 거의 남지 않았다. 적어도 지금 그녀의 곁에 있는 사람들 중엔 남편 말고는 아예 없었다. 그런데 그녀의 과거와 현재를 모두 아는 사람이 나타날 줄이야.

태희는 영선이었던 시절을 떠올려보았다.

섬을 떠나 홀로 서울살이를 시작한 열아홉 나이의 영선은 세상 물정을 몰랐다. 세 명이면 꽉 들어차는 좁은 지하 연습실은 늘 어둡고 습했다. 땀을 뻘뻘 흘리면서도 꿈을 이루면 기획사 가입비, 트레이닝, 오디션 비용까지 한 번에 갚을 수 있을 것이라 생각했다. 어리석은 생각이었다. 그런 기회는 오지 않았다.

태희는 자기도 모르게 허탈한 웃음을 터뜨렸다. 그녀는 필라테스 체어 위에서 머메이드 동작을 하면서도 우아함을 유지했다. 섬에서 올라온 촌스러운 여자애의 모습은 더 이상 어디서도 찾아볼 수 없었다. 그렇다면 더 과거로 들어가야 했다.

무억도.

어째서 조금만 마음을 놓으면 그 섬을 떠올리게 되는 걸까. 햇빛을 받아 눈부시게 반짝이는 푸른 바다, 그 위로 고깃배는 요트가 되었고, 영선은 영화 〈타이타닉〉의 케이트 윈슬렛을 연기했다.

말간 얼굴의 영선이 두 팔을 양 옆으로 벌리고 서 있으면 친구들은 순서대로 허리를 잡아주며 장단을 맞춰주었다. 바다 위에선 쓸데없는 짓이나 한다며 타박하는 엄마의 잔소리가 들리지 않았다. 그녀의 엄마는 딸을 몰라도 너무 몰랐다. 흔들리는 배 위에서 영선의 꿈은 더욱 단단해졌다.

다시 돌아갈 수 없는 순간은 떠올릴수록 빛나곤 했다. 어느덧 코끝에 맺힌 땀방울에선 소금기 어린 냄새가 났다. 태희는 친구들의 이름을 하나둘씩 떠올리며 이니셜에 K가 들어가는 사람이 누구인지 생각해보았다.

문구점에서 흔히 볼 수 있는 하얀색 카드. 영선을 보고 싶어 하는 사람은 그들 중 누구일까.

"회원님?"

강사의 목소리에 놀라 태희가 고개를 들었다. 반대편 리포머 기구에 자리를 잡은 수강생들의 시선이 일제히 그녀에게 향해 있었다. 태희는 머쓱하게 웃으며 얼른 자리를 옮겼다. 괜한 생각이었다. 오래전 일일 뿐이었다.

태희는 집으로 돌아가 샤워를 마치고 다시 차에 올랐다. 마지막 일정은 프랑스에서 십 년 동안 유학을 마치고 돌아온 플로리스트의 원데이 클래스였다. 화려한 이력 덕분인지 수강 신청은 오픈되자마자 금세 마감되었다.

태희는 신논현역 근처 플라워 카페 앞에 차를 세워놓고 안으로 들어섰다. 전면을 뒤덮은 푸른 잎들 사이로 꽃들이 만개했고, 앞쪽에서는 원두커피가 진한 향기를 풍겼다.

또래로 보이는 강사는 능숙한 불어로 무어라 인사를 건넨 후, 수업 프린트물을 건네며 자리로 안내했다. 태희가 알아들은 단어는 '마담' 하나뿐이었다.

여덟 명의 수강생이 모두 착석하자 바로 수업이 시작되었다. 테이블 위에는 다양한 꽃들이 놓였다. 주먹 크기의 작은 수국을 메인으

로 같은 톤의 리시안셔스와 히아신스가 두 개 정도 들어갔고, 초록
빛의 기린초와 유칼립투스, 트리토메인이 있었다. 태희는 설명을 들
으면서 꽃줄기를 사선으로 잘라 바구니 안 오아시스 스펀지에 꽂아
넣었다. 마음 가는 대로 하나둘 씩 꽃을 꽂다 보니 복잡한 마음은
점차 단순해지는 것 같았다.

의외로 별것 아닐지도 모른다. 태희가 사회생활에 관심을 보이자
못마땅하게 여긴 남편의 고약한 장난일 수도 있었다. 택배 상자를
가지고 들어온 것도 남편이고, 개명 전 이름을 아는 것도 지금은 그
밖에 없었다. 이렇게 생각하니 마음이 편해졌다.

당분간 사업이나 취미 생활 같은 건 아예 꺼내지 않고, 가정에 충
실한 모습을 보이면 그는 다시 마음에 들어 할 것이다. 다정한 남편
이란 으레 관대한 척하는 모습을 보이기 마련이니까.

반대편에 리시안셔스를 꽂던 태희는 아까부터 끈질기게 따라붙
는 시선을 눈치챘다. 오른쪽 대각선에 앉은 사람이었다.

구불거리는 긴 머리를 한쪽으로 늘어뜨리고, 붉은 립스틱을 칠한
여자는 아무데나 제멋대로 꽃을 꽂고 있었다. 이런 곳은 처음인지
연신 남의 것을 힐끔힐끔 살피며 따라하는 데 급급해 보였다.

처음부터 능숙한 사람은 없었다. 이 자리에서 가장 안정감 있는
태희의 꽃바구니는 훌륭한 교본이었다. 태희는 초보였던 시절을 떠
올리면서 그 사람이 잘 볼 수 있게 바구니의 방향을 틀고, 손을 뻗
어 멀리 있는 유칼립투스를 잡았다.

다시 한번 또렷한 시선이 따라왔다. 그녀는 화사한 꽃바구니가
아니라 자신을 보고 있었다. 태희가 강사를 보는 척 여자가 앉은 오
른쪽을 쳐다보자, 그녀는 얼른 고개를 돌려 또다시 이상한 곳에 꽃

을 꽂아 넣었다.

사선으로 잘려나간 꽃줄기는 맥없이 휘어지고 말았다.

사람의 눈은 솔직했다. 입으로는 듣기 좋은 말을 늘어놓아도 눈은 그렇지 않았다. 그 안에는 차마 입에서 나오기 힘든 진심들이 줄줄 새어 나오는 법이었다. 태희는 사람들의 눈 속에서 수많은 의도와 속내를 읽었다. 무례한 줄도 모르고 빤히 얼굴을 쳐다보거나 위아래로 훑는 저급한 일들은 이제는 가뿐히 무시할 수 있었다. 하지만 이번에는 다른 종류의 눈빛이었다.

태희는 얼굴을 정면으로 고정한 채, 여자가 있는 곳을 곁눈질했다. 순간 등줄기가 쭈뼛하게 섰다.

여자는 꽃향기를 맡듯 고개를 숙인 채, 눈알만 굴려 저를 응시하고 있었다. 긴 머리카락 사이로 흰자위가 번들거렸다.

"어머, 죄송합니다."

태희는 옆에 앉은 사람과 어깨를 부딪히자 얼른 사과했다. 그녀는 떨리는 손을 들키지 않게 테이블 아래로 숨겼다. 속에서 물뱀이 기어 다니는 것만 같았다. 태희는 천천히 가위를 집어들어 마무리 작업이 얼마 남지 않은 꽃바구니에만 시선을 고정했다.

"모두 고생 많으셨어요. 수업은 여기서 마치도록 하겠습니다."

플로리스트가 강의를 끝내자 수강생들은 감사하다는 인사와 함께 간단히 박수를 쳤다.

어수선하게 뒷정리가 끝나고서야 태희는 살짝 고개를 들어 그 여자를 찾았다. 그녀는 이미 플라워 카페를 나갔는지 보이지 않았다. 그제야 안도의 한숨을 내쉬며 테이블 위에 놓인 꽃바구니를 사진으로 남겼다.

꺼림칙해진 기분이 가실 때까지 태희는 잠시 기다렸다가 커피 부스로 다가가 아이스 아메리카노를 테이크아웃하기 위해 기다렸다. 그녀를 마주치지 않기 위해 그녀보다 조금 늦게 나갈 생각이었다.

그라인더가 요란한 소리를 내며 원두를 분쇄했고, 손이 빠른 직원은 커피 가루를 꾹꾹 눌러 탬핑 작업을 했다. 이내 기계에서 샷이 흘러나오며 고소한 향기가 퍼졌다. 태희는 커피가 나오기를 기다리면서 아까 찍은 꽃바구니 사진을 인스타그램에 업로드했다. 짧은 멘트를 적었다가 망설이던 태희는 모두 지워버렸다.

매일 하는 요리들과 취미생활들을 우아하게 나열해놓은 인스타그램 피드. 얼굴은 없어도 태희가 어떤 사람인지를 알려주고 있었다. 그녀의 팔로워는 벌써 8천 명을 넘어갔다. 기분에 대해 적으면 사람들은 친절하게도 댓글을 남겨주었다. 소통이라고 부르는 행위가 몇 번 이어지면 사생활을 캐묻는 사람들이 나타나곤 해서 곤란했다.

커피를 받아들고 태희는 곧장 밖에 세워둔 차로 향했다. 시간은 벌써 오후 5시가 넘어가고 있었다. 한 시간 뒤면 지우가 학원에서 돌아올 시간이었다. 저녁 메뉴는 아들이 좋아하는 갈비찜이었다. 갑자기 마음이 바빠졌다. 한손에 든 꽃바구니를 내려놓고 운전석 문을 열기 위해 손을 뻗었다. 그때였다.

"영선아!"

뒤에서 느닷없이 들린 목소리에 놀라 태희는 들고 있던 커피를 놓쳤다.

플라스틱 용기가 힘없이 분리되면서 얼음조각들이 요란하게 바닥으로 튀는데도 그녀는 움직일 수 없었다. 흰 원피스에 커피가 튀어 얼룩이 졌다.

목소리가 들린 쪽으로 힘겹게 고개가 돌아갔다. 믿을 수 없었다. 아까 그 여자였다. 플라워 클래스에서 자신을 노골적으로 지켜보던 그 여자.

"오래간만이다, 영선아. 이게 얼마 만이야?"

그녀는 고개만 돌린 태희를 똑바로 응시하면서 다가왔다. 태희는 그제야 여자의 얼굴을 제대로 알아볼 수 있었다. 짙은 화장으로 가려지긴 했어도 자세히 보니 옛날의 앳된 얼굴이 남아 있었다. 흰 얼굴, 커다란 눈과 작은 코, 하이톤의 목소리와 끝을 약간 늘어뜨리며 징징대는 말투. 어째서 빨리 눈치채지 못했을까. 그녀는 무억도 굿모닝펜션 막내딸, 박수림이었다.

"솔직히 처음엔 긴가민가했거든. 이런 데서 마주칠 줄 어떻게 알았겠어. 아무리 시간이 많이 흘렀다고 친구를 못 알아보겠니? 이렇게 보니까 너무 반갑다. 내가 네 인스타그램도 팔로우 하고 있었더라고. 아까 꽃바구니 사진 보고 알았잖아. 우리 인연은 인연인가 봐."

태희는 놀란 채 굳은 얼굴로 그녀의 입만 보고 있었지만 수림의 행동은 스스럼없고 자연스러웠다. 마치 이런 날이 올 줄 알았다는 것처럼.

"엄마아빠가 가끔 네 얘기하서. 너는 어딜 가도 잘살고 있을 거라고. 정말 그런 것 같네?"

수림이 눈을 가늘게 뜨며 태희를 위아래로 훑었다. 그제야 태희는 턱턱 막히던 숨을 고르고, 적당한 인사를 건넸다.

"너희 부모님도 잘 계시지?"

"당연하지. 우리 펜션 대박 나서 통영에 2호점 냈어. 거긴 오빠가 관리하고."

정말 장사가 잘된 모양인지 수림의 얼굴에선 뿌듯한 감정이 그대로 드러났다.

태희는 무억도를 떠나기 전, 마지막으로 친구들이 다 함께 있던 풍경을 떠올렸다.

부둣가에서 5분 거리면 닿는 굿모닝펜션은 무억도에서 단 하나뿐인 숙박업소였다. 처음엔 낚시꾼들을 위한 여관 겸 잡화점이었다가, 무영다리 공사가 시작되는 시기에 맞추어 펜션이라는 그럴듯한 이름으로 바뀌었다.

아이들은 굿모닝펜션의 첫 손님이었다. 방문객이 많지 않은 탓에 무억도 바다가 한 번에 내려다보이는 가장 꼭대기 층은 늘 아이들이 차지했다. 그들은 방 한쪽 구석에 자신들의 이름을 적어 넣었다. 우리 우정 영원히 변치 말자는 뜻이기도 했고, 어른이 되어 다시 이곳에서 놀자는 뜻이기도 했다. 그 두 가지 약속은 모두 지켜지지 않았다. 앞으로 지켜질 리도 없는 약속이었다.

16년이 지난 지금, 서울 강남의 한복판에서 재회하게 될 줄이야.

"넌 어쩜 그대로니? 하나도 안 변했어."

그녀는 태희의 옷자락에 묻은 커피를 툭툭 털어주며 다시 주절대기 시작했지만 태희의 귀에는 하나도 들리지 않았다.

과거를 잊기 위해 이름도, 얼굴도 바꿔가면서 살아왔는데 *그대로라고?* 태희는 그 말을 곱씹으며 불쾌해했다.

태희에게 정영선과 정태희는 살아온 배경도, 가진 것도, 생각하는 것도 다 다른 사람이었다. 그렇게 믿었고 그렇게 살아왔다. 그러나

정해진 수순인 것처럼 K가 향수를 보내어 신호탄을 쏘았고 수림이 눈앞에 나타났다. 그녀 뒤로 보이는 검푸른 바다가 순식간에 태희를 집어삼켜 무역도로 끌고 가는 것만 같았다.

"나 경수 오빠랑 결혼한 거 모르지? 얼마 전에 결혼해서 서울 근처로 이사 왔어. 앞으로 이 근처에서 자주 보면 되겠다. 너 차 되게 좋다. 사진 보니까 집도 좋던데. 다음에 한 번……."

"저녁 식사 준비가 좀 늦어져서. 먼저 가볼게."

태희는 다음 약속이라도 잡자고 나올까 봐 황급히 말을 잘랐다. 차마 연락하지 말라고 매몰차게 말할 수는 없었다. 태희는 떨리는 목소리를 감추기에 급급했고, 그 자리를 뜨기 위해 운전석에 올라타 시동을 걸었다.

집에 도착할 때까지, 태희는 차 안에서 겁에 질린 얼굴로 연신 좌우를 살폈다. 커피로 젖은 허리께가 축축했다.

집에 들어서자마자 오늘 만든 꽃바구니를 그대로 쓰레기통에 처넣었다. 남편이 우려한 것이 이런 일이었을까. 그의 말을 들었어야 했다. 과거의 인연은 다시 만나서 좋을 것이 하나도 없었다. 적어도 태희에게는 그랬다.

평소보다 늦은 저녁을 먹고, 지우까지 재운 태희는 한참이나 파우더룸에 앉아 있었다. 이 넓은 집의 유일한 안식처에는 그녀가 좋아하는 향수들이 가득했다. 그러나 안식처에서 그녀의 마음은 들끓고 있었다. 태희의 시선은 그 중앙을 차지한 향수에서 떨어질 줄 몰랐다. K. 이걸 보낸 사람은 수림일까?

아닐 것이다. 그 애는 예전부터 속마음이 얼굴에 다 드러나는 타입이라 거짓말에 서툴렀다. 게다가 영선이 개명했다는 사실과 현재 살고 있는 위치는 모르는 눈치였다. 수림은 무억도의 친구들과 계속 연락을 하고 있을 테니 그중 한 명이 보냈다면 이를 모를 수가 없다.

어쩌면 무억도가 아니라 그 이후에 만난 사람일 수도 있다. 남편이 가장 두려워하는 상황이 다가오고 있는 것이라면.

그럴 리가 없어. 태희는 벌떡 일어섰다. 더 이상 생각하면 안 된다고 되뇌었다. 갑자기 튀어나온 못은 다시 박아버리면 그만이다. 영선이란 이름으로 온 택배 같은 건 애초에 받지도 말라고 관리실에 말해두어야겠다. 이젠 그 플라워 카페에 가지 않을 것이고, 인스타그램으로 쪽지가 와도 못 본 척하면 된다. 그럼 다시 평화로운 일상으로 돌아갈 수 있을 것이다. 어떻게 가진 계정인데 이런 일로 삭제하고 싶지는 않았다. 그것은 못 다 이룬 태희의 꿈을 간접적으로나마 실현할 수 있는 수단이었다.

복잡해진 머리를 세차게 흔들었다. 그만 자야겠다는 생각이 들어 침실로 향했다. 남편은 침대에 기대어 앉아 태블릿으로 업무를 확인하고 있었다.

"오늘 무슨 일 있었어?"

그가 물었다. 식사 때부터 아내가 기운이 없는 모습을 눈치챈 모양이었다. 태희는 웃는 낯으로 고개를 저었다. 남편에게는 절대 들키면 안 되는 일이었다. 수림과 마주친 것만으로도 세 번째 약속을 어긴 것이니까.

"별일 없었지. 아참, 은호 엄마한테 얘기 들어보니까 유학은 지금부터 천천히 준비하면 좋다더라. 다음에 자세하게 물어보려고."

"너무 무리하지 마. 당신 몸 상할까 봐 걱정된다."

다정한 말이었지만 남편의 시선은 여전히 태블릿에 고정되어 있었다. 태희가 자려고 눕자 준영도 얼마 지나지 않아 불을 끄고 누웠다. 규칙적인 남편의 숨소리를 확인하고 나서야 태희는 조심스럽게 손을 뻗어 협탁 위에 올려둔 핸드폰을 켰다. 새벽 2시가 지나가고 있었다. 꽃바구니 사진을 삭제하려고 인스타그램을 열었다. 700이 넘어가는 좋아요 숫자가 조금 아까웠지만 미련을 남기지 않기 위해 얼른 지워버렸다. 시간이 지나면 오늘 있었던 일도 마음에서 삭제될 것이다.

태희는 다른 사람들의 사진을 구경하다가 다이렉트 메시지가 도착했다는 알림을 보았다. 어차피 협찬광고를 요청하는 일이나 정보를 묻는 내용이 대부분이었다. 태희는 짧게나마 답장을 하기 위해 하나씩 눌러보았다. 그중 하나는 수림이 보낸 것이었다.

나 수림이야. 오늘 만나서 너무 반가웠어.
선물 고마워, 영선아.

수림이 보낸 메시지의 마지막에는 사진이 첨부되어 있었다. 회백색의 선물 상자, 그 위에 놓인 카드. 정사각의 디퓨저 유리병에는 흰색 바탕에 검은 글씨가 선명했다. 이니셜 K.

3

태희는 저도 모르게 몸을 벌떡 일으켰다. 혹시 남편이 깼을까 봐 잠시 그의 숨소리를 확인했다. 일정한 간격의 엷은 코골이로 보아 푹 잠이 든 것 같았다. 그녀는 뒤꿈치를 들어 조심스럽게 침실을 빠져나왔다.

얇은 로브 사이로 파고드는 새벽 공기에 앞섶을 여미고 얼른 파우더룸으로 들어갔다.

혼자만의 공간에 들어서자 참았던 숨이 터졌다. 빠르게 뛰는 심장을 진정시킬 새도 없이 바로 사진을 확대했다. 화질이 좋지 못한 탓에 픽셀이 깨졌다. 흐릿한 글씨였지만 형태는 알아볼 수 있었다. 카드에는 '나의 친구, 수림이에게'라는 평범한 문구가 적혀 있었다. 그 아래 로고와 함께 작게 다른 말들이 적혀 있었다. 그건 아무리 확대해도 보이지 않았다.

어디에도 태희의 이름은 나와 있지 않은데 왜 수림은 그녀가 보냈다고 생각하는 걸까. 궁금한 것이 한두 가지가 아니었지만 바로 질문을 할 수가 없었다. 태희에게는 오가는 메시지가 많을수록 약점이었다.

다시 침실로 돌아와 조심스레 누워 뜬눈으로 밤을 새웠다. 몽롱한 정신 속에서 단 한 가지 답만이 맴돌고 있었다. 향수를 보낸 사람은 무억도의 친구들 중 하나였다. 그것만은 확실했다.

정확히 새벽 다섯 시 알람에 맞추어 남편이 일어났다. 태희도 그 소리에 깬 것처럼 몸을 부스스 일으켜 아침 식사를 준비했다.

남편이 식사를 하는 동안 태희는 거실 소파에서 책을 펼쳤다. 화려한 색감의 편집 사진이 가득한 요리책은 준영이 식사를 마칠 때까지 한 장도 넘어가지 않았다.

수림은 태희가 가장 다루기 쉬운 스타일이었다. 그녀가 가진 재력, 미모, 취향 같은 걸 부러워하는 사람들은 태희에게 잘 보이고 싶어 했고, 무억도 시절의 수림도 마찬가지였다.

어렸을 때부터 수림은 영선을 따라하는 데 집착하다시피 했다. 영선이 보라색 머리핀을 하면 자신도 해야 했고, 앞머리를 자르면 똑같이 자르고 왔다. 특히 수림이 같은 동네에 사는 경수를 짝사랑하기 시작하면서부터 더욱 심해졌다.

아이 때는 친구끼리 똑같은 물건을 사용하고 비슷한 스타일을 해도 신경 쓰지 않았지만 사춘기에 접어들면서 점차 껄끄러워지기 시작했다. 그러한 감정을 느낀 것은 영선뿐만이 아니었다. 수림도 그게 부끄럽기는 했는지 일주일쯤 지나서야 비슷한 물건을 들고 다니는 패턴을 보이기도 했다.

고등학교 1학년 가을이었다. 영선은 길거리에서 팔찌를 하나 구입했다. 흔히 볼 수 있는 디자인 같았지만 판매자가 직접 만든 제품이라 디테일이 달랐다. 같은 반 친구들이 예쁘다고 말하자, 수림은 눈여겨보았다가 며칠 뒤에 비슷한 것을 하고 왔다.

같은 반 아이가 수림의 팔찌를 보고 또 영선을 따라서 산 것이냐고 짓궂게 놀렸다. 목소리가 크게 나왔는지 반 아이들이 모두 수림을 쳐다보았다. 수림은 아니라고 빽 소리를 질렀지만 두 뺨과 귀는 새빨개져 있었다.

영선은 잠시 고민하다가 나섰다. 이대로 두면 수림은 다시는 영선을 따라하지 않을 것이다. 대신 그녀가 느낀 수치심과 분노를 영선에게 돌릴 수도 있었다. 어찌되었든 두 사람은 친구였으니 수림을 구해주는 건 나쁘지 않을 것 같았다.

'우리 같이 사러 간 거야.'

영선은 친구들이 보는 앞에서 자연스럽게 수림의 팔짱을 꼈다. 팔찌를 낀 손을 들어 친구들에게 보여주기도 했다. 말을 꺼냈던 아이가 머쓱했는지 장난이라고 손을 내저으며 상황은 일단락되었다.

수림은 한 번도 이 일에 대해 영선에게 고맙다고 말한 적은 없었다. 그 후로도 영선이 하고 다니는 헤어스타일부터 액세서리, 화장품까지 따라하곤 했다. 수림은 그 대가라는 듯 영선이 하는 말이라면 가리지 않고 고개를 끄덕였고, 가끔은 똑같은 걸 사도 되냐고 대놓고 묻기도 했다. 영선은 수림의 그런 점이 단순하고 어떤 면에서는 귀엽다고 생각했다.

아마 지금도 칭찬 몇 번이면 아는 것들을 술술 말할 것이다. 남편과 지우가 나가자마자 태희는 수림에게 메시지를 보내 오후에 만날 약속을 잡았다.

태희는 무영다리를 건너 무억도에서 도망치던 날을 떠올렸다. 무억도가 싫다며 제 발로 뛰어 나가놓고 다시 걸어 들어가는 것만 같았다. 다시는 건널 일이 없을 거라고 여겼던 다리였는데. 부디 이번 만남이 처음이자 마지막이 되기를 바랄 뿐이었다.

거울 앞에 선 태희는 가장 화사해 보이는 푸른 원피스를 입고 몇 번이나 화장을 고쳤다.

대체 어디가 그대로란 말인가. 하다못해 서른다섯이 된 지금은 미세하나마 주름까지도 생겼다. 수림은 예나 지금이나 보는 눈이 없었다. 태희는 미간을 찌푸린 채 집을 나섰다.

시월로 접어들자 날씨는 종잡을 수 없어서 하루에 사계절을 느낄 수 있었다. 오후의 계절은 여름이었다. 구름은 해를 가렸고, 팔에 닿는 꿉꿉하고 진득한 공기는 불쾌지수를 높였다.

태희는 차창을 다시 올리고, 제습 기능을 실행시켰다. 차라리 비가 오는 게 나을 지경이었다.

약속장소는 신사역 근처에 있는 레스토랑이었다. 정시에 도착해 주차를 맡기고 이층으로 올라갔다. 입구에서 살짝 둘러보니 저 끝 자리에 열심히 사진을 찍고 있는 수림이 보였다. 태희는 들어온 입구를 한 번 보고는 표정을 풀고 다가갔다.

"장소가 마음에 들어? 그럼 다행이고. 오래간만이다, 수림아. 지난번엔 경황이 없어 제대로 인사도 못 했네. 결혼했다고 했지?"

태희는 공감할 만한 관심사로 분위기를 풀었다. 서운한 기색이 보이던 새침한 얼굴이 스르르 풀렸고, 이내 수림은 결혼생활에 대해 종알종알 늘어놓기 시작했다. 그녀의 오랜 짝사랑이 기어이 성과를 거둔 모양이었다. 태희도 의례적으로 맞장구를 쳐준 뒤, 주문한 메뉴가 나오자 서서히 본론을 꺼냈다.

"새벽에 네가 보낸 메시지 받고 좀 놀랐어. 그 선물, 다른 친구들도 잘 받았대?"

"당연하지. 말은 안 했어도 다들 반가워하더라. 너 야반도주하고 우리랑 연락 끊었잖아? 죄 지은 사람처럼."

예상치 못한 말이었다. 야반도주, 죄 지은 사람……. 태희는 어떻게 반응해야 할지 몰라 이를 악물었다. 동요하지 않은 척하기 위해 적잖이 애써야 했다. 그 마음을 아는지 모르는지 수림은 호들갑을 떨며 말을 이었다.

"너희 어머니도 어디 갔는지 모른다고만 하시지, 지혜는 너 찾는다고 난리도 아니었어. 참, 너 가고 난 뒤에……."

"디퓨저는 잘 쓰고 있어?"

태희는 얼른 수림의 말을 잘랐다. 이대로 두면 지나간 16년 시간들을 모두 설명할 기세였다. 그녀가 알고 싶은 것은 정해져 있었다. 그것만 알면 되었다. 다시 대화의 방향을 틀었다.

"그럼! 내가 장미꽃 향기 좋아하는 건 또 어떻게 알고. 네가 좋아하는 브랜드인가 봐? 새로 오픈한 것 같던데."

태희가 받은 선물 그 어디에도 브랜드의 이름은 적혀 있지 않았다. 수림이 받은 카드 밑에 쓰인 작은 글씨는 공방의 이름인 모양이었다.

"그나저나 네 남편은 뭐 하는 사람이야?"

수림은 잔뜩 기대하는 표정으로 쳐다보았다. 태희는 파스타를 입에 넣으면서 사업가라고 적당히 얼버무렸다.

가장 유력한 후보였던 지혜와 명주, 수림, 은영 언니가 한꺼번에 목록에서 빠져나갔다. 그들 역시 공통적인 지인을 찾다가 자신을 떠올린 건 아닐까. 무억도 아이들 중 화장품에 관심이 많고 손재주가 있는 사람은 자신밖에 없었다.

"공방 이름이 매번 헷갈리네. 이따 가보려고 하는데, 위치가 어디였지?"

태희가 능청스레 묻자 수림은 마침 검색한 기록이 남아 있다며 바로 알려주었다.

강남구 논현동 370. 아틀리에 K.

심장이 빠르게 뛰었다. 잊고 있던 기억이 다시 치솟는 것 같았다. 이니셜에 K가 들어가는 친구는 단 한 명뿐이었다. 칠흑 같은 밤바다에서 들리던 그 애의 목소리가 환청처럼 울렸다. *살려줘, 영선아.*

"애는 몇 살쯤 됐어?"

수림의 말에 정신이 돌아온 태희는 애써 태연한 척 입가에 미소를 물었다. 얼른 주소를 핸드폰에 옮겨 적으면서 건성으로 대답했다.

"이제 초등학교 들어갔어. 한창 말 안 들을 때야."

부러움을 느꼈을 수림이 입을 비죽이는 대신 입꼬리를 늘렸다. 세월이 흐르긴 흐른 모양인지 속내를 감추지 못하고 징징거리던 그녀는 그래도 참는 법을 배운 것 같았다.

"다른 친구들은 잘 지내지?"

태희는 달갑지 않은 질문을 입에 올렸다. 여전히 시선은 핸드폰에 가 있었다. 신사역에서 논현동까지는 10분도 걸리지 않았다.

"그럼. 지혜는 선박 운영 물려받아서 사장님 소리 듣고 있고, 까

칠한 명주는 서비스센터에서 일해. 정말 안 어울리지 않니? 은영 언니는 혼전임신해서 난리도 아니었다니까. 지금은 애가 셋이나 돼. 영선이 넌 어떻게 지냈어?"

16년의 세월을 한 문장으로 축약할 수 있을까. 으레 하는 잘 지냈다는 말도 목에 걸려 나오지 않았다. 하지만 그녀가 정태희일 때는 이야기가 달랐다. 정태희는 곤란한 상황도 능숙하게 빠져나갈 줄 아는 여자였다.

"나야 그럭저럭 지냈지. 다들 잘살고 있다니 다행이네. 다음에 밥이나 같이 먹자."

흔한 인사치레를 건네긴 했지만 태희는 사실 그들이 어떻게 살고 있든지 관심도 없었고, 알고 싶지도 않았다. 더 이상 수림에게 볼일은 없었다. 이 정도면 된 것 같아 자리에서 일어섰다.

"곧 보게 될 거야. 다음에 연락하게 네 번호 좀 알려줘."

수림은 얼른 옆에 두었던 핸드폰을 집어 내밀었지만 태희는 이미 카운터에 가 있었다. 수림은 카드를 내밀고 계산하는 태희의 등을 노려보았다. 그때서야 부아가 치민 속내가 얼굴에 드러났지만 태희는 보지 못했다.

"내가 내도 되는데."

"여기까지 와줬는데 내가 내야지. 그럼 조심해서 들어가."

태희는 수림의 팔을 두어 번 두드리고 돌아섰다.

엘리베이터 문이 닫히자 수림의 표정은 더욱 일그러졌다. 몸에 걸친 것을 모두 금액으로 합산해도 태희의 지갑 하나를 넘지 못했다. 도도하게 울리던 태희의 하이힐 소리는 잔상처럼 남아 심장을 짓밟는 것만 같았다. 수림은 지난번보다 더욱 선명하게 보이는 격차에 입술만 씹어댈 수밖에 없었다.

주차장에서 나온 태희는 수림이 골목길 앞에서 자신을 빤히 쳐다보고 있는 걸 알았다. 수림 역시 마찬가지인지, 과장되게 웃으면서 두 손을 들어 흔들었다.

태희는 그게 안 보이는 척 아무런 반응도 하지 않았다. 그녀의 머릿속에는 온통 공방 생각뿐이었다. 당장이라도 찾아가 누군지 따져 물을까 생각도 해보았다. 그러나 그건 가지고 있는 패를 다 까버리는 행동일 뿐이었다. 이러나저러나 공방과 얽히면 손해인 일들이 너무 많았다. 그럼에도 태희는 논현동으로 향하고 있었다.

도로를 따라 쭉 나아가는 차를 지켜보던 수림은 골목길로 들어가 가방에서 담배 한 대를 꺼내 정신없이 피워댔다. 묵직한 쓴맛이 목구멍을 타고 내려가자 속이 좀 뚫리는 것 같았다. 땅에 가래를 뱉고 다시 한 대를 더 입에 문 다음 수림은 왼손으로 누군가에게 전화를 걸었다.

"그쪽으로 갔어."

목소리와 함께 흘러나온 담배 연기가 시야를 가렸다. 집으로 돌아가기 위해선 또다시 지하철을 타고 두 시간 거리를 가야 했다. 수림은 땅에 떨어진 담배꽁초를 오래도록 짓밟았다.

앞 유리창에 빗방울이 떨어지기 시작했다. 태희는 비 오는 날을 좋아하지 않았다. 이런 날에 하는 운전은 거대한 바다 속을 아득한 기분으로 가라앉는 것만 같았다. 상상만으로 숨이 턱턱 막히는 느낌이 들어 얼른 에어컨 세기를 올렸다. 어느덧 논현동으로 들어섰고, 내비게이션에 찍힌 장소를 찾는 것은 어렵지 않았다.

태희는 맞은편에 차를 세웠다. 도로 건너편에 '아틀리에 K'의 흰 간판이 보였다. 가게는 통유리로 되어 있어 안을 볼 수 있었지만 불이 꺼져 어두웠다. 최근엔 월요일을 휴무로 지정하는 가게가 많아지는 추세였다. 그래서일까.

그런데 왜 카드는 서로 달랐을까? 분명 같은 공방에서 보낸 물건이었다. 친구들이 받은 카드는 공방의 로고가 적힌 것이었지만, 자신에게 온 건 시중에서 파는 흔한 카드였다. 게다가 자신은 향수였고, 친구들은 디퓨저가 아닌가. 거기엔 무슨 차이가 있는 걸까?

그녀는 등받이에 몸을 기댄 채 와이퍼가 빗물을 씻어내는 걸 망연히 바라보고 있었다. 점점 거세지는 빗줄기 탓에 카울에 물이 넘쳐흐르기 시작했다. 생각의 끝에는 자꾸만 그 이름이 떠올랐다.

김세경.

무억도에서 유일하게 소금 냄새가 나지 않던 아이. 수원에서 전학 온 그 애는 한 달 만에 다른 아이들을 제치고 영선의 가장 친한 친구가 되었다.

영선이 향수라는 걸 처음으로 선물로 받아본 것도 그때가 처음이었다. 세경이 주었던.

서울의 한 문구점에서 샀다던 나비 모양의 향수에선 오이비누 냄새가 났다. 이런 건 얼마냐고 물었을 때, 그 애는 곤란한 표정을 하며 웃기만 했다.

세경은 곤란할 때 아랫입술을 씹는 버릇이 있었다. 그 사소한 버릇까지도 좋아 보여서 영선은 거울을 보며 몰래 따라해 보곤 했다. 서울에 와서도 한동안 영선은 비슷한 향기를 찾아 헤맸다.

하지만 그녀는 무억도를 떠난 후, 세경의 안부조차 궁금해하지 않았다.

태희는 팔뚝에 돋은 닭살을 쓸어내리며 얼른 에어컨을 껐다.

흐르는 빗줄기 사이로 누군가 아틀리에 K의 문 앞에 서 있는 게 보였다. 얼굴은 자세히 보이지 않았지만 자세는 마치 문을 열 것처럼 서성이고 있었다. 어깨 아래로 단정히 내려오는 검은 머리카락에 흰 카디건을 입은 여자였다.

태희는 더 자세히 보기 위해 창문에 얼굴을 가까이 들이댔다. 그럴 리가 없다는 것을 알면서도 기대하게 되는 순간이 있다. 희미했지만 익숙한 실루엣이었다. 빗줄기는 점점 더 거세지고 있었고, 태희는 여전히 문손잡이를 붙잡은 채 망설였다. 서른다섯 해를 살면서 우연 같은 건 없다는 걸 깨달았으면서도 이번만은 그러길 바랐다.

열쇠를 찾는지 가방을 뒤적이던 여자는 검은색 우산을 펼치며 다른 곳으로 향했다.

초조한 마음을 어쩌지 못하고 태희는 차 문을 열어젖혔다. 열린 문으로 비가 몰아쳤지만 아랑곳하지 않고 여자가 떠난 방향으로 내달렸다. 횡단보도까지는 아직 20미터나 더 뛰어야 했다. 하이힐 안으로 물이 들어와 몇 번이나 미끄러질 뻔했지만 태희의 시선은 멀어지는 여자에게 고정되어 있었다.

마침 신호등의 초록불이 켜졌고, 태희는 손으로 가림막을 만든 채 달렸다. 검은색 우산을 쓴 여자가 모퉁이를 돌고 있었다. 조금만 더 가면 여자의 얼굴을 확인할 수 있었다.

"저기요! 잠시만요!"

태희가 소리쳤지만 여자는 듣지 못했는지 걸음을 멈추지 않았다.

마침내 모퉁이에 도착했을 때 태희는 망연자실했다. 그곳엔 또 다른 큰 길이 펼쳐져 있었고, 또다시 수많은 골목길들로 나뉘었다. 여자는 어디로 갔는지 보이지 않았다. 처음부터 여자를 잡는다는 게 불가능하다는 걸 알고 있었다. 태희는 얼굴에 흐르는 빗물을 훔쳐냈다.

그녀는 한참이나 그곳에서 비를 맞고 서 있었다. 다시 무억도를 도망치던 날로 끌려가는 것만 같았다. 바다에 빠진 세경이 허우적거리면서 영선을 부르는 그날 밤으로.

다시 차로 돌아온 태희는 구두를 벗었다. 소가죽 구두는 물에 젖어 빳빳해지기 시작했고, 머리카락은 힘없이 축축 처지며 몸에 달라붙었다. 차의 온도를 높이자 순식간에 맥이 풀렸다. 어깨를 누르는 눅눅한 공기가 무거운 듯 그녀는 힘겨운 한숨을 토해냈다.

태희는 차를 돌려 집으로 향했다. 경계선을 스스로 넘을 필요는 없었다. 지금껏 그래왔던 것처럼.

4

일기예보대로 비는 갈수록 세차게 쏟아졌다.

수림은 지하철을 타기 위해 계단을 내려갔다. 역사 내엔 사람들
의 발자국에서 나온 구정물들로 지저분한 얼룩들이 생겼다. 신사역
에서 동두천역까지 가기 위해서는 지하철을 두 번이나 갈아타야 했
다. 수림은 환승하러 가는 길 곳곳에 질펀하게 생긴 흙 자국들을 밟
지 않으려 애썼다.

수림은 1호선 열차 끝자리에 앉아 기둥에 머리를 기댔다. 아직도
한참을 더 가야 했다. 다리는 빗물 때문에 축축했고, 오랫동안 걸은
탓에 감각이 무뎌졌다. 수림은 차를 몰고 가던 태희의 고상한 모습
과 자신의 처지를 비교하며 종아리를 세게 주물렀다.

가진 것을 다 팔아도 영선과 똑같은 차를 살 수 없다는 생각에 미
치자 허탈해졌다. 지금은 임대아파트에 살고 있지만 무억도에서는
오히려 수림이 가장 부유한 편이었다.

수림은 동두천역 2번 출구로 나와 마을버스를 타고 다섯 정거장을 더 들어갔다. 임대아파트에 들어섰을 때 수림의 발은 통통 부은 상태였다. 구두와 맞닿은 뒤꿈치는 까져서 벌게졌고, 새끼발가락에는 물집이 잡혔다. 거세게 퍼붓는 비 때문에 상처는 더욱 쓰라렸다.

집 앞에 도착해 현관문을 열자 고소한 파전 냄새가 흘러나왔다.

남편 대신 친구들의 환영이 기다리고 있었다. 수림은 친구들의 얼굴을 보자 괜히 반가웠다. 영선에게는 비 오는 날 파전을 함께 먹을 수 있는 친구가 없을 것이다.

"평소에 뭘 먹길래 냉장고가 텅텅 비었냐."

명주는 퉁명스러운 말투치고는 섬세하게 파전을 뒤집고 있었다. 수림은 꽉 낀 구두를 겨우 벗으면서 해방감을 느꼈다.

"이 몸매 유지하기가 그렇게 쉬운 줄 아니?"

수림은 새침하게 쏘아붙이고 거실로 들어섰다. 소파엔 제 집마냥 비스듬히 드러누운 지혜가 있었다. 그녀는 집주인을 흘긋 보고선 다시 핸드폰으로 시선을 돌렸다.

수림은 지혜 앞에 앉자마자 가방에서 담배를 꺼내 얼른 입에 물며 자신이 본 것들을 말했다.

"네 말대로야. 아닌 척해도 티가 나더라고. 넌 어떻게 알았어?"

수림은 죄를 지었냐는 말에 미묘하게 눈썹을 꿈틀거리던 영선을 떠올리며 킬킬댔다.

지혜는 그럴 줄 알았다는 듯 핸드폰을 내려놓고 몸을 고쳐 앉았다.

"원래 뒤가 구린 애들은 살짝만 찔러도 지 얘기하는 줄 알아."

"돈 많은 남자랑 결혼해서 인생 꽃길 걷는데 걔가 숨길 게 뭐 있어. 내 드림카 알지? 흰색 레인지로버. 걔가 그걸 타고 있었다니까."

수림은 한 손에는 담배를 들고, 다른 손으로는 발을 꾹꾹 눌러댔다. 예의상 어디까지 가냐고 물어볼 수도 있었을 텐데 영선은 그러지 않았다.

"그거 너 줄게."

지혜는 명주에게서 파전을 받아들며 말했다.

"정말?"

수림이 담배를 비벼 끄며 벌써 차를 얻기라도 한 것처럼 기뻐했다.

지혜는 그게 뭐 대수냐는 듯 고개를 끄덕였다. 빈말도 아니었다. 이 계획에서 가장 바쁘게 움직여준 대가니까. 만신창이가 된 수림의 발을 보니 안쓰럽기도 했다.

지혜는 파전을 찢어 한 조각을 수림의 입에 넣어주었다.

"그러니까 조금만 더 고생해. 할 수 있지?"

입안 가득 파전을 물고 헤실대는 수림을 보면서 명주는 혀를 찼다.

그 정영선이 수림이한테 정말 속을 것이라 생각하는 걸까. 감정이 얼굴에 고스란히 드러나는 애한테? 계획은 지혜의 생각대로 흘러가고 있었지만 대체 어떤 그림을 그리고 있는 것인지 알 수가 없었다.

"영선이는 완전 팔자 폈더라. 근데 왜 걔네 어머니는 아직도 무역도에 계시는 거야? 나였으면 벌써 한강 보이는 곳에 집 한 채 해드렸겠다."

"본인이나 잘하세요. 결혼하겠다고 펜션까지 처분하게 만들어놓고."

명주의 핀잔에 수림은 입을 불쑥 내밀었다. 기분은 나빴지만 사실이었다. 수림의 부모님이 운영하던 굿모닝펜션 1호점은 그녀의 결혼자금이 되었다. 그마저도 서울에 터전을 마련하기엔 역부족이었다. 애초에 무역도 앞에 다른 펜션이 생긴 것이 화근이었다.

"그리고 디퓨저를 쓸 거면 집 안에서 담배 피우지 마."

거실에는 얼마 전에 집으로 배달된 디퓨저가 놓여 있었다. 화사한 장미향이었다. 좁은 집에 리드를 세 개나 꽂아놔서 내용물은 벌써 반이나 줄어들었다.

명주는 말은 그렇게 해도 수림이 건넨 담배를 받아들고 있었다.

명주는 이 중에서 가장 먼저 담배를 피우기 시작했다. 진상 고객들을 상대하며 받은 스트레스를 풀기엔 이만한 게 없었다.

수림은 배를 채운 후, 다시 담배를 피워댔다.

"인생은 너무 불공평해. 마음에 드는 게 하나도 없어."

수림은 긴 연기를 뿜어내면서 낮에 보았던 영선을 떠올렸다. 잡지에서 봤던 원피스와 높은 구두, 명품 로고가 박힌 가방과 팔찌, 그 모든 것이 익숙해 보이던 영선의 태도. 시종일관 그녀의 비위를 맞추려고 애쓰던 자신의 모습이 생각할수록 초라하게 느껴졌다.

제습기 대신 덜덜거리며 돌아가고 있던 선풍기가 요란한 소리를 내며 멈추었다. 짜증거리가 또 하나 늘었다. 수림이 벌떡 일어나 화장실로 향하자 명주는 고개를 저었다. 보나마나 세면대에 얼굴을 박고 있을 것이 뻔했다.

"앞으로 어떻게 할 셈이야? 정영선이 우리 말을 순순히 들을 리가 없잖아."

명주가 퉁명스럽게 묻는데도 지혜는 태연하게 대답했다.

"안 들으면 어쩔 수 없고."

명주는 지혜의 말만 믿고 따르면 문제될 것이 없다고 생각하면서
도 한편으로는 불안했다. 만약, 아주 만약에 *그날처럼* 일이 잘못되
면 어떻게 해야 할까.

명주는 담배를 테이블 위에 비벼 끄면서 물었다.

"죽이기라도 하게?"

"못 할 것도 없지."

지혜는 농담처럼 던진 말에 웃지도 않고 대답했다. 지혜는 명주
가 걱정하는 것을 아는지 모르는지 핸드폰으로 사진만 들여다보고
있었다. 수림과 명주가 영선을 미행하면서 찍은 사진이었다.

영선의 동선을 파악하는 것은 어렵지 않았다. 인스타그램에 올라
온 사진으로 방문한 장소를 알 수 있었고, 내용을 보면 정기적으로
방문하는 곳까지 알아낼 수 있었다. 어디인지 한눈에 확인이 어려
운 불분명한 사진은 사진 검색기능으로 해결했고, 어떤 활동을 하
며 지내는지는 지인이 게시물에 단 댓글을 보면 예상할 수 있었다.
영선은 SNS에 저도 모르게 많은 정보를 뿌린 셈이었다.

지혜는 영선의 얼굴이 가장 잘 나온 사진에서 손가락을 멈추었
다.

마지막으로 봤을 때와 변함없는 모습이었다. 과연 그 속도 예전
과 같을지 궁금했다. 지혜가 알고 있는 영선이라면 지금쯤 옛 친구
들의 등장에 잔뜩 날이 서 있을 것이다.

영선을 협박하기 위한 모든 준비가 끝났다. 지혜는 명주와 의논
을 시작했다.

화장실에 죽치고 앉은 수림은 세면대에 물을 틀어 놓고 핸드폰을

뚫어져라 보고 있었다. 단체 메시지방에는 벌써 몇 백 개의 대화들이 쌓여 있었다. 그 많은 메시지들을 하나하나 읽으며 초조해진 수림은 주먹을 쥐었다 폈다를 반복했다. 퀴퀴한 하수구 냄새를 맡으며 세면대의 물을 그대로 흘려보내던 수림은 밖에서 들리는 지혜와 명주의 목소리에 헛웃음을 터뜨렸다.

이곳은 무역도가 아니었다. 멱살을 잡아 힘자랑을 하거나 은근한 협박으로 원하는 것을 얻는 것이 불가능할 나이이기도 했다. 게다가 상대는 정영선이었다.

수림은 화장실 문틈으로 두 사람을 뚫어져라 쳐다보았다.

살짝 목소리를 낮춘 두 사람은 영선에게 얼마나 요구할지 구체적인 금액을 정하고 있었다. 수림은 영선을 놓치고 싶지 않았다. 이제 곧 그녀의 모든 것들이 자신의 손안에 들어온다고 해도.

5

　어느새 시월의 마지막 날이었다. 수림의 메시지를 못 본 척한 지도 일주일이나 지났다.

　주말인데도 태희의 가족은 아침부터 분주하게 움직이고 있었다. 여성 잡지의 특집 코너로 준영의 인터뷰가 실리기로 되어 있었던 것이다. 그의 사업뿐만 아니라 사생활에 대한 내용도 함께 들어갈 예정이었다.

　남편은 거울 앞에서 한껏 입꼬리를 끌어 올리며 표정을 연습하고 있었고, 지우는 옷이 마음에 들지 않는다며 심통을 부렸다. 여덟 살이 된 꼬마 신사는 반바지에 긴 양말이 창피하다고 투정이었다.

　"오늘은 우리 지우가 아빠 아들입니다, 하고 사람들한테 보여주는 자리야. 옷 흐트러지지 않게 얌전히 있을 수 있지?"

　태희는 한 손으로 칭얼대는 지우를 달래고, 다른 손으로는 가방을 챙겨 주차장으로 내려갔다. 뒤늦게 온 남편은 뒷좌석에서 비서

가 미리 준비해준 답변을 외우고 있었다. 태희는 놓고 온 게 없는지 확인한 후 시동을 걸어 출발했다.

공식 스케줄은 대부분 비서가 동행하곤 했지만 준영은 굳이 오늘 일정에 태희가 자신을 서포트해주길 바랐다. 회사에선 워라밸을 챙기는 CEO 이미지를, 촬영 스태프들에게는 하나부터 열까지 챙겨주는 아내가 있는 남편의 이미지를 보여주고 싶은 것이 분명했다. 태희는 남편을 위해 수고로운 일을 감내하는 가정적인 아내의 모습을 연기해볼 생각이었다.

태희의 가족은 삼성동에 위치한 스튜디오에 도착해 담당 기자의 안내를 받으며 들어섰다.

셔터 소리와 함께 터지는 강렬한 빛, 촬영용 롤스크린과 준비되어 있는 소품들을 보니 가슴이 뛰었다.

남편은 협찬받은 양복을 갖춰 입고 카메라 앞에 섰다. 메이크업까지 해서 평소보다 더 멀끔해진 얼굴로 자세를 잡으니 마치 다른 사람처럼 보였다. 태희는 지우의 목에 귀여운 나비넥타이를 직접 달아주었다. 멜빵바지를 입은 아들은 오늘따라 더욱 사랑스러웠다.

"사모님이 너무 아름다우셔서 연예인인 줄 알았어요."

박 기자의 말에 주변에 있던 스탭들이 모두 고개를 끄덕였다. 저희들끼리 이미 그런 말을 나누기라도 한 것처럼. 푸른 원피스를 입은 태희는 정말 모델 못지않은 분위기를 풍겼다.

"사진 찍는 걸 별로 안 좋아하신다면서요?"

그럴 리가 있겠는가. 그녀는 누구보다도 카메라 앞에 서고 싶었고, 많은 사람들의 주목을 받기를 원했다. 태희는 슬쩍 남편을 쳐다보았지만 그는 아랑곳하지 않고 모니터에 집중하고 있었다.

"부끄러워서요, 카메라는. 저희 남편이랑 아들 잘 부탁드려요."

태희가 정중히 거절하자 스탭들은 정말이지 안타깝다는 눈길로 그녀를 보았다. 미디어에 노출만 되면 금방 화제가 될 것 같은 미모였으니까.

옷을 갈아입은 남편은 지우를 무릎 위에 앉히고 카메라를 응시했다. 터지는 플래시를 보면서 태희는 자신이 카메라 앞에 선 것처럼 부드러운 미소를 지었다. 그 모습이 눈에 띄었던 관계자는 옆에 있던 카메라를 들어 저도 모르게 셔터를 눌렀다. 잡지에는 실리지 않더라도 좋은 추억으로 남을 것 같았다.

촬영이 끝나자 인터뷰가 시작되었다. 카메라 앞에서 쑥스러워하던 준영은 인터뷰를 진행할 때는 CEO의 면모를 발휘해 능숙하게 대화를 이끌었다. 곧 남편이 운영하는 영우F&B에서 준비한 핑거푸드들이 도착했다. 태희는 지루해서 몸부림치는 아들에게 핸드폰을 쥐어주고, 스탭들에게 직접 음식을 일일이 나누어주었다. 그때마다 잘 부탁드린다는 말을 잊지 않았다.

지켜보던 남편은 태희와 눈이 마주치자 더 없이 상냥하게 미소를 지었다. 원하는 그림을 연출하고 있어 몹시 만족하고 있다는 뜻이었다.

"엄마, 이상한 거 왔어."

"다른 거 건드리지 말고 그것만 봐."

태희는 지우에게 영어 공부를 할 수 있는 애니메이션을 틀어주고는 스탭들을 챙기느라 바빴다. 지우는 다시 한번 엄마의 옷자락을 쥐었다.

"영선이가 누구야?"

태희는 가슴이 철렁 내려앉는 것처럼 놀라 들고 있던 주스 잔을 놓쳤다. 그건 그대로 아들의 머리 위에 쏟아졌다.

지우가 대번에 울음을 터트리면서 사람들의 이목이 집중되었다. 태희가 놀라 허둥지둥 대자, 스탭들이 몰려와 아이를 토닥이고 가져온 대걸레로 바닥을 닦았다.

태희는 먼저 바닥에 떨어진 핸드폰을 챙긴 다음 얼른 지우를 품에 안았다.

"무슨 일이야?"

남편도 걱정스러운 얼굴을 하고 다가왔다. 이 소동 때문에 인터뷰가 잠시 중단된 모양이었다. 태희는 아무것도 아니라며 손을 내저었지만 지우는 울음을 그칠 기미가 안 보였다.

"정말 죄송합니다."

도와준 스탭들에게 인사를 건네고는 지우를 화장실로 데려갔다. 얼굴과 머리를 건성으로 닦아준 뒤, 핸드폰 화면을 확인했다. 누군가 보낸 인스타그램 메시지였다.

그날을 잊지 마.
넌 살인자야, 정영선.

태희는 깨질 듯한 통증이 밀려오는 머리를 부여잡았다. 하필이면 알림이 뜬 걸 아들이 보게 될 줄이야. 이게 무슨 뜻인지 알 만한 나이일까. 태희는 아무것도 확신할 수가 없었다. 지우는 눈물이 그렁그렁한 채 멜빵을 풀고 있었다.

"지우야, 옷 갈아입고 우린 맛있는 거 먹으러 갈까? 지우가 좋아하는 케이크는 어때?"

"집에 갈래!"

"이렇게 예쁘게 하고 빨리 들어가면 너무 아깝잖아."

아들은 말을 들어주지 않자 점점 목소리가 커졌다. 결국 태희는 다시 울음을 터뜨리는 지우를 어르고 달래어 스튜디오로 돌아갔다.

새 옷으로 갈아입히고 무릎에 눕혀 재울 때까지 태희의 머릿속에는 온통 메시지 내용뿐이었다. 잡지 관계자들은 모두 남편의 인터뷰에 신경 쓰느라 더 이상 이쪽엔 관심이 없어 보였다. 태희는 눈치를 살피다 벽에 기대어 핸드폰을 켰다. 인스타그램에는 수많은 메시지들이 도착해 있었다.

수림이 보낸 메시지들은 대부분 격앙된 감정을 드러내고 있었다.

연락 한 번을 안 하니? 친구끼리 어떻게 모른 척할 수가 있어? 넌 옛날이나 지금이나 똑같아! 이기적이고 못돼먹었어. 영선아, 내가 말이 너무 심했지. 답장 한 번 줘.

대꾸하기도 귀찮은 내용들이었다. 하지만 이번 협박 메시지는 달랐다. 고민하던 태희는 결국 답장을 보냈다.

뭘 원해?

한숨을 다 뱉어내기도 전에 답장이 도착했다.

우리 만날까?

이 흔하고 단순한 말이 목에 걸리는 올가미처럼 느껴졌다. 결국 이렇게 될 거였다. 그들이 자신을 찾아냈으니 피하는 것은 더 이상 의미가 없을 것이었다. 태희는 잠든 아들의 머리카락을 쓰다듬으며 마음을 굳게 먹었다.

6

11월의 첫째 주 월요일이었다. 연말이 코앞에 다가온 터라, 여성 잡지 〈우먼포커스〉 직원들은 특히 정신없는 하루를 보내고 있었다. 오후까지 이어진 미팅에 녹초가 된 박소연 기자는 다섯 시가 넘어서야 겨우 회의실을 나설 수 있었다.

탕비실부터 찾은 소연은 떨어진 당을 보충하기 위해 믹스커피를 두 개나 넣어 물을 부었다.

"박 기자님, 지난번에 찍은 김준영 사장님 사진 나왔어. 보정 안 했는데도 잘생겼던데."

함께 취재를 갔던 김 기자가 소연을 보곤 반색하며 다가왔다.

"거기 사모님도 본판이 예뻐서 그런지 완전 연예인처럼 나왔더라."

"사진 안 찍었잖아요?"

"촬영 현장 사진에는 있더라고. 옆모습이긴 하지만."

소연은 얼른 커피를 들이켜면서 김 기자가 내민 핸드폰을 받아들었다. 그 안에는 기품 있게 미소 짓는 정태희의 모습이 보였다.

"이 사진도 넣으면 안 될까? 회사 홍보하는 데도 좋을 것 같은데."

요즘엔 일반인들도 온갖 SNS를 통해 얼굴을 알릴 기회가 많았고, 주목을 받을수록 매출로도 연결되었다. 언론에 노출이 잦은 젊고 잘생긴 사장과 아름답고 우아한 아내의 조합은 시너지 효과를 낼 것이 분명했다.

"정면 사진도 아니고, 넣으면 안 된다는 말은 없긴 했죠. 어차피 셀렉 해달라고 메일 보낼 거니까 거기에 같이 포함시켜볼게요. 촬영장 비하인드 기사에 작게 들어가는 것도 좋을 것 같고."

"한 장 정도는 괜찮을지도 몰라. 여성 잡지인데 아이는 있고 엄마는 사진이 없는 것도 좀 이상하지 않아? 인터뷰 내내 가족 얘기가 빠지지 않았잖아."

소연은 고개를 끄덕거리며 자리로 돌아왔다. 아이가 우는데도 우두커니 서서 지켜보고만 있던 준영과 핸드폰을 들여다보며 인상을 쓰고 있던 태희의 모습이 겹쳐서 떠올랐다. 그녀는 사진과 인터뷰 기사를 김준영의 메일로 보내고, 직통 번호로 문자를 남겼다.

초겨울에 접어드니 해가 지는 속도가 빨라졌다. 오늘은 남편도 야근이고, 아들도 친구네 집에서 숙제를 하고 들어오기로 했다. 오후 내내 멍하니 거실에 앉아 있던 태희는 시계를 확인하고선 일어섰다.

약속장소인 도봉산역까지는 한 시간 정도 소요될 예정이었다. 퇴근 인파에 차가 밀리지 않도록 여유 있게 나가려는데 남편의 문사가 도착했다.

> 메일로 잡지 사진 보냈어. 그중에서 크게 들어갈 사진 세 상, 작게 들어갈 사진 열 장 골라서 박 기자님한테 답장 부탁해. 최대한 빨리!

끝에는 '당신의 안목을 믿어'라는 말이 적혀 있었다. 준영은 대중에게 이미지를 팔아야 할 때면 당연하다는 듯 태희에게 조언을 구했다.

태희는 노트북을 열어 사진을 확인했다. 주로 경제 잡지에 실릴 사진들을 찍었던 준영은 항상 시원한 미소를 짓고 있었지만 이번에는 부드러운 얼굴로 카메라를 응시하고 있었다. 시선 처리와 포즈 모두 태희가 코칭해준 대로였다.

처음 두 사람이 만났을 때 준영은 주목받는 창업가였지만 볼품없고 주눅 든 스타일 때문에 눈에 잘 띄지 않는 편이었다. 사업을 설명하러 가도 학생 취급 받으며 무시당하는 일이 빈번했다. 태희는 준영의 옷부터 자세, 태도, 말투까지 손보아 그를 성공한 사업가처럼 보이도록 꾸준히 이미지 메이킹을 해주었다. 그 이후로 준영은 계약 성공률이 높아졌고, 태희의 안목을 신뢰하게 되었다.

남편은 그녀가 만들어준 이미지로 유명세를 탔지만, 그럴수록 태희는 그의 뒤로 더 깊이 숨어야만 했다. 잡지가 서점에 진열되면 남편을 알아보는 사람이 더욱 많아질지도 모른다는 생각에 미치자 어쩐지 불공평하게 느껴졌다. 충분히 재능을 발휘할 수 있는 일이 많은데 이를 남편 사진 고르는 데나 쓰고 있으니 답답할 뿐이었다. 그녀가 원한 것은 내조의 여왕 따위가 아니었다.

잘 나온 사진으로 몇 장 추리던 태희는 눈에 띄는 사진을 하나 발견했다. 촬영하는 남편을 바라보고 있는 자신의 얼굴이었다. 이렇게까지 황홀한 표정으로 쳐다보고 있으면 빈말이라도 함께 사진을 찍자고 권할 법도 했는데, 남편은 끝까지 그런 아량은 베풀지 않았다.

노트북 하단의 시계는 어느새 다섯 시를 가리키고 있었다. 어느새 시간이! 태희는 깜짝 놀라 폴더를 정리하고 고른 사진들을 서둘러 메일에 첨부했다.

정신없는 와중에도 몸에 밴 습관은 태희를 파우더룸으로 이끌었다. 프릴 달린 블라우스와 정장에 어울릴 만한 향수를 고를 여유는 없었다. 가장 가까운 위치에 있는 향수를 꺼내려다가 장식장 가운데 놓인 것에 시선이 당겨졌다.

왜 하필 자신에게만 향수를 보낸 것일까.

다른 친구들이 받은 디퓨저보다 특별한 의미를 가지고 있을지도 모른다. 하지만 이 평범한 향수병에는 아무런 특이점을 발견할 수 없었다. 그렇다면 향기에서 답을 찾을 수 있지 않을까.

태희는 막연한 생각으로 손을 뻗어 아틀리에 K 향수의 뚜껑을 열었다. 생각이 많으면 서로 엉키기만 할 뿐이었다. 더 꼬이기 전에 싹을 잘라야 했다.

손목에 이어 왼쪽 귀 뒤에 향수를 분사했다가 태희는 금세 인상을 찌푸렸다. 백합의 뒤로 스파이시한 블랙 페퍼, 진저, 묵직한 머스크가 코를 찌르며 전혀 어울리지 않는 향기를 뿜어내고 있었다. 하나만 들어가도 호불호가 갈리는 재료들이 한꺼번에 튀어나올 줄이야. 강렬하고 톡 쏘는 향에 코가 마비될 지경이었다.

하지만 그 가운데서도 이질적인 향을 맡을 수 있었다.

이건 분명히 담배 냄새였다.

아무리 조합을 잘못해도 이런 향은 나올 수가 없었다. 하지만 다시 맡아봐도 생각은 바뀌지 않았다. 누군가 향수에 니코틴을 주입했다.

금연한 지 10년이 넘었으니 이를 착각할 리가 없었다. 그녀는 남편의 담배 냄새에도 예민하게 반응했다.

사람의 몸에 니코틴 원액을 주입하면 소량으로도 사망할 수 있었다. 향수에 액상 니코틴이 들어 있다면 뿌릴 때마다 진한 농도의 니코틴을 흡입하는 셈이었다. 마시는 것보다는 덜할지 몰라도 위험하기는 마찬가지였다.

팔에 돋는 소름을 쓸어내릴 틈도 없이 거실에서 인터폰이 요란하게 울렸다. 태희는 얼른 거실로 가 관리사무소에서 온 연락을 받았다.

"사모님, 퀵배달이 도착했는데요. 꼭 사모님께 직접 전해드려야 한다고 우겨서요. 확인 부탁드려도 될까요?"

새로 온 직원은 업무가 능숙하지 않은지 우왕좌왕하는 게 인터폰 너머로도 고스란히 느껴졌다.

"무슨 물건이에요?"

태희는 그의 앳된 얼굴을 떠올리며 인내심을 발휘했다.

"내용물은 모르겠는데요. 보내신 분 성함이…… 아틀리에 K랍니다."

놀랄 틈도 없이 바로 엘리베이터를 호출한 태희는 일층으로 내려가면서 숨을 골랐다.

향수는 영선의 이름으로 보내더니 이번에는 어디서 보냈는지 이름을 밝히고 있었다. 어쩌면 친구들이 혼란을 주기 위해 일부러 그런 것일지도 몰랐다. 향수에 니코틴이 들어 있었다고 경찰에 신고해야 하나, 고민이 들었다. 그렇게 되면 남편이 친구들의 존재를 알게 되는 게 불가피해졌다. 그것만은 절대 안 되는 일이었다.

태희는 뛰듯이 관리사무소로 내려갔다. 관리직원은 번거롭게 해드려 죄송하다며 사과했지만 배달부는 귀찮게 되었다는 얼굴로 태희를 빤히 쳐다보았다.

태희는 택배 상자를 받아들어 얼른 뜯어보았다. 그 안에는 수림이 받은 것과 똑같은 디퓨저와 카드가 들어 있었다.

"정태희님 맞으시죠? 여기 받으셨다는 사인 좀 해주세요."

"이거 누가 보낸 거예요?"

태희는 일부러 사인을 머뭇거리면서 배달부의 눈치를 살폈다.

"보낸 사람은 따로 있을 거 아니에요? 이름을 알아야 답례라도 하죠."

그는 머리를 긁적이면서 퉁명스럽게 상자에 쓰인 공방의 이름을 가리켰다.

"여기 사장님이 직접 퀵 부르신 것 맞아요."

배달부는 건성으로 대답하더니 사인을 받자마자 바로 자리를 떴다.

태희가 디퓨저를 이리저리 살펴보다가 코에 갖다 대자, 독한 알코올 냄새를 뚫고 담배 냄새가 올라왔다. 니코틴 농도가 향수에 비할 바 없이 강렬했다.

모르고 아무렇게나 둔다면 액상 니코틴은 짧으면 한 달, 길게는 석 달 동안 리드를 타고 코와 입으로 쉴 새 없이 침투할 것이다. 악의는 너무도 선명했다. 그 악의가 살해에 가깝다는 데 소름이 끼쳤다. 무억도 친구들이 받은 다퓨저도 이 정도 농도라면, 누군가 그들을 죽이려 하고 있는 것이다.

공방의 로고가 선명하게 찍혀 있는 카드엔 그녀를 부르는 목소리가 담겨 있는 듯했다.

나의 친구, 영선이에게.

7

약속장소는 도봉산역 3번 출구에서 15분 거리에 있는 카페였다. 2층 테라스에서 보이는 도봉산 풍경이 멋진 곳이지만, 교통이 불편해 평일에는 방문객이 많지 않았다.

태희는 퇴근길과 겹쳐 한 시간이나 지각했지만 서두르지는 않았다.

일층에서 커피를 주문하고 손거울을 꺼내 립스틱을 덧칠했다. 친구들은 기다리는 시간 동안 초조해할 것이 분명했다. 태희는 아이스 아메리카노를 받아들고 느긋하게 2층으로 올라갔다.

테라스에는 오래간만에 보는 달갑지 않은 얼굴들이 모여 있었다. 태희는 일부러 구두 소리가 들리도록 힘주어 걸었다.

"시간이 많이 흐르긴 했나 봐. 이런 치졸한 짓까지 다 하고."

태희는 친구들의 손인사도 무시한 채 거두절미하고 본론으로 들어갔다. 여기서 시간낭비를 하며 오래 앉아 있고 싶지 않았다.

"네가 워낙 얼굴 보기 힘든 사람이잖아."

지혜가 태희의 얼굴에다 담배 연기를 뿜었다.

태희는 고개를 돌리며 인상을 찌푸렸다. 테이블 위 재떨이에는 벌써 열 개가 넘는 꽁초들이 버려져 있었다.

지혜 양옆에 앉은 수림과 명주는 빈 커피잔을 흔들며 못마땅한 티를 냈다.

"그럼 진작 말하지 그랬어? 우연히 마주친 것도 아니었을 텐데."

태희가 수림을 힐끔 처다보았다. 수림은 태희를 연신 위아래로 훑어보고 있었다. 머릿속으로 계산기를 두드리고 있을 것이 뻔했다. 태희는 보란 듯이 명품 로고가 크게 박힌 옷과 가방을 착용하고 왔다.

"우리가 동창회나 하자고 부른 줄 알아?"

명주는 한 시간 넘게 기다린 것이 짜증났는지 대뜸 쏘아붙였다. 어릴 때부터 워낙 성격이 급했던 터라 이 시간을 견디기가 힘들었을 것이다.

태희는 커피를 한 모금 마시며 입술을 축였다.

"그럼 왜 불렀어? 말도 안 되는 소리를 해가면서까지."

태희는 한 명씩 눈을 맞추었다. 너희들이 메시지로 보낸 내용들은 전혀 의식하고 있지 않다는 뜻을 담아서.

"찔리는 게 없다면 나오지도 않았겠지."

지혜는 태희의 마음을 꿰뚫고 있었다. 여기서 멈칫하는 순간 친구들의 페이스에 휘말리게 된다. 태희는 얼른 받아쳤다.

"내가 살인자라니?"

"말 그대로야."

태희는 코웃음을 쳤다. 이런 억지에 놀아날 수는 없었다.

"헛소리 하지마. 내가 누굴 죽였다는 거야?"

지혜가 느릿하게 담배를 비벼 끄며 말했다.

"기억 안 나? 김세경."

그 이름을 들은 태희는 속이 타들어가는 것을 느꼈다. 어떻게 잊겠는가. 어두컴컴한 무억도 바다와 살려달라던 세경의 비명 소리. 결국 그날 김세경은 죽었던 것일까. 하지만 친구들의 억지 주장에 넘어갈 수는 없었다. 정신차려야 한다.

"난 그때 무억도에 없었어."

"본 사람이 있지. 네가 바다에 빠진 김세경을 보았는데도 도망가는 모습 말이야."

악몽이 몇 번이고 반복되면 흐릿했던 기억도 선명하게 바뀌기 마련이다. 세경을 외면하고 돌아서던 그날 밤, 태희는 굿모닝펜션 꼭대기 층에 불이 켜져 있던 것을 떠올렸다. 창가에 아무도 없다고 생각한 것이 실수였다. 목격자는 이곳에 없는 은영 언니였다.

"의사 말로는 조금만 더 빨리 신고했어도 세경이가 살 수 있었다더라."

태희는 슬슬 짜증이 치밀었다.

"말도 안 되는 걸로 날 협박할 생각하지 마. 세경이를 바다에 처넣은 건 너희들이잖아!"

"우리가 그날 불러낸 건 세경이가 아니라 정영선이었지. 그 바다에 빠져야 했던 건 너라고. 김세경은 너 대신 빠졌고, 너 때문에 결국 죽은 거야."

오랜 시간 숨겨왔던 죄책감을 타인의 입으로 들으니 이상한 반발심이 더 앞섰다. 누구보다도 그날 밤을 가장 많이 떠올린 것은 태희 자신일 것이다. 살려달라고 소리치던 세경의 절박한 목소리가 여전히 귓가에 맴돌았다.

망설이지 않았을 리가 있겠는가. 태희는 가끔씩 그날 밤에 세경을 구하는 상상을 하곤 했다. 그 애를 구하고, 다시 아무 일 없는 일상을 보냈다면 어땠을까. 그랬다면 지금의 정태희는 없었을 것이다.

두 가지를 모두 만족시키는 선택이란 없다. 열아홉의 정영선은 인생을 바꿔줄 기회와 우정 사이에서 선택을 해야만 했다. 시간이 흐른 지금도 그녀는 후회하지 않았다. 정태희의 최우선순위가 자신이라는 것은 변함없었으므로.

다만 걸리는 게 있다면 세경이 수영을 하지 못한다는 사실을 아는 사람은 태희뿐이었다는 것이다.

지혜의 말을 듣고 나서 오히려 태희는 더 이상 과거에 얽매이지 않겠다고 결심했다. 16년을 떨어져 지내다 보니 친구들을 너무 미화시켜 생각했던 모양이었다. 원래부터 이런 애들이었지. 태희는 새삼스레 친구들을 재회한 걸 실감했다.

"도의적인 책임이 있는 건 사실이야. 그렇다고 내가 세경이를 죽인 건 아니지. 당장 경찰에 신고하면 누굴 잡아갈 것 같니?"

"우리는 범인으로 널 지목할 거야."

"뭐?"

"네 인스타그램에 그 이야기밖에 없게 될 걸? 네 지인들은 그 말을 믿을까, 안 믿을까?"

명주의 터무니없는 말에 태희는 신경이 더욱 날카로워졌다. 말도 안 되는 억지라고 생각하면서도 마음 한구석에는 불안감이 밀려왔다. 그들의 계획에 휘말리지 않으려면 더욱 강단 있게 굴어야 했다.

"고작 머리 굴려서 나온 게 그거야? 대꾸할 가치도 없는? 앞으로 할 말 있으면 내 변호사랑 해."

태희는 핸드백을 챙겨서 일어섰다. 더 이상 대화를 나눴다가는 불리해질 것만 같았다. 네 명의 입을 계속 감당하는 것도 무리였다.

"영선아, 우린 한 발짝만 내딛어도 바닥이지만 넌 거기서 떨어지면 죽어."

유들유들하게 웃고 있던 지혜의 표정이 싸늘해졌다. 지혜가 태희에게 정색을 하는 것은 없던 일이라 수림과 명주마저도 긴장하고 말았다.

"넌 그냥 거기 서서 우리한테 밧줄이나 던져주면 돼. 지금 너한텐 그렇게 큰일은 아닐 것 같은데?"

지혜는 쇼핑을 할 물건을 고르듯 태희를 훑어보았다. 화려한 블라우스와 부드러운 소재의 정장은 언뜻 보아도 비싼 것이었다. 수림이 곁눈질로 탐내고 있는 가방까지도.

태희는 이들의 눈길을 마주치며 자신이 만들어온 이미지를 생각했다. 그런 말도 안 되는 루머에 와르르 무너질 만큼 쌓아올린 성은 허약하지 않다고 장담할 수 있었다. 그동안 공들여온 노력과 시간을 이들은 조금도 알지 못한다.

하지만 모두가 다 그럴까?

면전에서 칭찬과 덕담에 익숙한 사람들도 그녀가 실수하기만을 기다리고 있지는 않을까. 누군가는 틈이 보이면 맹렬하게 달려들 준비가 되어 있을지도 모른다. 나보다 높은 곳에 서 있던 사람의 추락을 지켜보는 건 누구에게나 흥미로운 법이다. 자신조차도 그럴 테니까.

"그래, 별거 아니잖아. 이것만 있으면 넌 지금 가진 것들을 다 지킬 수 있다니까?"

수림이 검지와 엄지손가락으로 동그라미를 만들어 보였다. 역시 이들이 원하는 건 단순하고 분명했다. 태희는 남편의 수변에서 이런 부류의 사람들을 몇 번 본 적이 있었다. 그때마다 자신은 이런 협박을 할 지인이 없어 다행이라 생각하곤 했는데.

지혜가 슬며시 다가와 태희의 귓가에 속삭였다.

"남편한테는 전부 다 비밀로 해줄게."

태희가 헛웃음을 뱉으며 노려보자, 지혜는 입모양으로 분명하게 경고했다. 난 다 알고 있어.

머릿속에 사이렌이 울렸고, 태희는 그것이 무엇을 의미하는지 본능적으로 깨달았다. 세경이와 관련이 없는 또 다른 비밀이었다.

"죄는 미워해도 친구는 미워하면 안 되니까. 이 정도면 우리 우정도 쓸 만한 것 같지 않아?"

어떻게 알았을까. 자신의 과거 그 어디에서도 강지혜는 찾을 수 없었다. 하지만 지혜의 눈빛은 오늘 본 것 중에 가장 진실했다.

지혜는 태희의 어깨를 두드린 뒤 먼저 자리를 떴다. 콧노래를 부르는 수림과 말없이 노려보기만 하던 명주가 그 뒤를 따랐다.

꽁초로 가득한 재떨이를 보며 태희는 그들을 다시 불러 세웠다. 이 정도 양이면 친구들은 디퓨저에서 담배 냄새가 난다는 것도 알아채지 못할 것이다. 태희는 자신을 위협하는 무역도 친구들과 수상한 디퓨저를 보낸 익명의 적 중에서 후자의 손을 잡기로 했다. 정말 익명의 적이 존재한다면.

"선물은 마음에 들었니?"

수림이 의아해하는 지혜와 명주에게 며칠 전, 영선이 보낸 디퓨저에 대해 말했다.

"누가 보냈나 했네. 갑자기 왜 안 하던 짓 하고 난리야?"

"그래도 친구라고, 너희들 생각나더라. 이런 말 들을 줄 알았으면 보내지도 않았을 텐데."

"선물 덕분에 기다려준 거야. 안 그랬으면 그냥 확 터뜨려버리려고 했거든."

명주가 태희를 약 올리듯 핸드폰 화면을 들어 보였다. 화면에는 태희의 인스타그램 피드가 떠있었다.

"마음에 들었다니 다행이네. 내가 제일 좋아하는 브랜드라서."

태희는 수림이 움찔거리며 반응하는 걸 보았다. 수림은 자신이 사용하는 것이라면 아무런 의심도 없이 따라할 것이다. 그렇게 믿기로 했다.

"고마워. 잘 쓸게."

지혜가 손을 흔들며 일 층으로 내려갔다. 그 말이 사실인지 아닌지는 한참 후에나 알게 될 것이다. 세 사람의 모습이 시야에서 사라지고 나서야 태희는 신경질적으로 아이스커피를 들이켰다.

8

과거는 시간이 지날수록 아름다워지기 마련이라던데 태희에게는
해당사항이 없었다. 오히려 곱씹을수록 쓰라린 기억들만 불쑥불쑥
튀어나왔다. 늘 명령만 내리는 지혜와 툭하면 영선에게 시비를 걸
던 명주, 한 걸음 물러난 자리에서 실실거리며 약 올리는 수림까지.

하지만 이 기억이 모두 맞는 것일까? 실제로 그런 일이 있었는지
는 정확하지가 않았다. 추억은 생각하는 사람의 의지대로 비춰지곤
하니까.

새벽 두 시. 태희는 남편이 잠든 것을 확인하고서 천천히 방을 나
왔다. 친구들의 문자를 받은 후로부터 생긴 버릇이었다. 파우더룸에
는 아예 편안한 의자를 가져다두었다. 그곳에서 마음이 진정될 때
까지 몇 시간이고 앉아 들끓는 생각을 쏟아냈다.

구석에는 선물로 받은 디퓨저가 여전히 포장된 상태로 놓여 있었
다. 누가 이렇게 지독한 악의를 뿜어내고 있는 것일까. 자신에게만

향수와 디퓨저 모두 보낸 건 어떤 의미인지 궁금해 미칠 지경이었다. 어쩌면 특별히 저를 더 미워하고 있는 것일지도 몰랐다. 그럴만한 사람은 한 명밖에 떠오르지 않았다.

하지만 그 생각은 가장 불가능한 것이기도 했다. 죽은 사람이 살아 돌아올 리는 없지 않은가? 어쨌든 날이 밝으면 공방부터 가볼 생각이었다. 둘 중 하나의 손을 잡아야 한다면 모두를 미워하는 쪽을 설득하는 것이 나았다.

저녁에 있었던 일을 곱씹어보던 태희는 핸드폰에 온 문자메시지를 확인했다.

일주일 안에 천만 원 준비해.

지혜가 보낸 문자였다. 간결하지만 분명하고 당당한 요구. 이것은 시작에 불과할 것이다.

다시 방으로 들어간 태희는 남편의 숨소리를 들으며 쓰러지듯 침대에 누웠다. 이 사실을 남편이 알면 어떻게 나올까? 과거의 인연을 정리하는 것은 결혼의 세 번째 조건이었고, 그는 약속을 중요하게 생각하는 사람이었다.

남편에게 들키지 않고 천만 원을 친구들에게 건네는 방법 같은 건 없었다. 그의 눈을 피해 모아놓은 비상금도 없었으므로. 부디 저들이 모를 디퓨저의 효과가 서둘러 나타나길 바랄 뿐이었다.

아침부터 둔탁한 칼질 소리가 집 안에 울려 퍼졌다. 뜬눈으로 밤을 샌 태희는 골똘히 생각에 잠긴 표정으로 생선을 토막 내고 있었다. 도마 위의 가자미들은 깔끔하게 삼등분으로 나뉘어졌다.

그 소리에 잠을 깼는지 다가온 준영이 태희의 뒷목에 얼굴을 묻었다.

"여보, 사랑해."

"나도. 빨리 씻고 와. 아침은 당신이 좋아하는 걸로 준비했어."

태희는 남편의 등을 소리 나게 두드리며 욕실로 보냈다.

사탕 발린 소리 대신 돈으로 주면 좋을 텐데. 태희는 순간 든 생각을 얼른 지워내며 생선 위로 양념을 들이부었다.

욕실에서 나온 준영은 바로 거실로 향했다. 열린 창문 틈으로 불어오는 찬바람에 몸을 떨었다. 아내는 생선 요리를 하는 날에는 집 안에 있는 창문을 죄다 열었다. 일종의 의식이었다. 창문을 닫고 와 식탁에 앉았다. 코를 킁킁거리다 가자미조림부터 베어 물었다.

어느새 태희는 아까와 다른 옷을 입고 아들을 깨우고 있었다. 지우는 일어나지 않으려 몸부림쳤다.

"학교 안 갈래. 어차피 끝나고 학원 가서도 공부한단 말이야."

"열심히 공부해야 A반으로 올라가지. 그리고 가서 친구들하고 재미있게 공놀이도 하면 좋잖아."

지우는 칭얼거리며 몸에 이불을 돌돌 말았다.

"지금 안 일어나면 우리 지우가 좋아하는 반찬이 다 없어질 텐데. 그래도 괜찮아?"

아들은 아빠와 똑같은 식성을 가지고 있었다. 지우는 얼른 몸을 일으켰다. 태희는 거실로 뛰어나가는 아들의 뒷모습을 보며 씁쓸해졌다.

태희는 무역도를 떠난 뒤로 한 번도 생선을 입에 댄 적이 없었다.

남편과 아들이 식사를 하는 동안, 태희는 창가에 서서 모닝커피를 마시는 것이 전부였다. 역겨운 비린내에 구역질이 나는 것을 몇 번이고 삼켜야 했다.

남편과 지우가 현관을 나서자 태희는 남아 있는 생선들을 모두 음식물쓰레기봉투에 쓸어 넣었다. 그런 다음 손을 세 번이나 씻고, 파우더룸으로 가 향수를 마구 뿌렸다. 무억도를 떠올리게 하는 것들은 조금이라도 남겨 두고 싶지 않았다.

아틀리에 K 건물 앞에다 주차를 했다. 시간이 오후 세 시를 넘어가고 있었다. 태희는 천천히 공방의 문을 열었다. 경쾌한 종소리는 다소 음산하게 들리기도 했다.

태희는 눈앞에 펼쳐진 광경에 넋을 놓았다. 새하얀 대리석으로 디자인한 실내 왼쪽에는 손님에게 선보일 제품들이 가득한 쇼룸이 마련되어 있었다. 선반에는 글라스 돔으로 덮인 캔들과 향수, 색색의 드라이플라워를 넣어서 만든 석고방향제들이 진열되어 있었다.

오른쪽 연구실에는 각종 오일들과 공병들이 가득했고, 얼핏 차트가 보이기도 했다. 여유 자리에는 작은 화분들이 앙증맞게 놓여 산뜻한 분위기를 연출했다. 어느 곳 하나 허투루 쓰인 공간이 없었다.

태희는 천천히 가구들을 손으로 쓸어보았다. 머릿속에서 상상만 하던 태희만의 공방이 완벽하게 재현되어 눈앞에 나타난 것 같았다.

"어서 오세요. 필요한 것 있으세요?"

160대 중반의 키에 호리호리한 체형, 선해 보이는 인상을 가진 중년 여자가 연구실 안쪽에서 나왔다. 혹시나 했지만 세경과 닮은 구석은 없었다.

"어제 여기 제품을 퀵으로 받았거든요. 누가 보낸 건지 알고 싶어서 왔어요."

태희는 디퓨저를 찍은 사진을 내밀어 보여주었다.

"어제라면 수업이 있었던 날이네요. 그중에 한 분이 친구한테 선물하겠다고 퀵서비스를 불러달라고 하셨죠. 이름이 뭐였더라? 얼굴은 어렴풋이 기억나긴 하는데. 굉장히 독특한 향을 섞더라고요. 죄송하지만 명단은 드릴 수가 없어요. 원데이 클래스였기도 하고, 개인정보는 수업이 끝나면 바로 폐기하고 있거든요."

"혹시 CCTV라도 없을까요?"

"저희가 오픈한 지 얼마 안 돼서 아직 설치하지 못했는데요. 무슨 일이 있나요?"

사장이 조심스럽게 묻자 태희는 얼른 고개를 저었다.

"선물을 보내놓고 이름을 안 써놨더라고요. 고맙다는 인사라도 하고 싶어서요."

"그러시면 번호 남겨주세요. 얼굴은 기억나니까 또 오시면 문자로 알려드릴게요."

"감사합니다. 아틀리에가 정말 멋져요."

태희는 사장이 내민 쪽지에 이름과 전화번호를 적으며 진심을 담아 말했다.

가게를 나오기 전에 입구에 놓인 명함을 하나 챙겼다. 사장의 이름은 조혜선. 요즘 가게들이 그렇듯 인스타그램으로 운영 시간을 공지한다고 했다.

태희는 나가지 못하고 머뭇거렸다. 더 이상 여기서 할 수 있는 게 없는데도 발걸음이 쉽게 떨어지지 않았다. 왜일까? 아무것도 알아내지 못했다는 아쉬움 때문인지, 번화가에 공방을 차린 혜선이 부러워 그런 건지 분간이 되지 않았다. 잠시만 더 머물고 싶은 마음이 발길을 당겼다.

태희가 문 앞에서 미적거리자 사장이 다가와 손수 문을 열어주며 그녀를 배웅했다.

누군지 알아낼 수 없는 익명의 적에게 당장 기대를 걸 수는 없다는 게 분명해졌다. 그렇다면 할 수 있는 일은 돈을 마련하는 것뿐이었다. 태희는 다시 차에 올라타 집으로 향하면서 어떻게 돈을 마련할지 고민했다. 이런 일방적인 요구를 들어준다면 한 번으로 끝나지 않을 테지만 디퓨저를 보낸 사람을 알아내기 전까지 시간을 벌기 위해서는 어쩔 수 없었다.

태희는 조수석에 올려둔 가방을 보았다. 베이지색의 명품 가방으로, 작년에 300만 원대에 구입한 제품이었다. 얼마나 받을 수 있으려나. 집에 있는 가방들을 머릿속으로 세어보는데 앞유리창에 빗방울이 떨어지기 시작했다.

요즘 날씨는 종잡을 수가 없었다. 태희는 뒷좌석에 예비로 가져다 둔 우산을 흘긋 보고는 경로를 수정했다.

혜선은 손님의 차가 다른 차량들에 묻혀 더 이상 보이지 않을 때까지 보도에서 지켜보다가 공방으로 돌아왔다. 어느새 시커먼 하늘에서는 비가 한 방울씩 떨어지고 있었다. 기다리던 손님이 드디어 다녀갔으니 오늘은 공방의 문을 닫아도 될 것 같았다. 혜선은 태희가 남긴 쪽지를 집어 들었다.

정갈하게 쓰인 글씨체가 태희의 단아한 외양을 떠올리게 했다. 혜선은 벽면에 장식된 소파에 드러누워 못마땅한 표정으로 쪽지를 살폈다.

대체 이 여자가 뭔데 다들 이렇게 난리람. 혜선은 혀를 차며 고개를 돌렸다. 이런 일에 얽히면 괜히 골치만 아파진다는 것은 겪어보지 않아도 알 수 있었다.

다시 공방 출입문에서 종소리가 울렸다. 문을 잠그는 걸 깜빡했던 모양이다. 서둘러 일어나던 혜선은 들어서는 여자를 보며 안도의 미소를 지었다.

"사장님, 오셨어요?"

혜선은 젊은 여자에게 깍듯하게 고개를 숙였다.

그녀는 건성으로 인사를 받으며 태희가 쓴 쪽지를 받아들었다.

9

갑작스럽게 비가 오는 날에만 모자(母子)는 교문 앞에서 만날 수 있었다. 지우는 입학한 지 일주일 만에 혼자서 하교를 하겠다고 선언했다. 끝나고 바로 친구들과 함께 학원에 가야 하는데, 엄마가 마중 나오면 친구들과 어울릴 시간이 줄어든다는 불평이었다. 태희는 사교적이고 씩씩한 아들이 못내 자랑스러웠다.

한참을 기다렸는데도 나오지 않자 결국 전화를 걸었다. 지우는 받지 않았다. 빗소리와 아이들 목소리에 휴대폰 벨 소리가 묻혔을 가능성이 컸다. 이런 경우를 대비해 위치추적 기능을 설정해두었다.

태희는 핸드폰으로 아이의 위치를 살폈다. 지우는 이미 학교를 벗어나 어디론가 향하고 있었다. 친구와 함께 우산을 쓰고 이동하고 있을지도 몰랐다. 가만히 화면을 보고 있던 태희는 지우가 학원과 반대 방향으로 가고 있다는 것을 알아챘다.

고개를 드니, 학원 친구인 서아와 은호가 꾸벅 인사를 건넸다. 두 아이들은 아침에 야무지게 우산을 챙긴 모양이었다.

"시우랑 같이 안 나왔니? 우산을 안 가지고 갔거든."

서아가 어리둥절한 표정으로 말했다.

"아줌마 친구랑 같이 갔어요. 아줌마가 저쪽에서 기다리고 계신다고 하던데요?"

태희의 표정이 순식간에 일그러졌다. 그런 말을 하는 어른들을 조심해야 한다고 그렇게 일렀는데. 두 아이들은 뭐가 잘못된 건지도 모르는 것 같아 더는 물어볼 수도 없었다.

태희는 절망적인 표정으로 다시 지우에게 전화를 걸었다. 긴 신호음만 들렸다. 당장 경찰에 신고부터 해야 했다. 태희는 얼른 핸드폰을 귀에서 뗐다.

"거짓말 아니에요. 진짜 아줌마 친구였어요."

"그걸 어떻게 알아?"

태희는 112를 누르며 건성으로 대꾸했다.

"사진 봤는데요. 아줌마랑 친구들이 같이 찍은 사진이요."

정말이에요. 은호가 억울하다는 듯 말했다. 서아도 과장되게 고개를 연신 끄덕였다. 태희는 아이들 말을 이해하지 못해서 가만히 쳐다보았다.

애초에 그런 것이 있을 리 없었다. 정태희에게는 친구가 없다. 아무리 곱씹어도 떠오르지 않았다. 늘 조심스럽게 구느라 제대로 나온 사진 한 장 남긴 적도 없었다.

"우리가 못 믿겠다고 하니까 보여주던데요? 아줌마랑 얼굴이 다르다고 했더니, 엄청 옛날 사진이라 그렇대요."

"아줌마 둘이 인스타그램 메시지 주고받은 것도 보여줬어요. 지우도 아줌마 계정이 맞다고 했고요."

태희가 아무 말도 못 하고 눈만 둥그렇게 뜨자, 아이들은 답답한지 설명에 열을 올리기 시작했다.

"사진에서 다 똑같은 옷 입고 있었어요. 흰색에 칼라 있고, 어깨에 빨간 체크무늬 있는 거."

서아는 영어 회화를 잘하는 아이답게 발음을 굴렸다. 태희는 그 말만으로도 어떤 사진인지 알 것 같았다.

핸드폰 화면 속 지우의 위치는 어느새 한 지점에서 머무르고 있었다. 그녀를 향해 보내는 초대장이었다.

역 뒤편으로 조그맣게 마련된 공원은 비가 오는 날이면 더욱 인적이 드물었다. 바닥에 고인 빗물이 종아리로 튀어 올라 얼룩을 남겼지만 태희는 개의치 않고 뛰었다.

저 멀리 공원 가운데 정자에 앉아 있는 지우가 보였다. 그리고 그 옆에는 푸른색 우산을 쓴 여자가 서 있었다. 우산 아래로 구불구불한 머리카락이 보였다. 태희는 핸드폰을 주머니에 넣고 큰 걸음으로 성큼성큼 다가갔다.

"엄마!"

아들은 속도 모르고 환하게 웃고 있었다. 태희는 먼저 지우를 수림에게서 떼어냈다.

"생각보다 일찍 왔네. 지우가 너 닮아서 그런지 예쁘게 생겼다."

수림이 유들유들하게 웃으며 두 사람을 번갈아 보았다.

"이게 뭐하는 짓이야? 어떻게 이런 짓거리를 해!"

"애 보는 앞에서 말조심 좀 해라. 나 그래도 네 친구야. 지우야, 빵다 먹었으면 이것 좀 입어 볼래? 우비가 사이즈가 맞을지 모르겠네."

수림이 지우에게 직접 옷을 입히려 하는 걸 태희가 신경질적으로 치워냈다.

"나하고 얘기해. 내 아들은 건드리지 마."

"누가 뭐라니? 난 그냥 친구 아들한테 선물을 주고 싶은 거야. 비 오는 날이라고 애가 안 놀 수는 없잖아."

수림은 정말 다정한 이모라도 되는 것처럼 지우의 머리를 쓰다듬었다. 지우는 낯선 여자의 손길에도 기분 좋은 얼굴이었고, 태희는 짜증을 꾹꾹 눌러야 했다.

"지우 학원 갈 시간이야."

그 말에 지우는 시무룩한 표정으로 정자에 올려둔 가방을 마지못해 들었다. 지우를 빨리 여기서 데리고 나가야 마음이 편할 것 같았지만 아이는 미적거리는 게 영 협조할 생각이 없어 보였다. 수림은 그런 지우를 안쓰럽게 바라보며 다시 뒤통수를 쓰다듬었다.

"한창 뛰어놀 나이인데 너무 그러지 마. 하루 정도 빼먹는다고 무슨 큰일이라도 나니? 안 그래, 지우야?"

지우는 온몸을 흔들며 고개를 끄덕이더니 엄마 눈치를 살폈다. 그사이 수림은 지우에게 우비를 입히고 볼까지 닦아주었다. 체념하고 만 태희가 괜찮다는 눈짓을 하자, 지우는 조금 떨어진 물웅덩이로 가 발로 물을 튀기며 놀기 시작했다.

"우리도 비 오는 날이면 저렇게 우비 입고 자전거 탔었지."

태희가 화를 퍼부을 틈도 없이 수림이 먼저 말을 꺼냈다.

무억도에서 보낸 마지막 해 서로가 나누었던 추억이었다. 폭우만 아니면 배를 타도 괜찮았지만 친구들은 언제나 자전거로 등교를 고집했다. 쏟아지는 비를 얼굴로 맞으면서도 입을 열고 깔깔대는 것이 즐거웠던 시절이었다.

근데 영선아. 수림이 신나 하는 지우에게서 눈을 떼지 않은 채 말했다.

"나는 그때나 지금이나 비 오는 날이 싫어."

태희는 추억 속의 한 장면에서 멈추었다. 흑백사진 같은 그 장면에는 뒤처져 있다가도 페달을 열심히 밟아 모두를 제치고 까르르 웃음을 터뜨리는 수림이 있었다. 다른 친구들에게 일부러 빗물을 튀기면서 가장 즐거워하던 그건 어떤 수림이었을까? 어쩌면 수림을 잘 알고 있다고 착각한 것일지도 모른다는 생각이 들었다.

무억도 아이들은 비가 오는 날이면 평소보다 일찍 등굣길에 나서야 했다. 무억도에는 다섯 명을 모두 태울 수 있는 차를 가진 사람이 없었다. 흐리고 축축한 날씨에다 아직 어두침침한 시간. 그 시간 속의 다리 위를 우비 차림으로 자전거를 타고 달리는 기분은 마치 또 다른 세계로 진입하는 것처럼 묘하고 설레었다.

그러나 이내 불쾌한 감각이 그런 기분을 걷어치웠다. 우비를 입어도 다리에 빗물이 들러붙었고, 페달을 몇 번 밟지 않았는데도 이미 신발은 축축해지고 말았다. 얼굴을 때리는 빗물에 잔뜩 인상을 써야 했다. 그래도 수림은 유쾌하게 내기를 걸었다. 자전거를 잘 타지도 못하면서 늘 먼저 레이스를 하자고 나섰다. 다들 마지못해 수림의 내기를 들어주면서도 장난을 치며 달리느라 내기 같은 건 금세 잊었다.

다리 위에서 고인 빗물을 튀겨 물장난을 치면 가장 많이 당하는 사람은 수림이었다. 태희는 얼굴에 빗방울이 살짝만 튀어도 기분 나쁜 티를 숨기지 않았고, 옷이 조금이라도 젖으면 마를 때까지 인상을 썼다. 그래도 해맑은 수림을 보면 마냥 표정을 찌푸리고 있을 수는 없었다.

학교에 도착해 우비를 벗으면 수림의 교복만 흠뻑 젖어 있었다. 수림은 트레이닝 복으로 갈아입고 온풍기 앞에서 덜덜 떨곤 했다.

'재미있지 않았어?'

'넌 참 별게 다 재미있다.'

태희는 수림이 따뜻한 바람에 머리를 말리며 물어볼 때마다 핀잔을 주었다. 태희는 비 오는 날 유난히 요란스러운 수림을 이해할 수 없었다.

이제 와 생각해보면 그때는 이해하지 못하는 게 당연했다. 수림은 실은 비가 오는 날을 싫어했던 것이니까. 그 애는 그저 친구들이 즐거워하는 모습을 보려고 자신을 희생하고 있었는지도 몰랐다. 친구들 속에서 수림은 어리광이 많고 단순하다고 취급받았지만 가끔씩 그애는 누구보다도 생각이 깊었다. 그래서 그게 지금 무슨 상관이란 말인가.

촌스런 과거 따위를 회상할 때가 아니었다.

"다시 지우 앞에 나타나면 가만두지 않을 거야. 오늘처럼 이런 식으로 애를 데려가려면 바로 신고할 거고."

수림은 여전히 말없이 시선을 한곳에 고정하고 있었다. 장난에 흠뻑 빠진 지우에게서 수림은 눈을 떼지 못했다. 저런 눈빛을 어디서 봤더라. 태희는 머리를 저었다. 더 이상 뭘 또 기억 속에서 끄집어내고 싶지 않았다. 답답한 마음에 머리를 쓸어내리며 일어섰다.

"앉아. 애 앞에서 추태 보이기 싫으면."

수림의 목소리가 서늘하게 변했다. 눈빛도 갑자기 싸늘해졌다. 수림은 화가 난 것처럼 태희를 쏘아보고 있었다. 화를 낼 사람이 누군데! 태희는 마주 노려보다가 다시 자리에 털썩 앉았다.

"금액을 세 배로 올려야겠어. 일주일 안에 삼천만 원 준비해."

"갑자기 그런 말이 어디 있어? 말도 안 돼!"

"말이 되는지 안 되는지는 우리가 결정하는 거야. 넌 시키는 대로 하면 되는 거고."

태희는 말문이 턱 막혔다. 다른 사람도 아니고 수림에게 휘말린다는 기분이 들자 무엇보다 자존심이 상했다.

"그딴 협박이 정말 통할 거라고 생각하는 거야? 누가 너희들 말을 믿는다고……."

"우린 그날 밤에 널 봤다고 말할 거야. 네가 부둣가에서 김세경을 밀쳐서 바다에 빠뜨려버리고 서울로 도망갔다고. 은영 언니가 구조 신고를 한 기록이 남아 있을 테니 더 확실해지겠지. 넌 도시에서 온 전학생이 부럽고 얄미워서 꾸준히 괴롭혔던 거야. 우린 그걸 가까이에서 봤지만 네가 무서워서 아무 말도 할 수 없었어. 이게 사실인지 아닌지 누가 알겠어?"

수림이 핸드폰을 태희 눈앞에 갖다 대며 쏘아붙였다. 화면 속에는 수림의 주장을 뒷받침해주듯 한껏 포즈를 잡은 태희와 친구들의 앳된 얼굴이 보였다.

"영선아, 네가 세경이 질투한 건 사실이잖아."

태희의 뺨이 순식간에 달아올랐다. 몸에서 저절로 일어나는 반사적인 반응이었다. 수림이 알고 있었을 정도면 다른 아이들도 모를

리 없었다. 알면서도 눈감아주고 있었던 것이다.

처음 세경을 보았을 때, 영선은 그 애의 반질반질한 머리카락과 은은하게 풍기는 향기에 마음을 빼앗겼다. 세경이처럼 처음부터 도시에서 자랐으면 얼마나 좋았을까. 그랬다면 연예인이 되고 싶다고 할 때마다 쓸데없는 생각 말고 멸치나 손질하라는 타박은 받지 않았을 것이다.

지혜는 섬과 도시 생활에 무슨 차이가 있냐고 핀잔을 주었지만, 영선에게는 너무나도 다른 세계였다. 세경을 통해 대도시의 생활을 상상해보는 것은 유일한 즐거움이었다. 하지만 부러운 마음이 커질수록 현실은 지옥이 되었다.

"사람들은 금방 네가 누군지 찾아내겠지. 인터넷에 달린 악플들은 안 보면 그만이지만 현실은 어떨 것 같니? 네가 가는 문화센터, 카페, 지우네 반 학부모 모임까지. 사람들은 널 보면서 눈으로 악플을 달 거야. 지우의 학교 생활은 엉망이 될지도 몰라. 그런 사람의 아이랑 친하게 지내라고 하는 부모는 없을 테니까. 그 집에서는 계속 살 수 있겠어?"

그깟 비난 따위는 정태희에게 아무런 문제가 되지 않았다. 하지만 아들은 다르다. 당사자 앞에서 어른은 눈치를 살피고 체면을 차리지만 아이들은 어른들의 말을 서슴없이 가감없이 옮기게 마련이다. 소문이 사실이든 아니든 지우는 상처 받을 것이다.

머리가 지끈거렸다. 휘둘리지 않으려 애쓸수록 수렁에 빠지는 것만 같았다. 이 상황을 벗어날 방법이, 아니 대응할 방법이 좀처럼 떠오르지 않았다.

태희는 가만히 고개를 숙이고 수림의 말을 듣기만 했다. 그 모습이제 말을 수긍하는 거라고 오해했는지 수림의 목소리가 한결 부드러워졌다.

"손에 쥔 걸 하나도 놓지 않으려고 애쓰다 보면, 손톱이 파고들어 상처가 나더라."

이것 봐. 수림이 태희의 주먹 쥔 손을 잡아끌었다. 엄지손가락을 뺀 나머지 손가락들이 손바닥에 붉은 손톱자국을 만들었다.

수림이 태희의 손바닥을 툭툭 건드렸다.

"이 고운 손바닥에 생채기 내는 것보다는 얌전히 협조하는 게 더 좋을 거야. 그렇지 않겠니? 넌 지켜야 할 것이 많잖아."

맞는 말이었다. 그 말대로 지켜야 할 것이 많았다. 정태희라는 여자의 인생은 살얼음판 위에 지어진 궁전과도 같았다. 실금조차 허용되지 않는 삶은 완벽하게 아름답지만 한편으로 부서질 듯 섬세했다.

수림이 악수하는 척하며 태희의 결혼반지를 만지작거렸다. 수림의 은반지와 확연히 비교되는 정교한 세공의 다이아몬드 반지였다. 이 반지를 끼기 위해 얼마나 많은 것들을 억누르고 참고 견뎌야 했던가.

태희는 수림의 손을 빤히 쳐다보았다.

"네 말이 맞아, 수림아. 그래, 날 생각해주는 건 너밖에 없어. 조만간 다시 연락할게. 지금은 지우가 학원을 결석할 것 같은데."

수림은 눈에 띄게 고분고분해진 태희의 태도에 약간 우쭐한 기분이 들었다. 협박의 효과가 이렇게 빨리 나타날 줄은 몰랐다. 조금은 더 버틸 것 같았는데. 지혜의 말이 맞았다. 아이는 정말 치명적인 아킬레스건이었다.

"그래, 돈은 최대한 빨리 마련해줘. 나는 괜찮은데 지혜랑 명주는 참을성이 없는 편이잖아. 은영 언니도 그렇고."

"너한테 먼저 연락할게. 기다려줄래? 최대한 빨리 마련해볼게."

수림은 태희의 흔들리는 눈을 보며 고개를 끄덕였다.

"정말 고마워. 우리 자주 연락하자."

수림은 그간 쌓였던 서운한 감정이 한꺼번에 씻겨 내려가는 것 같았다. 데려다주지 못해 미안하다는 말에 수림은 괜찮다는 손짓을 해 보였다. 그건 진심에서 우러난 손짓이었다. 수림은 순식간에 역전된 관계가 꽤나 마음에 들었다. 왠지 고등학생 시절 영선을 본 것만 같았다. 그때 이후로 더 이상 자라지 않은.

지우를 데리고 학원으로 향하던 태희는 그만 참지 못하고 횡단보도 앞에서 웃음을 터뜨렸다. 지나던 사람들이 한 번씩 쳐다봤지만 아랑곳하지 않았다. 지우가 잡은 손을 잡아당기며 물었다.

"엄마, 좋은 일 있어?"

태희는 학원 앞에서 지우의 옷매무새를 다듬으며 말했다.

"엄마한테는 네가 무사한 게 가장 좋은 일이야. 오늘 있었던 일은 비밀로 하자, 알겠지?"

지우를 들여보내고 태희는 다시 차를 찾으러 향했다. 경비에게서 학교 앞에 세워둔 차가 견인 당했다는 말을 들어도 태희의 미소는 사라지지 않았다.

수림의 말이 맞았다. 주먹을 쥐면 네 개의 손가락이 손바닥에 상처를 낼 수 있었다. 네 사람은 태희의 것을 빼앗으려다가 제 살을 깎아 먹게 될 것이다.

태희는 즐거운 듯 콧노래까지 부르며 집으로 향했다.

10

집으로 돌아와 수림이 제일 먼저 본 것은 너저분하게 뭉쳐 있는 이불이었다.

지혜와 명주는 어딜 갔는지 집에 없었다. 싱크대에는 기름때 묻은 프라이팬과 접시가 처박혀 있었다. 영선을 만나는 일까지 자신을 시키더니 이젠 집안일도 하지 않을 모양이었다. 얹혀사는 주제에.

수림은 애써 짜증을 억누르며 창문을 열었다. 빗방울이 얼굴에 튀었지만 어쩔 수 없었다. 시원찮은 낡은 환기구가 제 역할을 못 하면서 집 안엔 온갖 음식물 냄새가 떠다녔다. 숨이 막혔다.

이불을 개던 수림은 영선에게서 도착한 문자에 실실 웃었다.

또 보자는 단순한 인사였지만 수림은 이모티콘까지 붙여가며 답장을 했다.

어쩌면 일이 생각한 것보다 쉽게 풀릴지도 모른다. 영선이 친구들 중에서 가장 믿는 사람은 이제 자신이었다. 그것 하나만으로도 수림은 우위에 서는 기분이었다.

친구 관계에서도 역할이 중요하다. 언제나 리드하는 지혜와 묵묵히 그 말에 따르는 명주, 장단에 맞춰주다가도 다정하게 조언을 해주는 은영 언니와 꾸미는 것을 좋아하는 예쁜 영선이처럼 하나의 무리에는 겹치는 역할이 존재하지 않는다.

하지만 세경처럼 애매한 사람이 나타날 때가 있다. 적당히 예쁘고, 적당히 밝고, 적당히 입을 여는 사람. 수림은 그 애가 정말 재미없다고 생각했지만 같이 어울릴 수밖에 없었다. 영선이 세경을 좋아한다는 이유 하나만으로.

불공평했다. 자신은 항상 과하게 웃어야 했고 받아주지 않는 말들을 덧붙이다가 초라함을 느끼기도 했다. 자전거를 타다가 힘이 빠져 뒤처지는데도 친구들은 자신을 기다려주지 않았다. 앞서가는 친구들의 웃음소리가 들리면 수림은 괜히 눈물이 맺혔다. 페달을 기를 쓰고 밟아 역전을 하는 것은 그런 이유였다.

한 학년 위인 은영 언니가 졸업하면 네 사람이 남으니 짝이 맞았다. 영선과 좀 더 가까워질 수 있는 기회였다. 전학 온 세경이 그 자리를 채우는 것은 수림의 계획에 없는 일이었다. 영선은 세경에게 질투와 호감을 동시에 느꼈지만 수림은 애초에 세경을 좋아할 수가 없었다.

다 함께 놀았지만 수림은 절대 세경과 단 둘이 있는 상황을 만들지 않았다. 그것은 다른 친구들도 마찬가지였다.

애들아, 우린 친구잖아.

세경을 바다에 밀어 넣고 망설임 없이 뱃머리를 돌리며 지혜와 명주는 킥킥대며 웃었다. 영선이라는 연결고리가 없었다면 친구라고 부르기도 힘든 사이 아니었던가.

하지만 수림은 웃지 못했다. 세경이 없었더라면 바다에 처박힌 건 누구였을까.

이젠 그런 불안감도 끝이었다. 수림은 산뜻한 기분으로 창문을 닫고, 요즘 들어 발향이 약해진 것 같은 디퓨저의 리드스틱을 반대로 꽂았다. 투명한 유리병에는 용액이 절반밖에 남아 있지 않았다.

영선이도 이 제품을 사용한다고 했지. 수림은 핸드폰을 열어 아틀리에 K를 검색했다. 다소 비싼 가격에도 수림은 망설이지 않고 결제를 눌렀다.

드디어 영선과 공통점이 하나 생겼다. 수림은 프라이팬의 기름때를 닦으면서도 비죽비죽 웃었다. 이제는 연신 울려대는 독촉 문자들에도 평정심을 유지할 수 있었다. 빚을 갚는 일은 시간문제였다.

11

수림에게 호락호락하게 굴었던 효과가 나타나는 것일까.

태희는 이런저런 변명을 늘어놓으며 시간을 벌었다. 약속한 일주
일째가 되었지만 지혜와 명주는 수림이 잘 설득했는지 따로 연락이
오거나 하지는 않았다. 덕분에 태희는 수월하게 계획을 완성했다.

해가 저물자 태희는 몸을 한껏 기대었던 소파에서 일어섰다. 저녁
에는 가족과 식사가 있었다. 최근 바쁜 일정을 소화하느라 가정에
소홀한 것 같아 미안하다며 남편이 마련한 자리였다. 장소는 도산
공원 근처 레스토랑으로, 남편의 프랜차이즈 레스토랑이 목표로 삼
고 있는 곳이기도 했다. 음식을 비교하면서 결국 남편의 칭찬으로
마무리하게 될 텐데, 그런 건 어렵지 않은 일이었다.

태희는 약속 시간인 오후 7시에 맞춰 학원 앞으로 지우를 데리러
갔다. 지우랑은 택시를 타고 이동했다. 레스토랑은 예약이 되어 있
어 기다리지 않고 들어갈 수 있었다. 먼저 도착해 자리를 잡은 준영

이 손을 흔들었다. 메뉴를 선택할 필요는 없었다. 그가 주문해둔 음식들이 하나둘씩 나오던 참이었다.

"오늘 잡지 나오는 날이지? 정신이 없어서 확인을 못 했네."

준영이 홀가분한 기분인 것 같아 태희도 고개를 끄덕이며 맞춰주었다. 잡지는 오는 길에 구입해놨지만 아직 펼쳐보지는 못했다. 남편의 얼굴이 박힌 잡지를 바깥에서 확인하는 것도 우스울 것 같았다.

"집에 가서 천천히 보면 되니까."

태희는 연어스테이크 한 덩이를 지우의 앞접시에 덜며 건성으로 대답했다. 통후추로 밑간을 했지만 미세하게 올라오는 비린내에 저절로 미간이 찌푸려졌다. 하지만 기분이 나쁜 것은 그 때문이 아니었다. 준영은 한껏 표정을 찡그린 태희를 의식하고 물었다.

"왜 그래?"

태희가 고개를 홱 들어 두리번거렸다. 준영에게는 아무것도 아니라고 했지만 계속 신경을 곤두세우고 있었다. 아까부터 누군가 자신을 쳐다보고 있는 것만 같았다.

준영은 아내가 식사를 하는 둥 마는 둥하고 있었지만 대수롭지 않게 여겼다. 그가 늘 생각하는 대로 태희는 작은 것에도 예민하게 반응했다. 특히 사람의 시선에는 더더욱 반응속도가 빨랐다.

준영은 사람들이 흘깃거리는 것을 당연하게 받아들였다. 오늘은 잡지가 나온 날이었고, 그와 지우의 모습이 크게 실려 있을 테니 알아볼 수도 있었다. 준영은 사진처럼 어깨를 쭉 펴고 표정을 부드럽게 풀었다.

"그건 엔초비 오일을 사용한 파스타야. 이 집의 대표 메뉴라고 할 수 있지."

준영이 파스타를 뒤적거리는 탓에 비린내가 치솟았다. 태희는 구역질이 나는 것을 꾹 참으며 반대편으로 고개를 돌렸다.

그들이 태희를 보고 있었다.

대각선 테이블에는 강지혜와 김명주가 언제 온 건지 이미 후식까지 입에 넣고 있었다. 두 사람은 태희와 눈이 마주쳤는데도 아는 척하지도, 놀라지도 않았다.

수림이도 그랬었다. 처음 마주쳤을 때 그 애는 마치 그렇게 만난 게 당연한 것처럼 자연스럽게 굴었다. 대체 언제부터 미행을 했던 거지? 어쩌면 그들은 생각보다 더 오랫동안 자신을 지켜봐 왔을지도 몰랐다.

태희는 더 이상 구역질을 참을 수가 없었다.

"실례합니다, 손님. 더 필요한 게 있습니까?"

태희네 가족을 눈여겨보던 직원이 슬며시 다가와 물었다.

"아내는 이곳 음식이 입에 안 맞는 모양입니다. 후식은 됐습니다."

준영은 기다렸다는 듯이 일어섰다. 태희를 걱정하는 것처럼 말했지만 이곳의 음식이 형편없다는 뉘앙스였다. 태희는 그가 내심 즐거워하고 있다는 것을 깨달았다.

"먼저 차에 가 있어. 난 화장실에 들렀다 갈게."

태희는 그 자리를 빨리 벗어나고 싶었다. 최대한 두 사람을 자신과 먼 곳으로 대피시켜야 했다. 준영이 순순히 고개를 끄덕이며 지우 손을 잡았다.

화장실로 들어간 태희는 세면대를 붙잡고 입을 헹구었다. 해산물들은 모두 지긋지긋한 무역도를 떠올리게 만들었다. 입안의 소금기가 말끔히 없어질 때까지 헹구는 것을 반복했다.

가족 앞에 나타나는 것은 예상치 못한 상황이었지만 이렇게 된 이상 조금이라도 자신에게 유리하게 만들어야 했다. 뒤에서 나는 인기척에 태희는 얼른 핸드폰의 녹음 기능을 켰다.

"입맛까지 바뀌었나 봐?"

뒤따라온 명주가 화장실 입구에 비스듬히 기대어 서서 말했다.

서비스센터에서 일하느라 전보다 목소리가 부드러워졌다더니 짜증 섞인 말투는 여전했다. 태희는 허리를 빳빳하게 세워 거울 속에 들여다보이는 명주를 보았다.

"시간을 주겠다고 했잖아. 돈을 세 배로 요구하면서 그것도 못 기다려?"

"우리가 언제 기다리겠다고 했어?"

"분명 수림이가……."

"우리가 박수림 말을 들어야 돼? 너도 필요할 때만 찾으면서."

걸려들었다.

명주는 과격한 말투로 쉽게 오해를 사는 타입이었다. 정작 수림을 가장 먼저 챙기는 건 명주였지만 눈여겨보지 않으면 알 수 없었다. 그런 점이 명주의 장점이자 단점이었고, 태희에겐 훌륭한 미끼가 되어줄 것이다.

태희는 선명한 녹음을 위해 핸드폰을 쥔 오른쪽으로 몸을 돌렸다.

"어쨌든 수림이한테 들었잖아. 대체 언제부터 날 미행한 거야? 여기 올 줄은 어떻게 알았어?"

"눈과 귀는 폼으로 달린 줄 알아? 약속이나 잘 지켜. 넌 너무 변명이 많아."

명주가 다가오는 바람에 태희는 흠칫했다. 명주는 어깨로 그녀를 밀고 지나쳐 세면대 물을 틀었다. 이 정도로는 너무 약했다. 아직 건질 게 충분하지 않았다. 태희는 조금 더 자극했다.

"예전이나 지금이나 싸가지 없는 건 여전하네, 김명주. 수림이야 착해서 네 성격 받아주는 거지만 지혜는 다를걸?"

손을 씻던 명주가 눈을 치켜뜨며 태희를 노려보았다. 여기서 물러설 수는 없었다.

"넌 강지혜 없으면 아무것도 못 하잖아."

그 말은 꽤 효과가 컸는지 명주는 당장이라도 때릴 듯이 다가와 손을 올렸다. 그 기세에 놀란 태희는 눈을 꼭 감았다. 한 대 정도는 맞아줄 수 있었다. 그게 문제를 해결해줄 수 있다면.

아무런 반응이 없자 태희는 눈을 슬쩍 떴다. 금방이라도 내리칠 것 같던 손은 공중에 멈춰 있었다. 명주는 태희의 눈앞에 물 묻은 손을 털었다. 제멋대로 튀는 물방울은 모멸감을 느끼기에 충분했다.

"하여간 짜증 나. 지가 아직도 무억도 공주인 줄 알아."

의외로 명주는 인내심을 발휘했다. 원하던 반응은 아니었지만 이 정도면 나쁘지는 않았다. 궁시렁대며 손을 닦던 명주는 뒷주머니에서 계산서를 꺼내 들어 태희에게 내밀었다.

"이건 이자 내는 거라고 생각해."

계산서의 금액은 총 38만 원, 두 사람이 먹은 양치고 많은 액수였다. 둘 다 이 금액을 고스란히 낼 정도로 여유 있어 보이지 않았다. 그렇다면 태희가 여기 올 거라는 걸 미리 알고 기다렸다는 뜻이다.

갑자기 반대편으로 명주의 손이 쑥 들어와 태희의 핸드폰을 낚아챘다. 녹음하고 있는 것을 들켰을까. 태희는 티 나지 않게 침을 삼키며 눈치를 살폈다.

명주가 핸드폰 화면을 켜자, 다행히 잠금화면부터 나타났다. 명주
는 큼지막하게 보이는 날짜를 가리켰다.

"딱 3일 더 준다. 우리가 고작 삼천만 원 받자고 이러는 건 아닌
데 벌써부터 늦기 시작하면 곤란하지."

태희는 얼른 핸드폰을 다시 빼앗아 가방에 넣었다. 녹음은 여기
까지였다.

"후회할 텐데?"

"후회? 넌 이미 후회하고 있을 텐데."

명주가 고개를 까딱하며 영선에게 무언가를 알려주고 있었다. 태
희는 그제야 함께 있던 지혜가 화장실에 오지 않았다는 것을 깨달
았다. 녹음에 신경 쓰느라 지혜를 놓치고 있었다.

태희는 명주를 남겨둔 채 서둘러 화장실을 빠져나왔다.

남편은 계산을 마치고 나갔는지 보이지 않았다. 지혜와 명주가
있던 자리도 이미 텅 비어 있었다. 그렇다면 남편의 차가 있는 지하
주차장일 것이다.

태희는 반대편 엘리베이터로 향했다.

이미 주차장으로 내려가 차에 올라탔어야 할 남편과 아들이 엘리
베이터 앞에 서 있는 게 보였다. 준영은 심각한 표정으로 대화를 나
누고 있었다. 그 상대가 누구일지는 뻔했다. 지혜였다.

"여보!"

태희는 뛰듯이 잰걸음으로 다가가 두 사람 사이에 섰다. 이미 할
말은 충분히 나누었는지 준영이 한 발짝 뒤로 물러섰다. 태희는 침
착하려고 애썼지만 지혜와 시선이 맞닿을수록 온몸의 신경이 곤두

서는 것만 같았다.

"사모님은 실물이 더 예쁘시네요."

지혜는 태희에게서 눈을 떼지 않고 준영에게 인사치레를 했다.

"담에 또 뵙죠."

남편은 속도 없이 넙죽 고개를 끄덕이며 인사를 받았다. 마침 엘리베이터가 도착한 것을 확인하자 지혜는 그 자리를 떴다. 태희는 준영과 지우가 탄 것을 확인하고, 가방을 뒤적거렸다.

"화장실에 파우치를 두고 왔나 봐. 먼저 내려가 있어."

엘리베이터를 보내고, 태희는 지혜가 나간 쪽으로 향했다. 레스토랑의 긴 복도 가운데서 지혜가 그녀를 기다리고 있었다.

"그런 표정이면 금방 들키겠더라. 서울 올라가서 연기 연습 좀 한 줄 알았더니, 아닌가 봐?"

"남편이 아는 날에는 전부 다 끝이야."

"우리 입은 돈으로 막을 수 있다고 했잖아. 그 간단한 걸 안 하려고 일을 크게 만드는 사람이 누구야? 넌 선택권이 없다고 수림이 통해서 전했는데. 말귀를 못 알아먹었네."

"네 말대로 난 지킬 것이 많고, 그걸 위해서라면 뭐든지 할 수 있어. 자꾸 가족들 앞에 나타나면 가만있지 않을 거야. 그건 네가 더 잘 알잖아."

지혜는 매섭게 쏘아대는 태희의 눈에서 기시감을 느꼈다. 이제야 예전의 정영선처럼 보였다.

"약속할게. 넌 돈만 잘 가져와. 우리도 이런 번거로운 짓까지 할 생각은 없었어."

"남편한테 뭐라고 했어?"

지혜는 잔뜩 경계하는 태희를 빤히 보다가 가방으로 손을 쑥 집어넣었다. 꺼내서 보란 듯이 흔드는 건 남편이 나온 잡지였다.

"잡지 잘 봤어요, 했지."

그제야 태희는 크게 숨을 내뱉었다. 온몸의 긴장이 한꺼번에 풀리며 피곤함이 몰려왔다. 지혜는 이마를 짚고 흔들리는 태희를 보며 물었다.

"정영선, 행복해?"

태희는 한 번도 생각해보지 못한 질문에 잠시 망설였다. 사람들은 늘 태희에게 행복해 보인다고 말했고, 그때마다 태희는 미소로 충분한 대답을 하곤 했다. 하지만 지금은 웃고 싶지 않았다.

"자주 보자."

지혜는 대답도 듣지 않고 가버렸다. 홀로 남은 태희는 표류된 것도 모자라 거대한 암초를 만난 기분이었다. 아무도 구해주러 오지 않는 망망대해에서 혼자 소리를 지르는 것만 같기도 했다. 누군가 도와주지 않으면 빠져나갈 수 없는 상황이었지만 자신은 철저히 혼자였다.

행복하냐고? 그건 지혜가 할 말은 아니었다. 잘살고 있던 사람을 찾아와 들쑤셔놓고 그런 질문을 하는 것은 옳지 않았다. 태희는 누가 봐도 잘 지내고 있었다. 그런 질문을 하지 않아도 알 수 있을 정도로 겉보기에 좋아 보였다.

태희는 두 사람이 먹어치운 계산서를 받으러 온 직원이 말을 건넬 때까지 복도에 우두커니 서 있었다. 마치 답을 찾으려는 사람처럼.

12

태희는 서둘러 지하주차장으로 내려갔다. 싸늘한 공기가 목덜미를 휘감았다. 조수석 문을 열자마자 남편의 굳은 표정을 알아보았다.

"미안해. 너무 오래 걸렸지?"

일부러 더 밝은 척했지만 아무런 대답도 돌아오지 않았다. 태희가 벨트를 채우기도 전에 그는 말없이 차를 출발시켰다. 태희가 가벼운 말을 두어 마디 더 던졌지만 준영은 묵묵히 앞만 본 채 운전만 했다. 이건 소리 없는 비난이었다. 불길한 정적이 차 안을 채우기 시작했다. 지우마저도 뒷좌석에 얌전히 앉아 있었다.

믿지 말았어야 했다. 지혜는 거짓말을 한 게 분명했다. 단순히 잡지를 잘 봤다는 쓸데없는 말만 했을 리가 없지 않은가. 침묵이 길어질수록 경우의 수는 늘어났다. 남편은 어디까지 알고 있을까? 그가 대화를 받아주기만 한다면 무엇이든 해명할 수 있었다.

하지만 준영은 태희를 쳐다보지도 않았다. 가슴이 꽉 막힌 것처럼 답답해졌다. 이럴 때마다 태희는 자신에게서 잘못을 찾았고, 그의 기분을 풀어주려는 시도를 하며 한없이 작아지는 기분을 느껴야 했다. 남편에게 부부싸움은 성미가 안 맞는다고 했지만 이럴 때는 차라리 화를 내고 푸는 것이 나을 것 같았다.

"기대 많이 했을 텐데, 저녁 식사 망쳐서 미안해. 내가 집에 가서 더 맛있는 걸로 해줄게."

여전히 대답 없는 그를 보면서 태희의 속은 끓었다. 흘긋 돌아보니 지우는 창밖을 보면서 딴청을 부리고 있었다. 아이도 크면서 점점 많은 걸 알게 된다. 특히 엄마와 아빠의 관계가 우열하다는 걸 알아차리면 교육에도 좋지 않았지만, 체면이 달린 문제이기도 했다.

차가 신호에 걸려 멈춰 서자, 준영은 글로브 박스를 가리켰다.

"열어봐."

태희가 조심스럽게 박스를 열었다. 그곳에는 오늘 발간된 〈우먼 포커스〉 11월호가 들어 있었다. 남편과 지혜가 심각한 표정으로 대화를 나누던 게 떠올랐다. 설마 이 안에 다른 메시지를 숨겨놓은 것일까. 태희는 얼른 안을 펼쳐 남편의 기사를 찾았다. 준영이 화가 난 이유가 바로 눈에 띄었다.

대체 왜 그 사진이 잡지에 실렸을까. 마지막 페이지에는 손바닥 크기로 태희의 사진이 게재되어 있었다. 주변 사람들이 보면 바로 알아볼 수 있을 정도라 더욱 눈에 띄었다.

태희는 친구들을 만나기 위해 서두르다 제대로 확인을 하지 않았다는 게 떠올랐다. 메일을 보낼 때, 사진을 드래그해서 첨부파일로 옮기다 생긴 실수였다.

"미안해. 서두르다가 그랬나 봐."

사과를 했지만 남편의 입은 열릴 생각을 하지 않았다. 저 굳은 입매가 과묵함의 상징이라고 생각하던 때도 있었다.

"당장 기자한테 연락해볼게. 전부는 아니더라도 어느 정도 회수는 가능할 거야."

남편의 미간이 찌푸려졌다. 이 방법은 마음에 들지 않는 모양이었다. 태희는 집으로 가는 내내 어둠 속에서 그의 표정을 헤아리느라 신경을 곤두세웠다.

"당신 알아보는 사람이 없길 바랄 뿐이야."

차에서 내리며 준영이 말했다. 한결 누그러진 말투였으나 그것이 걱정인지 경고인지는 불분명했다. 태희는 얼른 지우의 손을 잡고 그의 빠른 걸음을 따라 엘리베이터에 탔다. 냉랭한 분위기를 감지하고 있는 지우는 연신 손가락을 꼼지락댔다.

집으로 돌아온 준영은 바로 안방으로 들어가 문을 닫았다. 시야에서 남편이 사라지자, 태희는 무릎을 굽혀 지우의 뺨을 감쌌다. 지우의 작은 입술은 한껏 걱정을 품고 있었다.

"많이 놀랐지? 엄마가 실수해서 아빠 기분이 안 좋았나 봐."

아이에게 기분 탓이라는 감정을 납득시키는 것은 쉬운 일이 아니었다.

"아빠가 엄마한테 화내지 않았으면 좋겠어."

가끔 아이의 눈은 무섭도록 정확했다. 좋은 엄마들은 이럴 때 뭐라고 설명할까. 태희는 그동안 보았던 육아 책들을 떠올려보았다.

"화낸 거 아니야. 사랑해서 그러는 거야."

사랑은 모든 인과관계를 무력화시키는 단어였다. 어떤 의도를 가졌든 사랑이라는 말로 포장하면 아름답게 보였다. 이를 깨닫게 되는 것은 한참 뒤의 일이겠지만 지금은 지우가 부모의 관계를 걱정하지 않았으면 했다. 무엇보다도 아들에게는 불쌍하게 보이고 싶지 않았다.

"엄마는?"

"엄마도 물론 사랑하지."

태희는 걱정 어린 표정을 풀지 못하는 아들의 머리를 쓰다듬었다. 넌 아무것도 걱정하지 않아도 돼. 그제야 지우는 고개를 끄덕이며 제 방으로 들어갔다.

거실에 홀로 남은 태희는 닫힌 안방 문을 가만히 바라보았다.

외로웠다. 가족이라는 울타리가 있는데도 태희는 철저히 혼자가 된 기분이었다. 힘들 때도 서로를 믿고 의지하고 사랑하시겠습니까. 결혼식장에서 남편은 단단한 목소리로 우렁차게 대답했다. 그 자리에서 누구나 그래야 하는 의식이었지만 내 남편은 진심일 것이라 착각했다.

애초에 태희를 궁지에 몰아넣은 것은 남편이었다. 결혼 전 조건만 아니었어도 무억도 친구들을 만났다는 걸 들키지 않기 위해 전전긍긍할 필요가 없었다. 이 지경이 되고 보니 남편은 의지가 되기는커녕 그녀를 더욱 피곤하게 만들었다. 모두가 그녀를 괴롭히기 위해서 존재하는 것만 같았다.

드레스룸으로 들어가자마자 태희는 베이지색 가방을 뒤적였다. 얼마 전, 수림이 찾아왔을 때 매고 있던 가방이었다. 아무것도 발견하지 못하자 태희는 곧장 지우 방으로 향했다.

혼자서 양치를 하고 있는 지우 몰래 가방을 열어 아이의 핸드폰을 꺼냈다. 화면에는 녹음이 완료되었다는 알림이 떠 있었다.

수림과 만났던 날부터 시작된 녹음은 오늘 오후에 자동으로 끝이 났다. 예약한 기간 동안 녹음된 파일들은 드라이브에 알아서 저장되었다. 아직 어린 지우가 사용할 수 있는 기능이 아니었으니 드라이브의 주인은 따로 있을 것이다.

태희는 어플을 지우며 이를 갈았다.

잘 구슬리면 제 뜻대로 움직여줄 것이라 여겼는데 이런 짓을 꾸몄을 줄이야. 들킨 이상 지금부터 일어나는 불행은 그녀가 모두 자초한 일이었다. 쓸데없이 들쑤시고 다니면 어떻게 되는지 이참에 톡톡히 보여줄 생각이었다.

태희는 지우가 나오기 전에 얼른 핸드폰을 다시 가방에 넣고, 파우더룸으로 향했다. 폭신한 의자에 앉아 마음을 진정시킨 후, 파일을 들고 안방으로 들어섰다.

준영은 아내를 보고도 못 본 척 태블릿만 쳐다보고 있었다. 태희는 침대로 들어가 준영의 팔을 자신에게 두르며 파일을 건넸다. 준영이 나온 잡지와 신문들을 스크랩해놓은 것이었다. 태희는 천천히 마지막 장을 열었다. 〈우먼포커스〉에 나온 준영과 지우의 모습이 가득 담겨 있었고, 태희의 사진이 실려 있던 곳은 뻥 뚫려 있었다.

서서히 풀리는 준영의 얼굴을 보면서 태희는 밝은 목소리로 말했다.

"저녁 제대로 못 먹었잖아. 야식 준비해뒀어. 당신 좋아하는 걸로."

남편이 태블릿을 내려놓으며 태희에게 가볍게 입을 맞추었다. 그가 다시 다정한 남편으로 돌아온 것 같아 안심했다.

태희는 추호도 의심하고 싶지 않았다. 준영은 자신을 너무나도 사랑해서 노파심에 더욱 엄격하게 구는 것이다. 사진으로 알아보는 사람이 생기면 곤란해지니까. 어쩌면 자신에게 쏟아지는 위험을 그가 막아주고 있었던 건지도 몰랐다.

태희의 세상이 지금껏 안전했던 이유는 남편 덕분이었다. 그러니 태희도 최선을 다해 이 가정을 지키고 싶었다. 실수 같은 건 더 이상 용납되지 않을 것이다.

지하철역까지 가는 내내 지혜와 명주는 낯선 풍경에 눈을 굴리고 있었다.

대로변에는 말로만 들어본 명품 브랜드 매장이 늘어서 있었고, 도로에는 화려한 색감의 외제차들이 줄지어 지나갔다. 거리를 지나는 사람들과 다를 바 없는데도 불구하고 지혜는 자꾸만 팔뚝을 쓸어내렸다.

두 사람은 아무 말 없이 열차를 기다리며 의자에 앉았다. 서늘한 역사엔 침묵만이 감돌았다. 먼저 입을 연 사람은 명주였다.

"돈은?"

"곧 연락 올 거야. 남편 눈치를 많이 보는 것 같더라."

"넌 기다릴 수 있어?"

"낚싯배 하나 팔렸다니까 당분간은 괜찮아. 너도 퇴직금 받아서 여유 있을 것 아냐."

명주는 수긍하는 척 고개를 끄덕였다. 그녀의 퇴직금은 고스란히 남자친구인 석호의 통장으로 들어갔다. 무억도를 장악한 관광회사의 성공을 눈앞에서 보며 석호 자신도 섬의 자원을 기반으로 무엇이든 할 수 있을 것이라 자신했다. 그러나 업종도 정하지 못한 채 시간을 흘리면서 두 사람의 결혼은 기약 없이 밀리고 있었다. 결혼 자금으로 모아둔 돈도 바닥을 보이기 시작하면서 그녀의 인내심 또한 바닥 가까이 드러나는 것만 같았다.

명주의 긴 한숨과 동시에 열차가 도착했다. 두 사람은 나란히 앉아 복잡한 마음을 달랬다.

"이제 어떡할 거야?"

"계획을 수정해야겠어. 가족은 건드리지 않기로 약속했거든."

"말로만 협박한다고 돈을 내놓겠어? 겉모습만 달라졌지 성질머리 여전하던데."

협박에도 매너가 있던가. 명주가 인상을 찌푸리자 지혜가 잡지를 내밀었다. 이미 레스토랑에서 훑어본 것이었다.

"영선이 남편은 완벽주의자야. 가족까지 끌어들였다간 역효과 날 수 있어."

모든 잡지 인터뷰에서 준영이 계속 강조하는 것은 화목한 가정이었다. 성공한 남편, 아름다운 아내, 착하게 자라는 아이까지. 너무나도 전형적인 시선으로 그의 가족을 설명했다. 질문이 달라도 대답은 비슷한 것을 보면 가이드라인이 정해져 있다는 뜻이었다.

지혜는 레스토랑 복도에서 만났던 영선의 모습을 떠올렸다. 초조한 듯 날카롭게 굴던 영선의 입에서는 '남편'이라는 단어가 두 번이나 나왔다. 그녀의 남편은 자신만의 가이드라인을 가족에게도 적용하며 사는 부류일 가능성이 컸다.

"사람 일은 알다가도 모르겠어."

대강 잡지를 넘겨보던 명주의 말에 지혜가 의아하다는 듯이 보았다. 명주가 어깨를 으쓱였다.

"남자 잘 만나서 한 번에 팔자 핀 것 봐. 사는 세계가 바뀌어서 그 런지 옛날 모습은 하나도 안 남아 있더라. 난 말 안 하면 걔가 정영 선인 줄도 모르겠던데?"

"그것도 복이라면 복이지. 대화해보면 예전하고 똑같아."

"그렇게 믿고 싶은 거 아니야? 내일모레면 우리가 영선이를 알고 지낸 시간이랑 모르고 지낸 시간이 같아져."

얼굴은 바뀌어도 눈동자는 바꿀 수 없었다. 지혜는 자신을 노려 보던 영선의 눈빛을 떠올리곤 고개를 저었다. 영선은 영선이었다.

"고고한 사모님이 우릴 언제까지 상대해주겠어? 수림이네 계속 있을 수도 없고, 빨리 끝내버리자."

"내가 알아서 할 테니까 걱정하지 마."

지혜는 귀찮은 듯 팔짱을 끼며 눈을 감았다.

명주는 그 모습을 보고도 다른 말을 할 수 없었다. 항상 그런 식 이었다. 모든 계획은 지혜의 머릿속에서 나왔고, 그 말만 믿고 따르 면 아무런 문제가 없었다.

그날도 마찬가지였다. 부둣가에 나타난 세경을 바다로 데리고 가 는 건 순전히 지혜의 생각이었다. 아버지를 따라 배를 몰아봤으니 짧은 거리는 갈 수 있다며 눈짓을 했다. 그 뒤에 일어난 일들은 예 상과 다르게 흘러갔지만 어쨌든 들키지 않았으니 잘된 일 아닌가. 이렇게 영선을 협박할 거리가 되었으니 말이다.

하지만 이제는 달랐다. 영선을 만난 후로부터 지혜의 태도는 계 획과 조금씩 어긋나고 있었고, 이 상황을 제어해줄 은영 언니는 이 곳에 없었다. 어쩌면 지혜의 목적은 다른 곳에 있을지도 모른다.

명주는 잠든 것 같은 지혜를 보며 슬며시 핸드폰을 꺼냈다. 지금부터 일어나는 일은 약간의 심술이었다. 명주의 눈에 영선은 늘 노력 없이 모든 것을 얻는 타입이었다. 지금도 그녀가 가진 것들은 제 손으로 얻은 것이 아닐 것이다. 그렇게 생각했다.

다 가진 영선에게 이 정도쯤이야. 명주는 인스타그램 어플을 켰다.

오래간만에 푹 잠이 들었던 태희는 남편의 기상 시간에 맞춰 일어났다. 습관적으로 핸드폰 화면을 눌렀지만 배터리가 나간 상태였다. 충전기에 핸드폰을 연결해놓고 태희는 여느 날과 다름없는 아침 시간을 보냈다.

남편과 아이까지 보낸 후, 숨을 돌린 태희는 노트북을 열었다. 잡지 사이트에 인터뷰 전문이 올라와 있을 것이다. 그중 사람들의 좋은 반응만 남편에게 전하고 싶었다. 지금쯤 지인들의 감상이 문자로도 도착하지 않았을까. 태희가 얼른 핸드폰 전원을 켜자 수많은 알림들이 쏟아졌다.

지우 엄마, 별일 없죠?

서아 엄마의 뜬금없는 문자. 태희는 대수롭지 않게 답장을 보냈다.

그럼요! 이번 달 모임 날짜가 다가오는데 다들 바쁘신지 말씀이 없네요.

별일 없다니 다행이군요. 연말이라 시간 내기가 힘든가 봐요.

서아 엄마는 무슨 일 있으신 건가요?

한참이 지나도 서아 엄마에게선 답장이 없었다.

태희는 다른 문자들을 하나씩 보기 시작했다. 모두 무슨 일이 있냐고 묻고 있었다. 머릿속에서 사이렌이 요란하게 울렸다. 핸드폰이 꺼진 그 시간에 태희가 모르는 일이 일어난 것이 분명했다. 메시지 창을 쭉 내려 보다가 태희는 눈을 크게 떴다.

자기야, 무억도라고 알아?

13

    함께 캘리그라피 강습을 받는 윤선의 문자에 태희는 심장이 내려앉는 것만 같았다. 갑자기 왜 그걸 물어보는 건지 알 수 없었다. 설마 서아 엄마도 그걸 물어보려 했던 것일까.

    태희는 손톱을 씹어댔다.

    애초에 그들을 믿는 게 아니었다. 누구보다 강지혜는 위험했다. 애초부터 가족을 건드리지 않겠다고 순순히 약속할 리가 없었다. 그 말을 지킬 사람이었다면 처음부터 협박 같은 건 하지 않았을 것이다. 지혜에게 제대로 뒤통수를 얻어맞은 셈이었다.

    태희는 뜯어진 거스러미에서 피를 보고서야 숨을 고르며 윤선에게 전화를 걸었다.

    "언니, 저예요. 무역도면 통영 쪽에 있는 섬 아녜요? 이름은 들어봤지만 가본 적은 없어요. 근데 무슨 일이에요? 자고 일어났더니 다들 같은 걸 물어보네요."

태희는 영문을 모르겠다는 듯 굴었다. 전화를 받은 윤선은 변명처럼 말을 쏟아냈다.

—별일 아니야. 자기는 여행을 많이 가봤을 것 같아서 물어봤지. 주말에 가족들이랑 머리 좀 식힐까 해서. 모르면 다행이고…….

"그게 무슨?"

—내 정신 좀 봐. 약속 있는 걸 깜빡했네. 자기야, 다음에 보자.

통화가 끊기자 태희는 얼떨떨하고 찝찝한 기분을 감출 수 없었다. 대체 뭘 감추고 있는 거지? 문자들을 살폈지만 쉽게 말해줄 만한 사람들은 아니었다.

아무래도 직접 확인하는 것이 나을 것 같았다. 이대로 자신만 모르는 채 지나가는 건 용납할 수 없었다. 그러면 다음을 대처하는 게 더더욱 힘들어질 것이다. 시간은 오후 2시로 차 마시기 적당한 시간이었다.

도곡동 세인상가 1층에는 이탈리아에서 십 년간 커피를 만든 바리스타가 운영하는 카페가 있었다. 두 시간만 앉아 있어도 이 동네 학부모 대부분을 만날 수 있다는 우스갯소리가 나오는 곳이었다.

태희는 건너편에서 전면 유리창 안을 살피고 나서야 안으로 들어섰다. 이미 은호와 민준, 하린, 윤호의 엄마가 모여 있었다. 태희를 알아본 다른 엄마들의 얼굴이 티 나게 굳었다.

"안녕하세요. 다들 여기 계셨네요?"

태희가 먼저 인사를 건네자 그들은 은근히 눈빛을 주고받더니 옆자리를 가리켰다.

"잘 왔어요. 우리도 우연히 만나서 커피 한잔하고 있었거든."

"메시지 보냈는데 답장이 없어서 지우 엄마는 오늘 바쁜 줄 알았죠."

윤호 엄마에게 문자가 온 것은 사실이었지만 답장을 바라지는 않았을 것이다. 그들은 태희의 대답을 기다리고 있었다. 마치 먹잇감을 노리는 하이에나처럼 준비된 눈빛을 하고 그녀의 표정을 살폈다. 저 테이블에 앉는 순간 태희는 낱낱이 해체될 것이 분명했다.

"그럼 잠깐만 앉을게요."

그럼에도 불구하고 직접 뛰어들 수밖에 없었다. 태희는 느긋하게 미소를 지으며 민준 엄마 옆에 앉았다.

"저희는 내년에 미국으로 가려고 해요. 시댁에서 계속 오라고 하네요. 은호를 생각하면 빠를수록 좋다고요."

은호 엄마의 말에 다들 아쉬워하면서도 고개를 끄덕였다. 급하게 생각해낸 주제는 아닌 것 같았다.

"조부모님 덕분에 자주 방문했더니 아이도 가는데 거부감은 없더라고요. 애가 친구들이랑 헤어지기 싫다고 하는 건 걱정되지만요."

"그래도 기반이 잡혀 있으니 좋은 기회네요. 전 미국에 아는 사람이 없어서 하나부터 열까지 제 손으로 준비할 거 생각하니까 쉽게 결정을 못 하겠어요."

민준 엄마가 커피를 홀짝이며 말했다.

자신이 오기 전에 그들은 무슨 이야기를 했을까. 태희는 그것을 알아내려 애썼지만 대화는 평소와 다름없이 흘러갔다.

"보통 힘든 일이 아니죠. 애가 적응 못 하면 그것도 걱정이고."

"우리 하린이도 고학년 되기 전에 보낼까 봐요. 그래야 미국에 계신 친정 부모님도 외롭지 않으실 것 같고요."

하린과 윤호네 친정은 모두 외국에 있었다. 태희는 적당한 답변을 생각해내느라 고심했다. 남편의 사업 때문에 당장은 힘들고, 아이가 원할 때 유학을 생각해보려고 해요. 이 정도면 자연스럽게 느껴질 것 같았다.

"이럴 때면 가족이 흩어져 사는 게 부러워요. 우린 안 그렇잖아요?"

민순 엄마는 태희를 바라보며 모두가 두 사람에게 집중하게 만들었다.

흐릿한 예감이 확신으로 바뀌었다. 의심은 단순한 것에서부터 피어오른다. 아마도 무억도 친구들은 인스타그램에 자신의 과거를 유추할 수 있는 댓글을 남겼을 것이다. 약점은 너무나도 많이 떠올랐다. 그중 하나만 던져놔도 사람들은 수십 수백의 가십거리를 만들어낼 수 있었다. 무억도와 정태희. 애매모호한 그녀의 과거가 하필 이런 자리에서 구체화되는 순간이었다. 그들은 지금 대답을 기다리고 있었다. 번들거리는 눈빛은 친구들과 다를 것이 없었다.

"그러네요. 저희는 양쪽 다 안 계시지만요."

상상의 여지를 조금도 주고 싶지 않았건만 그들의 머릿속에는 이미 재미있는 가십거리가 가득해 보였다. 네 명의 여자들이 일제히 차를 홀짝였다. 웃음을 참는 것 같기도 했다.

어디까지 알고 있을까. 불이 붙은 심지가 목구멍을 따라 아랫배까지 타들어 가는 기분이었다.

"지우 엄마, 혹시……."

"제 커피가 나왔네요. 오후에 일이 좀 있어서요. 다음에 봬요."

마침 울린 진동벨을 들고 태희가 일어섰다.

평소 순진한 얼굴로 하고 싶은 말을 모조리 하는 하린 엄마가 입이 근질거리는 듯했다. 모두 아쉬운 얼굴로 태희에게 인사를 건넸다.

커피를 받아들고 다시 카페 문을 여는 동안, 그들의 시선이 계속 등 뒤로 느껴졌다.

문을 여니 찬바람이 온몸을 휘감았다. 태희는 저도 모르게 몸을 떨었다. 이 문을 나서면 그들이 무슨 말을 할지 너무나도 뻔했지만 계속 머물 수는 없었다.

도망치듯 집으로 돌아온 태희는 소파에 쓰러지듯 엎드렸다. 이럴 수는 없었다. 그녀는 소파에 얼굴을 묻고 비명을 토해냈다. 귓가에 사람들의 비웃는 소리가 생생하게 들리는 것만 같았다. 그동안 쌓아왔던 것들이 한순간에 거짓이 되어버리는 기분이었다.

태희는 얼른 핸드폰을 잡고 지혜의 이름을 찾았다. 이건 룰에 어긋나는 일이었다. 당장이라도 쏘아붙이고 싶은 마음도 잠깐, 태희는 무언가 떠오른 듯이 손을 멈추었다.

이 방법만큼은 쓰고 싶지 않았다.

태희는 벌떡 일어나 남편의 서재로 향했다. 책상에 앉아 서랍에서 종이 한 뭉치를 꺼냈다.

편지지는 사치였다. 다급한 마음과 달리 만년필을 쥔 손은 쉽사리 움직이지 않았다. 대체 뭐라고 적어야 할까? 마지막으로 보낸 편지엔 서로 죽은 셈 치고 모른 채 살자고 해놓고선.

엄마는 늘 하나뿐인 딸에게 모질고 무심했다. 사람들은 화통한 성격의 엄마를 좋아했지만 때로는 엄마의 솔직함과 막말이 자신에겐 크게 다르지 않았다. 엄마를 생각하기만 하면 뒷덜미가 뻐근하게 저려왔다. 그러나 지금엔 자신을 도울 유일한 사람이기도 했다.

태희는 마음을 가다듬고 편지를 적어 내려가며 남편과의 약속을 또 하나 어겼다.

엄마에게

무소식이 희소식이라고 했던가. 그래도 한 번씩 떠오르는 마음은 어쩔 수가 없어서 이렇게 편지를 써. 나랑 똑같은 자식 낳아봐야 엄마 마음 알 거라고 했었지. 그 말을 이제야 알 것 같아. 이게 너무 늦은 일은 아니길 바랄게.

무억도는 어때?

얼마 전에 우연히 그 애들을 만났어. 지혜와 명주, 수림이 말이야. 은영 언니는 아직 무억도에 있다고 하더라. 낚시 하러 온 관광객들 덕분에 낚싯배도 많아지고 펜션도 확장해서 활기가 넘친다고 하던데.

세경이 일은 이제야 알게 되었어. 정말 안타까울 뿐이야. 나쁜 일은 항상 예고 없이 일어나곤 하니 뒤늦게 후회해도 소용없겠지.

이런 소식들을 들으니 더욱 엄마 생각이 났어. 무억도를 떠나기 전에 마지막으로 했던 말이 내내 마음에 걸렸거든. 엄마가 내 엄마인 게 싫다고 했었지. 엄마는 그저 철없는 꿈을 꾸던 딸이 정신 차리기를 바라는 마음으로 꾸중한 건데, 그땐 왜 그렇게 서운했는지 몰라. 결국 엄마 말이 전부 다 맞았는데 말이야.

열아홉 살로 돌아갈 수 있었으면 좋겠어. 그날 그렇게 떠나지 않고 무억도에 남았더라면 모든 게 바뀌었을 거야. 친구들을 외면한 것도, 엄마를 두고 온 것도 죄책감이 되어 매일 밤 나를 짓누르곤 해. 이게 내가 받는 벌이라면 달게 받아야겠지. 과거는 바꿀 수가 없을 테니까.

하지만 다시 잘해보고 싶어. 물론 엄마와도 말이야. 엄마는 항상 내 편일 테니까 굳이 설명하지 않아도 알 거라 믿어. 다만 긴 시간 동안 쌓인 많은 오해들을 풀기 위해 엄마의 생각이 궁금할 뿐이야.

당장 무역도로 달려가고 싶지만 상황이 여의치 않네. 그래도 마음만은 늘 엄마의 곁에 있다는 걸 잊지 말아줘.

엄마의 딸, 영선이가

완성된 편지를 한참이나 쳐다보던 태희는 추신으로 사랑한다는 말을 덧붙이고선 펜을 내팽개쳤다.

봉투에 편지를 집어넣고 집 주소를 적은 다음 태희는 바로 우체국으로 향했다. 마감 시간을 5분 남겨 놓고 접수가 완료되었다. 그녀는 손에 들린 영수증을 잘게 찢으며 손을 털었다.

지금까지 엄마는 태희의 편지에 답장을 한 적이 없었다. 그건 그녀의 요구사항이기도 했고, 엄마의 성격이기도 했다. 은연중에 내비친 메시지를 엄마가 읽을 것이라는 보장도 없었다. 무엇 하나 확신할 수 없는 상황이었지만 태희는 희망을 가지기로 했다. 이제부터가 진짜 시작이었다.

14

아침부터 명주는 핸드폰을 붙잡고 낄낄댔다. 충동적으로 댓글을 남기고 한 시간도 안 되어 지웠지만 수확이 있었다.

연신 즐거워하는 명주를 보며 수림은 작게 한숨을 쉬었다.

"뭐가 그렇게 웃겨?"

"이름이 태희라잖아. 개는 얼굴도, 이름도, 팔자까지 다 고쳐서 사네."

영선을 만나고 온 뒤로 명주의 기분은 하루 종일 날뛰고 있었다. 수림은 차라리 저렇게 웃고 있는 게 나은 것 같다고 생각하며 다시 화장에 집중했다.

"점심은 된장찌개 먹자. 냉장고에 재료 있더라."

"시켜 먹어."

수림은 인상을 홱 찌푸렸다. 한번 찌개를 해먹으면 냄새가 빠지지 않아 골치 아프던 참이었다. 게다가 요리는 늘 자신의 몫이었으니 짜증이 치밀어 올랐고, 고향인 무역도에 간 남편은 돌아올 생각을 하지 않았다.

일이 빨리 끝나야 친구들과의 동거도 끝이 날 수 있었나.

"개명한 건 어떻게 알았어?"

목욕을 끝낸 지혜가 화장실에서 나오며 물었다. 지혜는 머리카락에서 뚝뚝 떨어지는 물을 그대로 밟으며 베란다로 가 창문을 활짝 열었다. 찬바람이 온몸을 파고들었다.

수림은 지혜의 무신경한 태도에 화를 억누르느라 눈물이 날 지경이었다.

"그냥 이것저것 보다가 알게 됐어."

명주가 얼버무렸다.

"박수림, 어디 가? 백반집에서 점심 시켰는데 먹고 갈 거지?"

"안 먹어."

수림은 입술에 엷은 핑크빛 립스틱을 칠하다가 벌떡 일어나 창문을 닫았다. 뾰로통한 얼굴을 먼저 알아본 건 지혜였지만 왜인지 묻지는 않았다.

수림은 서랍에서 디퓨저를 하나 더 꺼냈다. 명주는 질린다는 듯 코를 막았다.

"환기라도 시켜."

지혜가 다시 문을 열려고 하자, 수림이 그의 손을 막았다.

수림이 평소와 다르게 군다는 걸 알아챈 명주는 그녀답지 않게 눈치를 보았다. 수림은 무어라 말을 퍼부을 기세였는데 핸드폰 진동 소리에 그만 고개를 돌렸다.

핸드폰을 가지고 안방으로 들어가 버리는 수림을 보며 지혜는 헛웃음을 쳤다. 상상해본 적도 없는 일이었다.

"왜 저래?"

지혜가 고갯짓하며 묻자 명주는 어깨만 으쓱거릴 뿐이었다.

기민하게 살폈으면 모를 수가 없는 상황이었다. 수림의 집에 머무른 지도 벌써 열흘 남짓 되어가고 있었다. 아무리 친해도 함께 사는 건 많은 불편을 수반하는 일이었다. 게다가 수림은 유부녀였다. 무신경한 지혜가 이런 자잘한 것들을 신경 쓸 리가 없었다.

수림은 안방에서 외출 준비를 마치고 다시 나왔다.

"약속 있어. 저녁쯤 돌아올 거야."

수림은 시선도 마주치지 않고 곧장 나가버렸다. 명주는 찬바람을 일으키며 나가는 뒷모습을 가만히 바라보았다. 아까부터 느껴지던 이질감이 무엇인지 알아챘다. 평소보다 옅은 화장, 베이지색 톤의 옷차림, 단정하게 손질한 헤어스타일까지. 마치 정태희를 보는 것만 같았다.

"정영선한테 연락 없었어?"

명주는 앞에 놓인 잡지를 뒤적거리며 물었다.

화를 내든, 애걸복걸하든 지금쯤이면 연락이 와야 했다. 아무리 사람이 바뀌었다고 해도 영선은 그 성질을 죽이지 못했을 것이다. 폭풍전야처럼 고요한 핸드폰은 오히려 불안하게 느껴졌다.

"돈이 많이 급해?"

명주가 고개를 들어 지나가듯 말하는 지혜를 흘깃 보았다.

명주는 지혜의 말이 조금은 뜬금없게 들렸다. 자신이 조바심을 내는 게 지혜는 돈 문제 때문이라고 오해하는 모양이었다. 그렇다면 이참에 얘기를 꺼내는 것도 나쁘지 않았다.

"그래서 말인데, 지난번에 네가 빌려간 돈 있잖아……."

명주가 조심스럽게 말하자, 지혜가 말을 툭 끊었다.

"석호 씨 사업은 잘 돼가? 말하지 말라고 했는데, 석호 씨가 우리 배 한 척 샀거든."

"뭐? 그럴 만한 돈이 없을 텐데."

마침 배달원이 문을 두드리는 소리에 지혜는 눈썹을 치켜 올리며 얼른 현관으로 나갔다.

지혜의 두 손에 들린 구수한 찌개 냄새가 거실을 메웠다.

명주는 애써 마음을 가다듬고 식탁을 치웠다. 입에 들어가는 음식들에선 아무 맛도 느껴지지 않았다. 그는 한마디 상의도 하지 않았다. 대대로 무역도 토박이인 지혜네도 배를 파는 판국에 대체 무슨 생각으로 배를 샀단 말인가. 적어도 통화했을 때 언질이라도 주었어야 했다. 함께 꾸던 미래가 순식간에 바다에 처박히는 기분이었다.

명주는 열심히 숟가락질을 하고 있는 지혜를 보며 얼굴이 달아올랐다. 친구 사이에도 금전 문제는 예민한 것이었다. 알면서도 모르는 척한 것을 고마워해야 할지, 화를 내야 할지 알 수가 없었다.

하필이면 왜 지금 영선의 말이 떠올랐을까.

그 애는 마치 다 알고 있다는 듯 명주의 마음을 헤집어놓았다. 지혜와 가장 오랜 시간을 보낸 사람은 자신이었지만 가장 친한 친구라고 말할 수는 없었다. 명주에게 지혜는 그랬을지라도, 지혜에게 명주는 친한 친구 중의 한 명일 것이었다.

그런 지혜가 돈을 빌려달라고 했을 때는 묘한 쾌감을 느꼈었다. 부탁을 들어준다는 우월감이 아닌, 그에게 도움이 되는 존재가 될 수 있다는 안도감이었다. 기울어진 관계를 수평으로 맞춘 기분이기도 했다. 그러니 정영선이 아무리 얄미운 말을 해도 넘길 수 있었던 것이

118

다. 당장 지혜에게 필요한 사람은 자신이었으니 화낼 이유가 없었다.

그게 모두 착각일 줄이야.

정영선이 무언가를 알고 그런 말을 한 것일지도 몰랐다. 최근 들어 수림이 영선을 좋아하는 티를 온몸으로 내고 있었으니 이런 말을 전하는 것은 무리도 아니었다. 이제는 지혜가 정말 돈 때문에 여기 있는 것인지도 확신할 수 없었다.

두 사람 사이에는 늘 정영선이 있었다. 그 애가 무억도를 떠나 있던 16년 동안에도 마찬가지였다. 끓는점이 지나버린 감정은 도저히 식지 않았다. 명주는 들고 있던 숟가락을 가만히 내려놓았다.

더 먹으라고 권하는 지혜의 말에 대꾸도 하지 않았다. 테이블을 다 정리하고 나서 홀로 안방으로 들어갔다.

지혜는 닫힌 안방 문을 바라보며 인상을 찡그렸다. 석호 얘기를 꺼낸 다음부터 명주는 말이 없어졌다. 지혜는 괜한 말을 했나 싶어 마음이 불편했다. 커플 사이에 끼어서 좋을 일이 없다는 것은 알지만 친구 된 도리로 모른 척할 수도 없었다.

석호는 사업을 한답시고 명주의 속을 썩이는 일이 잦았다. 명주가 회사를 다니며 모은 돈은 모두 석호에게 들어갔다. 그는 분명한 사업 아이템도 없이 돈을 보고 꼬여든 사람들 말에 끌려 다니기만 하는 것 같았다. 그러면서 돈은 어디로 새는 줄도 모르고 계속 줄어들고 있을 것이다. 아니, 이미 남은 돈도 거의 없을지 몰랐다.

명주는 어차피 결혼할 테니 괜찮다고 했지만 결혼식은 기약도 없이 미뤄지고 있었다. 겉으로 보기에 두 사람 사이에는 문제가 없었다. 명주가 인내하는 덕분이었다. 지혜는 군이 그렇게까지 해서 결혼을 해야 하는지 궁금해졌다. 어쩌면 돌려받지 못한 돈 때문에 오기를 부리고 있는 것 같기도 했다.

속사정이 어떻든 결혼까지 생각하는 사람에게 헤어지는 문제를 진지하게 꺼내는 건 영 불편한 일이었다. 지켜보는 지혜의 속만 까맣게 타들어가고 있었다.

환기를 위해 베란다로 향하는데 디퓨저가 눈에 들어왔다.

왜 하필 지금일까?

영선을 만난 그날에 하필 그 애가 보낸 디퓨저가 도착했다. 어림짐작 계산해보면 최소 이틀 전에 영선이 직접 가게를 찾아가 제품을 골라 보냈다는 뜻이었다. 무려 십 육년간이나 잠적했던 정영선이. 가족하고도 연락을 끊었다던 그 애가 아무런 이유 없이 이런 행동을 할 리가 없었다.

감정의 변화는 잠깐이었다. 독한 마음으로 새로운 삶을 살게 된 영선이 군이 친구들을 찾게 된 데는 무언가 이유가 있을 것이다. 하지만 영선은 그런 것과 관련해서는 아무 말도 하지 않았다. 카드에는 분명 보고 싶다고 쓰여 있었지만 그녀는 그런 뉘앙스의 말을 한 적이 없었다. 그저 예전과 똑같이 거리감을 두는 눈으로 친구들을 노려보았을 뿐이다.

그런 애가 이런 걸 보냈다고?

지혜는 의심스러운 눈으로 디퓨저를 보았다. 화해의 선물이라고만 생각했는데 아닐지도 몰랐다. 대체 무슨 꿍꿍이람. 지혜는 한참을 생각하다가 인상을 찌푸리며 베란다 문을 활짝 열었다. 디퓨저 향기와 음식 냄새가 섞여 역겨운 냄새를 만들어내고 있었다.

지혜는 담배를 입에 물고 가만히 디퓨저의 라벨을 보았다.

아틀리에 K.

15

늦은 오후였지만 카페에는 사람들로 북적이고 있었다.

정시에 맞춰 도착해 정태희라는 이름을 대자 직원이 자리로 안내해주었다. 별도로 마련된 공간인데, 다른 곳보다 조금 더 신경 써서 장식한 인테리어가 눈에 띄었다.

문을 열고 들어서니 태희가 웃으며 수림을 반겼다.

"찾아오는 데 어렵지는 않았지? 단둘이 조용히 얘기 나눌 수 있는 데가 많지 않아서 여기로 정해봤어."

"마음에 들어. 이런 데는 처음 와봐."

수림은 눈을 동그랗게 뜨고 두리번거렸다. 언제 또 이런 곳에 올 수 있을지 모르니 사진을 잔뜩 찍어놔야겠다고 생각한 참이었다. 태희가 메뉴판을 내밀었다.

"어떤 걸로 할래?"

"너 먹고 싶은 걸로 하자."

들어본 적도 없는 디저트들이 가득한 것도 문제였지만 그 옆에 쓰인 가격들은 수림을 단번에 주눅 들게 만들었다.

수림은 태희가 능숙하게 주문하는 모습을 속으로 곱씹었다. 직원이 나간 후, 태희가 가볍게 코를 킁킁댔다.

수림은 바짝 긴장했다. 가방에서 뭘 꺼내는 척 고개를 숙여 코트 소매의 냄새를 맡았다. 집에서 나는 곰팡이 냄새가 옷에도 배어버린 것이 아닌지 걱정이 되었다.

"향수 냄새 좋네."

태희는 뜻밖의 말로 수림의 긴장을 풀어주었다. 아무래도 기우였던 모양이었다. 향수 같은 건 뿌리지도 않았지만 디퓨저를 곳곳에 배치해놓은 것이 효과가 있었던 모양이었다.

"갑자기 보자고 해서 미안해. 줘야 할 것이 있어서 급하게 불렀어."

"뭔데?"

태희는 디저트가 모두 세팅되고 나서야 말을 이었다.

"너희에게 주기로 한 돈 말이야."

카멜색 가방에서 5만원권 지폐 두 뭉치가 나오자 수림의 눈은 저절로 커졌다.

"뭘 그렇게 놀라? 공짜로 주는 것도 아닌데. 이번엔 확실히 했으면 좋겠어. 어쭙잖은 장난질은 그만두는 걸로 하자."

단호하게 나오는 말과 달리 태희의 표정은 부드러웠다.

수림은 대충 고개를 끄덕이면서도 돈다발을 가만히 보고 있었다. 천만 원. 사기꾼에게 당한 액수와 같았다.

올해 초 수림은 통장을 개설해 일정한 금액을 넣으면 고수익을 보장해준다는 지인의 꼬임에 넘어가 주변에 돈을 빌려 천만 원을 마련했다. 지인은 일주일 후에 잠적했고, 계좌는 애초에 존재하지도 않았다. 수림은 돈을 갚기 위해 여기저기 손을 벌리기 시작했고, 또다시 빚더미에 앉게 되었다.

수림은 자신이 너무 집요하게 돈다발에 시선을 묶어두었다는 걸 알아차리고 얼른 눈을 돌렸다.

"고마워. 애들한테 잘 전할게."

"무슨 소리야? 그건 네 몫이야, 수림아."

태희는 돈다발을 수림의 가슴 가까이로 쑥 밀었다. 바로 눈앞에 놓인 돈을 보자 수림은 그제야 불가능할 것만 같던 협박이 먹혔다는 게 실감이 났다. 얼굴에 오래간만에 화색이 돌았다.

"너도 알다시피 어제 지혜랑 명주가 찾아왔었거든. 그런데 명주가 화장실 간 사이에 지혜가 당장 돈을 달라고 했어. 급한 대로 이천만 원 주고, 나머지는 아직 마련 못 했다고 했지. 왠지 낌새가 이상하더라고."

수림은 피곤해 보이는 지혜와 기분 나쁘게 웃던 명주가 생각났다. 그들은 별다른 설명이 없었고, 수림도 궁금해하지 않았다.

"분명히 네가 시간을 좀 더 주기로 했잖아. 지혜가 그걸 모를 리도 없고. 친구끼리 의심하면 안 되지만 불안했거든. 명주가 없을 때 재촉한 걸 보면, 지혜가 이러는 걸 너와 명주는 모르는 게 아닐까 하는 생각이 들었어."

태희는 걱정된다는 듯 미간을 살짝 찌푸렸다. 수림은 생각하는 게 있는지 시선을 아래로 깔고 눈을 굴리고 있었다.

"아무래도 나머지 돈은 너한테 직접 주는 게 낫겠다 싶어서 말이야."

수림은 여전히 멍청한 표정으로 돈다발을 보고 있었다. 태희는 그사이에 수림의 옷차림을 살폈다. 한눈에 봐도 어실프게 자신을 흉내 내고 있는 게 역력했다.

걸친 것들이 모두 비싸지 않은 옷들이라도 며칠 사이에 스타일을 전부 바꾸기 위해서는 꽤 많은 돈이 들었을 것이다. 이미 옛날의 습성을 다시 반복하는 수림에게 태희의 말은 강력하게 작용할 테니 거의 다 넘어온 것이나 마찬가지였다. 하지만 수림은 예상과 달리 두 사람을 두둔했다.

"오해가 있었던 것 같아. 걔들은 당장 돈이 필요하거든. 어차피 천만 원은 내 몫이니까 내가 널 만나서 받으면 그만이고. 우릴 속이다니, 다른 사람도 아니고 지혜가 그럴 리가 없잖아. 명주도 말은 그렇게 해도 의리 없는 애 아니야."

수림은 잠시나마 두 사람을 의심했던 마음을 지우기 위해 제법 단호하게 말했다. 믿고 싶지 않았다. 설령 그게 사실일지라도.

"계산은 똑바로 해야지. 삼천만 원을 셋이 아니라, 넷이 나눠야 하잖아? 은영 언니도 여기에 가담했으니까."

수림은 갑자기 동요했다. 제 몫이 줄어드는 것은 생각해보지 못했다. 수림에게는 한 푼이 아쉬운 상황이었다.

"그리고 네가 상처받을까 봐 말 안 하려고 했는데……."

태희는 일부러 말끝을 흐렸다. 여지를 남기는 약간의 침묵은 상상력을 자극하기에 충분했다. 수림의 머릿속은 이미 엉망일 테니 불을 붙이는 것은 시간 문제였다.

태희가 가방에서 핸드폰을 꺼내 음성 녹음 파일을 재생했다. 둔탁한 소리와 함께 익숙한 명주 목소리가 들려왔다.

우리가 박수림 말을 들어야 돼? 눈과 귀는 폼으로 달린 박수림. 지가 무역도 공주인 줄 알아. 필요할 때만 우리 찾으면서 변명이 많아. 하여간 짜증 나. 우리 삼천만 원 받고…….

목소리를 편집하는 것은 어렵지 않았다. 제법 자연스럽게 나와서 몇 번을 반복해서 듣지 않으면 어디서 어떻게 편집되었는지 분간이 쉽지 않을 것이다. 태희는 마음이 아프다는 표정을 보이곤 얼른 재생을 정지시켰다.

수림은 아무런 반응도 보이지 않았다. 분노를 억누르기 위해서는 많은 노력이 필요하다. 그러나 당장의 눈물을 참기 위해서는 더 크게 애를 써야 했다. 수림은 새빨개진 눈에 힘을 주며 애써 마음을 다스리고 있었다. 태희가 건넨 손수건이 수림의 손아귀에서 비틀렸다.

서른다섯 해를 함께 보낸 친구들이었다. 태어나서 지금까지, 그들은 친구가 아니었던 적이 없었다. 모진 말을 쏟아내는 명주 때문에 상처받은 적은 한두 번이 아니었다. 그럼에도 언제나 먼저 다가와 토닥여주고 풀어주었다. 그러니 상처는 쌓이거나 깊어질 틈이 없었고 두 사람의 우정은 계속 유지될 수 있었다. 명주가 앞에서는 그렇게 말해도 뒤에서는 절대 남을 욕할 성격이 아니라는 것도 수림은 너무나 잘 알았다.

그런데 지금 생각해보면 그저 자신이 단순했기 때문이었는지도 몰랐다. 작은 것 하나에도 마음이 풀리는 여린 성격은 누군가에게는 착한 사람으로, 누군가에게는 호구로 비쳤을 것이다. 가뜩이나 주눅 들기 일쑤였던 수림은 친구들의 반응에 일희일비하며 눈치를 볼 때가 많았다. 하지만 이제 그럴 필요가 없어졌다. 명주는 배신감을 느끼는 데 부족함이 없을 만큼 자신을 욕했고, 지혜는 멋대로 돈을 가로챘으니 더 이상 친구라고 보기도 어려웠다. 이제 예전과 같은 관계를 유지하는 건 불가능할지도 몰랐다.

"울지 마, 수림아. 너한텐 내가 있잖아."

태희는 어느새 굵은 눈물을 뚝뚝 흘리는 수림의 손을 쓰다듬듯 잡았다. 수림은 오래간만에 듣는 다정한 위로에 기어이 눈물을 펑펑 쏟고 말았다.

우정의 깊이는 어떤 것으로 측정할 수 있을까? 정답은 모르겠지만 오래 함께한 시간이 아니라는 건 분명했다. 많은 시간을 쌓아 올린 관계일수록 아래 생긴 구멍을 제대로 매우지 않으면 더 크게 무너질 수 있었다. 태희는 수림이 느끼는 불안을 돈 천만 원으로 확인시켜주었을 뿐이었다.

태희는 고개를 떨군 채 흐느끼는 수림을 보면서 입가를 수평으로 유지하려 애썼다. 이제 둘 중 누가 댓글을 남겼는지는 중요하지 않았다. 세 사람의 작당모의는 여기서 끝이었다.

16

아틀리에 앞에서 지혜는 한참이나 들어가기를 망설였다.

그곳은 너무나도 단정하게 정돈되어 있었고, 시선을 분산시킬 손님이 없었으며, 결정적으로 비싸 보였다. 잠깐 들어가서 확인만 하고 나오면 되는 간단한 일인데도 어쩐지 주눅이 들었다. 지혜는 쭈뼛거리는 제 모습이 한심해져서 웃음이 나왔다.

지혜가 거칠게 가게 문을 열자 안쪽에서 다정한 목소리가 들렸다.

"어서 오세요. 찾으시는 제품 따로 있으신가요?"

가게의 주인으로 보이는 여자가 맞아주었다. 지혜는 멋쩍은 듯 시선을 피했다. 혜선은 응대를 부담스러워하는 손님들을 많이 봤다는 듯 익숙한 미소를 지었다.

"필요하신 것 있으면 불러주세요."

"사람을 찾으러 왔는데요."

지혜는 그녀가 돌아서기 전에 얼른 붙잡았다. 핸드폰을 꺼내 미리 찍어둔 디퓨저와 카드 사진을 보여주었다.

"이거 여기 제품 맞죠? 이걸 보낸 사람이 누군지 알고 싶어서요. 택배로 왔거든요. 네 명한테 보낸 거라 기억나실 것 같은데."

디퓨저들은 각자의 집으로 보내졌다. 지혜와 명주는 수림의 집에 있어 확인할 수 없었지만, 무억도에 있는 은영 언니가 자신에게도 왔다며 인증 사진을 보내주었다.

"그럼요. 그날은 원데이 클래스가 있었던 날이니까요. 친구분들을 위해 하나씩 골라서 보내달라고 했던 게 기억나네요. 개인정보 보호 차원에서 명단을 공개할 수는 없지만, 마음에 드셨나요?"

혜선은 매뉴얼이라도 외운 사람처럼 쉬지도 않고 말했다.

"네, 사진을 보여드리면 기억이 날까요?"

지혜는 멀리서 찍은 태희의 사진을 확대해서 보여주었다. 몰래 따라다닐 때 찍은 것들이었다. 혜선은 고개를 갸웃거렸다.

"이렇게 봐서는 모르겠는데요. 확대하니까 화질이 좀 깨져 보여서……. 제품이 마음에 드셨다면 다른 것도 한 번 보시겠어요? 마침 이번에 새로운 향기가 담긴 제품이 나왔거든요."

혜선은 능숙하게 지혜의 팔을 붙잡고 진열대 앞으로 향했다. 당황한 채로 지혜는 진열대 앞에 서서 고분고분 제품 설명을 듣고 있었다.

만약 이걸 보낸 사람이 영선이 아니라면, 도대체 누구란 말인가. 무억도 친구들을 모두 다 알고 있는 사람. 그들에게 보고 싶다고 말할 정도로 추억을 공유했던 사람. 지혜의 머릿속에는 단 한 사람이 스쳤다.

하지만 그 애가 굳이 이런 번거로운 방법을 쓸 이유가 있을까? 마음만 먹으면 친구들을 모두 불러 모을 수 있을 텐데.

영선도 마찬가지였다. 영선 역시 디퓨저를 받았다면 왜 자신이 보낸 거라고 거짓말을 했는지 알 수 없었다. 지혜가 아는 영선은 절대 아무런 이유 없이 그럴 사람이 아니었다. 이 선물에 뭔가 숨겨져 있는 게 분명했다.

"그럼 이걸로 하시겠어요?"

어느새 혜선은 디퓨저 하나를 지혜의 코앞에 들이대고 있었다. 생각에 잠겨 그녀를 잠시 잊고 있었던 지혜는 저도 모르게 고개를 끄덕였다.

"새 상품으로 준비해드릴게요."

혜선은 콧노래를 부르며 카운터 안쪽 연구실로 들어갔다. 지혜는 카운터에 기대어 서서 꼼꼼하게 둘러보았다.

연구실은 초록색 벨벳 커튼 하나를 사이에 두고 구분되어 있었다. 작은 소품 하나까지도 값이 꽤 나가 보였다. 커튼을 빤히 보고 있던 지혜는 그 밑으로 보이는 발을 발견했다. 제품을 소개해준 사람 말고도 누군가 연구실 안에 더 있었다. 직원을 여러 명 두는 가게는 흔했으니 특별한 것은 아니었다. 하지만 두 발은 커튼 앞에 움직이지 않고 가만히 서 있었다. 게다가 앞코가 자신을 향해 있었다. 마치 커튼 하나를 사이에 두고 마주 보는 것만 같은 모습이었다. 커튼을 확 젖히고 싶어 손이 간질거렸다.

지혜는 카운터 옆을 통해 조심스럽게 연구실로 다가갔다. 발걸음 소리에도 발은 미동조차 하지 않았다. 지혜의 손이 커튼으로 향했다.

"오래 기다리셨습니다."

혜선이 아까보다 더 하이톤의 목소리로 커튼을 열어젖혔다. 갑작스럽게 몸을 내밀며 나오는 바람에 지혜는 깜짝 놀라 뒤로 물러섰다.

"이곳은 직원들 공간이에요. 실례지만 앞에서 기다려주시겠어요?"

지혜는 돌아서서 나가려다가 발을 들어 슬쩍 그 너머를 보았다. 계속 자신을 지켜보던 발의 주인은 어디론가 사라지고 없었다.

"안에 누가 또 있나 봐요?"

"그럼요. 저희는 조향사가 항상 상주해 있답니다. 전문가가 제품 하나하나 직접 만들어서 높은 퀄리티를 자랑하고 있죠. 8만 9천 원입니다."

디퓨저에 금이라도 바른 것인가. 지혜는 소득 없는 질문들을 한 대가치고는 너무 큰 것 같아 한숨이 나왔다. 패드에 사인을 하면서 지혜는 시선을 다시 연구실 아래로 던졌다. 발은 보이지 않았다.

"안녕히 가세요."

지혜가 느릿한 걸음으로 문을 열자 종소리가 났다.

그사이 혜선은 연구실로 들어가고 있었다.

나가는 척하며 문이 닫히지 않게 잡은 지혜가 최대한 목을 빼서 그 안을 보려고 애썼다. 커튼이 열리면서 누군가의 실루엣이 보였다.

"손님 갔어?"

밖에서 흘러 들어오는 찬 기운에 아틀리에 K의 사장은 고개를 돌려 연구실 입구를 보았다. 커튼을 열고 들어서는 혜선의 뒤로 가게 문 앞에 선 지혜와 눈이 마주친 것만 같았다.

"걱정하지 마세요. 시키신 대로 잘했으니까요."

혜선은 어깨를 으쓱였다. 사장은 검지로 슬쩍 커튼을 젖혔다. 유리문에 달린 종이 미세하게 흔들리고 있었다.

꾸벅꾸벅 졸고 있던 명주는 현관문이 쾅, 닫히는 소리에 놀라서 깼다.

명주는 잠긴 목소리로 왔냐고 물었지만 대답이 돌아오지 않았다.

"무슨 일 있었어?"

거실로 들어와 우두커니 서 있는 수림을 보고 명주가 놀란 눈으로 다가들었다.

나갈 때도 기분이 좋지 않더니, 들어올 때는 더 가라앉아 보였다. 수림은 명주의 손길을 귀찮다는 듯 뿌리쳤다.

"강지혜는?"

"아직 안 들어왔는데."

"2천만 원 받았다며?"

수림은 어리둥절해하는 명주의 표정을 살피며 눈을 가늘게 떴다. 명주는 정말 모르는 눈치였다. 그렇다면 지혜가 돈을 모두 가져갔다는 게 확실해졌다.

"자세히 말해봐. 그게 무슨 소리야?"

"할 말 없어."

"박수림, 너 오늘 왜 그래?"

수림의 낯선 행동에 명주도 덩달아 날이 섰다. 오는 길 내내 수림은 두 사람에게 어떻게 화를 내야 할지 몇 번이고 머릿속으로 연습했다. 하지만 생각과 달리 목에서는 쓴맛이 감돌았다.

"너야말로 나한테 어떻게 그럴 수 있어?"

"대체 뭐가? 말을 제대로 해!"

명주가 소리치자 수림은 입을 닫아버렸다. 예전에는 알아서 기분을 살펴주는 명주가 고마웠지만 모든 걸 알고 나니 그 행동들이 모두 가증스러워졌다. 뒤에서는 그런 식으로 욕하면서 왜 앞에서는 잘해주는 척을 하는지 이해가 가지 않았다.

명주에게 필요한 건 태희의 돈이었고, 주변을 맴돌며 그녀를 감시할 인력이 필요했던 것이다. 자신을 그렇게 이용만 한 것이다. 수림은 입이 근질거렸지만 참아냈다. 아무리 허허실실 속없어 보이게 굴었어도 녹음으로 들은 내용을 제 입으로 꺼내는 건 몹시 자존심 상하는 일이었다.

"집에서 계속 냄새나잖아!"

대신 수림은 다른 방법을 택했다. 수림이 갈라진 목소리로 소리치며 눈물을 터뜨리자, 명주는 기가 막혔다. 아까 환기까지 다 했고, 디퓨저도 사방에 꽂아놓았는데 대체 무슨 냄새가 난단 말인가. 어디서 뺨 맞고 와서 자신에게 화풀이하는 것 같아 기분이 상했다.

명주가 뭐라고 하려는데, 현관문이 열리며 지혜가 들어섰다.

"너희 싸웠어?"

거실의 싸늘한 분위기를 단박에 눈치챈 지혜가 눈을 부라리자 수림은 눈물을 뚝 그쳤다.

"얘들아, 내가 오늘…….

"너 태희한테 돈 받았다며? 다 들었어."

수림이 다짜고짜 퍼붓는 말에 지혜는 불쾌한 듯 짜증을 냈다.

"뭔 소리 하는 거야? 아무튼 그게 중요한 게 아니고, 방금 아틀리에 K에 갔다 왔는데 말이야."

"이천만 원 받아갔다며. 우리 모르게."

그 말에 싸늘하게 군 것은 명주였다. 레스토랑 복도에서 둘만 있을 때 그런 이야기가 오갔던 것일까? 불안한 명주의 마음은 한껏 예민해지고 있었다.

"누가 그런 헛소리를 해? 정영선이야?"

"그게 중요해?"

명주의 가라앉은 목소리에 지혜는 상황이 이상하게 돌아가고 있다는 걸 감지했다.

"걔가 거짓말하는 거야. 우리 사이 이간질하고 있는 거라고."

"그걸 어떻게 믿어? 네가 받아놓고 모르는 척하는 걸 수도 있잖아."

이미 명주의 마음속에서 지혜는 배신자였다. 그런 주제에 배를 팔아 돈에 여유가 있다는 거짓말을 하다니. 뻔뻔하기 그지없는 행동이었다. 게다가 석호 일까지 들먹거리지 않았는가. 명주는 뒤틀린 감정을 제어할 수 없었다.

수림은 두 사람을 지켜보면서 입술을 잘근거리며 씹고 있었다. 수림에게는 가방에 있는 천만 원을 지켜내는 것이 중요했다. 두 사람이 싸우든 말든 내 몫에만 손을 대지 못하도록 하면 되었다. 자기는 이 돈을 받을 자격이 있었다. 그건 우정의 대가이기도 했다.

"고작 그 돈 받자고 내가 너희를 배신한다고? 대체 날 어떻게 생각했던 거야!"

지혜는 억울했는지 헛웃음까지 나왔다. 낮에 본 것을 친구들에게 말하고, 앞으로의 계획을 세워야 하는 마당에 이런 것까지 신경 쓸

수는 없었다.

"누가 거짓말하는지는 두고 봐야 알겠지."

수림까지도 자신을 의심한다는 사실에 지혜는 허탈했다. 평소 수림은 지혜의 말이라면 뭐든 따라주는 순한 성격이었다. 영선이 뭐라고 꼬드겼는지 몰라도 옆에서 바람을 넣은 게 분명했다.

"우린 끝났어. 난 더 이상 너희와 함께 있고 싶지 않아. 당장 내 집에서 나가."

수림의 말투는 울먹이긴 했지만 단호했다. 이제는 두 사람이 없어도 혼자서 태희에게 돈을 받아낼 수 있었다. 두 사람은 이미 친구였고, 오늘도 순순히 돈을 건네주지 않았는가. 수림은 새침한 표정을 하곤 안방으로 들어가 문을 닫았다. 머리가 지끈거려 더 이상 서 있기도 힘들었다.

"지랄들 하네."

화가 치밀어 올라 부들거리는 명주의 눈에 띈 것은 한구석에 놓여 있던 디퓨저였다. 명주는 망설임 없이 디퓨저를 들어 바닥에 집어 던졌다. 굉음과 함께 부서진 유리 조각 사이로 진한 장미 향기가 코를 찔렀다.

명주는 그 길로 현관을 박차고 나가버렸고, 당황한 채 지혜만이 거실에 우두커니 서 있었다.

어째서 눈치채지 못했을까? 세 사람은 매일 같이 있었지만 서로의 마음을 알지 못했고, 영선은 벌어진 친구들의 틈 사이를 정확히 파고들었다. 특히 세 사람이 가지고 있던 경제적인 문제를 역이용한 것은 지혜가 생각지도 못한 일이었다.

지혜는 수림이 영선의 거짓말을 완전히 믿고 있다고 생각하지는 않았다. 믿는 것과 믿고 싶은 것에는 차이가 있었다. 다만 수림은 자신과 명주에게 서운한 것이 쌓여 있을 것이다. 수림이 꾸준히 사인을 보냈지만 모른 척한 것은 자신이었다. 그 마음을 먼저 알아봐 준 영선에게 마음이 가는 것은 당연했다. 이번 일로 스트레스가 쌓인 수림은 영선의 말을 믿고 싶은 것뿐이다.

정신을 차려야 했다. 세 친구 사이를 갈라놓는 것이 영선의 계획이라면 뜻대로 움직여서는 안 되었다. 하지만 도저히 그 생각이 읽히지가 않았다. 이미 늦은 것일지도 몰랐다. 그들이 한 발 앞서면 영선은 멀찍이 달아나서 세 친구들을 비웃고 있는 것만 같았다.

지혜는 현관 구석에 두었던 쓰레기 봉지를 들고 밖으로 나왔다. 수림이 크게 삐졌을 때는 오히려 달래지 않고 놔두는 것이 좋았다. 마음이 여린 수림은 감정의 기복도 컸다. 머지않아 먼저 화해의 손길을 내밀 것이다.

계절의 변화에 가장 먼저 반응한 것은 손등이었다. 지혜는 겉옷의 소매를 내려 허옇게 터버린 손등을 감추고 핸드폰 메시지를 확인했다. 은영에게서 독촉 문자가 와 있었다. 무억도에 있는 은영은 늘 지혜를 통해 상황을 파악했다.

가끔은 우정에도 거리를 두어야 할 때가 있다지만 하필이면 지금일 줄이야. 분리수거함에 쓰레기를 던져 넣고 지혜는 버스 시간표를 확인했다. 무억도 식당의 국밥 한 그릇이 간절히 떠오르는 날이었다.

17

 기대를 내려놔야 한다는 다짐을 하면서도 태희는 하루 종일 발이 들린 것처럼 들떠서 지냈다. 편지를 보낸 지 일주일째였건만 포기할 수 없는 마음에 그녀의 하루는 끝도 없이 길기만 했다.

 그날 이후로 태희는 좀처럼 외출을 하지 않았다. 자신을 보던 사람들의 눈빛이 잔상처럼 집 안 곳곳에도 떠돌았다. 지끈거리는 머리를 짚으며 태희가 향한 곳은 파우더룸이었다. 이 넓은 집에서 그녀를 위로할 수 있는 유일한 장소였다. 태희는 향수가 가득한 진열장을 열고 얼굴을 묻었다.

 사람의 향기에는 욕망이 담겨 있다. 남편은 쉬는 날이면 바이올렛과 바닐라가 얽힌 관능적인 향기를 선호했다. 지적인 은호네는 머스크와 앰버의 향이, 무엇이든 화려해야 직성이 풀리는 하린이네는 각종 플로럴 향이 났다. 모든 사람들과 잘 지내고 싶어 하는 서아네는 무난한 비누 향을 좋아했고, 항상 다른 사람들을 부러워하는 민준이네는 존재감이 확실한 릴리와 통카빈으로 시선을 잡았다.

태희는 향기 속에 숨겨진 사람들의 마음을 읽으며 그들의 관계에서 우위를 점하곤 했다. 이제는 그마저도 엉망이 되어버렸지만.

사람들은 완벽해 보이던 정태희가 사실은 무억도에서 올라왔고, 고등학교를 졸업하지 못해 검정고시를 보았으며, 술집에서 일하다가 남편을 만났다는 것까지 모두 알게 될지도 몰랐다. 퍼즐 하나만 옮기면 풀리지 않던 다른 퍼즐들도 제자리를 찾아가는 경우가 있었다. 그렇게 완성된 태희의 퍼즐은 추악한 그림을 만들어냈다.

이게 다 무억도 친구들 때문이었다.

고개를 든 태희의 시야에는 아틀리에 K의 향수가 보였다. 태희는 그게 문제를 해결해줄 물건이라도 되는 것처럼 살피며 고민했다.

범인은 무억도 친구들 중 하나일 것이다. 지혜, 명주, 수림, 은영 중에 누가 살인까지 할 정도로 강력한 동기를 가지고 있을까? 서울에 새로 생긴 공방에서 디퓨저를 만들고, 그 안에 니코틴 원액까지 탈 정도로 준비된 계획이었다.

이들 중 한 명은 받지도 않은 디퓨저를 받았다고 꾸며내며 나머지 사람들의 반응을 살피고 있을 것이다. 굳이 자신이 선물했다는 거짓말까지 해가면서 범인의 계획을 돕고 있었으니 조만간 태희의 앞에 정체를 드러낼지도 몰랐다. 이유는 달라도 목적이 같다면 손을 잡는 편이 서로에게 이익이었다.

풀리지 않는 부분들이 많았지만 확실한 것은 범인이 모두의 주변을 계속 맴돌고 있다는 점이었다.

한참 고민을 하고 있는데, 인터폰으로 호출이 왔다.

─ 관리실입니다. 사모님께 편지가 도착해서요.

태희는 자신에게 편지가 오면 바로 알려달라고 미리 부탁해놓았다. 관리실에 바로 내려간 태희는 깔끔한 흰색 봉투를 손에 들고 다시 집으로 돌아왔다.

태희는 숨을 고를 시간도 없이 봉투를 찢어 편지를 꺼냈다.

내 딸에게

편지를 받고 정태희가 누구인가 했다.

마음에 묻고 산 딸아이가 불쑥 낯선 이름을 달고 소식을 전하다니 별일이 다 있구나.

갑자기 안 하던 짓을 하는 걸 보면 무슨 일이 생긴 모양이지. 예전이나 지금이나 네 속은 훤히 보인다. 하지만 너에게 작은 도움이라도 될 수 있다면 지금은 이것만으로도 기쁘구나.

식당 할머니가 돌아가시고 나서부터는 이맘때면 적적해져서 소일거리를 하며 지낸다. 네가 떠난 후로 무억도는 많이 달라졌어. 연일 관광객들로 호황이라 떠난 사람들도 다시 돌아올 정도지. 이게 다 식당 할머니의 아들인 무도관광회사 사장 덕분이란다.

무억도 아이들을 벌써 만났다니 의외구나. 싹둑 잘라낸 줄 알았는데 용케도 연이 닿았네. 어쩐지 지혜가 한참이나 보이지 않더라고.

그 애도 걱정이 참 많을 거야. 무도관광 때문에 관광객들 모두 빼앗기고, 무리해서 배를 샀다가 크게 손해를 봤으니 말이다. 자신 있게 시작한 사업이 망해버렸으니 아무리 지혜라도 어쩔 도리가 없지. 친구들에게 여기저기 손을 빌리는 모양이더구나. 관광회사가 들어서고부터 맥을 못 추는 건 지혜와 수림이네야.

명주는 곧 결혼한다더니 소식이 없네. 그 애는 남자 보는 눈이 영 없어. 섬에서 몇 번 본 적이 있는데 그때마다 싸우고 있더라. 남자가 헛짓거리를 하고 돌아다니는 바람에 결혼자금까지 날렸다는 소문이 있다만, 심심한 노인네들이 하는 소리일지도 모르지.

제일 걱정되는 건 수림이 그 애다. 철도 없이 그 마당에 결혼을 하겠다고 난리인 바람에, 펜션을 정리해서 자금을 대주었지 뭐니. 결혼 후에도 온갖 핑계를 대면서 돈을 뜯어가는 모양이다. 지난번엔 이상한 사람들이 수림이에 대해 물어보고 다닌 적도 있었어. 대체 뭘 하고 다니는 건지, 원.

그나마 은영이는 여전히 착하고 성실하게 살고 있다. 애가 워낙 싹싹해서 여기저기 일이 많은 모양이더라. 남편이 관광회사에서 잘리는 바람에 고생 많이 했어. 지금은 주말부부로 살면서 맞벌이를 하고 있다. 애 셋을 혼자 키우는 게 어디 쉽니? 밤낮없이 일하는 통에 몸이 괜찮을지 모르겠네.

제일 잘살고 있는 건 세경이다. 아버지의 관광사업이 잘되기도 했고, 바다에 빠져서 식물인간인지 뭔지가 되었다더니 지금은 건강하게 서울에서 의사가 됐지. 식당 할머니 장례식에서 보고 얼마나 놀랐는지 몰라. 애가 죽다 살아나더니 성격이 좀 달라진 것 같기도 하고.

어쨌든 잘된 일 아니니? 세경이는 종종 무억도에 얼굴을 비춘단다. 아마 관광회사 관리 차원이겠지만.

이 중에 네가 필요한 것들이 있는지 모르겠구나.

가끔씩 네가 무억도에 찾아오는 꿈을 꾸곤 한다. 네가 다시 돌아갈 때가 되면 나는 너를 붙잡고 신발을 숨기지. 그럼 넌 연기처럼 사라지곤 해. 시간을 다시 돌리고 싶은 건 너뿐만이 아니야. 꿈에라도 오면 안 된다는 걸 알고 있지만 이렇게라도 함께 있고 싶은 날이 있다는 걸 알아주렴.

꽃부리 영(英)에 착할 선(善). 밤낮이고 옥편을 뒤지며 지은 네 이름이야. 어떤 이름으로 살던지 이 이름을 잊지 말거라. 바라는 건 그뿐이다.

말이 길었다. 바람이 차구나.

엄마가

편지를 읽는 동안 태희의 마음은 몇 번이고 요동쳤다. 세월은 무뚝뚝한 엄마를 겪지 못했지만 이제 태희는 행간에서 깊이 삭인 다정을 읽을 수 있었다. 감상도 잠시, 태희는 두 뺨 위로 흐르는 눈물을 얼른 닦아내고 다시 편지를 살폈다.

세경이가 살아있다.

그것도 아주 건강하게.

당연히 세경이 죽었을 것이라 생각했다. 의심할 틈도 없이 친구들이 저를 살인자로 몰아가고, 주변 사람들을 미끼로 협박했기 때문이었다. 전화 한 통이면 쉽게 알아낼 수 있었던 정보였지만 그러지 못할 거라는 사실도 이미 알고 있었다. 친구들은 가까웠던 만큼 자신의 약점을 너무나도 잘 이용했다.

하지만 이제는 달랐다. 태희는 편지를 읽고 또 읽으며 그들의 약점을 손에 넣었다. 지금까지는 그들의 관계를 교묘히 갈라놓는 데 신경 썼다면, 앞으로는 달랐다. 자신을 협박한 일을 두고두고 후회하게 만들어줄 작정이었다.

태희는 가만히 세경의 이름을 읊조렸다. 어쩌면 아틀리에 K에서 디퓨저와 향수를 보낸 사람은 세경일지도 몰랐다. 그 애라면 무억도 친구들 모두에게 복수할 확실한 동기가 있었다.

하지만 모두가 알지 못했던 태희의 집 주소를 어떻게 알아냈단 말인가. 태희는 자기도 모르게 벌떡 일어나 집 안을 두리번거렸다.

세경이 의사가 되었다니 신기하기도 하고, 두렵기도 했다. 추억은 미화되기 마련이었다. 16년이 지난 지금, 세경에게 그날은 어떻게 기억되고 있을까.

영선아, 살려줘. 아직도 그 목소리가 귓가에 선연히 맴돌았다.

18

늦은 밤, 명주는 가방 두 개에 담은 짐과 함께 통영으로 돌아왔다.

남자친구와 함께 살고 있는 작은 빌라였다. 문을 열자마자 덮치는 음식물 쓰레기 냄새에 명주는 코를 막아야 했다. 거실에 불을 켜니 소파에 아무렇게나 널려 있는 옷가지들과 배달 음식들이 보였다.

돌아오는 버스에서 숨죽여 우느라 퉁퉁 부은 눈을 가라앉힐 새도 없이 명주는 집안일을 시작했다. 석호와 동거를 하며 생긴 습관이었다.

언제부터 이렇게 틀어진 걸까.

영선을 협박하려 한 것은 실수였을지도 모른다. 모든 상황이 영선의 생각대로 흘러가고 있었으니 행운의 신마저 그녀의 편을 들고 있는 꼴이었다.

지혜와도 어색해졌는데 수림마저 그렇게 나올 줄이야. 평소에 수림에게 함부로 굴기도 하고, 자신이 먼저 잘못한 일도 많았지만 이번에는 아니었다. 수림에게 잘못한 게 없었다. 그럼에도 수림은 문자 한 통 보내지 않았다. 섭섭한 마음에 코끝만 자꾸 시큰해졌다.

사과하지 않으면 절대 돌아가지 않겠다고 다짐해놓고 명주는 틈만 나면 자신의 잘못을 세어보고 있었다. 수림의 마음도 이해가 안가는 것은 아니었다. 함께 나고 자란 세월이 35년이었으니 가족이나 다름없었다. 하지만 먼저 연락을 하자니 자존심이 상했다. 명주는 활짝 웃고 있는 수림의 메신저 프로필 사진만 빤히 쳐다보았다.

속이 답답해진 참에 명주는 석호에게 전화를 걸었다. 시간은 어느덧 새벽 한 시가 넘어가고 있었다. 그에게 따져 물을 것이 많았지만 오늘은 말없이 위로만 받고 싶었다. 계속되는 통화 연결음에 명주는 자리를 박차고 일어섰다.

두툼한 패딩을 걸쳐입고 밖을 나선 지 5분 만에 골목 어귀에 석호가 나타났다. 잔뜩 취한 그는 누군가에게 몸을 반쯤 걸친 채였다. 명주보다 작은 체구, 무릎까지 오는 단정한 치마를 입은 여자였다. 자세히 보이지는 않았지만 분명 예쁠 것이다. 명주는 여자의 얼굴을 상상하면서 몸을 숨겼다.

집 앞에 도착한 석호는 한참이나 여자와 대화를 나누었다. 명주의 귀에는 집에 들어와서 차 한 잔 하고 가라는 말밖에 들리지 않았다. 한사코 정중하게 거절한 여자는 돌아갔고, 명주는 석호의 뒤를 따라 집으로 들어섰다.

"많이 마셨네?"

뒤에 명주가 있는 걸 보고 조금 놀랐지만 석호는 이내 자신의 외투를 벗어 건넸다. 살짝 짜증이 오른 명주는 그 옷을 그대로 바닥에 내팽개쳤다.

"같이 온 사람은 누구야?"

"봤어? 거래처 과장인데, 완전 미인이지?"

석호는 술에 취해 명주의 표정을 읽을 수 없었고, 눈치 없이 말을 지껄였다.

"사업도 안 하면서 무슨 거래처야? 술은 또 왜 이렇게 마셨어."

"걱정하지 마. 곧 큰 거 하나 물어올 테니까 우리 결혼하자, 명주야."

"언제까지 말만 할 건데? 벌써 올해도 끝났잖아."

"화내지 말고 인상 좀 펴봐. 우리 명주도 화장하고 옷도 잘 입고 다니면 참 좋을 텐데."

석호는 자연스럽게 소파에 쓰러지듯 누웠다. 혼잣말처럼 중얼거렸지만 명주는 석호의 표정에서 집 앞에서 본 여자를 떠올렸다. 인정하고 싶지 않았지만 영선의 모습과도 비슷해 보였다. 여자의 태도로 보아 바람은 아니었다. 하지만 석호는 그녀와 명주를 비교선상에 놓고 있었다.

또다시 영선이 떠오른 명주는 이 모든 일의 원흉이 그 애 때문이라고 결론지었다.

영선이 자극하지만 않았어도 불안해하지 않았을 것이고, 지혜를 의심하지 않았을 것이며, 수림과도 다투지 않았을 것이다.

잠이 든 석호를 겨우 깨워 안방에 데려다 놓고서야 명주는 화장대 위에 놓인 택배 박스를 발견했다. 영선이 보냈다던 부드러운 라벤더 향기의 디퓨저였다.

영선의 태도로 보아 순수한 목적으로 선물한 것은 아닌 것 같았다. 명주는 디퓨저를 쓰레기통에 처박았다.

명주는 코를 고는 석호를 뒤로 한 채 방을 나오다가 다시 돌아섰다. 쓰레기통에서 디퓨저를 꺼내 닫혀 있던 마개를 열어 리드를 꽂았다.

평소에는 디퓨저를 사용해볼 생각도 한 적 없고, 제 돈을 주고 사본 적도 없었다. 어쩌면 영선은 이런 사소한 것 하나로 선을 긋기 위해 보낸 것일지도 몰랐다. 수림이 갑자기 변한 시점도 디퓨저를 집 안 곳곳에 두고 나서부터였다. 마치 같은 브랜드의 향기를 공유하는 사람끼리 통하는 것이 있는 것마냥 굴지 않았는가.

속 편하게 침대에서 뒤척이고 있는 석호는 내일이면 자신이 했던 말을 기억하지 못할 것이다. 명주는 화장대 거울을 통해 화장기 없는 민낯과 십 년이 넘도록 입는 스웨트 셔츠를 응시했다. 그의 말들이 찌꺼기처럼 몸에 들러붙어 있는 기분이었다.

명주는 어느덧 비죽비죽 새어 나오는 눈물을 소매로 닦으며 방을 나섰다. 우는 것조차도 자존심이 상했다. 코끝에 감도는 라벤더 향기를 곱씹던 명주는 핸드폰을 켜서 아틀리에 K를 찾았다.

무억도의 오후는 부산스러웠다. 물고기가 잘 잡히지 않는 계절임에도 불구하고 사람들은 낚싯대를 드리운다는 것만으로도 즐거운 모양이었다. 은영은 그들을 보면서 무친 나물을 작은 그릇에 나누어 담았다.

주말부인 은영의 새로운 부업이었다. 비교적 최근에 생긴 백반집은 선택권이 없는 관광객들 덕분에 호황을 맞았고, 덕분에 은영은 일자리를 얻을 수 있었다.

조만간 큰돈이 들어오면 아이들에게 겨울옷을 하나씩 입혀줄 생각이었다. 첫째에게 물려받은 막내의 패딩은 이미 숨이 다 죽은 지 오래였다. 나머지 돈으로 무얼 할지 생각하니 절로 웃음이 나왔다.

"언니, 나 국밥 하나만 해줘."

은영은 불쑥 식당으로 들어온 지혜를 보고 놀란 얼굴로 그녀를 빤히 쳐다보았다. 예상보다 빠른 복귀였다.

은영은 지혜의 재촉에 일단 주방으로 들어섰다. 석연치 않았지만 어쩌면 생각보다 일이 빠르게 잘 끝났는지도 몰랐다. 은영은 얼른 국밥을 지혜 앞에 가져다놓았다.

"영선이는 만났어?"

은영은 누가 들을까 봐 목소리를 낮추었다. 주인은 항상 은영에게 식당을 맡기고 외출했지만 그녀는 늘 조심스러웠다.

"잘살고 있더라고. 생각보다 더 많이."

"돈은?"

"못 받았어."

"그런데 왜 돌아왔어? 너만 잠깐 온 거지?"

지혜는 대답 없이 숟가락만 움직였다. 초조해진 은영이 계속 재촉했지만 지혜는 여전히 묵묵부답이었다.

"언니는 나 믿어?"

뜬금없는 소리에 은영은 점점 인내심이 바닥나기 시작했다. 하지만 지혜는 꽤나 진지한 얼굴이었다. 보나마나 셋이서 싸우고 영선이한테 돈도 못 받아냈으리라. 겨우 한 살 차이인데도 은영은 그들의 속을 뻔히 들여다볼 수 있었다.

"내가 너 안 믿으면 그걸 왜 다 말해줬겠어?"

은영은 자발적으로 정보를 제공한 것처럼 포장했다.

십 년 전, 식당 할머니 장례식장에서 두 사람은 크게 다툰 적이 있었다. 은영은 관광회사가 무억도에 자리 잡는 것을 찬성했고, 지혜는 반대했다. 명확한 입장 차이는 우정에도 영향을 미쳤다. 처음엔 서로의 이익을 대변했지만 나중에는 사소한 것까지 끌어다가 감정적으로 싸우기 시작했다.

은영이 그날 목격한 것을 말한 건 지혜를 옭아맬 생각으로 꺼낸 카드였다. 지혜, 명주, 수림이 세경을 물에 빠뜨리고 구하지 않았다는 걸 세경의 아버지인 무도관광 사장에게 말하려 했다. 지금이야 세경이 회복해서 잘살고 있다지만 어쨌든 식물인간이 된 적도 있었으니, 그녀의 아버지가 크게 분노해 무억도의 관광사업에 박차를 가할 것이라 여겼다.

하지만 은영의 남편이 관광회사에서 잘리는 것을 계기로 두 사람은 손을 잡게 되었다. 지금이야 그 사실은 도원결의의 상징이나 마찬가지였고, 이후로 두 사람은 더욱 돈독해졌다.

그러면서 은영에겐 지혜가 더 자세히 들여다보였다. 평소 지혜는 추진력이 있고 맹렬한 부분이 있는 사람이었지만 가끔씩 한없이 약한 모습을 보이곤 했다. 은영은 그런 지혜를 이해할 수 없었다. 먹고 살 만하니 나오는 배부른 태도라고밖에 생각되지 않았다.

"지혜야, 네가 영선이를 얼마나 좋아했는지 알아. 영선이가 무억도에서 도망친 후에 네가 또 얼마나 그 애를 찾아다녔니? 오래간만에 만났는데 마음이 약해지는 건 당연하지. 근데 현실을 생각해봐. 내 손 보여?"

은영이 지혜의 눈앞에 손바닥을 쫙 펼쳤다. 매일 요리와 설거지를 하느라 손가락 마디마다 자리 잡은 습진이 보였다.

"나는 내가 더 불쌍해. 남은 배마저도 팔아야 되는 너도 불쌍하고, 남자 잘못 만나서 가진 돈 다 날린 명주랑 순진해 빠져서 사기나 당하는 수림이도 불쌍하다고. 그런데 누가 누굴 걱정해?"

지혜를 차분하게 질책하던 은영은 멀리서 다가오는 관광객 무리들을 발견하곤 입을 닫았다. 이쯤 되면 깨닫는 것이 있어야 했지만 지혜는 고집스레 시선을 바닥에 떨어뜨리고 있었다.

"이것만 먹고 선착장으로 가봐. 나오실 시간 됐으니까."

은영은 그렇게 마무리하곤 식당으로 들어서는 손님들을 받았다.

지혜는 은영이 무슨 말을 한 건지 몰라 잠시 머뭇거리다가 슬며시 밖으로 나왔다.

은영의 마음을 모르는 건 아니었다. 네 명 다 금전적으로 문제가 있는 상황이었으니 예민할 수밖에 없었다. 하지만 균열이 생긴 관계를 다시 이어 붙이는 것은 쉽지 않은 일이었다. 게다가 지혜는 돈을 받아놓고 모른 척한다는 오해를 받고 있어 더욱 곤란했다. 이는 영선만이 해명해줄 수 있는 상황이었다.

영선은 여기까지 계산하고 행동했을 것이다. 지혜는 실소를 터뜨리며 은영이 말했던 선착장으로 향했다.

선착장은 식당과 멀지 않은 곳에 있었다. 예전엔 무역도의 배들은 대부분 지혜네 것이었지만 지금은 사정이 달랐다. 지혜는 머리가 희끗한 남자를 보고 은영의 말을 이해할 수 있었다.

"너희들이 뭘 안다고 바다에 나가? 그런다고 잡힐 고기면 진즉에 씨가 말랐어!"

익숙한 목소리였다. 지혜는 배에서 내리고 있는 관광객들에게 삿

대질을 하는 아버지에게 달려갔다.

지혜는 아버지의 팔을 잡으며 말렸다.

아버지는 양손에 들고 있는 반쯤 남은 소주병들을 입으로 가져가며 욕지거리를 했다.

"썩을 년. 어딜 갔다가 이제 와? 남은 배들도 다 팔아치웠냐?"

"낡아서 잘 팔리지도 않아. 왜 엄한 데 생떼를 쓰고 있어?"

"우리 집안은 할아버지의 할아버지까지 바다에서 나고 자랐다. 배랑은 한 몸이다 이거야! 근데 그걸 죄다 팔고 앉았으니 내가 술을 안 마시고 버틸 수가 없지."

"지금 아버지 먹는 술은 공짜인 줄 알아?"

"하여간 이게 다 저놈들 때문이다."

지혜의 아버지는 남은 술을 입에 털어 넣고 소주병을 정박된 커다란 배로 던졌다. 다행히 근처에 사람은 아무도 없었다.

무도관광.

무억도의 관광과 낚시를 한꺼번에 장악한 회사는 이젠 어선까지 보유하고 있었다. 가장 크게 타격을 입은 곳은 지혜네와 펜션을 하는 수림이네였다. 하지만 무억도 토박이였던 식당 할머니의 아들이 운영하는 회사라 다들 뭐라 하지 못하는 상황이었다.

한때 지혜 아버지의 주도로 반대 시위를 했지만 금세 사그라들었다. 섬사람들 대부분이 그들의 호의 덕분에 먹고 살 만해졌기 때문이리라.

언제부터인지는 몰라도 아버지는 선착장에 나와 그들에게 욕지거리를 퍼붓는 모양이었다. 하루 종일 일에 매달리는 지혜는 아버지가 뭘 하고 다니는지 관심이 없었고, 사정을 아는 사람들은 아버지에 대한 연민으로 이를 모른 척해주었다.

"다른 건 몰라도 무궁화호는 절대 안 된다. 그건 너 시집갈 때 팔 거야."

"그럴 일 없으니까 들어가."

지혜는 술에 취해 몸도 제대로 가누지 못하는 아버지의 뒷모습을 보면서 한숨을 푹 쉬었다. 무궁화호는 지혜의 어린 시절부터 함께 해온 배였다. 빚을 갚으려면 그것마저도 팔아야 했기에 더욱 고민이 깊었다.

한참을 생각하던 지혜는 섬을 나가려는 배로 뛰어올랐다. 시작한 일은 끝을 맺어야 했다.

손님들의 식사를 모두 준비해주고 은영은 한숨 돌리면서 지혜의 자리를 치웠다. 어째서 무억도 아이들은 열아홉 살 그때에 멈춰 있는 걸까. 은영은 그 애들을 이해할 수가 없었다. 겨우 한 살 차이에 불과했지만 은영과 다른 아이들의 생활은 판이했다.

삼형제의 엄마인 은영은 사사로운 정에 발목을 잡힐 여유도 없었다. 아이들은 정신없이 뛰어다녔고, 잠깐 눈을 돌리는 사이에도 쑥쑥 자랐다. 둘째가 초등학교에 입학한 후로는 지갑 사정까지 나아질 기미를 보이지 않았다.

처음부터 그랬던 것은 아니었다. 관광회사에 근무하던 남편이 회사에 손실을 입히는 실수를 했다며 잘리고 나서부터였다. 슬퍼할 겨를도 없이 은영은 아이들을 업고 동네의 소일거리들을 도맡아 했다.

은영은 식당 구석에서 자고 있는 막내를 보았다. 아이들만 아니

150

었어도 은영이 직접 서울로 가서 영선을 만났을 것이다. 혹시나 했던 생각은 역시나 그랬고, 상황이 어떻게 돌아가고 있는지는 안 봐도 뻔했다.

은영은 주방으로 들어가 핸드폰으로 전화를 걸었다. 상대가 받자마자 은영은 거두절미하고 용건을 꺼냈다.

"지난번에 하신 제안, 받아들일게요. 돈은 바로 주시는 거죠?"

절박한 사람일수록 기회는 만들어서라도 잡아야 한다. 은영은 제게 들어올 금액을 계산해보았다. 겨울은 추웠고 아이들은 빠르게 자랐다. 자신을 믿느냐던 지혜의 말이 떠올랐지만 이내 지워버렸다. 우정 같은 건 먹고 살 만한 사람들이나 하는 배부른 감정이었다.

은영은 통화를 하며 메모지에 그의 이름을 적었다. 조혜선.

19

가까운 친구일수록 털어놓지 못하는 비밀이 있다. 말해도 해결되지 않는 문제들은 속으로 곪아 비밀이 된다. 편지에 담긴 친구들의 속사정이 그랬다. 지혜의 선박 정리, 명주의 결혼, 수림의 돈 문제.

이것들은 아무리 친해도 툭 터놓고 이야기하기 힘들었다. 태희는 엄마의 편지를 받은 이후부터 이걸 어떻게 활용해야 할지에 대해서만 생각했다. 태희는 편지를 외울 정도로 반복해서 읽다가 거슬리는 부분을 발견했다.

세경이네가 운영한다는 관광회사인 무도관광이었다. 태희가 무억도를 떠난 이후에 생긴 그 회사는 무억도에 많은 영향력을 행사하고 있는 것 같았다.

편지의 내용을 살펴보면 무도관광 때문에 지혜의 사업이 망했고, 수림이네 펜션이 휘청거렸으며, 은영의 남편은 그 회사에서 일하다가 잘렸다. 아마 명주와 남자친구가 다투는 것도 이와 관련이 없지는 않을 것이다.

설마 일부러 그런 것일까? 그날 세경이 바다에 빠진 후로 식물인간이 되었다가 깨어난 것이 확실하다면 무도관광은 복수를 위해 그녀의 아버지가 만든 것일지도 몰랐다. 세경도 회사에 관리자로 방문하고 있으니 친구들의 상황을 모를 리 없었다.

석연치 않은 부분이 한두 가지가 아니었다. 자세히 조사해보고 싶었지만 태희의 선에서 할 수 있는 것은 크지 않았다. 남편의 인맥을 이용한다면 쉽게 끝날 수도 있었으나 그가 아는 것은 위험했다. 당장 중요한 건 아니었으니 천천히 생각해도 좋을 것 같았다.

다만 세경의 모습은 제 눈으로 봐두고 싶었다. 서울에서 의사를 한다고 했는데, 어떻게 살고 있을지 궁금했다. 여전히 단정한 외모로 그때처럼 좋은 향기를 풍기고 있을까.

태희는 노트북을 열어 김세경의 이름을 검색해보았다. 어떤 분야의 의사인지도 알지 못해 무작정 모든 병원과 과, 협회 등에 이름을 입력해보았지만 나오는 것은 없었다.

태희는 문득 이런 자신의 모습이 우스워졌다. 혼자 잘살아보겠다고 외면했을 때는 언제고 이제 와서 잘살고 있다는 걸 확인하고 싶어 하다니. 죄책감을 덜기 위한 행동으로밖에 생각되지 않을 것이다. 세경을 만나서 무슨 말을 할 수 있겠는가. 그 어떤 말도 변명일 뿐이었고, 태희에겐 그런 변명조차 할 자격이 없었다.

태희는 노트북을 덮어버리고 시간을 확인했다. 곧 남편이 퇴근하고 지우 학원이 마칠 때였다. 오래간만에 집에서 저녁을 먹기로 한 참이라 실력 발휘를 할 생각이었다. 재료들은 모두 미리 인터넷으로 주문해 오후에 받아놓았다. 열흘이나 지났지만 아직도 밖으로 나가기엔 용기가 나지 않았다.

그나마 지우가 여전히 밝은 모습이라는 데 안도했다. 일부러 뭘 감추고 있거나 어두운 기색이 있는지 살폈지만, 그런 건 엿보이지 않았다. 어른들의 문제가 아직 아이들에게 퍼지지는 않은 모양이었다. 그들의 눈과 손가락은 솔직했지만 입은 무거우니 불행 중 다행이었다. 아직까지는.

그 이후로 사람들은 연락하는 횟수가 확연히 줄어들었다. 단체 채팅방은 물론이고, 개인적인 메시지도 없었다. 극심한 불안감에 인스타그램 어플 알림은 오지 않도록 설정해놓았다. 조만간 삭제하는 편이 나을 것 같았다.

태희는 어젯밤에 온 수림의 메시지를 아직까지 읽지 않은 상태로 두었다. 읽고 답장을 하지 않는 것보다 아예 처음부터 안 보는 게 기분이 덜 상할 것 같았다.

저녁을 준비하기 위해 일어서려는데, 또다시 수림에게 문자가 왔지만 모르는 척했다.

테이블을 세팅하고 있을 때 아들이 돌아왔고, 스테이크를 내었을 때 남편이 들어섰다. 완벽한 타이밍이었다. 태희는 지나가는 말처럼 들리기를 바라며 준영에게 물었다.

"여보, 혹시 병원 쪽에 아는 사람 있어?"

"모임에서 알게 된 사람 중에 몇 명 있어. 왜?"

"그럼 혹시 김세경이라는 의사가 어디 근무하는지 알아봐줄래? 아는 분이 예전에 그 의사한테 신세를 진 적이 있었다는데, 서울에서 일한다는 것 빼고는 아는 게 없어서 곤란한가 봐."

"그래, 그러지 뭐."

준영이 고기를 썰면서 고개를 끄덕였다. 적당히 둘러댔으니 태희
가 의사인 세경을 찾는 일은 그다지 수상해 보이지 않을 것이다.

한창 식사를 하고 있는데 인터폰이 울렸다.

"이 시간에 찾아올 사람이 있나?"

"관리실이겠지. 내가 나가볼게."

태희는 대수롭지 않게 말하며 일어섰다.

딩동, 딩동, 딩동.

시끄럽게 울려대는 소리에 다들 인상이 확 찌푸려졌다. 이런 무례
한 행동은 확실히 컴플레인을 걸어야겠다고 생각하며 태희는 인터
폰으로 다가갔다.

─나야, 영선아.

익숙한 목소리가 나오자 태희는 흠칫해서 뒤로 물러섰다. 인터폰
화면 가득 수림의 얼굴이 들어차 있었다.

20

미치지 않고서야 이럴 수는 없었다. 수림은 카메라에 얼굴을 가까이 들이댔다가 멀어지더니, 이내 눈동자를 데굴데굴 굴리고 있었다. 태희는 못 볼 걸 본 것처럼 자기도 모르게 뒷걸음질 쳤다.

"누군데 그래?"

준영이 숟가락을 내려놓고 일어서는 소리가 들리자, 태희는 얼른 손바닥으로 화면을 가리며 소리쳤다.

"아랫집에 무슨 문제가 있나 봐. 내가 나가볼 테니까 신경 쓰지 마."

남편이 다시 자리에 앉는 것을 확인하고, 태희는 인터폰 전화기를 들었다. 조용히 하라고 주의부터 주었다.

인터폰이 잠잠해지자 태희는 근처에 걸어둔 카디건을 입고 현관 밖으로 나섰다.

태희는 수림의 팔을 낚아채듯 붙잡고 35층에 있는 옥상정원으로 데려갔다.

"무슨 속셈이야?"

태희가 벌게진 얼굴로 짜증을 냈지만 수림은 아랑곳하지 않았다. 새침한 표정으로 정원을 휘휘 둘러보며 여유까지 부렸다.

"집주소는 어떻게 알았어? 여긴 왜 찾아왔고? 가족들이 아는 거 싫다고 말했잖아."

태희는 혹여 남편이나 이웃들이 들을까 봐 목소리를 낮추었다. 용케도 여기까지 올라왔네. 관리실은 일을 하는 거야, 마는 거야. 태희는 고개를 돌리며 다 들리도록 혼잣말을 했다.

언뜻 보면 수림의 옷차림은 고급 아파트에 사는 사람처럼 보이기에 손색이 없었다. 명품 브랜드는 아니었지만 꽤 질 좋은 니트와 치마, 단정한 머리카락 끝과 아마도 이미테이션일 가방까지. 인정하고 싶지 않았지만 수림은 태희가 지난번에 입었던 옷을 어설프게 흉내 내고 있었다. 관리실에서 의심 없이 위로 올려보낸 이유도 알 것 같았다.

"여기까지 오는데 얼마나 용기를 냈는지 몰라."

수림은 황홀한 표정으로 내려다보이는 경치를 구경했다. 태희의 말은 귓등으로도 듣지 않는 태도에 태희는 한숨을 삭혀야 했다. 친구라고 불렀더니 진짜 친구인 줄 아는 모양인지 수림은 자꾸만 선을 넘고 있었다.

"이상하게 근처에만 와도 주눅이 들더라. 대리석 바닥 한 걸음 밟는데도 입장료를 내야 할 것 같고, 나 같은 사람은 오지 못하게 금을 그어 놓은 것 같잖아. 웃기지? 여기도 사람 사는 집인데. 이렇게 쉽게 통과할 수 있을 줄 알았다면 진작 와볼걸."

마제스티의 관리사무실은 외부인이 함부로 들어오지 못하도록 차단하기 위해 존재했다. 이를 위해 입주민들은 다달이 높은 관리 비용을 지불했다.

"두 번은 안 될 거야."

보이지 않는 경계선은 쉽게 만들어진다. 같은 서울 안에서도 한 강을 경계로 나뉘고, 그 안에서도 세분화된다. 인터넷에 주소만 쳐도 매매가가 뜨는 요즘에는 더욱 쉽게 서로의 재산 상황을 가늠할 수 있었다.

집값이 곧 계급인 사회에서 사람들은 각자의 영역을 공고히 다지기 위해 뭉쳤다. 마제스티 주민들은 표정에서 드러나는 시혜적인 시선과 태도에서 흐르는 자부심을 애써 억눌렀다. 그들은 겉으로는 물질만능주의를 지양해야 한다고 하지만 누군가 '우리'라는 말로 구역을 묶어버리려 하면 바로 선을 확인시켜주었다. 그것이 마제스티에서 생각하는 교양이었다.

태희는 얼른 상냥한 톤으로 목소리를 바꿔 덧붙였다.

"서로 곤란한 상황은 만들지 말자는 얘기야. 오해하기 없기다? 식사 중이라서 들어가 봐야 해. 할 말 있으면 문자로 하자."

태희가 다시 들어가려고 먼저 돌아서자 뒤에서 수림의 선명한 목소리가 들렸다.

"1억."

"뭐?"

"1억 내놓으라고."

어느새 수림의 표정은 모르는 사람처럼 딱딱하게 굳어 있었다.

"수림아, 내가 전에 돈을 줬던 건 비밀유지 같은 게 아니라, 순수한 마음이었어. 네가 말은 하지 않았지만 빚 때문에 고생하고 있다는 걸 알았거든. 사실 그날 내가 신고를 하든, 안 하든 무슨 상관이 있겠어? 살아있잖아, 세경이."

태희는 엄마 덕분에 알게 된 카드를 하나 꺼냈다. 생각보다 빠르긴 했지만 이걸로 수림의 입을 다물게 할 수 있을 것 같았다. 어차피 지혜나 명주가 없는 수림은 혼자서는 아무것도 하지 못할 테니 지긋지긋한 협박도 이젠 끝이었다.

하지만 태희의 예상과 달리 수림의 표정에는 별다른 변화가 없었다. 하이힐 때문에 한 뼘 정도밖에 크지 않았지만 평소와는 다르게 수림은 압도적인 분위기를 풍기고 있었다. 정원에 울려 퍼지는 그의 구두 굽 소리를 들으며 태희는 저도 모르게 시선을 피했다.

수림이 코앞까지 다가와 태희의 귓가에 속삭였다.

"마담이 안부 전해주라더라."

누가 목을 움켜쥐어 호흡이 멎는 것만 같았다. 등줄기부터 뻣뻣하게 소름이 밀려왔다. 그건 아무도 모르는 과거였다.

태희는 눈을 의심했다. 관계의 주도권을 가져간 수림에게선 새벽 내내 징징거리던 모습을 찾아볼 수 없었다. 그동안 보여준 순진한 모습이 모두 거짓인 것처럼 느껴졌다.

태희는 급하게 엘리베이터 버튼을 눌렀다. 다행히 바로 문이 열렸고, 태희는 수림을 안으로 밀어 넣으며 둘만의 공간을 만들었다.

어떻게 알게 되었는지를 묻는 것은 별 도움이 되지 않았다. 수림의 말에 반박을 하지 못한 것만으로도 이미 관계의 역전을 인정한 꼴이었다.

어쩔 줄 모르는 태희와 달리, 수림은 벽면에 있는 거울에 얼굴을 비춰보면서 여유를 부렸다. 엘리베이터는 빠르게 아래로 하강하고 있었다. 항상 갑의 입장에 섰던 태희는 수림을 어떻게 대해야 할지 감이 오지 않았다. 침묵을 깬 사람은 수림이었다.

"네 사진 보여주니까 바로 알아보던데?"

수림이 가지고 있는 과거 사진은 유용하게 쓰이고 있었다. 교복을 입은 앳된 얼굴은 그곳에서 일할 때와 크게 다르지 않았다.

"난 피해자야."

태희의 목소리는 점점 떨리기 시작했다.

서울로 상경해 기획사 숙소에서 기숙하며 연습만 하던 시절, 영선은 자신에게 청구된 연습비용과 오디션 비용에 울먹였다. 다시 무억도로 돌아가야 하나 걱정하던 영선에게 기획사 사장은 아르바이트라는 명목으로 자리를 소개해주었다. 갓 스무 살이 된 영선은 누구나 거쳐 가는 관문이라는 사탕발림에 고개를 끄덕일 수밖에 없었다.

하지만 그런 자세한 일까지 수림은 알지 못했다.

"누구나 과정 속에서는 피해자야. 근데 결과를 봐. 넌 승리자처럼 보이잖아."

겉으로 보기에 태희는 동경의 대상이었다. 그렇게 보이고 싶어서 노력했던 것이 발목을 잡을 줄이야. 얻은 만큼 잃은 것도 많다는 것은 수림에게 중요하지 않을 터였다.

"넌 내가 어떻게 버텨왔는지 몰라."

"이런 데 살면서 투정 부리면 내가 받아줄 수 있을 줄 알았니? 나는 사모님 걱정해줄 시간이 없어."

"수림아, 우린 친구잖아."

태희는 마지막으로 얄량한 우정에 호소했다. 수림이 조금이라도 마음이 약해지길 바랐다.

"우리가 친구였다면 말했어야지. 힘든 일, 속상한 일, 전부 다 우리한테 말했어야 했어. 먼저 떠난 건 너야."

"다시 돌아왔잖아. 너희에게 보고 싶다고 편지 써서 선물도 보냈고."

세경이 보냈을지도 모르는 디퓨저는 태희의 변명 거리로 사용되었다. 어차피 다른 친구들은 태희가 보낸 것으로 알고 있었다.

"솔직히 말할 기회는 많았어. 넌 가진 게 없는 날 보면서 위안 삼았잖아. 그러니까 이번엔 나도 그렇게 해보려고. 요즘엔 이런 거 제보받는 계정도 있더라?"

최근 인스타그램에서 셀러브리티들의 뒷소문을 파헤치는 계정이 인기를 끌고 있었다. 태희도 그곳에서 아는 얼굴을 여럿 보았다. 아니라고 하면 할수록 더욱 확실한 증거들을 첨부하며 자극적인 내용이 업데이트되었다.

그냥 협박용으로 하는 말인 줄 알았더니 수림은 정말 그 계정으로 메시지를 보내려 하는 것 같았다. 태희가 달려들어 핸드폰을 빼앗으려 했다.

"이거 놔!"

수림이 몸부림치면서 두 사람은 엘리베이터 안에서 몸싸움을 벌였다.

태희는 핸드폰을 쥔 손을 위로 높게 뻗은 수림의 머리채를 움켜잡았다. 기어이 제 눈높이로 수림을 끌어 내린 태희가 그녀의 핸드폰을 바닥으로 던져 부수려 했다. 한 번 더 밟으려는데, 수림이 태희를 냅다 밀어버렸다.

3, 2, 1.

엘리베이터의 문이 열리면서 화면에 금이 간 핸드폰이 밖으로 툭 튀어나왔다.

근처에 서 있던 신입 경비는 얼른 핸드폰을 주워 주인을 확인했다. 엘리베이터 안에는 두 여자가 나란히 서 있었다. 그는 54층 사모님과 그녀의 손님을 번갈아 보았다.

몰골은 지저분해졌지만 두 사람 모두 표정만큼은 자신의 승리라고 믿는 얼굴이었다. 관리실에서 선임이 입술에 손가락을 갖다 대는 모습이 보였지만 영문을 모르는 신입은 눈치를 보면서 조심스레 물었다.

"괜찮으세요?"

"네, 그럼 일주일 뒤에 보자."

핸드폰을 받아들며 나온 수림이 가벼운 고갯짓으로 인사를 대신했다.

"별것도 아닌 게."

수림은 나지막하게 중얼거리며 잰걸음으로 출입문 쪽으로 향해 갔다. 태희는 아무 일 없었다는 듯 다시 54층을 눌렀다.

마제스티의 엘리베이터는 아랫부분이 유리로 되어 있어 지상 오층까지는 밖을 볼 수 있도록 되어 있었다. 태희는 수림이 출입증을 내려놓고 나가는 모습을 내려다보다가 그가 시야에서 사라지자 겨우 숨을 뱉어냈다.

딛고 있는 엘리베이터가 올라가면 올라갈수록 추락하는 기분이 드는 건 왜일까. 애써 만들어온 그녀의 성이 한쪽 귀퉁이부터 무너지는 것을 느끼면서도 태희는 벽면의 거울을 보며 머리를 다듬었다. 방법을 찾아야 했다. 고작 디퓨저에 의존하기에는 시간이 없었다.

태희는 식사가 끝난 테이블을 정리하면서 수림에게 복수할 방법을 생각해보았다.

설거지를 하다가 소파에서 신문을 보고 있는 남편을 흘긋 보았다. 사람들에게 아내의 과거를 들키는 것과 아내가 과거의 친구를 만났다는 것 중, 그는 무엇에 더 화를 낼까. 십 년을 만난 남편이지만 태희는 아직도 그의 속을 알 수 없었다.

가장 절박한 순간에 남편에게조차 의지할 수 없다는 사실을 깨닫자 태희는 가슴 한구석이 아려왔다. 답답한 마음을 털어놓을 사람도 없고, 의지할 사람도 없었다. 살면서 단 한 번도 그런 존재가 있었던 적은 없었지만 오늘만큼은 견딜 수 없이 외로웠다.

모든 것을 다 잃을지도 모른다는 불안감이 엄습해오자 심란해진 태희는 접시를 놓치고 말았다. 접시는 요란한 소리와 함께 발아래서 부서졌다. 절대 깨지지 않는다고 광고하던 제품은 우습게도 산산조각이 났다.

"괜찮아?"

남편이 걱정스러운 얼굴로 쳐다보았다.

"응, 별거 아니야."

아무래도 식기들을 다른 회사 것으로 바꾸어야겠다. 태희는 쪼그려 앉아서 깨진 조각들을 하나하나 주워 담았다.

우리가 친구였다면 말했어야지.

수림의 말대로 처음부터 말했다면 모든 게 달라졌을까? 열아홉 살에는 반 친구들이 자신을 두고 수군거리는 것이 싫었다. 장래희망은 마음대로 가질 수 있는 것인데도 연예인을 하고 싶다고 하면 비웃는 친구들이 많았다. 영선은 그다음부터는 장래희망 같은 건 없다고 했다.

그때는 모든 걸 비밀로 하고 싶었다. 친구 사이에서도 비밀은 서로를 끈끈하게 만들었다. 영선은 세경에게만 오디션을 보러 간다고 알려주었다. 그러니까 둘만 아는 비밀이었다. 두 사람이 속닥일 때마다 지혜가 못마땅하게 생각하는 것도 알고 있었지만 오히려 그게 더 재미있을 나이였다.

하지만 지금은 말하고 싶어도 상대가 없었다. 시시콜콜한 이야기를 나누는 것도, 고민을 털어놓는 것도, 조언을 구하는 것도, 추억을 공유하는 것까지 전부. 이제는 모든 것을 스스로 해결해야만 했다. 태희는 나머지 깨진 조각들을 마저 주우며 감정을 추슬렀다.

이 상황을 해결할 사람은 태희, 자신뿐이었다.

새벽 내내 잠이 오지 않았다. 남편의 눈을 피해 수림을 절벽 아래로 몰 방법이 있을까. 이젠 얄팍한 거짓말 따위로는 수림을 속일 수가 없었다. 한참을 생각하던 태희는 현실을 깨달았다. 벼랑 끝에 서 있는 사람은 자신이었다. 태희는 더 이상 도망칠 곳이 없다는 사실을 곱씹으며 눈을 감았다.

21

메마른 바람이 창문을 뒤흔드는 소리에 태희는 겨우 눈을 떴다. 남편과 아들을 보내고 홀로 남은 오후였다.

잠을 자는 것은 현실을 도피하는 방법 가운데 하나였지만 이상하게도 낮에만 가능한 일이었다. 밤이 되면 생각은 꼬리에 꼬리를 물고 그녀를 괴롭혔다.

침대에 파묻힌 몸은 평안해 보였지만 정신은 뒤죽박죽이었다. 태희는 천천히 몸을 일으켜 작은 화장대의 거울을 통해 제 모습을 살폈다. 단 며칠 만에 얼굴은 생기를 잃었다.

가장 두려운 것은 모든 걸 잃고 무억도로 돌아가는 일이었다.

온갖 잘난 척은 다 하면서 멍청하게 사기를 당했고, 엄마 가슴에 대못을 박으면서까지 남편을 택했다. 무억도 사람들의 손가락질은 무시하면 그만이었다. 하지만 이곳에서 만난 사람들의 입방아에 오르는 일은 생각만 해도 비참하다.

완벽한 여자처럼 보이기 위해 얼마나 애를 썼는지 그 누구도 알지 못했다. 수림도 마치 그녀가 예쁜 외모만 믿고 인생역전 했다고 생각하는 모양이었다. 태희는 남의 인생을 함부로 재단하는 그 단순함이 치가 떨리도록 싫었다.

하지만 구구절절 설명하면 가치가 떨어졌다. 원래부터 완벽한 정태희로 보여야 의미가 있는 일이었다. 노력해서 성공하면 약점을 공격당하지만 노력 없이 성공하면 부러움을 샀다. 치졸한 공격에 방어하려면 태어날 때부터 완벽한 척을 할 수밖에 없었다.

꽤나 피곤한 일이었으나 사람들의 시선을 느끼면 스트레스는 싹 풀렸다. 천직일까 싶을 정도로 즐기면서 살아왔는데 수림 때문에 그들의 먹잇감이 된다고 생각하니 뒷목이 뻐근해져 왔다.

태희는 속이 꽉 막힌 듯한 답답함에 벌떡 일어나 침실의 커튼을 열어젖혔다.

밝은 빛과 함께 도시의 빽빽한 풍경이 한눈에 가득 들어왔다. 너무나도 황홀한 풍경이었지만 오늘만큼은 숨이 턱 막혔다.

갑작스레 몸을 일으킨 탓인지 눈앞이 일렁였다. 태희는 창틀을 붙잡고 겨우 몸을 지탱했다. 다른 사람도 아니고 고작 박수림 같은 애 때문에 이렇게 고민을 하는 날이 올 줄이야. 상상도 못한 일이었다.

자신의 인생에 단 0.1%도 차지하지 못하던 그 애가 지금은 100%를 휘두르려 하고 있었다. 무억도를 떠난 후에 수림의 생각을 이렇게 많이 해본 적은 없었다. 다른 것보다 그 점이 가장 자존심이 상했다.

도저히 참을 수가 없었다. 좌절은 곧 분노로 바뀌었다. 태희는 얼른 트레이닝복으로 갈아입고 지하주차장으로 가 시동을 걸었다. 대체 그 애가 어떻게 그 사실을 알았을까. 짚이는 게 아무것도 없었다. 어쩌면 그냥 떠본 말에 멍청하게 속아 넘어간 것일지도 몰랐다. 그건 그것대로 화가 나서 태희는 운전대를 내리쳤다.

태희에게도 마제스티는 욕망의 집합체였다. 그나마 손에 쥐었던 것들을 모두 내려놓으면서 두 손으로 남편이라는 동아줄만 붙잡고 온 것이 벌써 십 년째였다. 그것은 아직도 현재진행형이었다. 태희는 그가 손을 놓으면 이곳에 머무를 수 없는 인형이었고, 끊임없이 그의 필요가 되기 위해 노력해야 했다. 매일이 아슬아슬한 가운데서도 태희는 버티고 또 버텨왔다.

갑자기 튀어나온 돌멩이 하나가 모든 걸 망치게 둘 수는 없었다. 태희는 액셀을 힘껏 밟아 주차장을 빠져나왔다.

그녀가 향한 곳은 한강이었다. 인적이 드문 반포대교 다리 밑에 차를 세우고 태희는 한참을 망설이다가 운전석 발아래를 더듬었다. 손에 네모난 상자 하나가 잡히자 힘주어 떼어냈다. 테이프로 고정해두었던 담뱃갑이었다.

태희는 그걸 품안에 넣고 붉게 물든 강물을 바라보다가 직선으로 달리기 시작했다.

겉으로는 운동을 나온 사람처럼 보였지만 그녀는 내딛는 걸음마다 치솟는 화를 억누르고 있었다. 뺨에 닿는 차가운 공기는 부글부글 끓는 속까지 식혀주지는 못했다.

견딜 수 없을 때면 태희는 한강 다리를 찾곤 했다. 이곳은 도시에서 가장 무억도와 비슷한 장소이기도 했다. 어느새 해가 모습을 감추기 시작하고, 하늘이 어두운 푸른색으로 물들자 익숙한 모습으로 변했다.

무억도에서 도망치던 그날 밤과 비슷한 풍경이었다.

숨이 차게 뛰어온 태희는 걸음을 멈추고 자신이 걸어온 길을 다시 돌아보았다. 그때도 이쯤에서 망설였던 것이 기억났다. 다시 돌아가지 않겠다고 굳게 마음먹으며 앞만 보고 뛰었다. 다리가 터질 것 같이 붓고, 목구멍이 쓰라리게 아파오던 그 밤.

태희는 힘들 때면 이곳을 찾아 하염없이 뛰며 그날의 다짐을 떠올렸다. 성공할 때까지 돌아가지 않겠다고 주문처럼 외우고 나면, 다시 힘을 내어 정태희를 연기할 수 있었다.

시야 가득 검게 물든 강물들이 펼쳐졌다. 모든 것을 집어삼킬 정도로 새까만 그곳을 보며 태희는 품에서 담뱃갑을 꺼냈다. 담배 한 대를 꺼내 입에 물자 오래간만에 느끼는 묵직한 쓴맛이 목구멍을 채웠다. 헛기침도 잠시, 태희는 기다렸다는 듯이 몽롱한 기분에 취하기 시작했다.

더 나은 삶을 살고 싶었을 뿐이다.

하고 싶은 일을 하면서 평범하게 연애하고, 결혼을 해서 아이를 키우고, 넓은 집에서 행복하게 살고 싶은 것은 그리 특별한 소원이 아니었다. 태희는 그저 남들보다 좀 더 잘살고 싶었다.

그러기 위해 제일 먼저 정영선을 버렸다. 그건 죄가 아니었다. 태희에게 영선은 순진하고 멍청했으며, 촌스럽고 부끄러웠던 과거에 불과했다. 그 생각은 역시나 틀리지 않았다. 지금 이렇게 거대한 그림자가 되어 그녀의 발목을 잡고 있지 않은가.

하지만 영선에서 태희가 되었던 것처럼, 다시 태희에서 무언가로 변하는 일은 불가능했다. 더 이상 도망치거나 손해를 보고 싶지 않았다. 자신은 아무런 잘못도 없었다. 나쁜 건 갑자기 나타나 평온한 세계를 망쳐놓은 그 애들이었다.

이 악연을 확실하게 끊어내야만 했다. 더 이상 휘둘렸다가는 모든 것이 무너져 내릴 것이다.

박수림은 네 명의 협박범 중에서도 가장 위협적이었다. 그 애는 브레이크가 고장 난 기계처럼 태희에게 달려들었다. 이를 멈출 방법은 하나밖에 없었다.

수림을 죽여야 한다.

그 생각만으로도 혼탁하던 시야가 맑아지고, 손발의 끝에서부터 피가 요동치는 것이 느껴졌다. 어쩌면 처음부터 답은 정해져 있었을지도 모른다.

하지만 이게 옳은 방법인지 다시 한번 고민해봐야 했다. 보통의 삶을 살던 태희에게 쉬운 결정은 아니었다. 태희는 떨리는 손으로 담배 한 개비를 더 꺼내 물었다.

내뱉는 연기 속에서 친구들의 얼굴을 하나씩 떠올렸다. 서른다섯이 되었어도 겉모습은 여전히 교복을 입었던 시절과 크게 다르지 않았다. 오랫동안 만나지 않았는데 이 관계를 친구라고 부를 수 있을까? 진짜 친구였다면 애초에 그녀를 협박하지도 않았을 것이다.

태희는 무억도에서 마지막으로 본 풍경을 떠올렸다. 새까만 바다 속에서 허우적대며 살려달라고 외치던 세경의 목소리는 끊임없이 귓가에 맴돌았다.

원래대로였다면 그 바다에 빠진 사람은 영선이어야 했다. 그 애들이 두 사람을 보는 눈초리가 심상치 않다는 걸 알면서도 세경을 대신 그곳에 보냈다. 서울로 떠나겠다고 결심한 영선은 친구들의 속셈을 모른 척할 수밖에 없었다.

비겁했지만 스스로를 지키는 현명한 선택이었으니 후회하지 않았다. 그래서 영선은 힘든 일이 생겨도 그들에게 연락하지 않았다. 그날 이후로 영선에게 그들은 더 이상 친구가 아니었다. 이토록 치졸하게 협박하는 것을 보면 그건 아마 혼자만의 생각은 아니었던 모양이다.

앞으로 태희가 어떤 행동을 하던 그들이 자초한 일이나 다름없었다. 시작을 했으면 끝도 있어야 공평한 일 아닌가? 태희는 담배꽁초를 비벼 끄며 죄책감도 함께 버렸다.

무억도와 달리 도시는 절대 어두워지지 않았다. 화려한 헤드라이트들이 다리 위에서 빛나는 모습을 보면서 태희는 자신이 옳은 방향으로 가고 있다는 작은 위로를 받았다.

벌써 저녁 7시가 넘어가고 있었다. 남편이 퇴근해서 집에 도착했을 시간이었다. 손에 들린 핸드폰에서 연신 진동이 울렸지만 태희는 모른 척했다.

감정이 요동치는 어지러운 밤이었다. 혼란스러운 가운데서도 냉정하게 판단할 시간이 필요했다. 기회는 단 한 번. 실패는 없어야 했다.

수림은 경기도 외곽에 위치한 호텔 야외수영장에서 시간을 보내고 있었다.

이 호텔은 최근 리모델링을 거쳐 시설이 깨끗했고, 평일 오후라 사람도 거의 없었다. 평소 같았으면 동네 스포츠 센터를 찾았겠지만 이제부터는 달랐다. 좀 더 태희처럼 행동해볼 생각이었다.

차가 없는 수림은 가족들이나 친구들이 보고 싶어도 무억도에 자주 찾아가기 힘들었다. 대신 화장실 세면대에 물을 받아 얼굴을 담그거나 동네 스포츠 센터를 방문했다. 무역도를 오가는 교통비보다 훨씬 저렴하게 고민을 해결할 수 있었다.

수림은 태희를 협박하던 그날을 떠올렸다. 몇 번이고 연습을 했지만 떨리는 건 어쩔 수 없었다. 아마 태희가 조금만 더 가까이 다가왔다면 미친 듯이 뛰는 심장 소리를 들켰을 것이다.

수림은 수영모를 쓰기 전에 정수리를 확인했다. 다행히 비어 있는 부분이 없었다. 항상 우아한 모습을 유지하던 태희가 우악스럽게 머리채를 잡는 것은 생각도 못 한 일이었지만 어쨌든 수림은 눈물 한 방울 흘리지 않고 목적을 달성했다.

그 누가 예상했겠는가? 혼자서는 아무것도 못하던 박수림이 정영선을 상대로 승리할 확률은 로또보다 낮았다. 아마 지혜와 명주가 이 사실을 알게 되면 등을 토닥이며 지금쯤 성공 파티를 열었을지도 몰랐다. 하지만 두 사람은 모두 수림을 떠났다.

세 사람이 다툰 후, 지혜는 다음 날 다시 찾아와 문을 두드려댔다. 아예 작정하고 왔는지 가라고 소리쳐도 요지부동이었다. 옆집까지 나와 짜증을 부리는 바람에 결국 문을 열어 줄 수밖에 없었다. 열변을 토하던 지혜의 입에서 영선의 과거가 나온 것은 예상치 못한 일이었다.

스무 살의 지혜는 혼자 서울로 간 영선을 찾겠다고 며칠이고 강남 일대를 돌아다녔다고 했다. 발이 부르트고 지쳐 길거리에 주저앉을 때까지 영선을 찾아 헤맸다. 모든 걸 포기하고 다시 무역도로 돌아가려는 밤에 지혜는 압구정동 골목에서 꿈에 그리던 영선을 보았다.

처음엔 믿을 수 없었다고 했다. 한겨울에도 훤히 드러나는 옷을 입은 영선은 담배를 피우면서 한 남자와 저질스러운 농담을 주고받았다. 사람을 잘못 봤나 싶었던 그때, 남자가 말했다. 이름 되게 촌스럽네. 영선이가 뭐냐. 그 말에 영선은 그를 찰싹 소리 나게 때리며 본명으로 부르지 말라며 웃었다.

그날 밤 무역도로 돌아온 지혜는 더 이상 영선을 찾지도, 그리워하지도 않았다. 그런 주제에 지금까지 입을 꾹 다물고 있었던 것이다. 나중에 더 큰 돈을 요구하기 위해 비밀로 하자고 했지만 수림은 지혜가 또 거짓말을 하고 있다는 걸 알 수 있었다.

지혜는 아직도 영선에 대한 미련을 버리지 못하고 있었다. 16년이 지났는데도 지혜는 영선이 앞에서는 물러 터졌다. 말로는 죽일 수도 있다며 으름장을 놓았지만 가장 중요한 협박거리를 혼자 간직하고 있었다는 것만으로도 탈락이었다. 겉으론 단단해 보여도 은근히 정에 약한 지혜는 영선의 상대가 되지 못했다.

그에 반해 자신은 어떤가. 혼자서도 영선을 상대하며 1억을 요구할 수 있었다. 지혜와 명주가 함께였다면 태희의 입장을 모두 이해해주다가 결국 아무것도 못 얻어냈을 것이다.

친구들이 모두 실패한 것을 혼자서 해냈으니 이 승리는 더욱 값진 것이었다. 한껏 뿌듯했던 수림은 단체 채팅방에 '내가 어떤 걸 해냈는지 한 달 뒤에 보여줄 테니까 기다려!'라는 메시지를 보냈지만 다들 읽었다는 확인만 하고 답장은 없었다.

읽었는데 답장이 없다는 것은 별거 아닌 것 같아 보여도 마음 상하는 일이었다. 게다가 잘못은 친구들이 먼저 하지 않았는가. 화해의 손길을 내밀었으면 못 이긴 척 잡는 것이 그들의 암묵적인 규칙이었지만 수림은 예외인 모양이었다.

항상 이런 식이었다. 팀을 나누어 게임을 해도 자신은 깍두기로 두었고, 피구를 할 때 마지막으로 살아있는 것이 수림이면 게임을 종료했다. 충분히 잘할 수 있다고 해도 기대하는 사람은 없었고, 제 말은 묻히기 일쑤였다.

자주 겪는 일이라고 해서 익숙해지는 건 아니었다. 수림의 마음은 늘 새롭게 서운했다. 지혜는 운영 자금을 해결하러 다니느라 바쁘고, 은영 언니는 아이들 때문에 바쁘고, 명주는 삐졌으니 답장을 안 하는 것이리라. 이해해보려고 노력했지만 한계가 찾아왔다.

설마 지금 자기만 제외하고 함께 있는 것은 아닐까? 지혜와 명주, 은영 언니, 어쩌면 영선까지 함께 있을 수도 있다. 자기가 보낸 메시지를 보고 낄낄대며 조롱할지도 모른다는 생각이 스치자, 수림은 울상이 되었다.

서른다섯이 되면 친구 관계에 초연해질 줄 알았으나 날이 갈수록 친구들이 더욱 간절해졌다. 고향을 떠나 동두천에 홀로 사는 것도 외롭고, 새로운 친구를 사귀는 것도 마땅치 않았다. 남편이 일하러 가면 하염없이 핸드폰만 붙잡고 있었다. 화면 속 세상이 화려해질수록 외로움은 끝도 없이 깊어지기만 했다.

그러니 지혜와 명주가 제 집에 머무르는 것에 적극적으로 찬성한 것이다. 마치 고등학생으로 돌아간 기분이라 매일이 즐거웠다. 싸우는 일도 더러 있었지만 행복한 추억이 더욱 많았다.

물론 이제 와서 후회한다고 달라지는 것은 없었지만 지금은 지혜가 했던 말을 이해할 수 있게 되었다.

개가 우리 사이 이간질하고 있는 거라고.

사람은 안 바뀐다더니, 정영선은 예나 지금이나 영악하고 이기적이었다. 일전에 녹음했다며 들려준 명주의 목소리도 가짜일 것이다. 명주가 못된 말만 골라 하긴 하지만 뒤에서 몰래 욕할 성격은 아니었다. 분명 영선이 중간에서 계략을 짠 게 분명했다.

자신의 생각대로 인형처럼 움직이는 게 얼마나 우스웠을까? 수림은 영선이 앞에서 했던 그동안의 행동들을 떠올리며 허탈해졌다. 그런 줄도 모르고 그 애를 진정한 친구라고 추어올리기도 했다. 세 사람이 멀어진 것은 다 정영선 때문이었다. 사물함 문을 소리 나게 세게 닫고 수림은 밖으로 나왔다.

입에서는 은은하게 김이 나왔지만 몸에 잔뜩 열이 차서 수림은 추운 줄도 모르고 성큼성큼 풀장으로 향했다. 분노의 과녁이 태희에게로 옮겨갔을 뿐이지만 수림의 머릿속은 화살촉처럼 명징하고 맑아졌다. 처음부터 이랬다면 친구들과 싸우는 일도 없었을 터였다.

무억도 친구들과 태희 사이에서 저울질을 하던 수림은 명확히 노선을 잡았다. 그동안 영선에게 속았던 것이라고, 미안하다고 하면 될 일이었다. 이제야 친구들과 할 이야기가 생긴 것 같아 한결 마음이 놓였다.

결국 또 자신이 숙이고 들어가는 관계였으나 지금은 그것마저도 기뻤다. 이제는 어떻게 하면 정영선에게 복수를 할 수 있을지만 고민하면 되었다. 고작 사람들 앞에서 망신을 주는 정도로는 성에 차지 않았다. 자신의 고민들을 그 애도 똑같이 겪기를 바랐다.

늘어선 카바나를 지나 풀장 안으로 들어간 수림은 적당하게 데워진 물 온도를 느끼며 잠수를 시도했다.

물속은 수림을 괴롭히는 온갖 상념들을 잠재워 그녀를 편안하게 만들었다. 수림은 몸을 맡긴 채 유연히 잠영을 시작했다. 제 키보다 더 깊은 물속에서도 두렵지 않았다. 무억도에서는 흔히 있는 일이었다.

어쩌면 마지막 기회일지도 모른다. 영선에게 돈을 받아내는 일에 성공하면 지혜나 명주의 시선이 달라질 것이다. 아무도 못 한 일을 해낸 걸 부러워할 수도 있었다. 그 모습을 생각하니 수림은 조금 우쭐해졌다.

하지만 친구들 없이 잘할 수 있을까. 한 번 정도는 운으로 성공했겠지만 다음에 만났을 때는 영선이도 역시 만반의 준비를 하고 나올 것이다. 더 이상 가면을 쓸 필요도 없으니 제 속을 아프게 긁어놓을 수도 있었다. 정영선은 늘 솔직함을 핑계로 남에게 상처를 주었다. 이미 그녀는 자신의 약점을 파악한 듯 보였고, 마음껏 쥐고 흔들면서도 눈 하나 깜짝하지 않고 있었다. 수림은 조금 두려워졌다.

이길 수 있는 방법을 찾아야 했지만 그런 것이 있기나 한지 걱정이 되었다. 영선은 무억도를 떠난 후에도 그들의 관계에 많은 영향을 미쳤다. 어딜 가나 영선과의 추억이 있었고, 모두의 머릿속에 영선의 생각이 있었다. 그 애는 자신을 친구로 생각하지 않았는지 몰랐지만 수림은 달랐다. 영선의 약점을 쥐고도 수림은 불리한 입장이었다.

수면 위로 숨을 내뱉으며 고개를 저었다. 참아왔던 숨이 연기처럼 피어올랐다. 조금이라도 그 애보다 나은 점이 있다면 그건 바로 잠수 실력이었다. 고작 2초 정도의 차이였지만 매번 이겼던 기억이 있었다.

다소 치사한 방법이었지만 이렇게라도 해야만 했다. 영선이 못

참고 돈을 내놓겠다며 제 입으로 항복을 외쳐야 마음의 짐이 덜어
질 것만 같았다. 영선이 돈을 내놓지 않겠다고 해도 수림은 차마 혼
자서는 그녀의 비밀을 터뜨릴 용기가 나지 않았다.

영선을 수영장으로 끌어낼 수 있을까. 고민도 잠시, 수림은 희망
을 가지기로 했다. 자신의 장점은 참을성과 인내심이 아니던가.

수림은 다시 숨을 들이쉬고 물속 깊이 들어갔다. 어떤 식으로든
고민은 곧 해결될 것이다. 중력이 사라진 수영장 안에서 수림은 해
가 지는 모습을 보며 더욱 깊이 잠수했다.

22

날이 점차 추워지고 있어서인지 통영 부둣가 근처 작은 포장마차에는 손님이 많지 않았다. 지혜는 포장마차 구석 자리에서 혼자 술잔을 기울이고 있었다. 문제점을 찾아보려고 했지만 한두 가지가 아니었다. 그중에서 가장 문제는 지혜, 자신이었다.

대체 어쩌려고 수림에게 영선의 비밀을 말해버렸을까. 그건 지혜의 히든카드이자, 끝까지 보호해주고 싶었던 영선의 사생활이었다. 수림이 전과 달리 자신감 넘치게 단체 메시지를 보낸 것은 아마 이 비밀을 영선에게 들고 갔다는 뜻일 것이다.

상황은 생각지도 못하게 최악으로 흘러가고 있었다. 지혜는 소주 한 병을 더 추가하면서 마지막 잔을 비워냈다.

"이 시간에 왜 여기서 이러고 있어? 오늘 우리 집에서 못 재워줘."

명주가 퉁명스러운 얼굴로 앞에 앉았다. 여전히 기분이 풀리지 않은 표정이었지만 내심 기다리고 있었던 모양이었다.

"너 보고 싶어서 왔지."

"빈말은."

명주의 표정은 말과 다르게 홍조를 띠었다. 지혜는 소주를 각자의 잔에 따르면서 물었다.

"수림이도 나름 잘해보려고 한 거 알잖아. 메시지도 먼저 보내왔고."

"걔는 항상 그런 식이야. 미안하다는 말이 먼저 아니야? 이번에도 얼렁뚱땅 메시지 하나로 퉁치려고 하잖아. 너도 걔 기분 너무 받아주지 마. 그러니까 자꾸 그러잖아."

"친구끼리 그런 게 어디 있어? 잘 지내면 좋은 거지."

"너는 선을 좀 그어봐. 허용 범위가 너무 넓은 것 같아. 아무튼 이번에는 절대 안 돼. 너도 봤듯이 수림이가 먼저 잘못했잖아. 난 매번 먼저 사과하는데 걔는 미안하다는 말에 금칠이라도 한 것처럼 굴어."

명주는 소주를 들이켜며 인상을 썼다.

두 사람이 싸우는 것은 하루 이틀 일이 아니었지만 항상 먼저 사과하는 쪽은 명주가 맞았다. 다만 지나가는 말처럼 툭 던지곤 해서 수림은 사과를 받았는지 기억조차 못 하는 것 같을 때도 많았다. 명주는 자존심이 센 만큼 인정도 빨랐고, 자신의 잘못은 확실하게 짚고 넘어가는 편이었다.

"지금 우리끼리 싸울 때가 아니잖아? 수림이 혼자서 정영선을 상대하고 있다고. 오래 버티지는 못할 거야."

"걔가 뭘 할 수 있겠어! 당분간은 둘이 잘 놀아보라고 해."

명주는 오늘도 늦게 들어올 남편에게 온 신경이 쏠려 있었다. 그녀가 자리를 비운 3주 동안 신나게 외박을 한 모양이었다. 그건 둘째 치고, 지난번에 본 남편의 거래처 여자가 자꾸만 거슬렸다.

"이거 너 가져."

지혜가 불쑥 명주 앞으로 선물을 하나 내밀었다. 한눈에 봐도 고급스러운 포장에 명주는 괜히 쑥스러운 듯 눈치를 살폈다. 천천히 포장을 풀자, 아틀리에 K의 디퓨저가 나타났다.

"네가 샀어?"

"응."

"사실 나도 이번에 하나 시켰어. 좋은 건 다른가 싶어서."

명주는 신경 쓰이는 일은 굳이 언급하지 않고 다른 이유를 댔다.

"우리한테 왔던 디퓨저, 정영선이 보낸 게 아닐 수도 있어."

"그럼 누가 보냈는데?"

"아직은 몰라. 그런데 왜 영선이가 거짓말을 했냐는 거지. 우리가 이걸 꼭 쓰길 바라는 것처럼."

지혜는 계속 품고 있었던 의문을 드디어 명주에게 털어놓았다. 명주는 디퓨저를 이리저리 살펴보았지만 특별한 점을 발견하지는 못했다.

"둘 중 하나겠지. 잘난 척 아니면 생색. 그런 거 좋아하잖아. 부잣집 사모님이 쓰는 비싼 디퓨저는 이런 거라고 자랑이라도 하고 싶었나 봐."

"그렇게 단순한 게 아닐 수도 있어. 우리 다시 서울로 가서 수림이랑 같이 정영선 만나자. 은영 언니도 우리 계획 기다리고 있다고."

명주는 술잔을 탁, 소리가 나도록 내려놓았다. 결국 지혜의 목적은 거기 있었던 것이다.

"너한테 제일 친한 친구가 누구야?"

명주는 술기운을 빌려 오랫동안 품고 있던 질문을 토해냈다. 지혜가 당황하는 게 느껴졌지만 명주는 시선을 고정했다. 꼭 듣고 싶은 대답이 있었다. 비록 거짓말일지라도.

"당연히 너, 수림이, 은영 언니……."

"하나만 고르면?"

집요한 물음에 지혜는 빤히 명주를 보다가 웃음을 터뜨렸다.

"너 벌써 취했어?"

그 말에 명주는 함께 웃을 수밖에 없었다. 지혜는 분명 질문의 뜻을 알아챘음에도 답을 피했다. 세 사람 중에서 하나를 고를 수가 없어서일까, 아니면 영선이를 말하고 싶었던 것일까. 명주는 서운한 마음에 새어 나오는 눈물을 훔치며 웃음 때문이라고 핑계를 댔다. 더 앉아 있다가는 속마음을 들킬 것 같아 화장실을 다녀오겠다고 일어섰다.

지혜의 설득에도 명주는 당분간은 서울에 가지 않으리라 다짐했다. 지혜는 영선의 돈이 목적이라고 했지만 그게 전부는 아니라는 걸 알 수 있었다. 조금 유치하고 치사해 보여도 명주가 할 수 있는 유일한 투정이었다.

지혜는 명주의 빈 술잔을 물끄러미 보았다. 명주나 수림의 서운함을 알면서도 조율해줄 수 없는 자신이 답답해 연신 술만 들이켰다. 그녀는 늘 영선의 연락을 기다렸다. 항상 도시로 가고 싶다고 입버릇처럼 말했으니 언젠가는 무역도를 떠나리라는 건 알고 있었다. 하지만 밤중에 몰래, 그것도 모두와 연락을 끊으면서까지 도망칠 줄은 몰랐다.

그렇게 떠났으면 잘살기라도 하던가. 지혜는 제 눈으로 본 광경에 마음이 쓰라리기만 했다. 힘들다고 연락을 해도 좋고, 지금 잘살고 있는 모습을 자랑하기 위해 연락하는 것도 좋았다. 지혜는 늘 영선을 기다리기만 했다.

영선이 이름도 바꾸고, 과거를 버렸다는 사실을 깨달았을 때는 허탈함이 밀려올 수밖에 없었다. 다시는 먼저 연락을 하지 않겠다는 완강한 뜻이었다. 지혜는 이것이 우정의 결말이라는 것을 받아들일 수 없어 여기까지 온 것이다.

수림과 명주가 잔뜩 화가 난 것도 이해가 갔다. 목적지를 잃은 선장이 배를 제대로 몰고 갈 리가 없었다. 스스로도 잘 알고 있는 사실이었지만 넘치는 미련에 어찌할 바를 몰랐다.

하지만 계속 이런 식으로 애매하게 굴 수는 없었다. 이제는 결단을 내릴 때가 된 것이다. 다시 포장마차로 들어서는 명주를 보면서 지혜는 술잔을 들었다.

다음 날, 태희가 눈을 떴을 때는 이미 남편과 아들이 나간 후였다.

남편은 그녀가 평소와 다르다는 것을 알고 있으면서도 굳이 입 밖으로 내지 않았다. 아침에도 자는 태희를 깨우지 않으려 조심스럽게 집을 나서고, 아들의 등교까지 책임졌다.

차라리 물어봐주었으면 좋았을 것을.

준영은 어제저녁에 늦게 들어온 그녀를 질책하지 않았다. 그저 빤히 쳐다보기만 했다. 마치 고해성사를 바라는 눈빛이었다. 태희는 그 시선이 더 숨 막혔다.

넓은 집은 오늘따라 더욱 고요했다. 태희 혼자 있었음에도 불구하고, 또 다시 혼자 있고 싶어졌다. 자신의 집이기도 했지만 마음이 편한 장소는 아니었다.

태희는 외출 준비를 마치고 주차장으로 향했다. 내비게이션에 목적지를 부르고, 한참이나 드라이브를 즐겼다. 단풍은 막바지에 이르러 가는 길마다 알록달록한 색을 자아내고 있었다. 아름다운 풍경을 지나 도착한 곳은 가끔씩 혼자서 오던 호수였다.

트래킹 장소로도 유명한 이 호수에는 출렁다리가 있었다. 태희는 이곳에 올라 가운데쯤에서 난간을 잡고 눈을 감았다. 사람들의 조심스러운 발걸음에도 다리는 출렁였다.

이렇게 눈을 감고 다리 위에 서 있으면 마치 배 위에 있는 기분이 들곤 했다. 굳이 무억도에 가지 않고도 추억을 떠올리는 방법은 많았다.

바다에서는 작은 흔들림도 크게 느껴진다. 이를 거부하면 할수록 몸은 균형을 잡지 못한 채 무너졌다. 태희는 허리를 똑바로 세우고 밀려오는 생각들을 받아들였다.

누구에게도 들키지 않고 끝내야 했다. 대척점에 선 서로에게 더 이상의 대화는 무용지물이었다. 만약 돈을 주어 입을 막는다고 해도 한 번이 어렵지 두 번은 쉬울 테고, 수림은 마치 마르지 않는 지갑이라도 손에 넣은 것마냥 굴 것이다.

충분히 기회가 있었음에도 불구하고 그만두지 못한 것은 수림이었다. 눈을 감는 순간 후회한다고 해도 어쩔 수 없는 일이었다.

태희는 구체적으로 고민하기 시작했다. 사람이 없는 곳으로 불러내어 사고로 위장해서 죽인다면 어떨까? 숲속이나 바다 근처라면 충분히 사고처럼 보일지도 모른다. 하지만 이 경우에는 태희가 용

의선상에 가장 먼저 오르게 될 것이고, 남편이 모를 수가 없었다.

절대 그가 알아서는 안 된다. 무역도의 친구들과 만났다는 사실을 들킨다면 태희가 지키고 싶은 것들을 가장 먼저 잃고 말 것이다. 난간에 잡은 손에 힘이 들어가자 미세하게 다리가 출렁였다. 초조함은 독이었다. 태희는 스스로를 다독이며 다시 생각에 빠졌다.

생각의 전환이 필요했다. 사람들의 고정관념을 최대한 이용해야 했다. 그들은 아름답고, 우아하고, 남부러울 것 없이 잘사는 여자가 타인을 죽이려 들 이유가 없다고 생각할 것이다. 하지만 그 반대라면?

박수림은 정태희를 죽일 만한 동기가 충분했다. 두 사람이 무역도에서 만난 관계가 아니라 플라워클래스에서 처음 만난 것이라면 더더욱 가능한 일이었다. 박수림을 객관적으로 평가해보면 그다지 별 볼 일 없는 사람이지 않던가.

빚을 지고 다닐 정도로 사치스럽고, 분수에 넘치는 삶을 열망하는 여자. 그녀의 눈에 들어온 정태희는 자신이 원하는 것을 모두 가진 사람일 테니 부러울 수밖에 없었다. 함께 어울리다 보니 자연스럽게 수림은 자신의 처지와 태희를 비교하며 열등감을 느끼게 된 것이다. 여기까지는 의심할 여지가 없는 사실이기도 했다.

열등감은 스스로를 갉아먹고 현실을 지옥으로 만든다. 수림은 더 이상 견딜 수 없는 상황을 맞이하게 될 것이다. 사치스러운 그 애의 성격상, 아마 지금쯤 태희가 돈을 줄 것이라 믿고 신용카드를 마음껏 쓰고 다녔을 가능성이 높았다.

그 빚을 갚지 못한 수림은 자신에게 돈을 빌리러 왔고, 거절하자 앙심을 품은 것이다. 저를 무시했다고 생각한 수림이 곧바로 계획에 착수하는 것으로 하자. 박수림은 정태희를 죽이려 하지만 실수로 자신이 죽게 된다. 이것이 태희가 생각하는 수림의 죽음이었다.

아무래도 음식에 무언가를 넣는 쪽이 나을 것 같았다. 범행에 사용한 도구는 수림의 가방에 넣어두어야 하는데, 이는 수림이 눈치 채지 못할 정도로 자연스러운 것이어야 했다. 작아서 휴대하기 좋고, 가방 안에 있어도 이상하지 않을 물건은 무엇일까.

한참을 고민하던 태희는 무언가 생각난 듯 몸을 크게 움직였다. 덕분에 다리가 출렁이는 바람에 균형을 잡기 위해 다시 노력해야만 했다.

왜 그 생각을 못 했을까?

태희는 자신에게만 배달 왔던 향수를 떠올렸다. '친구'가 보낸 아름다운 독약은 자신의 역할을 기다리고 있었다.

액상 니코틴이 든 향수를 음식에 넣은 후, 수림의 가방에 넣어두면 의심을 피할 수 있었다. 가방에 향수가 들어 있다는 건 일반적인 일이었고, 수림은 아틀리에 K의 디퓨저 향기가 온몸에 배도록 사용하고 있었으니 이상하지 않았다.

장소는 호텔이 어떨까. 이 안에서라면 분위기를 잡기 위해 술을 마시는 것도 자연스러워 보였다. 물론 수림을 위해 태희가 기꺼이 잡아준 호텔이 될 것이며, 독한 위스키라면 냄새가 섞여도 의심스럽지 않을 터였다.

대신 눈앞에서 수림이 죽는 일은 없어야 했다. 자신의 잔에 향수를 넣은 후, 마시기도 전에 남편의 호출로 집에 가겠다고 해야 한다. 통화녹음 기능을 사용해 수림의 목소리도 들리게 만들면 의심을 피할 수 있었다.

액상 니코틴이 섞인 위스키를 들이킨 수림은 아무도 없는 객실에서 최후를 맞이하게 되리라.

경찰이 이번 일에 대해 묻는다면, 태희는 수림이 화장실 간 사이에 두 사람의 위스키 잔을 바꾸었다고 하면 된다. 수림의 잔에 이물질이 묻어 신경이 쓰였다고 하면 적당한 이유가 될 것이다. 그동안 수림이 보냈던 협박 문자는 중요한 증거로 안성맞춤이었다.

어느새 시간은 오후 다섯 시를 가리켰다. 이곳에서 바라보는 일몰 풍경은 너무나도 아름다워서 눈을 뗄 수가 없었다. 물가에 퍼진 주홍빛 저녁놀은 자신의 승리를 기원하는 것만 같았다. 더없이 완벽한 풍경이었다.

마음껏 경치를 즐긴 태희는 천천히 발걸음을 옮겼다. 다리가 출렁이자 심장도 함께 울렁거리는 것 같았다. 이 기분이 불안감인지 기대감인지 알 수 없었다. 태희는 누군가 이 마음을 알아챘을까 봐 저도 모르게 주변을 살피며 다시 차에 올라탔다.

돌아가는 길에 문자를 보냈다. 돌이킬 수 없다면 완벽해야 했다. 그것이 무억도를 떠난 후 태희가 깨달은 점이었다.

23

지혜는 두리번거리며 지하에 있는 칵테일바 안으로 들어섰다.

은은한 조명 아래로 레트로 소품들이 가득했다. 온통 커플들만 가득한 터라 지혜는 괜히 눈치를 보며 자리에 앉았다. 메뉴판을 봐도 무슨 말인지 이해가 가질 않아 손이 가는 것 아무거나 가리키고는 찬물만 들이켰다.

만나면 무슨 말부터 해야 할까. 지혜는 애꿎은 휴지만 조각내어 앞에 쌓아두었다. 문이 열리며 태희가 들어서는 게 보였다.

차양이 넓은 흰 모자와 진주 목걸이, 복고풍 원피스를 입은 태희는 마치 그 시대를 살았던 사람처럼 잘 어울렸다. 태희는 망설임 없이 다가와 앞에 앉았다.

"궁금한 게 있어서 보자고 했어. 확인할 것도 좀 있고."

태희는 손짓으로 직원을 불러 시트러스 계열의 위스키 한 잔과 플래터를 주문했다. 그 모습을 보면서 지혜는 시간의 흐름을 느꼈다. 고등학생 시절에는 상상도 할 수 없는 일이었다.

"배 다 팔았다며? 무역도 유지 이제 한물갔네."

태희가 먼저 속을 긁었지만 틀린 말은 아니었기에 지혜는 기분이 나쁘지는 않았다.

"그래서 네 도움 좀 받으려고 했잖아. 우리 사이가 그 정도는 되는 것 같아서."

"이천만 원은 잘 받았어?"

태희는 주지도 않았던 돈을 들먹이며 지혜를 도발했다. 그녀는 인내심이 있는 편은 아니라 금방 속내를 드러낼 것이다.

"그럼. 우정 테스트 값으로는 좀 약하지 않았나 싶네. 나도 선물을 하나 준비했는데, 잘 받았지?"

지혜는 그녀의 말을 그대로 돌려주었고, 태희는 바로 알아들었다.

예상대로 태희가 술집에서 일했다는 사실을 수림에게 말한 건 지혜였다. 태희는 눈앞에 반쯤 남은 위스키잔을 들어 그녀의 머리에 내려치고 싶은 것을 꾹 참아냈다.

"우리가 많이 변하긴 했나 봐. 네가 그럴 줄은 몰랐어. 뒷조사라도 했니?"

"그럴 리가. 알다시피 없는 처지라."

지혜는 태희가 화가 났다는 것을 알면서도 수림을 보호하는 것이 우선이었다.

예전에 선도부 담당교사가 교칙에 어긋난다며 영선의 머리카락을 모두가 보는 앞에서 잘라버리며 망신을 준 적이 있었다. 하필이면 그날은 영선이 오디션 영상을 찍기로 한 날이었다. 잘려 나간 머리카락을 보며 친구들이 대신 화를 내고 있을 때, 영선은 그저 차분하게 수업을 듣고 야자시간까지 학교에 남아 있었다.

그다음 날, 그 교사는 아침부터 자신의 자리에 뿌려진 오물들을 치우느라 정신이 없었고, 오후에는 차에서 돌멩이로 긁은 자국을 발견하고 억장이 무너졌다. 그다음 날에도 수상한 일들은 계속 일어났고, 결국 교사는 영선과 면담 끝에 예외를 허용하게 되었다.

이상한 것은 영선이 직접 그 일을 한 적이 없었다는 것이다. 지혜는 영선과 하루 종일 붙어 있었지만 그런 해코지를 하는 모습을 보지 못했다. 대신 영선과 같은 반이었던 아이들이 나중에 벌점을 받았다고 들었다. 영선이 했던 것은 교무실 열쇠를 복사해둔 것뿐이었다. 그건 교칙에 어긋나는 일이 아니었다.

지혜는 정신을 가다듬었다. 우아한 탈을 쓰고 있는 지금도 알맹이는 같을 것이다.

"다른 사람들은 다 안다고 해도, 너만은 모르길 바랐어."

태희는 잔을 비우며 말했다. 지혜는 이름도 모르는 자신의 칵테일을 만지작거리기만 했다. 작고 우산이 꽂힌 술은 바다를 연상하게 하는 푸른빛이었다.

"넌 항상 내게 칭찬만 했잖아. 네 앞에만 있으면 내가 되게 빛나는 사람 같아서 여전히 그렇게 보이고 싶었어. 우리가 떨어져 있던 그 시간에도."

태희는 새로운 잔을 받아들며 자조적으로 말했다. 그 모습이 굉장히 지쳐 보여서 지혜는 위로를 건네고 싶은 것을 참았다.

얼마나 외로웠을까. 낯선 환경에서 버티며 누구에게도 털어놓지 못했을 것이다. 그동안 영선이 먼저 자신들을 떠났다고 생각했지만 사실은 다를지도 모른다. 우리가 영선을 외면한 것이 아닐까. 영선이 겪지 않아도 될 일들을 겪으며 괴로워하는 사이, 자신은 영선을 미워하는 데 시간을 허비했다.

그날, 영선을 보고 돌아설 것이 아니라 손을 내밀었어야 했다. 그것이 영선이 택한 길이 아니라는 걸 뻔히 알면서도 아무것도 하지 않았다. 다시 무억도를 가자고 하거나, 도와줄 테니 여기서 나가자고 했다면 우리 관계는 이렇게 되지 않았을 것이다.

그걸 보고만 있었다고 말하면 영선은 자신을 원망하게 될까? 밀려오는 후회가 지혜의 고개를 짓눌렀다.

"어차피 그걸로 남편 협박해도 소용없어. 이미 다 알고 나랑 결혼한 거야. 대신 우리 엄마한테는 말하기 없기다? 너도 잘 알잖아. 우리 엄마 성격에 그거 알면 당장 무억도 바다에 뛰어들걸?"

"걱정하지 마. 아직 수림이밖에 몰라."

지혜는 급하게 말을 토해내며 칵테일을 한 모금 삼켰다. 입안 가득 달콤함이 감돌았다.

"고마워. 숨통이 좀 트이네. 세상에 내 편이 한 명도 없었는데 이제야 생긴 것 같다."

태희가 희미하게 미소를 지었다. 그 모습은 꼭 예전과 같아서 지혜는 울컥하는 마음에 고개를 돌렸다.

태희는 곁눈질로 의기소침한 지혜를 보며 계획을 점검했다.

예전부터 지혜는 불필요한 책임감이 가득했다. 아마 친구들의 관계가 어긋난 일도 모두 자신의 탓이라고 여기고 있을 것이 뻔했다. 그런 약한 마음을 파고드는 것은 쉬웠다. 그 애는 언제나 영선에게 무른 구석이 있었다.

지혜의 말에 따르면, 영선이 과거에 술집에서 일했다는 사실을 아는 것은 수림뿐이었다. 지혜야 협박을 한다고 해도 선을 지키는 타입이었으니 예외였고, 수림만 없애년 이 사실로 협박할 사람이 없다는 뜻이기도 하다. 태희는 위험한 일을 한 번만 하면 된다는 생각에 조금 안심이 되었다.

하지만 강지혜를 이대로 둘 수는 없었다. 실수였다고 해도 발설한 것은 지혜였고, 언젠가는 이를 또 약점 삼을 수도 있었다. 한 번에 두 사람을 처리할 방법은 없을까.

태희는 새로운 잔을 입에 갖다 대며 조금씩 누그러지는 그녀의 모습을 살폈다.

무슨 생각을 하고 있는지 칵테일을 벌컥벌컥 들이켠 지혜는 그후로도 한참을 물처럼 술을 마셨다.

결국 지혜는 먼저 테이블 위에 쓰러지고 말았다.

"사람은 안 변해, 지혜야. 너도, 나도."

태희는 결심을 굳힌 것 같은 눈빛으로 마지막 잔을 넘겼다.

택시를 타고 집으로 돌아왔을 때는 이미 새벽 두 시가 훌쩍 넘은 시간이었다.

현관문을 열고 들어서니 남편이 서 있었다. 그냥 서 있는 건지 자신을 맞아주는 건지 얼른 분간이 가지 않았다. 이 시간까지 안 자고 있었던 건 내일이 주말이었기에 가능한 일이었다.

준영은 얼른 그녀를 부축했다.

코를 찌르는 술 냄새에 그는 절로 인상이 찌푸려졌다. 제 몸을 가누지도 못할 정도로 술을 마시는 것은 처음 보는 모습이었다. 그녀는 결혼과 동시에 술을 입에 대지 않았다.

"당신 요즘 무슨 일 있어?"

그의 목소리에는 걱정이 담겨 있었다. 최근 들어 시작된 아내의 이상한 행동에 의아한 적이 한두 번이 아니었지만 참고 기다렸다. 하지만 전화도 받지 않고, 문자에 답장도 하지 않으며 잔뜩 술에 취해 들어오는 것은 도저히 봐줄 수가 없었다.

보통 태희는 오후 여섯 시 이후에는 외출을 하지 않았다. 그 시간에는 아들의 간식거리를 챙기고, 식사를 준비하느라 바쁘다는 이유였다. 십 년 동안 아내와 엄마의 역할에 충실했는데. 늦은 반항기라도 찾아온 것일까. 준영은 대답을 기다렸지만 돌아오는 말은 없었다.

태희는 그를 지나쳐 안방으로 들어가 버렸다. 외출복을 갈아입지도 않고, 화장을 지우지도 않은 채로 침대에 쓰러지듯 누웠다.

시간이 지나자 술기운이 몰려오기 시작해 몸을 가눌 수가 없었지만 이상하게도 정신은 자꾸만 또렷해졌다.

"정태희."

남편이 나지막하게 그녀의 이름을 불렀다. 그저 이름을 불렀을 뿐이지만 태희는 그 말에 담긴 묵직함을 온몸으로 느꼈다.

"힘든 일 있으면 언제든지 말해. 해결해줄 테니까."

다정한 목소리였지만 아까와는 달리 화가 깔려 있었다. 그건 더 이상의 기행을 두고 보지 않겠다는 경고와도 같았다. 준영이 방문을 닫고 나가자, 태희는 머리를 짚으며 몸을 똑바로 돌려 누웠다. 코끝에 술 냄새가 가득 맴돌았다.

주어진 시간이 얼마 없었다. 남편이 알아채기 전에 이 일을 마무리해야 했다. 디데이는 일요일 밤이었다.

겨우 몸을 일으켜 화장대 앞에 앉았다. 리무버를 적신 화장솜을 눈에 갖다 대어 진득하게 묻은 마스카라를 닦아냈다. 얼굴을 덮고 있던 화장들을 하나씩 지우면서 태희는 계획을 수정했다. 지혜와 수림을 한 번에 보내버릴 수 있는 절호의 기회였다.

수림에게 만나자는 문자를 보낸 뒤, 세안을 마치고 다시 침대에 눕자 빠르게 몽롱함이 찾아왔다. 취기에 정신이 아득해져 가는 가운데서도 수림의 죽음은 생생하게 재현되었다. 태희는 몇 번이고 수림을 죽이고, 또 죽였다. 후회 없는 밤이었다.

24

연무가 짙게 낀 아침이었다. 연말이 되자 남편은 주말에도 출근을 강행하고 있었다. 그는 한껏 피곤한 표정으로 지우를 데리고 나섰다. 지우는 학원에서 1박 영어캠프를 다녀올 예정이었다. 무척이나 설레었는지 입에서 영어 노래가 끊이질 않았다. 친구들과 함께 노는 게 한창 즐거울 나이였다.

"요즘 너무 무리하는 거 아니야?"

"늦지 않게 들어올게."

태희가 걱정스러워하자 준영은 안심하라는 듯 손을 흔들었다. 그는 요즘 들어 밤 10시가 되어야 들어오곤 했다. 별일이 없는 한 오늘도 늦을 것이고, 태희는 그전에 모든 것을 마무리할 생각이었다.

태희는 청소기를 돌리며 지우가 부르던 콧노래를 이어 불렀다.

수림은 들뜬 기분으로 집에서 나왔다. 도심이 보이는 호텔 스위트

룸이라니, 정태희는 어지간히도 저에게 잘 보이고 싶은 모양이었다.

자그마한 파티를 열자며 태희는 수림에게 위스키를 한 병 부탁했다. 파티에 술이 빠질 수 없었다. 수림은 한껏 차려입고 근처 백화점으로 향했다. 태희가 기대하는 것보다 더 좋은 것을 사고 싶었던 수림은 고민 끝에 가격이 꽤 나가는 위스키를 한 병 골랐다. 분명 태희는 이름을 듣자마자 가격대를 파악할 수 있을 것이다.

호텔 로비로 들어선 수림은 웅장한 높이와 화려한 인테리어를 보고도 큰 감흥 없이 엘리베이터로 직행했다. 엘리베이터 안도 그렇게 특별한 것은 없었다. 수림은 저도 모르게 한 번 가본 게 전부인 마제스티와 하나하나 비교하며 22층으로 향했다.

"어서 와. 마음에 들지 모르겠다."

태희가 객실 문을 열고 마중을 나왔다. 그녀가 무어라 말하든 수림에게는 들리지 않았다. 객실 안은 모던한 디자인으로 저 멀리 한강이 보였다.

한눈에 내려다보이는 광경에 수림은 감탄을 속으로만 삼키며 한동안 말없이 객실을 이곳저곳 구경하기만 했다.

수림이 가장 끝에 있는 방에서 한참을 머무르고 있을 때, 태희는 위스키를 받아들고 주방으로 향했다.

지혜는 조금 늦을 것이라는 연락이 왔다. 저녁 식사 전에는 도착할 수 있을 테니 기다려달라는 말도 잊지 않았다. 지혜와 수림에게는 저 때문에 생긴 오해를 푸는 자리라고 설명해두었다. 믿지 않는 눈치였지만 상관없었다.

오늘 밤, 강지혜는 박수림을 제 손으로 죽이게 될 것이다.

계획은 그대로 진행이 될 예정이었다. 조금 바뀐 것이 있다면 수림을 죽인 사람은 지혜가 되어야 했다. 그 애의 가방에 향수가 들어 있다는 것은 이질적이긴 했지만 상관없었다. 이미 집안에 아틀리에 K의 디퓨저가 놓여 있을 테니 같은 브랜드의 향수 하나 더 있는 것이 대수일까. 이렇게라도 의심의 씨앗을 지혜에게 심어놓아야 했다. 영선의 비밀을 발설한 대가는 치르게 만들고 말리라.

태희는 미리 빼둔 잔 하나에 향수를 뿌리기 시작했다. 세 번의 펌프질을 하는 동안 태희는 친구들의 죄를 떠올렸다. 과거를 잊고 평화롭게 잘살고 있던 자신을 찾아와 없던 죄를 만들어 뒤집어씌우고 협박한 일들이 생생하게 스쳐 지나갔다.

그중에서 가장 큰 죄는 아직도 그들이 친구라고 생각하는 것이었다. 아무리 생각해봐도 모든 일의 원흉은 그들의 관계를 친구라고 정의했기 때문이다. 그들의 관계는 태희가 무역도를 떠나면서 끝이 나야 했다.

분위기가 무르익으면 태희는 위스키를 공평하게 세 잔을 따라 준비하고, 자신은 마시기 전에 남편에게서 연락이 왔다며 자연스럽게 빠질 생각이었다. 그 전에 향수만 지혜의 가방에 넣어놓으면 준비는 끝이 난다. 수림이 죽는 동안 태희는 집에서 가족들과 시간을 보내고 있을 것이다.

이곳이 제가 죽을 자리인 줄도 모르고 수림은 연신 사진을 찍어대느라 정신이 없었다. 그 소리를 들으면서 태희는 되찾을 일상에 대해 상상했다. 가장 먼저 다른 엄마들과 오해부터 풀어야 했다. 아마 그들은 지금쯤 온갖 소설을 쓰고 있을 테니, 슬픈 사연 정도는 만들어두어야 대응할 수 있었다. 응징은 자신의 편을 만들고 난 뒤에 해도 늦지 않았다.

문을 두드리는 소리에 태희는 들뜬 걸음으로 달려나갔다. 다행히 주방과 현관은 거리가 멀지 않았다. 성마른 성격의 지혜는 문을 두드릴 때도 요란했다. 드디어 계획이 완성되는 순간이었다.

"생각보다 일찍 왔네?"

태희가 문을 열었다. 하지만 눈앞에 펼쳐진 것은 있어야 할 것보다 많은 수의 사람이었다.

"뭘 그렇게 뚫어져라 봐? 딱히 반갑지도 않으면서."

명주가 태희를 밀치며 안으로 들어섰다.

그 뒤로는 뿌듯한 얼굴의 지혜와 오래간만에 보는 은영이 줄줄이 혹처럼 들어왔다.

"우리 영선이는 여전히 예쁘네. 배포도 크고."

은영은 넉살 좋게 웃으며 안으로 들어섰다. 하마터면 그들이 여전히 친구라고 생각될 정도로 자연스럽게 행동하고 있었다. 아직도 앙금이 남은 명주는 수림을 못 본 척하면서 거실의 소파 한자리를 차지하고 앉았다.

태희가 모르는 무언가가 있는 게 분명했다. 어쩌면 눈치를 챘을지도 모른다. 천장에 달린 센서등이 꺼질 때까지 태희는 그곳에 우두커니 서서 생각했지만 답을 찾을 수 없었다.

계획이 어이없게 틀어졌다. 온몸의 피가 한 번에 빠져나가듯이 요동치는 것 같았다. 질서 있게 정리되어 있던 생각들은 파편이 되어 흩어지고 있었다. 누군가 머릿속에 제어장치를 건 것처럼 상황 파악이 빠르게 되지 않았다.

태희는 천천히 뒤돌았다. 기어이 그녀를 구렁텅이로 처넣기 위해 나타난 불행들이 웃으며 돌아다니고 있었다. 그걸 몰고 온 사람은 강지혜였다.

태희는 창가에 붙어 사진을 찍는 수림과 은영을 지나 가장 안쪽 방으로 들어섰다.

지혜가 평온한 얼굴로 구석에서 배낭을 풀고 있었다. 무슨 생각으로 이런 일을 벌인 것인지 알 수가 없었다.

태희는 방문을 닫고 지혜를 노려보았다.

"내가 어떤 마음으로 이 자리를 만들었다고 생각해? 날 협박한 사람들을 모아놓고 무슨 말을 하길 바라는 거야?"

지난밤, 태희는 술에 취한 지혜에게서 분명 자신에 대한 동정심과 죄책감을 보았다. 두 사람 사이에는 말하지 않아도 알 수 있는 것들이 있었다. 그러니 그녀에게 일어난 감정을 자신이 오해할 리는 없었다. 온전히 제 편을 들어줄 것만 같던 지혜가 한순간에 변한 데는 이유가 있을 것이다.

흔들리는 목소리에도 지혜는 아랑곳하지 않고 편한 복장들을 꺼내 침대 위에 던지듯 올려놓으며 말했다.

"네 문자를 보기 전까지는 하마터면 속을 뻔했지. 나랑 수림이 사이에 오해를 만들어서 미안하다고? 아무리 오랜 시간이 지났다고 해도 사람이 이렇게 바뀔 수도 있나. 내가 아는 정영선은 절대 사과 안 해."

"모든 걸 다 되돌려놓고 싶었을 뿐이야."

틀린 말은 아니었다. 그들이 태희 앞에 나타나기 전으로 되돌려놓을 계획이었으니까.

"너무 나쁘게 생각하지는 마. 이번이 우리가 다시 돌아갈 마지막 기회인지도 모르잖아."

지혜는 여전히 열아홉의 나이로 살고 있었다. 저 밖에 있는 무역도 친구들도 과연 그렇게 생각할까? 속으로는 서로가 지긋지긋하고 한심하다고 생각하면서도 다른 무리를 만들지 못해 억지로 인연을 끌고 가는 것일지도 모른다.

아마 영선이 잠적하지 않고 계속 친구로 지냈다면 그 끝은 더 추했을 것이다. 우정이 닳아 없어질 때쯤 의무적으로 한 번씩 만나는 사이일 수도, 서로의 취향과 고민들을 공유하지 않으면서 '우리 우정 영원히!' 따위를 외치고 있을 수도 있다. 그 전에 누군가와 크게 싸우고 원수가 될 가능성이 제일 높았지만.

그것마저도 지혜는 친구라면 다 거쳐갈 과정이라고 생각하는 모양이었다. 세상에 영원한 관계란 없었다. 특히 친구를 망쳐놓기 위해 들러붙는 관계는 더더욱.

태희는 화를 억누르기 위해 눈을 감았다. 관자놀이 근처에서 금방이라도 무언가가 살을 찢고 툭 튀어나올 것만 같았다.

"네가 날 생각했다면 이럴 수는 없어."

"난 너를 너무 많이 생각해서 탈이잖아."

태희가 보는 앞에서 편한 옷으로 갈아입은 지혜는 그녀의 어깨를 툭툭 두드리며 나갔다. 거실은 곧 시끄러워졌고, 홀로 남은 태희는 소리 없는 아우성을 질렀다.

가장 협조적일 것이라 생각한 지혜가 이런 식으로 뒤통수를 칠 줄은 몰랐다. 계획은 시작부터 어그러졌고 이제는 다른 방법이 떠오르지 않았다. 지혜는 작은 의심으로 친구들을 데려 왔겠지만 그 행동으로 자신이 얼마나 유리해졌는지 모르고 있었다.

액상 니코틴이 든 잔을 지혜에게 줄까도 생각해보았다. 하지만 저들이 아무런 준비 없이 왔을 리는 없었다. 여기까지 오는 길에 지혜와 명주, 은영이 머리를 맞대고 수많은 얘기를 나누었을 것이다.

게다가 은영은 웬만한 일이 아니고서는 무억도에서 나올 일이 없을 것이다. 이번에 정태희를 협박하는 일에도 뒤로 빠져 지시만 내리지 않았던가. 이렇게 직접 보러 왔다는 것은 뭔가 확실한 계책이 있다는 뜻과도 같았다.

거실에서는 계속해서 은영과 지혜가 떠드는 소리가 울리듯이 퍼졌다. 방안에서 시간을 끄는 동안 밖에서 그들이 서로만 아는 신호를 주고받고 있을지도 모르는 일이다. 태희는 그 소리에 머리가 더욱 지끈거렸다.

누구도 죽일 수 없는 복잡한 상황이었지만, 누구라도 죽여야 하는 상황이기도 했다. 다시는 그들이 자신을 위협하지 못하게 와해시키려면 결단을 내려야 했다.

태희는 지혜가 수림을 죽일 동기를 만들어냈다. 태희가 감추고 싶어 하는 과거를 아는 사람은 지혜와 수림 둘뿐이었으니, 수림이 죽으면 태희에게 빼앗을 돈은 온전히 지혜의 몫이었다. 지혜는 그 돈을 차지하기 위해 수림의 위스키 잔에 니코틴을 넣은 것이다.

그런데 이게 온전한 계획이라고 할 수 있을까? 동기도 살인을 저지를 만큼 충분한지 여전히 모르겠다. 그러나 지금은 망설일 시간도, 다른 계획을 세울 여유도 없었다. 오늘을 놓치면 다시는 기회가 없을지도 몰랐다. 태희는 계획을 바꾸지 않고 그대로 실행에 옮기기로 했다.

구석에 놓인 투박한 디자인의 배낭에는 여분의 옷과 간단한 세안 도구들이 있었다. 화장품이라고는 스킨과 로션이 전부였고, 그마저도 파우치가 아닌 작은 주머니 안에 아무렇게나 쑤셔 넣어져 있었다.

이런 강지혜가 향수를 가지고 다닌다니 누가 믿겠는가?

태희는 초조한 마음으로 주머니 속의 향수를 만지작거렸다. 생각해내야 했다. 이 중에 누군가를 범인으로 몰아가지 않으면 가장 의심받을 사람은 태희였다. 오랫동안 혼자서 방에 머물러 있어도 의심받는 것은 마찬가지였다.

다른 방도가 없었다. 태희는 어쩔 수 없이 치마로 향수병을 닦아 지문을 없애고, 지혜의 가방 속으로 밀어 넣었다.

태희는 겨우 마음을 가라앉히고 거실로 나갔다. 수림과 명주는 아직도 서로 눈을 피하며 멀찍이 떨어져 앉아 있었고, 지혜가 가운데서 난감하다는 듯한 표정을 지었다. 이와 상관없이 은영은 아이들과 영상통화를 하며 즐거움을 만끽했다.

태희는 로비에 전화를 걸어 룸서비스를 주문하고, 자리에 앉았다.

친구들의 시선은 일제히 창밖에 고정되어 있었다. 겨울밤은 순식간에 찾아왔고 빌딩들은 불빛으로 빛나기 시작했다. 별것 아닌 풍경이었지만 그들은 마치 불꽃놀이를 보는 것마냥 멍한 눈길로 바깥만 보고 있었다.

태희는 고개를 떨어뜨려 소파 바닥에 깔린 러그의 무늬를 세며 마음을 진정시켰다. 약간의 변화가 생겼지만 계획에는 크게 문제가 없을 것이다. 그렇게 믿어야만 했다.

은영이 한참 동안 이어지던 통화를 마무리하자 바로 정적이 찾아왔다. 은영은 어색한 분위기를 알아챘는지 먼저 입을 열었다. 그녀는 한 살 위였지만 그들과 친구처럼 지내곤 했었다.

"오래간만에 만났는데 근황이나 들어보자. 영선이 너는 좀 어때?"

"다 알잖아?"

태희의 일거수일투족이 그들 사이에서 공유되고 있을 테니 물어볼 필요도 없었다. 얼마나 알고 있을지는 모르겠지만 지혜는 꼬박꼬박 은영을 언니 대접하고 있었기에 대부분의 정보를 보고했을 것이다. 태희는 엄마의 편지를 통해 그들의 근황을 미리 알아놓은 것을 다행이라 여겼다.

"이런 분위기가 아닌가 보네. 그럼 우리를 다 부른 목적이 뭐야? 네가 먼저 이간질 시켜놓고 이제 와서 다시 화해시킨다는 걸 누가 믿어."

은영은 사람 좋은 미소를 거두고 본색을 드러냈다.

태희를 협박하자는 계획에 운을 띄운 것은 예상대로 은영일 것이다. 태희가 무억도를 떠나던 밤에 수림의 펜션 꼭대기 층에는 불이 켜져 있었다. 그곳은 무억도의 아이들만이 이용하는 방이었고, 다른 아이들은 세경을 바다에 빠뜨린 채 도망가기 바빴으니 남은 사람은 은영뿐이었다.

고작 한 살 차이였지만 그때부터 은영은 결혼을 약속한 사람이 있었고, 지금은 가정을 꾸렸으니 금전적으로도 많이 부족했을 것이다. 억척스럽게 살아온 은영은 얄팍한 거짓말에 넘어갈 사람이 아니었다.

"난 자리만 마련해준 거야. 이 안에서 뭘 하든 알아서들 해."

"시간 낭비도 스케일 크게 하네. 난 집에 갈래."

명주는 헛웃음을 치며 자리에서 일어났다.

처음엔 수림이 사과하겠다고 만든 자리인 줄로만 알고 못 이긴 척 온 것이다. 하지만 태희가 끼어 있다면 얘기가 달라진다. 설마 그 애에게 사과라도 할 셈인가? 지혜의 부단한 설득으로 왔건만 그 이유가 정태희 때문이라면 지혜에게조차 서운해질 것만 같았다.

게다가 태희의 옷차림에서 석호가 술에 취해 기대던 거래처 과장이 떠올라 더욱 짜증이 치밀었다.

우리 명주도 화장하고 옷도 잘 입고 다니면 참 좋을 텐데.

석호의 말이 지금 떠오를 것이 뭐람. 하필이면 급하게 오느라 편한 트레이닝복을 입고 있었던 명주는 무릎 쪽이 늘어난 자신의 바지와 무릎까지 오는 태희의 플레어 치마를 번갈아 보았다. 명주는 한심하다는 눈길로 저를 보는 태희의 표정에서 석호와 함께 있던 여자의 모습을 겹쳐보았다. 명주는 순간 울컥해 그 자리를 떠나려고 했다.

"김명주! 이러려고 온 것 아니잖아."

"난 매번 네가 하라는 대로 다 해야 돼?"

명주는 말리는 지혜에게 화살을 돌렸다. 명주가 지혜에게 화를 내는 것은 한 번도 없는 일이었다. 수림은 마치 자신이 그 말을 들은 사람처럼 안절부절못했다.

지혜는 할 말을 잃은 듯 눈을 크게 뜨고 명주를 쳐다보았지만 그게 당황해서가 아니라는 걸 모두가 알고 있었다. 지혜는 명주가 이 상황을 수습하길 바라고 있었다.

"미안해. 요즘 스트레스를 너무 많이 받았나 봐."

무언의 압박에 명주는 바로 꼬리를 내렸다.

그제야 지혜는 고개를 한 번 끄덕일 뿐이었다. 두 사람의 관계는 시간이 지나도 변하지 않았다. 지금 생각해보면 그날 밤에도 세경을 바다에 밀어버린 것은 명주일 것이다. 지혜는 조타실에서 손짓만 했으리라.

은영이 유들유들하게 분위기를 환기했다.

"그래, 적당히 하자. 난 이런 데 와보는 것도 처음이라 그냥 좋다. 애들 낳고는 육지 오는 것도 힘들어."

때마침 노크 소리가 들렸고, 은영이 얼른 문을 열어주러 나갔다.

태희는 수림이 창가에 서서 쭈뼛대는 것을 보았다. 지혜와 명주에게 사과하고 싶어 하는 것 같은데 소심한 성격 탓에 쉽지 않을 것이다. 눈앞에서 큰소리까지 났으니 더욱 기가 죽은 모양이었다.

호텔 직원들이 들어와 저녁 식사를 세팅하는 동안, 다섯 사람은 데면데면하게 멀찍이 떨어져 앉았다. 지금부터는 들키지 않고 수림에게 미리 준비해둔 잔을 건네는 것만 신경 써야 했다.

최후의 만찬을 앞에 두고 태희는 드레싱이 잔뜩 뿌려진 샐러드만 뒤적였다. 그마저도 재수 없다고 중얼거리는 명주 때문에 억지로 파스타를 그릇에 옮겨 담았다.

분위기가 좀 더 화기애애해야 위스키를 마실 수 있을 텐데 테이블에는 식기 부딪히는 소리만 들렸다.

"이렇게 모여서 밥 먹는 것도 참 오래간만이네. 결혼을 너무 빨리 했더니 추억이 없어. 애들은 또 왜 이렇게 빨리 크니?"

은영이 시답잖은 말을 던져 분위기를 풀어보려 했지만 반응하는 사람은 아무도 없었다.

결혼이 기약 없이 밀리는 명주와 아이를 가지지 못하는 수림은 그런 것조차도 부럽기만 했다. 지혜는 이런 대화 소재에는 관심조차 없었기에 태희만 간간이 고개를 끄덕여주었다.

그것도 잠시 또다시 침묵이 이어졌다. 무억도에 있을 때는 사소한 이야기에도 서로 맞장구쳐주곤 했지만 이제는 공통된 관심사를 찾기가 힘들었다. 할 말을 고르던 태희는 가장 무난한 수제를 선택했다.

"언니는 애들이 셋이라며? 주말이면 한창 바쁠 줄 알았는데."

"다행히 너희 어머니가 봐주시겠다고 하시더라. 세월이 많이 흐르긴 했지만 건강하셔. 네가 궁금할지는 모르겠지만."

태희는 멈칫했지만 방울토마토를 입에 넣는 것으로 대답을 대신했다. 은영의 입에서 엄마가 나오다니. 그건 분명한 암시였다.

분위기는 다시 원점으로 돌아갔다. 모두 식사에 집중하는 척하고 있었지만 곁눈질로 서로를 살피며 불편한 시간을 이어가고 있었다.

"위스키 마실래? 아까 사왔거든."

수림이 한참을 망설이다 말을 꺼내자 그것이 신호인 양 태희가 일어섰다.

"내가 준비해올게."

태희는 자기 식사가 끝났다는 것을 보여주기 위해 접시를 들고 싱크대로 향했다. 구석에 놓인 향수 뿌린 잔을 의심하는 사람은 아무도 없었다. 태희는 개수대에 접시를 넣고 트레이에 준비되어 있는 유리컵을 하나씩 바로 세웠다.

잔에 얼음을 담고, 선반에 있던 위스키를 꺼내어 따랐다. 손이 저도 모르게 떨리고 있었다. 총 다섯 개의 잔. 그중에서 가장 왼쪽에 있는 것이 향수가 묻은 잔이었다.

등 뒤에서는 지혜의 주도로 대화가 이어지고 있었다. 이상하리만치 부자연스러운 목소리 톤에 태희의 신경이 분산되기 시작했다.

지혜의 속셈을 알 수가 없었다. 지금이라도 없던 일로 하고 다음 기회를 노려야 하는 것 아닌지 고민이 되었다. 하지만 '다음'이라는 것이 있을까?

수림, 명주, 지혜. 표면적으로는 서로 다툰 것처럼 보이지만 함께 한 세월의 무게가 적지 않았다. 그들은 오늘 한자리에서 얼굴을 본 것만으로도 다시 관계를 회복하게 될 것이다. 특히 명주와 수림은 대화만 나누지 않았지 이미 서로에게 음식을 떠주며 화해의 의사를 충분히 내비치고 있었다. 지혜가 열심히 판을 깔아주고 있었으니 원상회복은 머지않은 일이었다. 그러니까 주어진 시간은 지금뿐이었다.

결심과 동시에 발가락이 축축해졌다. 위스키가 흘러넘쳐 발을 적시고 있었다. 태희가 얼른 위스키 병을 똑바로 세웠지만 거의 빈 병이었다. 너무 긴장한 탓이었다.

근처에 있던 두루마리 휴지를 돌돌 감아 바닥을 닦는 동안 누군가 싱크대로 다가왔다.

"너도 실수를 할 때가 있네."

명주였다. 태희는 못 들은 척 얼른 바닥을 훔쳤다. 개수대에 아무렇게나 그릇을 던져 넣고 명주는 거실로 돌아갔다. 마음이 급해진 태희는 대충 마무리하고 허리를 폈다. 눈앞에는 아무것도 없었다.

위스키 잔들이 사라졌다.

동시에 갑자기 떠들썩해진 친구들의 목소리가 귓가에 선명하게 꽂혔다.

태희는 얼른 돌아보았다.

그곳에는 명주가 한 손에는 트레이를, 다른 한 손에는 건배를 하듯 잔을 들어 올리고 있는 모습이 보였다. 계획은 물거품이 되었다.

불청객 하나 때문에.

태희가 넘치듯이 따랐던 잔은 은영의 차지였다. 그녀는 선배를 하기 전에 이미 한 모금 들이켜버린 상태였다. 저 잔은 확실히 향수가 들어 있지 않았다. 그렇다면 대체 누가 그 잔을 들고 있는 것일까?

태희는 충격으로 굳은 몸을 애써 움직여 거실로 다가갔다. 이미 잔은 각자 하나씩 들고 있었다. 육안으로는 구분할 수가 없었다.

운 좋게 수림이 그 잔을 받았으면 모를까 혹여 다른 사람이 마시게 된다면 또다시 그녀를 죽일 계획이 필요했다. 그런 기회는 두 번 다시 오지 않는다는 걸 잘 알고 있었다. 다른 사람이 죽는다면 그건 그것대로 골치 아픈 일이었다. 이 마당에 더 이상 자신이 직접 통제할 수 있는 것은 없었다.

태희는 앞에 놓인 잔을 물끄러미 바라보았다. 이것보다 더 최악인 상황이 있을까. 목숨을 걸고 돌리는 룰렛에 자신의 이름을 넣게 될 줄은 몰랐다. 모두가 건배를 기다리는지 태희를 주목하고 있었다. 잔을 들어야 했다.

챙, 유리가 부딪히는 소리를 내며 계획의 파멸을 알렸다. 잔이 떨어지기가 무섭게 명주는 위스키를 한 모금 삼켰다.

태희는 떨리는 손으로 잔을 내려놓고 친구들의 모습을 보고 있었다. 액상 니코틴은 소량으로도 반응이 빠르게 왔다.

"무슨 일 있어?"

지혜가 유난히 어두운 태희의 안색을 살폈다. 그녀 역시 위스키를 마시기 전이었다.

"생각해보니 차를 가지고 왔어. 곧 가봐야 하는데 음주운전 하면 안 되잖아."

태희는 이때다 싶어 잔을 내려놓았다.

"여기에 이상한 짓 한 거 아니야?"

이미 반쯤 마셔버린 명주가 눈을 가늘게 뜨고 태희를 흘겨보았다. 명주의 독한 농담일 뿐이라는 걸 알면서도 심장이 미친 듯이 뛰기 시작했다. 명주에겐 아무 일도 일어나지 않았다. 이제는 3분의 1 확률이었다.

"헛소리하지 마."

"뭐야, 찝찝하게."

이미 한 모금 들이켰던 은영은 인상까지 찌푸리며 잔을 살폈다. 멀쩡한 걸 보면 두 사람은 확실히 아니었다.

"몸살 기운도 있고."

"그래, 굳이 마셔야 될 이유는 없지."

지혜가 다시 분위기를 환기시키려 애썼다. 하지만 명주에게 태희를 두둔하는 행동은 기름을 부은 꼴이었다.

"아까까지 멀쩡하던 애가 뭔 몸살이야? 마시고 대리 불러. 자고 가면 되겠네."

명주가 위협적으로 몸을 기울이며 윽박질렀다. 그녀는 객실에 들어섰을 때부터 쌓인 짜증을 어떻게든 자신에게 풀고 싶어 하는 것 같았다. 태희도 눈에 힘을 주었다. 명주를 똑바로 쳐다보면서도 태희는 다른 생각을 하고 있었다. 시간을 끌면 수림과 지혜 두 사람 중 하나는 위스키를 마시지 않을까. 돌고 돌아서라도 결론이 나길 바랐다.

"마셔."

명주는 태희의 위스키 잔을 그녀의 얼굴에 들이밀었다.

고등학생 때도 명주는 이런 식으로 마음에 들지 않는 아이들을 괴롭히곤 했다. 그 대상은 지혜가 지정하곤 했지만 명주는 늘 태희에게 이렇게 하고 싶었을 것이다.

그날, 지혜가 태희에게 부둣가로 나오라고 했을 때 명주는 내심 기뻤다. 드디어 틀어진 두 사람 사이에 종지부를 찍고 말리라. 하지만 그곳에 나온 건 김세경이었고, 명주는 화를 참을 수 없어 자신의 팔을 붙잡고 애원하는 세경을 그대로 바다에 떠밀어버렸다.

이번에야말로 지혜가 보는 앞에서 승부를 내고 싶었다. 명주의 손이 먼저 움직였다. 위스키를 머리 위에 부어버리기라도 할 기세였지만 태희는 더욱 꼿꼿하게 굴었다.

수림이 입가로 잔을 가져다 대는 게 보였다. 부디 잔이 제 주인을 찾아갔기를 바랐다.

"그만들 좀 해!"

지혜가 고함을 지르자 명주의 손이 공중에 멈추었다. 곁에서 말릴 틈도 없이 지혜는 싱크대로 성큼성큼 걸어갔다.

"자, 이러면 됐지?"

손에 들린 잔에서 진한 캐러멜색의 위스키가 확 쏟아졌다.

잔뜩 화가 난 지혜의 행동을 따라 수림과 은영도 잔을 들고 싱크대로 향했다.

개수대에 연달아 위스키가 쏟아지는 소리를 들으면서 태희와 명주는 시선을 떼지 않고 노려보았다.

승부는 더 이상 볼 것도 없었다. 태희의 패배였다.

25

태희는 가겠다는 말도 없이 가방을 챙겨 이미 객실을 나가버린
뒤였다.

지혜는 식탁에 앉아 얼굴을 감싸 쥐고 있었다. 이러려고 친구들을
데려온 게 아니었다. 모두 대놓고 말을 하지는 못했지만 다들 저만
의 고민을 떠안고 있었다. 정태희가 무슨 계략을 꾸미고 있든 오늘
만큼은 예전처럼 웃고 떠들며 속마음을 털어놓고 싶었을 뿐이었다.

"미안해."

뒤늦게나마 명주가 사과했지만 지혜의 분은 풀리지 않았다. 신경
써야 할 일들은 많은데 친구들마저 즐거움이 되어주지를 못하다니.
지혜는 먼저 자겠다며 방으로 들어가 버렸다.

"난 이거 다 보고 씻을래. 너희 먼저 씻어."

은영은 파티가 엉망이 된 것에도 아랑곳하지 않는 유일한 사람이
었다.

명주가 화장실로 들어간 뒤, 수림은 슬그머니 은영 곁에 나란히 앉아 텔레비전을 보았다.

은영이 드라마의 내용을 열심히 설명해주었지만 귀에 들어오지 않았다.

아무것도 하지 못했다. 모진 말을 퍼부었던 지혜, 명주와 제대로 화해하지도 못했고, 태희에게 우습게 보이지 않기 위해 사왔던 비싼 위스키는 한낱 쓰레기 취급을 받으며 버려졌다.

이게 다 정태희 때문이었다.

지금 생각해보면 처음부터 이러려고 위스키를 사오라고 시켰을지도 몰랐다. 택시 타고 가도 될 것을 굳이 마시지 않겠다고 버티며 분위기를 망친 것도 일부러 그랬던 것 같았다.

수림은 갑자기 화가 치밀어 벌떡 일어났다. 주방으로 성큼성큼 다가갔다. 내일부터는 지혜가 말려도 소용없을 것이다. 이번엔 반드시 태희에게 이 수모를 몇 배로 돌려주리라.

수림은 병에 조금 남은 위스키를 입에 탈탈 털어 넣으며 다짐했다.

화장실에서 나온 명주는 수건으로 머리를 털어대며 가장 안쪽 방으로 향했다.

명주는 지혜가 누워 있는 방을 흘긋 보더니 길게 숨을 내뱉었다. 적당히 할 걸 그랬다고 후회해봤자 소용없는 일이었다. 분위기를 망쳐버렸으니 다른 친구들에게는 미안했지만 내심 속이 시원하기도 했다. 영선이 그렇게 분하다는 얼굴로 자신을 노려보던 걸 잊을 수 없었다. 그런 건 처음 보는 표정이었다. 그간 영선이 저에게 보였던 표정이나 행동은 두 가지뿐이었다. 무관심하거나 비웃거나.

두 사람은 같은 무리에 있었지만 친구라고 부르기 힘든 사이였다. 최대한 단둘이 있는 상황을 만들지 않았고, 둘만 있을 때면 서로 핸드폰만 보곤 했다.

명주는 어색한 분위기가 싫어 먼저 말을 걸기도 했지만, 그때마다 영선은 건성으로 대꾸하는 게 고작이었다. 그것도 쳐다보지도 않은 채. 명주는 말을 섞기조차 싫은 것처럼 구는 영선에게 늘 기분이 상했다. 영선의 새침한 말투는 충분히 재수 없게 느껴졌고, 지혜에게만 살갑게 구는 것도 마음에 들지 않았다. 아마 지혜가 없었더라면 진즉에 영선과 한바탕 싸웠을 것이다.

명주는 그런 태희가 도전적인 눈빛으로 자신을 쏘아본 것 자체에 희열을 느꼈다. 매번 무시하는 것보다는 차라리 그렇게라도 눈을 마주치는 것이 나았다.

명주는 뿌듯한 기분으로 방에 들어섰다. 가방을 뒤적거리다가 스킨과 로션을 챙겨오지 않았다는 걸 깨달았다. 수림이나 은영에게 물어볼까 하다가 구석에 있는 지혜의 가방을 발견했다. 잠깐 빌려 쓰는 것 정도는 괜찮을 것 같아 살짝 가방을 열었다.

아무렇게나 처박힌 옷가지들이 먼저 보였다. 명주는 손을 깊숙이 넣어 스킨과 로션으로 보이는 걸 꺼냈다. 손에는 총 세 개의 화장품 통이 잡혔다. 모두 꺼내 얼굴에 하나씩 바르다가, 이질적인 물건을 하나 발견했다.

향수였다. 얼마 전 지혜가 아틀리에 K 매장을 방문했을 때 산 물건인 모양이었다. 의외라고 생각하면서 명주는 코를 킁킁댔다. 독특한 향기가 코를 훅 찔렀다. 당황한 명주는 바로 얼굴을 뗐다. 지혜가 이런 취향을 가지고 있었나 싶어 다시 한번 향기를 맡아보았다. 조심스럽게 손목에 향수를 뿌리고 얼굴에 가져다 대었다. 이상한 냄새가 났다.

밤에는 수림과 꼭 화해해야지. 명주는 그렇게 생각하면서 침대에 누웠다. 아직 잠들기엔 이른 시간이었지만 속이 울렁거리는 탓에 견딜 수가 없었다. 아까 마신 위스키가 정말 독한 술이었던 모양이다. 명주는 빠르게 찾아온 수마에 몸을 맡겼다.

밤이 되면 기온이 영하로 떨어졌다. 태희는 호텔 복도로 나와 엘리베이터 앞에 섰다.

계획은 완전히 실패했고, 자존심까지 짓밟혔다. 엘리베이터가 지하로 내려가는 내내 태희는 입술을 물어뜯었다. 거대한 풍랑에 부딪혀 바다 밑으로 속절없이 가라앉는 기분이었다. 더 이상 움직일 수 없다는 무력감이 찾아왔다.

주차장에 도착해 차 키의 전원을 눌러대자, 멀리서 불빛이 반짝였다.

태희는 운전석으로 다가가 문을 열고 바닥을 뒤적였다. 도저히 견딜 수가 없었다. 이쯤 어딘가에 몰래 숨겨놓은 담뱃갑이 있었다. 조급하게 더듬던 손길은 마침내 작은 상자 하나를 발견했지만 텅 비어 있었다. 마음대로 되는 것이 하나도 없었다. 태희는 화를 참을 수 없어 빈 상자를 집어 던졌다.

태희는 차에 올라타 귀를 막고 소리를 질렀다. 꽉 막혔던 생각의 덩어리가 뚫릴 때까지 계속되었다. 다행히 주차장에는 사람이 없었고, 밖에서는 그 소리가 크게 들리지 않았다.

분수에 맞게 행동하라던 엄마의 말은 16년이 지났는데도 여전히 유효했다. 괜히 욕심을 부렸다가 모든 기회를 날려버렸다. 더 이상 이런 기회는 오지 않을 것이다.

히터를 틀지 않았는데도 머리끝까지 열감이 올랐다. 당장이라도 무언가 찢어발겨야 속이 풀릴 것 같았지만 머리가 울려 움직이기도 힘들었다. 태희는 카시트를 젖히고 눈을 감았다. 들이쉬는 숨만큼 내쉴 수가 없어 입으로 뱉어야 했다. 최대한 이성적으로 생각하려 애썼지만 별다른 수가 없었다. 이젠 향수조차도 손을 떠났으니 막막하기만 했다.

지금쯤 그 애들은 자신의 수상쩍고 궁색했던 모습을 비웃으며 자축하고 있을 것이다. 이제는 돈보다 영선이 궁지에 몰려 애걸복걸하는 걸 더 보고 싶어 할지도 모른다.

이제는 태희 선에서 문제를 해결할 수가 없었다. 유일하게 자신을 도와줄 수 있는 사람도 그녀의 편은 아니었다. 그럼에도 태희는 마지막 희망을 걸어볼 수밖에 없었다. 남편은 알고 지내던 많은 여자들 중에서도 태희를 필요로 했다. 그 선택이 옳았다는 것을 하루하루 증명해내고 있지 않았던가.

하지만 여전히 그가 자신을 원하고 있을까?

남편은 사업가로도 자리를 잡았고, 아들도 마냥 엄마가 필요한 나이는 아니었다. 도움을 요청하면 약속을 어겼다고 더 크게 화를 낼 것이다. 태희는 남편의 반응을 감당할 자신이 없었다.

마치 생각을 들여다본 것처럼 요란한 진동 소리와 함께 내비게이션 화면에 남편의 이름이 떴다. 태희는 화들짝 놀라 목소리를 가다듬고 통화 버튼을 눌렀다.

—어디야?

"잠깐 마트에 왔어. 벌써 일 끝났어?"

태희는 얼른 차에 시동을 걸었다. 집까지는 20분이 채 걸리지 않았다. 이곳에 왔다는 걸 남편은 몰라야 했기에 모든 결제를 현금으로 해둔 참이었다.

─아직. 어떻게 할까 생각 중이야.

"간단한 야식 준비해놓을게. 당신이 좋아하는 걸로."

─기대할게.

시간은 벌써 9시가 넘어가고 있었다. 뺨을 두드리면서 정신을 가다듬었다. 그러고 나서야 태희는 시동을 걸고 호텔을 빠져나왔다. 그녀는 감정을 추스를 시간도 없이 또 하나의 비밀을 만들고 말았다.

집으로 향하는 차 안에서 태희는 그때의 상황을 돌이켜 생각해보려다가 포기했다. 오래된 버릇이 발동했지만 그만둔 것이다. 실패한 일을 곱씹어보는 것. 상상 속의 태희는 차근차근 계획을 성공에 옮기거나 명주에게 속 시원하게 쏘아붙일 테지만 지금은 그럴 여력이 없었다.

앞으로 얼마나 더 압박을 해올지 생각하는 것조차도 지쳤다. 막힘없는 도로를 달리며 태희는 이대로 어디론가 떠나고 싶어졌다. 그녀는 혼자서 여행을 가본 적이 없었다. 무역도를 도망치던 순간도 여행이라고 부를 수 있다면 그게 유일한 혼자만의 여행이었다. 그때 느낀 해방감을 또다시 만끽할 수 있는 날이 올까. 아주 멀리, 아무도 자신을 모르는 곳으로, 다시 한번 도망치고 싶었다.

어느덧 눈앞에는 위용을 뽐내며 우뚝 선 마제스티가 나타났다. 덕지덕지 쌓아 올린 욕망은 쉽게 무너지지 않았고, 그녀가 지켜야 할 모든 것이 그곳에 있었다. 욕망의 집합체를 제 눈으로 다시 보니, 아직은 남편에게 털어놓을 때가 아니라는 생각이 들었다.

태희는 자신의 현실을 빠르게 받아들이기 위해 핸들을 돌렸다. 코너를 돌자 계속해서 뒤따라오던 검은색 세단이 사라졌다. 호텔에서부터 일정한 거리를 두고 따라오던 차량이었다.

호텔에 있는 친구들은 아닐 테지만 찝찝한 기분은 떨쳐낼 수가 없었다. 신경이 곤두서니 쓸데없는 일에도 예민하게 반응하는 것 같았다. 이런 고민을 할 시간도 없다는 걸 깨달은 태희는 서둘러 액셀을 밟았다.

26

흰색 레인지로버가 마제스티 지하주차장으로 막 들어섰을 때 태희는 시간이 얼마나 흘렀는지 확인했다. 저녁 9시 30분. 남편이 돌아오기까지는 시간이 있었다.

태희는 서둘러 엘리베이터에 오르며 냉장고에 있는 재료들을 떠올렸다. 야식은 간단하게 먹어야 체중을 유지하는 데 도움이 되었다. 최근에 남편 몸무게는 2kg 정도 더 늘어 있었다. 불규칙한 식사 시간과 취침 때문이리라. 연말에 열리는 파티에 참석하려면 체중을 감량해야 했으니 토마토와 치즈로 만든 카프레제, 골뱅이무침 정도가 괜찮을 것 같았다.

엘리베이터 안에서 주방 동선을 계산해보니 20분이면 충분히 두 가지 요리를 낼 수 있었다.

자동센서가 켜지며 현관이 반기듯 밝아졌다. 태희는 겉옷을 벗으며 서둘러 안으로 들어섰다. 어두컴컴했지만 적당한 온기가 느껴졌다. 곧장 세면대로 향해 손을 씻고 거울 앞에서 미소를 크게 지어보았다. 다소 상기되어 있던 얼굴이 점차 차분하게 가라앉는 것 같았다.

손을 닦고 서둘러 거실로 나가려 했다.

집안에 누군가가 있었다.

태희는 자신이 만지지 않은 수건의 귀퉁이 부분을 만져보았다. 빳빳하게 말라 있어야 할 수건이 축축하게 젖어 있었다. 외출하고 돌아오면 곧바로 손을 씻어야 한다. 이것은 태희가 지우의 교육을 위해 가족들에게 입버릇처럼 하는 말이었다. 지우는 캠프에 갔으니 오늘은 돌아오지 않을 것이고, 남편은 열 시에 귀가할 것이다.

태희는 젖은 수건을 만지작거리며 집 안에 누군가 있다는 사실을 이해하려 애썼다. 예상보다 남편이 빨리 도착했을지도 모른다. 불을 켜두는 걸 잊었을 뿐이리라. 서재로 이동한 남편은 집에서도 업무에 집중하느라 아내가 돌아온 것도 모르고 있을 가능성이 컸다.

하지만 그녀는 아까부터 자신을 따라오던 낯선 차량의 존재를 지울 수가 없었다. 집 근처에 다다랐을 때 방향을 틀었지만 차량은 호텔에서부터 태희와 동선이 겹쳤다. 단순한 우연이라기엔 석연치 않았다.

태희는 숨을 죽인 채, 서랍장을 열어 골프채를 꺼냈다. 사용하기엔 낡았고, 버리기엔 아까워서 구석에 처박아놓은 물건이었다.

마제스티의 보안 만족도는 근처 내로라하는 아파트 중에서도 가장 높았지만 완벽하지는 않았다. 수림을 집에 올려보낸 적도 있지 않던가. 혹시 모를 상황에 대비해 태희는 골프채를 바로 쥐었다. 거실로 가는 복도에는 집 안 모든 곳의 불을 한 번에 켤 수 있는 버튼이 있었다. 태희는 조심스럽게 걸어 버튼에 손을 올렸다.

"늦었네."

어두컴컴한 거실에서 익숙한 목소리가 들려왔다. 남편이었다.

평소와 다르게 날카롭고 묵직한 말투가 냉랭하게 느껴졌지만 괴한이 아니라 안심이 되었다. 태희가 버튼을 누르자 온 집 안에 한꺼번에 불이 켜졌다.

남편은 소파에 앉아 낯선 표정으로 그녀를 뚫어져라 보고 있었다. 마치 어둠 속에서 덫을 놓고 기다린 것처럼 섬뜩해 보였다.

"무슨 일 있었어? 금방 만들 수 있으니까 먼저 씻어."

태희는 테이블 아래로 골프채를 감추고, 냉장고 문을 열어 재료들을 꺼냈다. 마트에 다녀오는 길이라고 했으니 늦은 게 이상해 보이지는 않을 것이다. 남편은 대답 대신 등 뒤로 슬그머니 다가왔다.

순식간이었다. 남편은 태희의 뒷목을 잡고 그녀를 차가운 냉장고 문에 내리눌렀다.

"친구들이랑은 재밌게 놀았어?"

그는 변명할 틈도 주지 않고 손아귀에 힘을 주었다. 목부터 전해오는 통증과 뺨에 닿는 서늘한 감촉에 저절로 모골이 송연해졌다.

"무슨 소리 하는 거야?"

태희는 일단 발뺌했다.

"요즘 당신 행동이 이상해서 좀 알아봤지. 섬 친구들이랑 즐겁게 파티라도 한 것 같던데. 다시 무억도로 돌아가고 싶은가 봐?"

그제야 태희는 자신을 따라오던 차량의 정체를 깨달았다. 그는 아마 남편의 비서 중 한 사람일 것이다.

"오해야. 내가 다 설명할 수 있어."

"주변에서 이미 다 알더군. 나만 빼고 말이야. 어디서부터 시작된 소문인가 알아보니까 빌어먹을 인스타그램 때문이던데."

"여보, 그게 아니라……."

태희는 어떻게든 변명하려 했지만 준영의 손이 더욱 빨랐다. 그는 재빨리 태희의 바지 주머니에 있던 핸드폰을 빼앗아 벽으로 집어던 졌다.

둔탁한 파열음과 함께 핸드폰의 액정이 산산조각 났다.

태희는 그의 손에서 빠져나오려 몸을 비틀었지만 정면으로 준영의 얼굴을 보는 것이 최선이었다.

"태희야, 이래서 하지 말라고 했던 거야. 세상 사람들이 네 멍청함과 천박함을 금세 알게 될 테니까. 근데 기어이 말을 안 듣고 날 웃음거리로 만들어?"

남편의 오른손이 태희의 목을 조르기 시작했다. 태희는 안간힘을 써서 발버둥 쳤지만 역부족이었다. 그는 왼손으로 버둥대는 태희의 팔을 고정시키며 이를 으드득 갈았다.

"여보, 제발……."

태희가 나오지 않는 목소리를 쥐어 짜냈다.

"넌 우리 약속을 두 가지나 어겼어."

물론 잊지 않고 있었다.

첫째, SNS를 하지 않을 것. 둘째, 개명을 할 것. 셋째, 모든 인연을 정리할 것.

남편은 문제를 일으키지 않는다는 조건으로 SNS를 허락해주었지만 그곳에서부터 루머는 시작되었고, 무역도 친구들을 만난 것도 숨겨보려 애썼지만 들통나고 말았다.

그는 자신이 통제할 수 없는 상황에 놓이면 다른 사람처럼 돌변하곤 했다. 마치 인형놀이를 하듯 모든 것이 제 뜻대로 움직여야 했고, 완벽하게 보여야만 안심했다. 소극적이던 준영의 이면을 알아본 유일한 사람이 영선이었다. 그녀는 정태희가 되어 준영의 세계를 완벽하게 만드는 데 일조했다. 그 향수를 받기 전까지는.

태희는 점점 숨을 쉬는 것조차 힘이 들어 눈을 질끈 감았다. 그녀의 몸에 힘이 풀리고 있는 것을 느꼈는지 준영은 태희를 바닥으로 내던졌다.

"난 당신한테 충분히 기회를 줬어. 도움을 주겠다고도 했지."

어느새 준영은 다시 다정한 남편의 목소리로 돌아와 있었다.

"이번이 마지막이야."

바닥에 쓰러진 태희는 일어날 생각도 하지 않은 채 눈만 깜빡거렸다. 테이블 밑에 숨겨뒀던 골프채가 보였다.

"우리가 원하는 대로 친구들 문제는 곧 정리될 거야."

준영이 쓰러진 태희를 위에서 빤히 내려다보며 말했다. 잘 자. 사랑해, 여보.

방으로 들어간 남편을 확인하고 태희의 시선이 다시 골프채에 고정되었다. 누운 채로 한참이나 미동도 없이 골프채를 바라보았다. 아무것도 할 수 없었다. 아무것도.

27

이토록 어슴푸레한 새벽하늘을 본 게 얼마 만이더라. 소파에 엎
드린 태희는 멍하니 옛 기억을 더듬었다.

무억도 다리를 건넌 열아홉의 소녀는 가까스로 서울로 향하는 마
지막 버스를 탈 수 있었다. 버스는 고작 세 명뿐인 승객을 싣고도
더 이상 기다리거나 하지 않고 출발 시간이 되자 터미널을 떠났다.

영선은 핸드폰 속 문자를 읽고 또 읽었다. 보내준 프로필 영상을
잘 봤으니 당장 계약하자는 내용이었다.

그들은 필요한 서류 몇 가지와 인감도장 등을 알려주며, 오래 기
다릴 수는 없다고 했다. 당장 잡혀 있는 오디션만 수십 개라, 먼저
계약하는 순서대로 기회를 주는 것이었다.

엄마의 반대는 예상한 일이었다. 그렇다고 멸치를 얼굴에 던질 것
까지는 없지 않은가. 엄마는 또 쓸데없는 소리만 한다며 역정을 냈
다. 멸치 똥이나 따는 게 낫겠다는 말을 듣자, 영선은 제 미래가 지

금과 다를 것이 없으리라는 끔찍한 생각이 들었고 마침내 가출을 결심했다.

지금 생각해보면 맞는 말일지도 모른다. 영선보다 스무 해는 더 살았던 엄마는 어린 딸을 꼬여내는 사기꾼들의 속이 훤히 보였을 것이다. 몰래 가방을 챙기는 딸을 뻔히 알면서도 엄마는 저러다 말겠지 대수롭지 않게 생각한 모양이다. 편지를 보고 난 후에는 혹시나 하는 마음이 들었다고 했다. 무억도에만 있을 아이가 아니었으니 뭐든 되겠지, 하고. 그 무엇이 구체적으로 어떤 것인지는 엄마도, 영선도 상상하지 못했다.

서울에 도착했을 때는 새벽이었고, 갈 곳이 없던 영선은 무작정 기획사 건물로 찾아갔다. 한겨울에 패딩을 잔뜩 껴입고 입구에 앉아 입김을 호호 불며 동이 터오는 모습을 지켜보았다. 모든 게 다 잘될 줄로만 알았다. 그날도 이렇게 시리도록 푸른 새벽이었다.

안방에서 남편의 알람시계가 울리자 태희는 몸을 일으켰다.

이젠 핸드폰이 없으니 남편의 움직임을 살펴야 했다. 당분간은 없이 사는 게 심기를 거스르지 않는 일이었다. 그는 본인이 불편함을 느껴 알아서 핸드폰을 살 것이다. 그리고 지난밤에 있었던 일들을 사과할 것이다. 그래야만 했다.

욕실로 간 남편은 태희가 차린 아침밥을 먹으면서도 아무 말도 없었다. 태희는 최대한 불편한 소리가 나지 않게 조심했다.

"좋은 소식이 있어."

식사를 마치고 나가려던 준영이 현관에서 미적거리며 말했다.

"당신이 말했던 김세경이라는 의사를 찾았어. 광주시 한주병원에서 일하고 있대."

태희는 뜻밖의 소식에 놀라 남편의 얼굴을 빤히 보았다. 그 역시 간밤의 일이 미안했기에 이런 선물을 준비한 것이 아닐까. 세경의 존재는 어쩌면 문제를 마무리 지을 중요한 열쇠가 될지도 몰랐다.

"하나 더. 난 오늘 아주 늦게 들어올 예정이야. 더 놀고 싶겠지만 시간 맞춰서 지우를 데려오도록 해."

미안해서 준비한 선물 같은 건 착각이었다. 빈정거리는 표정으로 문이 닫힐 때까지 서 있었다.

그는 아직 태희를 용서하지 않았다. 하지만 한숨 쉴 시간도 아까웠다. 지우는 오후 4시에 도착할 예정이었다. 태희는 얼른 욕실로 들어가 찬물로 세수부터 했다.

외출 준비를 마치고 파우더룸 장식장 앞에 섰다. 이 많은 향수들 가운데서 그녀가 가장 아끼는 걸 꺼내들었다. 처음 세경이 주었던 향수는 싸구려 방향제 같기도 했고, 매일 쓰는 오이비누 향 같기도 한 독특한 향기였다. 최대한 가까운 향수를 구하기 위해 오랜 기억을 파고들어야 했다.

태희는 향수를 손목과 목 뒤까지 세 번 정도 뿌리고 나서야 집을 나섰다. 옛 친구를 만나러 가는 길이 이렇게 설레는 것은 자신이 가해자나 다름없기 때문일까. 세경은 태희를 만나도 반가워하기는커녕, 손찌검을 할지도 몰랐다.

그래도 태희는 지금 당장 세경이 필요했다. 그 애는 무엇도 친구들에게 막대한 영향을 미친 무도관광의 실무자였다. 그러니 먼저 만나 제 편으로 만들어두어야 했다. 세경과 화해만 할 수 있다면 지긋지긋한 친구들의 밥줄을 틀어쥘 수도 있었다. 화해까지는 무리여도 좋은 관계를 유지한다면 최소한의 안전장치는 될 것이었다.

한주병원까지는 한 시간 반 정도 걸리는 거리였다. 세경을 만나면 어떤 말부터 할지 생각하다 보니 어느새 도착이었다.

태희는 차를 세우고 숨을 크게 들이쉬었다. 어른이 된 세경의 모습은 한 번도 본 적이 없어서 상상도 할 수 없었다. 마주친다고 해도 알아볼 수 있을까. 태희는 두근거리는 가슴을 억누르며 병원 로비에 있는 안내데스크로 직행했다. 직원 세 명이 모니터 앞에서 업무를 보고 있었다. 태희는 그중 가운데 있는 직원에게 말을 걸었다.

"김세경 의사를 만나러 왔는데요."

"예약하셨나요?"

"아뇨."

직원은 손가락으로 태희의 뒤쪽을 가리켰다. 그곳에는 번호표를 뽑는 기계가 보였다. 병원 일층은 대기하는 환자들로 북적였고, 그들의 손에는 모두 번호표가 들려 있었다.

"김세경 선생님은 지금 예약하시면 다섯 시쯤에 진료 가능하세요."

너무 늦은 시간이었다. 세 시에는 서울로 출발해 아들을 마중해야 했다.

"진료받자는 건 아니고, 잠시 물어볼 게 있어서요."

태희는 다급하게 덧붙였지만 직원은 의심스럽다는 표정이었다.

"환자분이 개인적으로 뵙고 싶다는 말씀이세요? 그것까지는 저희가 어떻게 못 해드려요."

"아뇨, 그게 아니고 원래 아는 사이예요. 핸드폰이 망가지는 바람에 연락이 안 돼서 이렇게 찾아왔어요. 제 이름 말하면 아실 거예요. 정영선이라고……."

간호사는 알아들었다는 듯 고개를 끄덕이며 태희 어깨 너머를 바라보았다.

"마침 식사하러 가시는 길 같은데요."

태희는 유난히 상기된 얼굴로 뒤돌아섰다. 오랜만의 재회에 심장은 주체할 수 없이 빠르게 뛰었다. 세경이 바로 알아볼 수 있을지 궁금했다. 옛날 일들은 모두 잊고, 평범하게 건넨 인사를 받아주기만을 바라고 또 바랐다.

하얀 의사 가운을 입은 세 사람이 그녀 앞을 지나갔다. 태희는 그들 중 한 사람의 명찰에서 김세경의 이름을 발견했다.

남편은 어디서부터 어디까지 알아냈을까? 어쩌면 세경 역시 무억도 친구임을 알아챘을지도 모른다. 태희는 세경을 찾았다고 말하던 준영의 비틀린 미소를 떠올렸다.

눈앞에 있는 의사는 50대 남자였다. 남편이 일부러 그랬을 것이라는 생각이 가장 먼저 들었지만 이내 고개를 저었다. 애초에 30대 여자 의사를 찾고 있다고 말하지 않은 제 탓이었다. 그렇게 생각하는 편이 더 나았다.

태희는 발걸음을 돌려 병원을 빠져나왔다. 이제는 혼자의 힘으로 해결할 수밖에 없었다. 잠시나마 남편이 도움이 될 것이라 생각했던 것이 어리석었다. 서울로 돌아가는 차 안에서 태희는 스스로에게 되뇌었다. 아무도 믿지 않으리라.

시간에 맞춰 학원 앞에 도착한 태희는 뛰어오는 아들을 품에 안았다.

집으로 오는 길 내내 조잘거리던 지우는 신나게 놀았는지 초저녁부터 잠이 들었다. 태희는 아들의 이마에 입을 맞추고 조용히 방문을 닫았다.

거실에 앉아 노트북을 열고 검색창에 무도관광을 쳐보았다. 조악한 사이트에는 회장의 인사말과 형식적인 홍보문구만 쓰여 있었다.

세경이 오가면서 일을 보고 있다고 했으니 분명 어딘가에 그 애의 흔적이 있을 텐데 눈에 들어오지는 않았다. 이 역시 남편의 도움을 빌리면 금방 해결될 문제였지만 또다시 그에게 무억도 이야기를 꺼낸다면 그땐 지우를 잃게 될지도 몰랐다.

태희는 범위를 좁히기로 했다. 서른다섯, 무도도 출신 의사, 김세경. 그 애에 대한 기억은 오래전에 끊겼으니 다른 중요한 정보를 찾아야 했다. 분명히 더 아는 게 있을 텐데 잘 떠오르지가 않았다.

왜 그걸 생각하지 못했을까? 뿌옇게 머릿속을 부유하는 생각들 중에서 선명하게 고개를 드는 것이 있었다.

아틀리에 K. 액상니코틴이 든 수상한 디퓨저와 향수를 세경이 보낸 게 확실하다면 그 애는 무도도 친구들에게 원한을 품고 있는 것이 분명했다. 그날 바다에 빠진 후로 식물인간이 되었다가 깨어난 세경은 오랫동안 이 일을 준비했을 것이다.

세경의 장래희망이 무엇인지는 모르겠지만 그 애는 의대를 지망할 정도로 공부를 잘하지 못했다. 전학 와서 처음 치른 중간고사 등수는 뒤에서 열 손가락 안에 들었다. 그런 세경이 의대에 진학했다면 확실한 목표가 있었을 것이고, 그건 자신의 인생을 뒤바꿔놓은 그날 밤과 연관이 있을지도 몰랐다.

태희는 검색창에 새로운 키워드를 입력했다. 신경외과 의사 김세경. 여전히 뜨는 내용은 없었다.

고민하던 태희는 이름 부분을 지웠다. 어쩌면 자신처럼 개명을 했을 수도 있으니 서른다섯 살의 신경외과 의사를 찾아보기로 했다. 서울에 있는 병원을 모두 찾아보는 일은 쉽지 않았지만 어차피 해야만 하는 일이었다.

대부분의 종합병원 홈페이지에는 의사들의 사진과 프로필이 상세하게 적혀 있었다. 정보가 불분명하게 적힌 곳은 집 전화를 이용해 물어보았다. 서른다섯 살의 여성 의사를 찾는다는 게 꽤나 수상쩍게 들렸는지 병원 측에서는 개인정보를 알려줄 수 없다는 곳도 꽤 있었다.

현관 쪽에 걸려 있는 시계를 확인하니 벌써 열 시였다. 늦게 돌아온다던 남편의 말은 사실인 모양이었다. 이러다 갑자기 들이닥칠지도 몰라 태희는 괜히 신경을 곤두세웠다. 잃어버린 신뢰를 되찾기 위해서는 지금보다 두 배의 노력이 필요했다.

태희는 남편을 기다리며 간단한 디저트를 만들고, 다시 세경을 찾는 데 시간을 보냈다. 핸드폰이 손에 없으니 집중력은 더 높아지는 것만 같았다. 태희는 노트북으로 메신저에 접속할까 고민하다가 고만두었다. 그녀와 연락이 되지 않으면 가장 불편할 사람은 남편이었다. 그 역시 이 사실을 빨리 깨닫기를 바랄 뿐이었다.

어젯밤에 눈을 제대로 붙이지 못한 탓인지 자정이 되자 잠이 쏟아지기 시작했다. 태희는 잠시만 눈을 붙이기로 하며 소파에서 잠을 청했다.

목덜미로 스치는 스산한 바람에 태희는 놀라서 눈을 떴다. 인기척과 함께 남편의 모습이 보였다. 준영은 소파에 있는 태희를 흘긋 보더니 조심스러운 걸음으로 안방에 들어갔다.

잔뜩 잠에 취해 있던 태희는 알은체하지도 못하고 창밖만 흘긋 보았다. 또다시 푸른 새벽이었다. 태희는 다시 잠에 빠져들었다.

매일 똑같이 반복되는 아침이 매일 다르게 느껴지는 건 아들 덕분이었다. 하나뿐인 아들의 존재는 집 안에 활력을 더했다. 지우는 아침부터 엄마와 아빠 사이를 오가며 이틀째 캠핑의 여파를 전하고 있었다. 준영은 그 말을 들어주면서 간간히 태희에게도 다정하게 말을 걸었다.

아들 앞에서 두 사람은 세상 그 누구보다도 다정한 부모처럼 보였다.

태희는 가끔 지우가 없었더라면 어떻게 되었을까, 생각해보곤 했다. 그랬다면 준영은 처음부터 그녀와 결혼을 약속하지 않았을지도 몰랐다. 단 한 번, 피임약을 먹지 않았던 게 태희의 인생을 송두리째 바꿔놓았다.

"다녀올게. 오늘은 정시에 퇴근할 거야."

남편은 지우의 손을 잡고 태희의 뺨에 키스했다. 그의 감정 없는 눈동자를 제외하면 평소와 다름없는 아침이었다.

시끄러운 청소기 소리를 들으면서 태희는 그제야 자신만의 생각에 몰두했다. 아직 정리하지 못한 일들이 너무 많았다.

지금쯤 수림은 연락을 받지 않는다고 화가 나 인스타그램으로 비밀을 폭로했을지도 몰랐다. 지혜는 호들갑을 떠는 수림을 말릴 것이고, 명주나 은영은 다른 계획을 짜느라 정신없을 것이다. 이참에 모두와 연락을 끊는 방법도 있었다. 물론 그녀의 인스타그램은 루머의 온상지가 되겠지만 이미 시작된 일을 막을 수는 없었다.

세경을 찾기 전까지는 불리한 입장이었으니 발톱을 숨긴 채 때를 기다려야만 했다. 태희는 대청소를 시작했다. 불쑥불쑥 치솟는 그날의 치욕을 떨치기 위해서는 쉬지 않고 몸을 움직이는 편이 나았다.

태희는 가장 손이 많이 가는 욕실 청소를 끝내고, 안방으로 들어섰다. 예상대로 시간은 빠르게 흘러 벌써 오후의 경계에 있었다. 나머지 청소는 내일로 미루더라도 남편과 관련된 일은 지금 끝내야 했다.

구석에 있는 스탠드 옷걸이에는 남편이 어제 입은 코트와 잠옷이 걸려 있었다. 검은색 코트는 남편이 뉴욕 출장에서 사온 건데 가볍고 보온성이 좋아 자주 입는 것이었다. 의류관리기에 옷을 넣기 위해 코트를 든 태희는 평소와 다른 묵직한 느낌을 받았다. 주머니에 무언가 들어 있는 것 같았다.

주머니에 손을 넣으려다 태희는 거실에서 요란하게 울리는 인터폰 소리에 심장이 철렁했다. 죄를 지은 것도 아닌데 너무 과민한 반응이었다. 태희는 옷을 든 채 거실로 향했다.

"여보세요?"

수화기 너머로 관리사무소 신입 직원의 쩔쩔매는 목소리가 들렸다.

―사모님, 정말 죄송한데요. 너무 막무가내라서 어쩔 수가…….

그 뒤로는 시끄러운 고함 소리가 들렸다. 보나마나 택배기사와 싸움이라도 났을 것이다. 아무래도 이 직원은 컴플레인을 확실하게 걸어야겠다. 무슨 일이 생기면 하나하나 다 보고하는 터라 귀찮은 게 한두 가지가 아니었다.

"알아서들 처리하세요."

태희는 그만 수화기를 내려놓으려 했다.

―야, 정태희!

걸걸한 목소리는 얼핏 들어도 알 수 있었다. 강지혜였다. 태희는 다시 수화기를 귀에 가져다 대었다. 박수림에 이어 이번에는 강지혜가 직접 협박이라도 하려는지 마제스티 로비에서 쩌렁쩌렁하게 소리를 지르고 있었다. 이번 일은 반드시 컴플레인을 걸 것이다.

지혜는 서너 명의 보안요원과 몸싸움을 벌이는지 고성이 이어졌다. 통화가 안 되니 별별 방법을 다 쓰는구나 싶어 골치가 아팠다. 다행히 시간은 오후 다섯 시로, 남편의 퇴근 시간 전이었다.

"핸드폰이 없어서 당분간 연락 안 될 거야. 뭘 하든 나중에 해."

태희는 남편이 지난밤에 했던 말을 떠올리면서 퉁명스레 말했다. 그는 빈말은 하지 않는 성격이었으니 친구들의 문제가 정리될 것이라는 말은 믿을 만했다.

태희는 코트를 든 손으로 수화기를 잡고, 다른 손으로는 주머니를 뒤졌다. 딱딱한 물건이 손에 잡혔다. 앞으로는 쓸데없는 일에 신경을 쏟지 않을 것이다.

"그러니까 돌아……."

―수림이가 죽었다고!

귓가에 쏟아지는 울먹이는 목소리에 태희는 멈칫했다.

수림은 엊그제까지만 해도 천운을 타고 났는지 자신의 계획을 모두 피해갔다. 태희가 보는 앞에서 위스키는 모두 버려졌다. 그런데 박수림이 죽었다고?

태희의 시선은 코트에서 나온 물건으로 향했다. 흰색 핸드폰. 그럴 리가 없었다. 남편의 핸드폰은 태희의 것과 같은 검은색이었다.

그녀는 전원이 꺼진 핸드폰의 뒷면을 보았다. 그곳에는 익숙하고도 유치한 장식이 달려 있었다. 태희는 그 장식을 본 적이 있었다.

바닥에 닿을 듯 매달린 수화기에서는 여전히 고함 소리가 퍼졌지만 태희의 귀에는 아무것도 들리지 않았다.

이건 수림의 핸드폰이었다.

28

마제스티의 관리사무소는 총 3교대로, 한 타임 당 여섯 명이 근무했다. 마제스티는 근방의 아파트 중에서 가장 높은 임금과 쾌적한 근무 환경을 자랑했지만, 소장은 잔뜩 쌓여 있는 컴플레인 탓에 골치를 앓았다.

한 달에 한 번꼴로 바뀌는 보안요원들은 또 어떤가. 베테랑 직원 몇 명을 제외하면 입주민들의 원성에 갈아치우기 일쑤였다. 그나마 최근에 뽑은 직원들은 눈치가 빨라 잡음이 없었다. 단 한 명만 제외하고는.

"놔! 아직 할 말 안 끝났어!"

소장은 로비에서 들리는 시끄러운 목소리에 기겁을 하고 달려나갔다. 사무소는 건물의 가장 구석에 위치해 있었지만 소장은 나이에 비해 뜀박질이 빨랐다.

그야말로 아수라장이었다. 로비에 있는 데스크에는 웬 여자가 우악스럽게 경비원들을 밀치면서 소리를 지르고 있었다. 소장은 쩔쩔매는 네 명의 직원들을 제치고 다가섰다. 그녀는 관리실 전화기로 누군가와 통화중이었다.

"명진병원 장례식장. 너 꼭 와야 돼!"

산발이 된 머리카락과 격앙된 목소리에 다들 긴장하는 게 느껴졌다. 한 직원이 조심스럽게 소장의 귀에 5402호 주민의 친구라고 알려주었다. 그 말을 듣자마자 소장은 탄식을 터트리며 여자 옆에서 수화기를 받아든 신입을 바라보았다.

불필요한 외부인은 그들 선에서 처리해야 한다고 그렇게 주의를 주었건만, 한 달 전에 입사한 신입은 무슨 일만 있으면 바로 입주민에게 연락을 했다. 특히 54층 사모님에게는 벌써 몇 번이나 폐를 끼치고 있었다.

"친구 맞는데 왜 지랄이야."

여자는 소매를 털고 직원들을 노려보았다. 군데군데 헤진 점퍼와 회색빛의 신발 끈, 거친 손을 보아 54층 사모님과 친구라는 건 믿을 수는 없었지만 자신감에 찬 저음의 목소리가 그녀의 말을 뒷받침하고 있었다.

소장은 얼른 인사를 하면서 그녀를 배웅했다. 이 뒤에 펼쳐질 컴플레인은 확인하지 않아도 눈에 훤했다. 소장은 다시 사무실로 향하며 신입 직원에게 고개를 저었다. 삼진아웃이었다.

태희는 기도하듯 두 손으로 핸드폰을 감싸 쥐었다.

남편이 왜 수림의 핸드폰을 가지고 있는 건지 도무지 이해가 가지 않았다. 차근차근 생각해보려 했지만 금방이라도 누군가 쫓아올 것만 같은 불안감에 집중할 수가 없었다.

태희의 시선은 발밑에 떨어진 남편의 검은색 코트로 향했다. 늦게 돌아올 거라고 말했던 남편, 새벽녘에 들리던 조심스러운 발걸음까지. 섣부른 오해를 하고 싶지 않았지만 머릿속은 이미 하나의 결론에 도달하고 있었다.

태희는 끔찍한 상상에 뒷덜미가 서늘해졌다 수림이 협박의 방향을 틀어 남편을 만났을지도 모를 일 아닌가. 두 사람은 한적한 카페에서 대화를 나누었고, 수림이 칠칠치 못하게 핸드폰을 두고 갔을 것이다. 남편은 이를 보관했다가 바로 돌려주려고 했지만 깜빡하고 코트 주머니에 그대로 둔 것뿐일지도 모른다.

태희는 그럴 것이라고 머리를 연신 끄덕였지만 이내 무너지듯 고개를 숙였다. 그랬다면 핸드폰 전원 같은 건 꺼두지도 않았을 터였다. 남편은 분명 우리가 원하는 방식대로 정리될 것이라고 했다. 태희는 눈을 질끈 감았다. 그가 어떻게 알고 이런 일을 벌인 것인지는 몰라도 마냥 좋아할 수는 없었다.

누군가 현관문의 비밀번호를 눌렀다. 태희는 그 소리에 화들짝 놀라 코트와 핸드폰을 등 뒤로 감추었다. 벌써 남편이 올 시간이 된 모양이었다. 하지만 그녀는 아직 이 일을 솔직하게 물어볼지, 모르는 척할지 마음을 정하지 못했다.

어떻게 해야 할까? 핸드폰을 쥔 손은 땀이 나듯 미끌거렸고, 가슴을 짓누르던 뜨거운 불덩이는 목구멍을 타고 올라오기 시작했다. 비밀번호는 여섯 자리였다. 마지막 비밀번호를 누르는 소리가 들리자 태희는 떠밀리듯 본능에 결정을 맡겼다.

"엄마!"

태희는 현관에서 들리는 지우의 목소리에 안도의 한숨을 쉬었다. 아들은 태희를 보며 해맑게 다가와 안겼다. 인터폰을 흘긋 보니 이제야 남편의 퇴근 시간이었다. 그는 십 분 뒤에나 도착할 것이다. 지우가 손을 씻기 위해 세면대로 가자, 태희는 얼른 파우더룸으로 향했다.

향수로 가득 찬 장식장 가운데 한 자리가 비어 있었다. 얼마 전까지 아틀리에 K의 향수가 들어 있던 자리였다. 태희는 얼른 그곳에 수림의 휴대폰을 집어넣고 문을 닫았다.

선택권은 없었다. 이건 그녀가 바라던 일이었다.

몇 번이고 머릿속으로 실행했던 그 일의 완성일 뿐이었다. 남편은 그저 자신을 위해 가장 최선의 방법을 택한 것이다.

태희는 스스로를 다독이면서 코트를 툭툭 털어 안방 옷걸이에 다시 걸어놓았다. 목 부근이 여전히 화끈거리는 것 같았다.

김준영은 정확히 여섯 시 십오 분에 마제스티 주차장에 도착했고, 오 분 후에 5402호의 현관문을 열었다. 신나게 달려와 안기는 지우 덕분에 분위기는 나쁘지 않았다. 준영은 꽤나 기분이 좋았는지 한결 풀어진 표정으로 태희를 대했다.

"식사 준비 다 됐어."

태희의 말도 흘려들으며 준영은 콧노래를 흥얼거린 채 안방으로 들어갔다. 곧 그는 자신의 코트 안에 있던 수림의 핸드폰이 사라진 것을 알게 될 터였다. 하지만 한참 뒤에 나온 준영은 여전히 즐거워 보이는 얼굴로 식탁에 앉았고, 식사하는 내내 다른 말은 없었다.

태희는 식사하는 내내 밥이 목구멍으로 넘어가지 않았다. 아무리 사이가 좋지 않았어도 한때는 친구였던 사람이 죽었다는데 괜찮을 리가 없었다. 게다가 눈앞에 있는 남편이 그 일에 연루되어 있을지도 모른다면 더더욱.

남편은 가끔 폭력적인 모습을 보이긴 해도 그런 짓을 저지를 사람은 아니었다. 정말 그런가? 태희는 멈칫했다. 준영이 그녀에 대해 전부 다 알지는 못하는 것처럼, 태희 역시 마찬가지였다.

"주말에는 아쿠아리움에 가볼까?"

준영이 말을 꺼내자 아들은 신이 나서 목소리를 높였다.

태희는 싫은 티를 내지 못했다. 태희가 무억도를 떠올리게 하는 것들을 애써 피하려고 노력하면 할수록, 그는 마주하게 만들었다. 이것조차 일종의 테스트라고 해도 어쩔 수 없는 일이었다. 태희는 느릿하게 고개를 끄덕이며 받아들였다.

태희는 식사하는 내내 곁눈질로 남편을 살폈지만 별다른 낌새는 보이지 않았다. 오히려 평소보다 더 잘 먹는 것처럼 보였다. 그의 손이 눈앞에서 움직일 때마다 별수없이 최악의 상황이 상상으로 떠올랐다. 자신에게 한 것처럼 핸드폰을 던지고, 목을 졸랐을지도 모른다. 만약 수림을 죽였다면 그다음도 있을까? 태희는 순간 온몸을 휘감는 소름에 젓가락을 놓칠 뻔했다.

마음을 다잡으려 노력했다. 모든 것은 억측이었다. 그는 계속 든든한 남편이자 다정한 아빠로 남아 자신이 만든 성을 받쳐주어야 했다. 그러니 더 이상 수림에 대해서는 생각하고 싶지 않았다.

"당신 내일 저녁엔 시간 괜찮아? 규명건설 둘째 딸이 여는 음악회가 있어. 소규모 자선파티라 굳이 나까지 갈 필요는 없을 것 같거든."

"내가 갈게."

태희는 얼른 그의 말을 받았다. 대부분의 자선파티에는 부부가 함께 참석하곤 했지만 파티의 목적에 따라 달라지기도 했다. 특히 소규모로 열리는 파티는 사교모임에 가까워 태희가 빼놓지 않고 참석하는 일과 중 하나였다.

"그래, 나이도 또래라고 하니 그쪽이랑 친해지는 게 더 나을 것 같은데."

남편은 심술궂게 속삭였지만 지금은 그 말을 담아둘 여유까지는 없었다. 태희는 식사가 끝나도록 밥을 반도 먹지 못했다. 꾸역꾸역 남은 밥을 목구멍에 밀어 넣으며 하지 못한 질문들도 함께 삼켜야 했다.

그녀가 테이블을 정리하는 동안, 남편은 아들에게 영어동화책을 읽어주고 있었다. 지우가 가장 싫어하는 일과 중 하나였지만 아이를 빨리 재우는 데 효과적인 방법이기도 했다. 두 사람의 웃음소리를 들으면 마치 다른 세상에 와 있는 것만 같았다. 두렵고 무서운 일 같은 건 일어난 적도 없는 것처럼 느껴졌다.

준영은 잠든 아들을 방에 재우고, 안방에 들어가더니 카드를 하나 가지고 나왔다. 태희는 얼른 물 묻은 손을 닦고 푸른색 초대장을 받아들었다.

"가서 잘 놀다 와."

그는 여성들이 주를 이루는 사교모임을 항상 노는 것이라 표현하곤 했다. 그 안에 담긴 수많은 뜻을 읽을 생각 따위는 하지 않았기에 그건 모조리 태희의 몫이 되었다. 조금만 더 일찍 이야기해주었으면 미리 참석자 명단을 확인하고, 분위기를 살필 수 있었을 것이다.

태희는 후회한들 소용없다고 생각하며 초대장을 열었다. '정태희 님께'로 시작하는 짤막한 초대글이었다.

얼마 전, 뉴스에서 규명건설의 해외사업에 대한 소식을 들은 적이 있었다. 인도네시아 쪽에서 입지를 다지고 국내에서는 건설 이외의 사업에도 손을 뻗을 예정이라고 했다. 태희는 커피를 마시며 이 부분에 대해서도 좀 더 공부를 해볼 생각이었다.

"오늘은 들어와서 자."

남편은 서재로 향하며 들릴 듯 말 듯 넌지시 말을 건넸다.

모든 기회는 우연처럼 찾아왔다. 연주회에서 규명건설 둘째 딸과 친분을 만들어둔다면 남편에게도 좋은 일이었다. 어쩌면 이를 기회 삼아 다시 부부관계를 역전시킬 수 있을지도 몰랐다. 태희는 여전히 그에게 필요한 존재로 남고 싶었다.

남편이 부를 때까지 태희는 규명건설에 대한 최근 뉴스를 검색해보거나, 클래식 음악을 외우는 것으로 시간을 보냈다. 이번에야말로 실수가 없어야 했다. 겨울의 밤은 시리도록 차가웠고 까마득하게 어두웠다. 태희는 눈이 내리기 시작하는 걸 보면서 어느새 수림의 생각 따위는 완전히 지워버렸다.

저녁 아홉 시가 넘어가며 예고 없던 싸락눈이 내렸다. 지혜는 버스에서 내려 담배부터 꺼내 물었다.

명진병원의 장례식장 앞에는 현관부터 곡소리가 들렸다. 장례식은 고작 하루였다. 수림의 가는 길은 부검 일정 때문에 무억도로 갈 새도 없이 동두천에서 진행되었다.

상주가 된 경수는 얼굴에 눌러붙은 눈물 자국을 닦아낼 새도 없이 새로운 눈물길을 만들어냈다. 사진 속 수림은 그동안 본 얼굴 중에서 가장 환하게 웃고 있어 더욱 가슴이 미어졌다.

소식을 들은 무억도 사람들은 새벽부터 와서 일손을 도왔다. 한평생을 함께 해온 굿모닝펜션 막내딸의 비극에 사람들은 슬퍼했다. 무억도 사람들에게 수림은 여전히 귀여운 어린아이였다. 그 아이가 심장마비라니. 사인(死因)을 들은 사람들은 차마 말을 덧붙이지 못하고 서로 눈치만 보았다.

그중에는 영선의 어머니도 끼어 있었다. 그녀는 어느새 새하얗게 새어버린 머리카락을 하나로 묶고 싱거운 밑반찬들을 접시에 나누어 담았다. 일손이 부족한 터라, 이웃들이 나서서 손을 보태고 있었다.

영선의 엄마는 아직 죽음이 뭔지도 모르는 은영의 아이들을 달래면서 입에 검지를 가져다 대었다. 은영은 한 통화만 하고 오겠다면서 나가더니 여태 들어오지 않고 있었다. 영선의 엄마는 세 아이들을 쪼르르 눕혀놓고 재운 후, 구석에서 속닥거리는 무리에 합류했다. 그녀는 어쩌면 딸에게 도움이 될 만한 정보를 얻을 수 있지 않을까 하는 마음에 귀를 쫑긋 세웠다.

명주는 가까이에서 수림의 부모님을 보살피다가 잠시 숨이라도 돌리란 권유에 밖으로 나섰다. 그녀는 준비도 없이 장례식장으로 달려온 터라 계절에 맞지 않은 얇은 옷을 입고 있었다. 목덜미 사이로 찬바람이 휘감겼다. 이렇게 스산한 계절에 아무런 마음의 준비도 없이 가버린 친구가 야속하게 느껴졌다. 싸운 이후로 제대로 된 대화 한번 나누지 못한 것이 오래도록 마음에 사무쳤다.

장례식장 복도에는 화환들이 늘어서 있었다. 하지만 수림의 장례식장 앞은 한 개가 끝이었다. 그마저도 굿모닝펜션의 오랜 단골이 보낸 것이었다. 명주는 씁쓸하게 화환을 쳐다보다가 다시 안으로 들어가려 했다. 그때, 배달 기사가 그녀를 불러 세웠다.

"박수림 씨한테 온 화환인데, 여기 세우면 될까요?"

"네, 이쪽으로요. 누가 보낸 거죠?"

"아틀리에 K라고만 적혀 있네요."

명주는 뜻밖의 발송처에 멈칫했다. 대체 그곳에서 어떻게 알고 수림의 장례식장에 화환을 보낸 것일까.

처음에 선물을 보낸 태희도 그렇고, 집 안에 가득 디퓨저를 놓은 수림도, 최근에 이곳을 방문했던 지혜까지. 자꾸만 불쑥불쑥 떠오르는 이곳의 이름이 거슬렸다. 게다가 지혜는 친구들이 아틀리에 K의 제품을 쓰길 바라는 것만 같은 영선의 태도가 수상하다고 말하지 않았던가.

"그럼 가보겠습니다."

배달 기사가 큰 소리로 떠나자 그제야 명주는 고민에서 빠져나왔다. 풀리지 않는 생각들이 너무 많았지만 더 이상 생각할 체력이 남아 있지 않았다. 도시는 물가가 비싸니 이 정도로 세심한 관리는 일반적인 일일지도 모른다. 서비스센터에서 일했던 명주는 가게의 고객 관리 차원으로 받아들이며 밖으로 나섰다.

장례식장 현관을 지나 나오자 지혜의 뒷모습이 보였다. 잠깐 나갔다 오겠다던 지혜는 다섯 시간 만에 돌아왔다.

"어디 갔다 와?"

지혜는 뒤에서 들리는 명주의 목소리에 마지막 담배꽁초를 쓰레기통으로 던졌다.

"잠깐 바람 좀 쐬러. 경수 오빠는 좀 진정됐어?"

"응, 핸드폰 좀 잃어버렸다고 타살이라니, 오버하는 건 여전해. 그런 말 들으니까 괜히 신경 쓰이잖아? 부검결과가 빨리 나왔으니 다행이야. 내가 할 말은 아니지만 너도 담배 좀 줄여."

"오늘이 마지막이었어."

지혜는 빈 담뱃갑을 흔들어 보였다. 수림은 한밤중에 자택에서 심장마비로 사망했다. 경찰은 평소 잦은 흡연과 스트레스가 원인이라며, 수림의 집에서 심근경색 약도 발견되었다고 했다.

"연락해봤어?"

명주가 주어도 생략하고 물었지만 지혜는 누굴 말하는지 알아들었다. 영선은 다 함께 호텔에서 만난 이후로 연락을 받지 않았다. 핸드폰은 늘 꺼져 있고, 그렇게 자주 살피던 SNS도 조용한 건 마찬가지였다.

"핸드폰이 없대."

지혜는 인터폰 너머로 들었던 말을 무심코 해버렸다.

명주의 표정이 싸늘해졌다.

"너 지금 걔네 집에서 오는 거야?"

"다른 일이면 몰라도 수림이가 죽었는데, 영선이도 그건 알아야지."

"알면 걔가 여기 오기라도 한대?"

명주는 기가 차서 되물었다.

"올 거야. 친구가 죽었는데 어떻게 안 와?"

"누가 친군데?"

명주는 저도 모르게 소리를 빽 질렀다. 인적이 드문 장례식장 앞은 명주의 목소리로 가득 찼다. 모두가 아는 사실을 지혜만 몰랐다.

이미 오래전에 끝난 관계라는 것을 인정하지 못하는 사람은 지혜뿐이었다. 그렇게 감싸고도는 영선은 인생에서 무억도를 지워내려 애쓰고 있건만 지혜에게는 보이지 않는 것 같았다. 명주는 참아왔던 설움을 터뜨리고 말았다.

"이게 다 정영선 때문이야! 걔랑 얽히지만 않았어도 이렇게까지는 안 됐어. 난 수림이랑 화해도 못 했는데 이게 다 뭐야! 그런데도 넌 끝까지 정영선 편이지? 네 입에서 걔 이름 나올 때마다 후회해. 이건 처음부터 말도 안 되는 계획이었어."

명주는 지혜가 잡는 손을 뿌리치고 장례식장 후문 안으로 들어갔다. 그녀는 수림과 화해하지 못했다는 죄책감을 한시도 떨치지 못하고 괴로워했다. 겨우 버티고 있는 명주의 마음에 불을 붙인 것은 물러터진 지혜의 태도였다.

홀로 남은 지혜는 손에 들린 담뱃갑마저 쓰레기통으로 던져 넣었다. 서른다섯이 되어도 친구 관계는 여전히 답이 없는 숙제처럼 느껴졌다. 명주가 서운해하는 것도 이해는 되지만 영선이 수림의 소식을 모른 채 넘어가는 것은 말도 안 되는 일이었다.

어디서부터 잘못된 것일까. 차라리 영선과 크게 싸우고 절교했다면 찾지 않았을 것이다. 지혜는 아무런 설명도 없이 사라져버린 영선을 찾겠다고 며칠을 고생했던 날을 떠올렸다. 왜 그들을 떠났는지 이유를 모르니 그리움은 점차 커지기만 했다.

지혜가 잘살고 있는 영선을 협박하자고 제안한 것은 솔직하지 못한 일이었다. 명주나 수림은 영선을 다시 찾는 일을 달가워하지 않았다. 지혜는 비겁하게 돈을 뜯어내자는 거짓말로 친구들을 꾀어냈지만 사실은 영선이 보고 싶었을 뿐이었다.

지혜는 말도 안 되는 계획에 동참해준 친구들 덕분에 영선을 다시 볼 수 있었지만 그 대신 수림을 잃었다. 가슴 아팠지만 이제 와서 후회할 수는 없었다.

지혜는 무엇도 친구들이 다시 잘 지내기를 바랐을 뿐이었다. 가끔씩 안부를 묻고, 만나서 추억을 이야기하고, 편안하게 고민을 털어놓을 수 있는 평범한 관계를 회복하고 싶었다.

그러니 오늘 영선을 찾아간 것은 후회하지 않기로 했다. 부디 그애도 후회할 행동을 하지 않기를 바랐다. 명주와는 수림의 장례식이 끝나면 차근히 대화를 나눠볼 생각이었다. 오랜 시간 함께 지내왔던 만큼 쉽게 틀어질 사이는 아니었다.

지혜는 장례식장 안으로 들어서다가 문득 걸음을 멈추었다. 입구에 하얀색 국화가 가지런히 놓여 있었다. 설마 영선이 왔다가 간 게 아닐까?

지혜는 국화를 주워들고 다시 출입문으로 뛰었다.

조용한 복도에는 지혜의 발소리만 들릴 뿐이었다. 지혜는 거친 숨을 내쉬며 손에 들린 하얀 국화를 보았다. 그녀는 이 국화가 영선의 대답이라 생각하기로 했다.

장례식장 후문 복도에는 명주가 코를 훌쩍이는 소리가 울렸다. 명주는 제 속을 알아주지 않는 지혜에게 서운한 점이 많았다. 지혜의 가장 친한 친구는 자신이라 생각했는데, 지혜는 그렇게 생각하고 있지 않다는 점이 가장 속상했다. 명주는 수림의 장례식에서 이런 유치한 고민을 한다는 게 미안해져서 또다시 울컥했다.

명주는 화장실로 뛰어 들어갔다. 얼굴은 이미 퉁퉁 부어 있었다. 장례식장에서는 가족보다 더 슬퍼하면 안 된다는 어른들 말에 꾹 참으려 했지만 감정은 쉬이 조절되지가 않았다. 명주는 세수를 하면서 좀 더 소리 내어 울었다.

달칵, 화장실 칸에서 사람이 나오는 소리가 들렸다. 명주는 놀라 고개를 홱 돌렸다.

자기 또래의 여자인데, 훌쩍이는 소리를 다 들었을 것이다. 그런데도 아무렇지 않은 척 옆 세면대에 나란히 서서 손을 씻었다.

여자는 검은 모자를 쓰고 있었다. 장례식에 그런 차림새로 오는 사람은 없었기에 명주는 수상쩍은 눈초리로 여자의 모습을 훑어보았다. 향수까지 뿌렸는지 독한 향기가 진동을 했다. 여러모로 조문을 온 사람 같아 보이지는 않았다.

여자가 나간 후, 명주는 휴지로 얼굴에 묻은 물을 닦아내다가 불현듯 깨달았다. 이건 호텔에서 맡았던 지혜의 향수 냄새였다. 그 향기보다는 좀 더 독하지 않은 것이었지만 확실히 비슷했다. 명주는 기억을 더듬어 향수의 브랜드를 떠올렸다.

아틀리에 K. 또다시 그 이름이었다.

29

겨울의 바닷바람은 쓰라리게 속을 파고들었다. 지혜는 무궁화호에 앉아 무억도를 바라보고 있었다. 지혜와 친구들의 학창시절을 책임진 배는 이제 군데군데 낡은 흔적들이 가득했다. 아버지는 절대 팔지 않겠다고 선언했지만 그게 어디 마음대로 될 일인가. 슈퍼 사장님은 다음 달부터 아버지의 소주를 외상으로 줄 수 없겠다고 엄포를 놓았다.

관광객들은 더 이상 작은 어선을 찾지 않았다. 인정하고 싶지 않았지만 무도관광의 유람선과 어선은 튼튼하고 깨끗해서 믿음직스러워 보였다. 지혜는 믿었던 무억도 사람들마저 그 배에서 내리는 것을 보고 현실을 받아들일 때라는 걸 느꼈다. 밀려드는 자본 앞에서 더 이상 버티는 것은 무리였다.

그나마 이런 낡은 배를 사겠다는 사람이 있어 다행이었다. 그들은 낚시 소모임을 하고 있으며, 한 달에 두 번 정도만 사용할 것이라 했다. 배를 좋은 가격에 쳐준다니 망설일 것도 없었다. 멀리서 인사를 건네는 남자들이 보이자 지혜는 배에서 일어섰다.

"덕분에 좋은 배를 타게 됐네요. 정말 감사합니다."

"네."

지혜는 투박하게 대답하며 시선을 바다로 돌렸다.

잔물결들이 배를 툭툭 건드리며 미련을 대신했다. 그들 중 하나가 미리 준비한 흰 봉투를 내밀었다. 지혜는 그걸 받아드는 순간부터 무궁화호와 함께한 추억들까지도 넘기게 된다는 생각에 망설였다.

"잠시만요. 전화가 와서."

주머니에서 느껴지는 진동에 지혜는 양해를 구했다. 발신자는 석호였다.

"왜?"

─지혜야, 병원으로 빨리 와줘. 명주가 쓰러졌어!

생각할 겨를도 없었다. 선착장에서 병원까지는 십 분도 걸리지 않았다.

지혜는 거래를 마무리하지 못해 미안하다고 사과하고 바로 병원으로 달려갔다.

태희는 거울 앞에 서서 마지막으로 옷차림을 점검했다. 튀지 않는 검은색 원피스에 화려한 액세서리로 포인트를 주고, 가장 아끼는 가방을 들었다. 파우더룸으로 가 향수를 뿌리는 것도 잊지 않았다. 오랜만에 사람들 앞에 모습을 드러내는 터라 떨리는 것은 어쩔 수 없었다.

태희는 엘리베이터를 타고 주차장으로 내려갔다. 차 앞에서 초대장을 다시 확인해보았다. 거기 적힌 자신의 이름을 보면서 내심 뿌듯해졌다. 소규모 자선파티일수록 엄선된 사람만이 모이는 법이었다. 초대장을 받았다는 것만으로도 인정을 받은 기분이었다.

무역도 친구들의 훼방으로 자주 모이는 엄마들과 사이가 데면데면해진 이때, 새로운 인맥과 커뮤니티를 만들 수도 있을 것 같았다. 이곳에서 만난 사람들은 남편의 사업에도 도움이 될 만한 커리어를 가지고 있을 것이다. 태희는 우연히 얻은 기회를 잘 활용해보기로 했다.

태희는 차를 움직여 밖으로 나왔다. 해가 넘어가며 하늘은 주홍빛과 분홍빛으로 물들고 있었다. 모든 것이 그녀의 새출발을 응원하는 것만 같았다.

저녁 여섯 시가 넘어가면서부터 잠실에 있는 아트홀 주차장에는 차량 행렬이 이어졌다. 태희는 발렛을 맡기고 로비로 들어섰다. 벌써부터 커다란 크리스마스트리로 연말 분위기를 내고 있었다. 삼삼오오 모여 대화를 나누는 사람들이 보였지만 그들 중 오늘의 주인공으로 보이는 사람은 눈에 띄지 않았다.

태희는 연회장에서 마주치는 사람들과 건성으로 인사를 하며 눈으로는 규명건설의 차녀를 찾았다. 그 여자와 가까워지기만 해도 자신을 둘러싼 루머는 연기처럼 사그라들 것이다.

하지만 그녀는 연주회가 끝나고 인사를 할 모양인지 연회장에는 코빼기도 비추지 않았다. 태희는 아쉬운 마음으로 공연장 좌석에 자리를 잡았다.

연주회는 일곱 시 정각에 시작되었다. 아마추어 음악가들로 구성된 팀은 꽤 훌륭한 연주를 들려주었지만, C열에 앉은 태희는 내내 다른 생각에 정신이 팔려 있었다. 이 안에 있을 주최자를 찾기 위해 열심히 눈을 움직였다. 태희는 이 안에서 주최자일 확률이 가장 높은 세 명을 추려보고, 어떻게 접근할지 고민했다.

사람을 꾸준히 오랫동안 만나기 위해서는 공통 관심사로 모임을 만드는 것이 중요했다. 짧은 대화 속에서 같은 취미가 있는지 파악하는 게 우선이었다. 가장 쉽게 알 수 있는 정보는 두 가지였다. 클래식과 봉사활동. 모임을 만들기에는 봉사활동 쪽이 괜찮을 것 같았다. 어느새 마지막 곡이 끝나가고 있었다.

태희는 연주자들이 인사하고 사회자가 무대에 나서는 짧은 시간 동안 거울을 꺼내 차림새를 점검했다.

"그럼 주최자를 모셔보겠습니다."

사회자가 시선을 태희의 어깨 너머로 던졌다. 태희는 자신이 생각해둔 사람을 쳐다보았지만 그녀는 열심히 박수를 치고 있을 뿐이었다. 태희는 당황해서 두리번거렸다. 박수 소리가 계속되었지만 아무도 일어나는 이가 없었다.

한참이나 박수소리가 이어지는데, 객석 맨 뒷줄 구석에서 한 사람이 일어섰다. 태희가 앉은 곳에서 멀리 떨어진 터라 얼굴이 잘 보이지 않았다. 그녀는 포멀한 드레스를 입고 있었지만 무대까지 성큼성큼 걸었다.

규명건설의 차녀는 자선파티에 참석할 사람을 직접 골랐을 테니, 이미 자신에 대해 어느 정도 알고 있을 것이다. 남편의 회사가 성장세를 보이고 있다는 점이 크게 작용했으리라. 그 이외에 어떤 점을 좋게 평가했을까. 태희는 그녀에게 필요한 사람이 되고 싶었다.

무대에 올라간 여자가 뒤를 돌아 객석을 보았다.

태희는 자신이 틀렸다는 것을 인정해야 했다. 세상에 우연 따위는 없었다.

"안녕하세요. 김세경입니다."

그 애가 태희를 향해 웃었다. *살려줘, 영선아.* 그때와 똑같은 목소리로.

본격적인 자선파티는 음악회가 끝난 후에 열렸다.

로비에는 초대받은 사람들이 다과를 즐기며 서로 안부 인사를 나누었고, 기금함에 준비해온 봉투를 넣었다. 기금함은 투명해서 속이 훤히 들여다보였기에 사람들은 서로의 봉투 두께를 곁눈질로 가늠해보았다.

화기애애한 로비와 달리 공연장은 적막감이 감돌았다. 그곳에는 태희가 홀로 공연장에 우두커니 앉아 있었다. 태희가 준비해온 인사말들은 세경과 눈이 마주치자 갈 곳을 잃었다. 정태희에 대해 아무것도 모르는 사람의 눈빛이 아니었다.

이미 세경은 태희가 영선이라는 사실을 알고 초대장을 보낸 것이었다. 개명한 이름을 알아낸 뒤에는 그녀의 남편이 누구인지, 집이 어디인지 같은 정보를 알아내는 것은 손쉬웠을 터였다. 그 빌어먹을 향수도 세경이 보냈을 것이다. 그들을 지켜보면서 이 순간을 기다린 것이 분명했다.

세경이 복수하기로 마음먹었다면 지금이야말로 너무도 완벽한 타이밍이었다. 하필이면 오늘은 수림의 장례식 절차가 모두 끝난 다음 날이었다.

홈페이지에 배너도 링크도 전혀 없었기에 규명건설과 무도관광이 관계가 있을 것이라고는 상상도 하지 못했다. 계속 모임에 나갔다면 정보를 얻을 수도 있었겠지만 인스타그램에 무억도 출신이라는 댓글이 올라온 이후에 지인들과는 만나지 않았다.

자신의 계획대로라면 그들이 처음 만났어야 할 장소는 병원이었다. 병원에서 바쁘게 일하고 있는 세경의 앞에 나타나 주도권을 쥐어야 했다. 이렇게 세경이 만들어놓은 판에 멍청하게 끌려와서는 안 되었다.

생각해야 한다. 남편은 세경의 정체도 모르고 잘 보이기를 원했지만, 살갑게 굴며 사과부터 한다면 얕잡아 보일 것이 뻔했다. 태희는 자신의 방식대로 원하는 것을 얻어내리라고 다짐했다. 태희는 가방을 챙겨 일어섰다. 그때, 무대에서 하이힐 소리가 들리며 세경이 걸어 나왔다.

"반가워할 줄 알았는데."

태희는 세련되고 품위 있는 세경의 모습이 낯설게 느껴졌다. 그녀의 입은 웃고 있었지만 눈 속에는 당장이라도 자신을 향해 활시위를 겨눌 것만 같은 팽팽함이 느껴졌다. 사람을 대하는 데 능숙하다고 자부하던 태희도 지금의 긴장감은 견디는 게 쉽지 않았다.

"날 찾는다는 얘기를 들었거든."

닿을 듯이 다가오는 세경을 마주 보며 아니라는 말도 할 수 없었다. 병원마다 전화를 걸어 찾아댄 탓에 어떻게 소문이 났을지도 몰랐다.

"너도 날 보고 싶어 하는 것 같았는데. 아닌가?"

태희는 디퓨저를 보낸 게 세경이, 너라는 걸 알고 있다는 뜻을 비쳤다.

세경은 알아들은 건지 모르는 척하는 건지 감정을 느낄 만한 반응은 없었다.

"뭐, 좀 다른 뜻이긴 하지만, 틀린 말은 아니네. 좋아 보여. 이젠 태희라고 불러야겠지?"

태희는 눈썹을 들어 올리며 대답을 대신했다. 슬슬 본론으로 들어갈 때가 된 것 같았다.

"몸은 좀 어때?"

"인생에는 터닝포인트가 있다잖아? 우리한테는 그날이었던 것 같은데."

태희는 금방이라도 잡아먹을 듯이 노려보는 세경의 눈빛에 흠칫했다.

긴장한 마음을 읽기라도 한 듯 세경의 표정이 다시 풀어졌다.

"잘 됐으니 하는 말이야. 난 지금에 만족하거든."

만족한다는 말이 무슨 뜻이지? 태희는 그 말에 담긴 뉘앙스를 헤아려보았다. 수림이 죽고, 내가 고통 속에 시달리고 있어서 만족한다는 건지, 아니면 제 삶이 그저 만족스럽다는 건지.

"이렇게 봐서 좋다. 우리 친했잖아. 앞으로 더 친하게 지낼 수 있을 것도 같고."

태희가 본론을 꺼냈다.

"과거는 다 잊고?"

"잊자."

세경이 곰곰이 생각하듯 시선을 굴리는 동안, 태희는 몇 번이고 침을 삼켰다.

어떤 상처는 시간이 지날수록 증오와 원망을 먹고 눈덩이 불어나듯 커진다. 부디 세경이 그런 생각을 하지 않았기만을 바랐다.

"네가 원하는 걸 내가 도와줄 수도 있어."

태희는 얼른 덧붙였다. 세경이 무엇을 원하든 혼자서 복수를 실행에 옮기는 것은 불가능에 가까웠다. 수림이 죽은 것은 복합적인 이유였다. 절대 디퓨저만으로 가능한 일이 아니었다. 세경이 복수를 하고 싶다면 도움이 필요할 것이다. 태희는 자신의 필요를 증명할 수 있었다.

세경은 고민이 끝났는지 태희를 무심하게 쳐다보았다. 태희는 심판을 받는 사람처럼 그 입에서 나올 말을 기다렸다.

"그러기엔 넌 남편의 꼭두각시에 불과하잖아."

세경은 마치 부부 관계를 직접 들여다본 것처럼 말했다. 모욕과 수치심을 느낀 태희의 얼굴은 감당할 수 없을 정도로 붉어졌다. 세경은 더 이상 예전의 착한 소녀가 아니었다. 당장이라도 웃기지 말라고 소리치고 싶었지만 마음속 어딘가에는 그럴지도 모른다는 생각이 들었다. 그의 허락 없이는 새로운 휴대폰도 구입할 수 없는 처지가 아니던가.

"생각 바뀌면 연락 줘."

태희는 돌아서서 비틀대지 않도록 다리에 힘을 주고 걸었다. 이제 막 시작한 게임은 속내를 드러내는 순간 지게 되어 있었다.

아무도 없는 줄로만 알았던 공연장의 문이 열리자, 사람들의 이목이 집중되었다.

태희는 꼿꼿하게 허리와 어깨를 펴고 시선을 내리깔았다. 마지막까지 당당한 태도로 모금함에 봉투를 넣고 밖으로 나왔다. 남편이 말한 것보다 조금 더 넣었으니 이 중에서 손에 꼽힐 정도의 금액일 것이다.

차는 멀지 않은 곳에 주차되어 있었다. 태희는 직원의 도움을 거절하고, 주차해놓은 곳까지 직접 걸어가 운전석에 올라탔다. 혼자가 되어서야 비로소 태희는 무너지듯 엎드렸다. 이렇게 자존심이 상하고 분한 기분을 마지막으로 느낀 것은 언제였을까? 까마득한 감정은 그녀의 몸에 다시금 활력을 불어넣었다.

세경의 말처럼 그날 일로 태희와 세경, 두 사람의 인생은 전환점을 맞이했다. 세경에게 미안한 감정이 있었던 것은 사실이었다. 수영에 익숙한 무역도 아이들과 달리 세경은 수영을 전혀 하지 못했다. 그 사실을 아는 것은 태희뿐이었는데 도망치고 말았으니 오랫동안 죄책감으로 남을 수밖에 없었다. 식물인간 상태까지 갔다가 회복되었다고 하니 미안함은 배가 되었지만 그렇다고 해서 방금 전 일을 이해할 수 있는 것은 아니었다.

역시 세경은 복수를 위해 오랫동안 이를 갈고 있었던 것이다. 하필이면 세경의 집안이 규명건설일 줄이야. 고작 식품업계에서만 사업을 하는 태희의 남편과는 여러모로 비교가 되는 상대였다. 게다가 남편은 규명건설이 새로 시작하는 사업에 관심이 많은 것 같았다. 세경을 피하려고 해도 이제는 피할 수도 없는 상황이었다.

이대로 휘둘릴 수는 없었다. 사람에게는 누구나 약점이 있다. 태희는 시간이 걸리더라도 세경의 약점을 캐내겠다고 다짐했다. 막 시동을 걸려는데 뒷좌석 문이 벌컥 열리며 누군가 차로 올라탔다.

"나야. 조용히 해."

태희가 놀라 소리를 지르려는데, 뒷좌석에 앉은 여자가 퉁명스럽게 말했다. 지혜였다.

"뭐하는 짓이야?"

지혜가 아니더라도 이미 충분히 절망적이고 피곤한 상태였다. 지혜는 아랑곳하지 않고 본론부터 꺼냈다.

"오늘 명주가 쓰러졌어. 병원에서는 과로라고 했는데, 아무래도 이상해. 나한테 또 이런 게 왔거든."

지혜가 가방에서 상자를 꺼냈다. 태희는 그것이 무엇인지 한눈에 알아보았다. 아틀리에 K의 디퓨저였다.

"네가 보냈다는 말 안 믿어. 난 아무래도 이게 순서인 것 같다는 생각이 들거든. 수림이 다음은 명주, 그다음이 나. 그 어딘가에 너와 은영 언니도 끼어 있겠지. 내 말이 틀려?"

"너 별생각을 다하는구나. 신경과민 같으니까 병원에라도 좀 가봐."

태희는 지혜의 말이 완전히 틀리지는 않다고 생각하면서도 동의하고 싶지는 않았다. 태희는 누구보다도 수림이 자연사했기를 바라는 사람이었다.

태희는 세경을 만난 후 한껏 예민해져 있었다. 불쑥 차에 올라탄 지혜를 보고 짜증을 냈지만 이내 입을 닫을 수밖에 없었다. 지혜가 뒷좌석에서 팔을 뻗어 그녀의 눈앞에 향수를 들이밀었다. 호텔에서 몰래 지혜의 가방에 넣었던 것이었다.

"처음엔 수림이 건 줄 알았는데, 걔는 그 방에 안 들어갔어. 명주가 자고 있었으니까. 네가 무슨 헛짓거리를 하려는지 모르겠지만 그만두는 게 좋을 거야."

태희는 증거까지 챙겨온 지혜에게 변명을 늘어놓아봤자 소용없다는 것을 깨달았다. 어차피 지혜는 향수가 수상쩍다고만 생각했지 그 안에 무엇이 들어 있는지는 모를 것이다. 태희는 이것이 또 하나의 기회라는 것을 깨달았다.

향기를 자신의 표현 방법이라고 여기는 사람들은 향수를 레이어

링하기도 한다. 서로 다른 두 가지 향수를 뿌려 기존에 없는 향기를 만들어내는 방법이다. 정해진 방법은 없지만 자신이 원하는 이미지를 만들어내기 위해 효과적으로 이용할 수 있었다.

사람도 마찬가지였다. 대척점에 있던 관계라도 하나의 목적을 위해서라면 손을 잡을 수 있었다. 태희는 자신에게 내려온 두 번째 동아줄을 놓칠 수 없었다.

"맞아. 나도 너희들 믿을 수 없어서 시험해본 거야."

"역시 김세경이구나?"

지혜는 이미 짐작하고 있었다는 듯 태희를 떠보았고, 태희는 못 이긴 척 고개를 끄덕였다. 이대로 지혜를 이용한다면 손해 보지 않고도 양쪽을 이용할 수 있었다. 태희는 향수를 다시 가방 속에 집어넣었다. 이 안에 무엇이 들었는지 굳이 알려줄 필요가 없을 것 같았다.

"복수를 하려는 거라면, 설마 우리를 죽이기라도 하겠다는 건가?"

"그럴지도 모르지."

태희는 건성으로 대답했다. 이 모든 것이 세경의 계략이라면 어째서 남편은 수림의 핸드폰을 가지고 있었을까? 그가 수림의 죽음과 관련이 없다면 다행이지만 어쩐지 찝찝하게 느껴졌다.

"김세경 만난 적 있어?"

"없어."

태희는 능숙하게 거짓말을 했다. 서로를 믿고 정보를 공유해야 할 상황이었지만 태희는 그럴 생각이 없었다.

"넌 일단 여기서 그 디퓨저 공방을 좀 알아봐. 난 통영으로 가서 무도관광에 대해 알아볼게. 알아낸 거 있으면 바로 연락 줘."

"핸드폰 없다니까."

지혜는 겉옷 주머니에서 핸드폰을 하나 꺼냈다.

"내 명의니까 잃어버리지 마."

십 년도 더 되었을 것 같은 구형 핸드폰이었다. 태희는 못마땅하긴 했지만 당장은 이것도 감지덕지였다. 남편 몰래 필요한 연락을 하기에는 안성맞춤이었다.

지혜는 다시 차에서 내렸고, 태희는 집으로 출발했다.

오늘 있었던 일을 어떻게 설명해야 할까. 남편은 자선파티에서 규명건설의 차녀와 가까워졌는지 궁금해할 것이다. 태희는 변명거리를 생각해보다가 세경의 말이 떠올라 또다시 울컥했다. 꼭두각시라니. 바로 화를 내지 않았다는 것은 은연중에 자신이 그 말을 인정하고 있었다는 뜻 같아서 더욱 자존심이 상했다.

시작이 좋지 않았던 것은 인정했다. 하지만 부부의 문제까지 알고 있는 것을 보면 세경도 계속 저를 주시하고 있었던 모양이니, 관계는 언제든지 개선될 수 있지 않겠는가. 분명한 것은 세경이 가까운 시일 안에 다시 연락을 해올 것이라는 점이었다. 그때는 오늘처럼 당하고만 있지는 않을 것이다.

태희는 다 안다는 얼굴을 한 세경의 모습을 계속해서 곱씹으며 마제스티로 들어섰다.

30

적을 알아야 이길 수 있다고 했던가. 무억도에서 무도관광에 대해 가장 잘 아는 사람은 지혜였다. 온갖 민원을 넣으며 매일 같이 회사 앞에 찾아가 시위에 앞장섰던 덕분이었다. 동시에 지금은 가장 위험한 인물이 되고 말았다.

지혜는 모자를 폭 눌러쓰고 아침부터 무도관광 앞을 서성거렸다.

네모반듯한 건물은 오늘따라 더욱 견고해 보이기만 했다. 옆 공터에는 회사의 새로운 건물을 짓는 공사가 한창이었다. 관광회사는 무억도 사람들의 생업을 흡수해가면서 번창하고 있었다. 지혜는 요란한 소음을 내는 중장기들을 노려보며 크게 가래침을 뱉었다.

직원들의 수상쩍은 눈초리가 따라붙자 지혜는 바로 자리를 옮겼다. 이 회사에서 일하는 사람 중에는 지혜의 얼굴을 모르는 사람이 거의 없었다. 그리고 소란을 피우기 일쑤였던 그녀에게 대부분 좋지 않은 감정을 가지고 있었다.

그들에게 들키지 않고 안으로 들어갈 방법이 있을까? 게다가 시위의 여파인지 로비에는 경비원이 배로 늘어 있었다. 자신 있게 조사해보겠다고 큰소리쳤건만 빈손으로 돌아갈 처지가 되자 전전긍긍하며 시선을 이리저리 돌렸다.

가까운 곳에 선박 수리 업체가 있었다. 업체 주인인 정민구는 지혜가 삼촌이라고 부를 정도로 친근한 사이였다. 무억도를 오가는 대부분의 배가 그를 거쳐 튼튼하게 재탄생하곤 했지만 최근에는 거의 무도관광의 배를 전담으로 수리하고 있었다.

"삼촌."

지혜가 모자를 벗으며 머쓱한 표정으로 말을 걸었다.

그는 이제 막 식사를 마쳤는지 거울을 보며 이를 쑤시던 참이었다. 민구 역시 지혜를 보고 눈이 동그래졌다. 무도관광이 들어서고 얼마 지나지 않아 두 사람의 교류가 뚝 끊겼으니 당연한 일이었다.

"뺴쭉해진 거 봐라. 가만있자, 이건 특별히 너만 주는 거다. 형님은 잘 지내시고?"

민구는 서랍 깊숙한 곳에 손을 넣어 홍삼스틱을 하나 꺼내 건넸다. 지혜는 그제야 안심한 표정으로 그의 앞에 털썩 앉았다.

"맨날 똑같죠. 여긴 변한 게 하나도 없네."

"다신 안 볼 것처럼 가버리더니. 이제야 얼굴 보여주냐? 다 먹고 살자고 하는 짓인데."

그는 마치 친조카를 대하듯 지혜를 살갑게 보았다. 무도관광 반대 시위를 하던 지혜는 민구가 그들에게서 일을 받는다는 사실을 알고는 발걸음을 뚝 끊었다. 그런 상황일수록 자신의 편을 더 많이 만들어두어야 한다는 것을 어린 지혜는 알지 못했다.

"너는 좀 어때? 대충 얘기는 들었다. 형님까지 그렇게 되셔서 네가 이게 무슨 고생이야?"

"삼촌, 나 이제 배 한 척밖에 안 남았어요. 어쩌면 앞으로 여기 수리 맡길 일도 없을걸요?"

"배에서 나고 자란 애가 다른 일에 정 붙일 수 있겠어?"

"나도 먹고 살아야죠. 그래서 말인데, 혹시 무도관광 쪽이랑 일할 수 있는 루트 없어요?"

예상치 못한 말이었던지 민구의 표정이 복잡하게 변했다. 반대편의 수장이던 지혜까지 현실에 굴복하는 모습을 제 눈으로 보게 된 게 믿을 수 없다는 얼굴이었다.

"그런 뜻이 아니라, 사정이 좀 있어서 그래요. 짧게라도 괜찮은데 자리 좀 없을까요?"

민구는 곰곰이 생각하다가 떠오르는 게 있는지 고개를 번쩍 들었다.

"그래, 최근에 거기 운전기사가 고향 내려가서 자리 하나가 비었다고 했는데. 내가 전화해둘 테니까 한 번 만나봐. 서울에서 왔다 갔다만 하면 된다고 했으니 그리 힘들지는 않을 거다."

"고마워요, 삼촌."

민구가 담당자와 통화를 마치자, 지혜는 바로 자리에서 일어섰다.

"내가 더 고맙지, 녀석아. 무궁화호도 한번 손 볼 때 되지 않았어? 가져와. 여기 묶어두면 알아서 고쳐둘게."

"이따 갖다 둘게요. 삼촌, 혹시나 말인데······."

지혜가 무언가 부탁하려고 하자, 민구는 얼른 입술을 지퍼로 잠그는 시늉을 했다.

"자물쇠는 바다에 던져 놨다."

그의 넉살에 지혜는 오랜만에 환하게 웃으며 넙죽 인사를 하고 떠났다.

지혜의 뒷모습을 보던 민구는 깊은 한숨을 내쉬었다. 그의 눈에 지혜는 여전히 배만 보면 좋아하던 어린아이였다. 그 순하고 착한 아이 얼굴에 그늘이 잔뜩 져 있는 모습을 보니 여간 마음이 아프지 않았다.

민구는 오후 작업을 위해 일어서면서 오늘 있었던 일은 누구에게도 말하지 않으리라 다짐했다.

무도관광회사 옆 건설 현장에 도착한 지혜는 컨테이너로 만들어진 사무실로 들어섰다.

담배 냄새와 커피 냄새가 공기 중에 끈끈하게 들러붙었다. 민구와 통화한 담당자로 보이는 중년 남자는 지혜에게 손을 흔들면서 손수 믹스커피를 타주었다.

"우리 아가씨는 이름이 어떻게 되나?"

"강지영입니다."

자신의 이름을 말하려다가 지혜는 얼른 가명을 꺼냈다. 이곳에 있는 사람들 중에 지혜라는 이름을 들어본 사람이 있을지도 모른다는 우려 때문이었다.

"정 사장님이 소개했으니 믿을 만하겠지만, 이게 그냥 운전기사가 아니에요. 물건을 옮기는 일이라 힘 좀 쓸 줄 알아야 하는 건데, 괜찮겠어요?"

그는 이 일을 잘해낼지 의심스럽다는 눈길로 지혜를 찬찬히 훑어보았다. 구릿빛 피부와 날카로운 눈, 두꺼운 손가락 마디나 생채기

등으로 보아 오랫동안 바깥에서 일을 해본 사람으로 보였지만 나름대로의 절차였다.

"이전에는 정 사장님한테 배웠습니다. 힘이라면 뒤지지 않습니다."

"그럼 다행이고. 일은 어렵지 않아요. 일주일에 한 번, 서울에서 물건을 받아오면 되는 일이니까. 나머지 시간에는 요양원에서 잡부를 좀 해주면 됩니다."

"요양원이요?"

생각지도 못한 근무지에 지혜는 놀란 얼굴을 숨기지 못하고 담당자를 보았다.

"얘기 안 했나? 요기 매봉산 가는 길에 있는 요양원에서 근무하는 거예요."

무도관광과 일을 하게 해달라고 했더니 전달이 잘못된 것 아닐까. 지혜는 이 일을 맡지 않겠다고 하려 했지만 이어지는 말에 멈칫했다.

"원래는 그렇게까지 안 하는데, 이 일은 여기 젊은 사장님 특별지시라서."

젊은 사장님이라면 분명 김세경을 말하는 것일 터였다. 그 애가 직접 신경 쓸 정도면 뭔가 특별한 것이 있다는 뜻이었다. 어쩌면 세경의 집이나 직장을 오가며 단서를 찾을 수 있을지도 몰랐다.

"일이 많지는 않은데, 아무래도 위치가 위치인 만큼 요새 젊은 사람들은 이런 데서 근무하려고 안 하더라고요. 마침 정 사장님 덕분에 딱 좋은 분을 만났네."

그는 대답이 없자 수긍했다고 생각한 모양인지 서둘러 채용을 확정 지었다.

"내일부터 출근하면 되고, 이건 서울 쪽 담당자 이름이랑 주소. 다음 주 월요일에 이쪽으로 가서 물건 받아오면 돼요."

담당자는 여분의 명함이 없었는지 옆에 있던 종이를 대충 찢어 적어주었다.

지혜는 그 이름을 뚫어지게 쳐다보았다. 어디선가 본 이름이었으나 금방 떠오르지 않았다. 일단 태희에게 상의를 해보아야겠다고 생각하며 지혜는 사무실을 나섰다.

오래된 핸드폰은 충전기를 구하기도 힘들었다. 태희는 집 근처에 있는 가게 다섯 곳을 헤맨 끝에야 겨우 구형 충전기를 구입할 수 있었다.

태희는 급한 대로 카페로 들어가 커피 한 잔을 시키고, 자리에 앉아 핸드폰 충전을 시작했다.

전원을 누르자 느릿하게 켜진 핸드폰 화면에는 다섯 명의 아이들이 환하게 웃는 모습이 떠올랐다. 무억도 아이들이 수림이네 펜션에서 놀 때 찍은 사진이었다. 이렇게 오래된 물건을 버리지 않고 간직하다니 강지혜다웠다.

초기화를 시키지도 않은 탓에 사진첩이며 연락처며 많은 정보들이 그대로 남아 있었다. 그 안에 있는 옛날 사진을 넘겨보던 태희는 삭제 버튼을 누르려 했다. 수림은 옛날 사진 한 장으로도 저한테 그 난리를 쳤는데, 지혜는 이런 사진들로 무슨 짓을 할지 몰랐다. 위험한 일들은 미연에 방지하는 쪽이 나았다.

하지만 선뜻 누르기엔 망설여졌다. 이제는 태희의 핸드폰이 되었으니 간직하고 있다가 가끔씩 꺼내보는 정도는 괜찮지 않을까. 고민하던 태희의 눈앞에 메시지가 도착했다는 알림이 떴다.

조혜선

번호를 보아 지혜가 보낸 것이었다. 맥락 없는 문자였지만 태희는 그것이 관계자의 이름이라는 것을 알 수 있었다. 분명 들어본 이름이었다. 태희는 기억을 더듬어보았다. 퍼뜩 스치는 기억에 태희는 지갑을 뒤적였다.

아틀리에 K 사장 조혜선.

태희는 향수를 보낸 사람을 찾기 위해 공방을 방문했을 때, 친절하게 그녀를 응대했던 사장을 떠올렸다. 그때도 수상하다 싶었더니! 세경과 한통속이었던 주제에 뻔뻔하게 아무것도 모르는 척을 하고 있었던 것이다.

혜선이 어디까지 세경의 일을 돕고 있는지는 몰라도 무도관광에서 그 이름이 나왔다면 꽤나 중요한 위치인 것은 분명했다.

태희는 바로 택시를 잡아타고 아틀리에 K로 향했다.

망설임 없이 입구의 문을 열자 경쾌한 종소리가 퍼졌다. 소파에 뻐딱하게 누워 있던 혜선이 바로 몸을 일으키는 게 보였다.

"어서 오세요, 고객님. 오늘은 어쩐 일로 오셨나요?"

태희는 살가운 혜선의 말을 무시하며 향수 진열대로 향했다.

혜선은 심상치 않은 그녀의 쌀쌀한 태도에 눈치를 살피며 따라왔다. 태희는 그중 하나를 들어 올려 공중에 향을 분사했다. 향긋한 꽃향기가 두 사람 사이에 퍼졌다.

"내가 받은 향이랑 다르네."

태희의 말을 듣고 혜선은 눈에 띄게 당황했다. 태희가 오늘 방문한 것은 그들의 계획에 없는 일이 분명했다.

"고객님, 어떤 일로⋯⋯."

태희는 혜선의 말이 끝나기도 전에 가방에서 향수를 꺼내 그녀의 얼굴에 뿌렸다. 혜선이 비명을 지르며 한 걸음 물러섰다.

"뭐 하시는 거예요!"

"여기 뭐 들었는지 알죠?"

혜선은 아무 말도 못 하고 그저 손등으로 얼굴을 훔쳤다. 코를 계속 문질러도 지독한 냄새는 가시지 않았고, 반사 신경 덕분에 눈을 감긴 했지만 찝찝해서 견딜 수가 없었다. 빨리 세수를 하고 싶었다.

"가서 전해요. 내가 필요하지 않겠냐고."

태희가 모든 것을 알고 있다는 듯이 말하자, 혜선은 친절한 표정을 거두고 그녀를 잔뜩 노려보았다. 가면을 벗은 혜선의 얼굴은 젖은 나무토막처럼 음습했다.

태희는 미리 준비해둔 종이를 건넸다. 새로운 핸드폰 번호였다.

"그러죠."

혜선은 이를 악물며 눈썹을 추켜세웠다.

태희가 가게를 나가자, 혜선은 화장실로 달려가 얼른 세면대에서 화장을 지우고 세수를 했다. 빌어먹을 니코틴이 어디로 튀었을지 몰라 더욱 꼼꼼하게 씻어내야 했다. 아무래도 혼자서는 더 이상 무리였다.

그녀는 화장실 문을 발로 차며 화를 삭였다. 몸이 열 개라도 모자랄 지경인데 이런 모욕까지 당하는 건 계산에 맞지 않는 일이었다.

혜선은 누군가에게 문자를 보내고 아틀리에 K를 나섰다.

혜선이 앞에 주차해둔 검은색 승용차에 올라타자, 택시 안에서 기다리고 있던 태희는 얼른 손짓했다.

"저 차 따라가 주세요."

택시기사는 적당한 거리를 두고 뒤를 쫓았다. 미행은 그리 오래 걸리지 않았다. 혜선의 차는 서울 끝자락에 위치한 목하병원에 도착했고, 태희는 병원 이름만 확인하고선 택시를 돌렸다.

약점은 이렇듯 사소한 곳에서 드러나는 법이었다. 이제 세경이 일하는 곳을 찾아냈으니 기다리는 일만 남았다. 태희는 인내심을 발휘해보기로 했다. 당한 것의 배로 갚아줄 작정이었다.

31

담당자의 말대로 요양원의 업무는 그다지 어렵지 않았다.

처음엔 지혜를 보고 난색을 보이던 사람들도 그녀가 무거운 물건도 척척 옮기는 것을 보고선 입을 모아 칭찬했다. 하지만 거기까지일 뿐 그들과 가까워지기란 꽤 어려운 일이었다.

요양원 관계자들을 통해 내부 정보를 얻고 싶었지만 근무한 지 고작 며칠밖에 안 된 사람에게 일일이 말해주는 사람은 없었다. 성질이 급한 지혜는 일을 돕는다는 핑계로 직접 돌아다니며 살피기로 했다.

요양원은 매봉산으로 올라가는 도로 중턱에 자리 잡고 있었다. 4층짜리 건물 하나가 전부인 작은 규모였지만 바다가 내다보인다는 장점이 있었다.

지혜는 주로 직원들이 많은 일층에서 일했고, 위층부터는 환자들을 위한 공간이었다.

금요일 오후에는 노인들을 위해 다양한 프로그램이 진행되고는 했다. 지혜는 창문 밖에서 그 모습을 보면서 아버지를 떠올렸다. 아버지의 알코올 중독은 날이 갈수록 심해지고 있었다. 자신의 생업을 앗아간 무도관광을 매일 같이 코앞에서 지켜보는 것보다는 이렇게 평화로운 곳에서 여생을 보내는 것이 낫지 않을까.

지혜는 고개를 세차게 흔들며 비상구를 통해 꼭대기 층으로 올라갔다.

이번 일이 마무리되면 그때 신중하게 생각해도 늦지 않았다. 어쩌면 자신마저도 무억도를 떠날지도 몰랐다.

4층은 고요했다. 문을 열고 복도로 들어선 지혜는 저절로 조심스럽게 발걸음을 옮겼다. 간호사들의 대화 소리나 서류를 넘기는 소리조차도 들리지 않았다.

복도를 소리 내지 않고 걸으며 병실들을 곁눈질로 살폈다. 대부분의 병실에는 이름이 없었다. 비어 있다는 뜻이었다.

"어떻게 오셨어요?"

뒤에서 불쑥 간호사가 나타나 지혜는 소스라치게 놀랐다.

"아, 안녕하세요. 새로 온 운전기사인데, 도와드릴 일이 없을까 해서요."

"새로 오셨다던 VIP 병동 기사님이구나! 여기는 평소에 출입이 안 되니까 월요일에 오세요."

간호사는 친절하게도 지혜를 위해 엘리베이터를 잡아주었다. 그제야 지혜는 자신이 VIP 병동을 오가는 기사라는 것과 이곳이 그 병동임을 알게 되었다. 사수가 따로 없으니 물어서 알아내는 수밖에 없었다.

지혜는 핸드폰을 꺼내 태희에게 문자를 보냈다. 사소한 것이라도 공유를 해두는 게 나을 것 같았다.

　눈에서 안 보이면 마음도 멀어진다고 하지만 반대의 경우는 예상하지 못한 일이었다. 태희는 아침부터 거실에 있는 소파에 드러누워 핸드폰 속에 있는 사진첩을 하나씩 다 살펴보고 있었다. 그곳에는 고등학생 시절의 친구들과 태희가 보지 못한 그들의 20대가 담겨 있었다.

　태희는 친구들의 졸업식 사진을 보다가 저도 모르게 자신의 졸업식을 상상해보았다. 몰래 도망치느라 고등학교도 제대로 졸업하지 못했다는 건 어쩔 수 없이 아쉬웠다.

　졸업식 사진들을 얼른 넘기던 태희는 한곳에서 손가락을 멈추었다. 엄마와 자신의 사진이었다.

　집 앞에서 찍었는데, 두 사람은 영 어색하게 팔짱을 끼고 있었다. 지혜가 좀 더 가까이 붙으라며 코치를 한 탓이었다.

　사진 속의 엄마는 태희의 머릿속에 있는 그대로였다. 16년 동안 엄마의 얼굴을 단 한 번도 보러 간 적이 없었으니 세월의 흐름을 그려낼 수가 없었다.

　태희는 조심스럽게 엄마의 전화번호를 눌렀다. 통화는 몰라도 메시지 정도는 보내도 괜찮지 않을까. 어차피 남편은 이 핸드폰의 존재 자체도 알지 못할 것이다. 태희는 엄마에게 안부 인사를 전송하며 자신에게 주는 연말선물인 셈 치기로 했다.

　기다리는 연락은 오지 않는데 정작 지혜에게서는 끊임없이 문자가 왔다. 너무나도 사소한 행적까지 의논해대는 통에 핀잔을 주어야 했다.

마냥 핸드폰만 들여다볼 수는 없는 터라 오늘은 이만 포기하고 자리에서 일어서려 했다. 그때, 저장되어 있지 않은 번호로 문자가 도착했다. 간단한 주소가 적힌 짧은 문자였다.

태희는 차를 몰고 문자 속 주소지로 향했다.

경기도 고양시에 위치한 골프장은 태희도 남편과 함께 몇 번 와 본 적이 있는 곳이었다. 신호에 멈춰선 태희는 코끝에 맴도는 오이 비누 향기에 추억을 떠올렸다.

어린 시절, 영선의 콤플렉스는 소금 냄새였다. 바닷바람과 섞여 뭉친 머리카락에는 은은하게 소금 냄새가 배어 있었다. 영선은 긴 머리카락을 당겨 냄새를 맡아보면서 스트레스를 받곤 했다. 한창 외모에 관심이 많았던 때라 더욱 민감하기도 했다.

영선은 세경에게 고민을 털어놓았다. 다른 친구들의 눈을 피해 오디션 연습을 할 때였다. 그 말을 마음에 담아두었는지 세경은 다음 날 작은 향수를 내밀었다.

'너랑 어울릴 것 같아서.'

오이비누 향기였다. 문구점에서 파는 이름 없는 싸구려 향수였지만 영선은 말 못할 감동을 받았다. 향수를 뿌리면 콤플렉스를 잊을 수 있었다. 그것이 영선의 첫 향수였고, 태희는 그 향기를 오래도록 간직하고 싶어 비슷한 향수를 찾아 헤매기도 했다. 태희는 오이비누 향이 나는 향수를 사용할 때마다 늘 세경을 생각했다.

오늘 이 향수를 뿌리고 온 데는 다른 이유가 없었다. 오래된 버릇이었다. 세경의 이름만 떠올려도 자연스럽게 손이 갔다. 하지만 오늘 대화가 잘 풀리지 않는다면 버릴 예정이었다.

태희는 골프장에 도착해 옷을 갈아입고 세경을 찾아보았다. 쌀쌀해진 날씨 탓에 라운딩을 나가는 사람은 보이지 않았다. 오래간만에 입는 골프웨어는 불편하긴 해도 여전히 알맞은 사이즈라 조금 뿌듯하게 느껴졌다.

세경은 인도어 연습장에 있었다. 얼핏 봐도 자세가 세련되고 유연했다. 태희는 흘긋거리며 그 옆에 자리를 잡았다. 지우가 유치원에 들어가면서부터는 한 번도 치지 않은 탓에 어드레스 자세부터 어색하게 느껴졌다.

태희는 자연스러운 세경의 스윙을 곁눈질하면서 최대한 능숙해 보이려고 애썼다.

"기부금을 제일 많이 냈다는 얘기 들었어. 너무 무리하셨더라고, 네 남편이."

"가진 게 있으면 베풀어야 된다는 주의라서."

태희는 속으로 한 박자를 쉰 후 대답했다. 여유로운 척하기에 적당한 속도였다. 태희는 안정적으로 풀 스윙을 마치고 나서야 다시 입을 열었다.

"그런 선물로는 목적을 달성하기가 쉽지 않을 텐데 인내심이 꽤 좋은가 봐?"

"쉬운지 안 쉬운지는 이미 증명한 것 같은데?"

태희가 세경의 속셈을 다 알고 있다는 뉘앙스를 풍겼음에도 그녀는 흔들림이 없었다. 오히려 수림이 죽은 것은 자신의 계획이라는 듯이 말하고 있었다.

수림의 심근경색에 디퓨저 속 니코틴이 영향을 미쳤다는 것일까. 태희는 수림에게서 지독하게 풍기던 냄새를 떠올렸다. 지혜의 말이 맞을

지도 몰랐다. 세경은 무억도 친구들을 모두 죽일 작정을 한 것이다.

대낮이었지만 태희는 섬뜩해져서 일부러 주위를 살폈다. 정말 죽이겠다는 말을 들을까 봐 얼른 화제를 돌렸다.

"그날 어떻게 빠져나왔어?"

질문은 생각보다 효과가 좋았는지 세경은 한참이나 말이 없었다.

"강지혜 아버지가 날 바다에서 건져 올렸고, 너희 어머니가 보살펴주셨지. 할머니는 충격으로 쓰러지셨거든."

그제야 태희는 가해자인 지혜의 순서가 왜 뒤로 밀렸는지 알 것 같았다. 지혜는 아버지 덕분에 조금이나마 목숨을 연장했던 것이다. 태희는 자신이 외면하고 간 친구를 대신 보살핀 엄마의 모습을 상상하면서 코끝이 시큰거렸다.

"난 널 믿었어."

바람을 가르는 묵직한 소리와 함께 세경의 골프공이 멀리 날아갔다.

"그 차가운 바다 속에서 내가 어떤 기분이었을지 생각해봐."

세경의 눈동자에는 그날의 분노가 서려 있었다.

그날 밤.

영선은 친구들이 자신을 불러낸 이유를 알고 있었다. 오디션에 합격했다고 우쭐댔던 것이 화근이었다. 게다가 도시에서 온 전학생인 세경에게 물어볼 것이 많아지면서 그동안 두 사람은 둘만의 비밀을 만들기 시작했다. 무리 안에서 생기는 또 다른 비밀은 균열이나 마찬가지였다. 지혜는 그들을 탐탁잖은 눈으로 보는 일이 많아졌고, 명주와 수림은 아예 대놓고 싫어하는 티를 냈다.

할 말이 있으니 선착장으로 나오라는 말에도 건성으로 대답했던 영선은 그 시각에 무억도를 떠날 계획을 세우고 있었다. 이번 기회를 놓친다면, 엄마 말대로 평생 무억도에서 갇혀 살아야 할지도 몰랐다. 이 지긋지긋한 소금 냄새를 평생 맡을 생각을 하니 진절머리가 났다.

그 자리에 세경을 보낸 것은 무슨 악의가 있어서가 아니었다. 영선이 나가지 않으면 친구들은 집 앞에 찾아올 것이 뻔했으니 시간을 벌기 위해서였다. 친구들이 세경을 못마땅하게 생각하고 있다는 사실은 알고 있었지만 세경 말고 불러낼 다른 친구가 없었다.

친구들이 다소 짓궂은 행동을 할 수는 있겠지만 설마 무슨 일이 있을까 싶었다. 영선은 정말 대수롭지 않게 여겼다. 선착장에서 물에 빠져 살려달라고 소리치는 세경을 보기 전까지는.

순진한 성격의 세경은 무억도가 익숙하지 않았던 터라 영선의 말이라면 그대로 믿었다. 선착장에 자신이 나가면 안 된다는 것을 알았더라도 세경은 영선의 부탁을 거절할 친구가 아니었다. 영문도 모른 채 바다로 밀쳐지면서 세경은 누굴 원망했을까.

한밤중의 바다는 바다에서 평생을 살아온 사람들도 겁을 냈다. 끝도 없이 깊어지는 심해의 어둠은 밤이 되면 모든 것을 집어삼킬 듯 입을 벌렸다. 세경은 수영을 못하는 탓에 이대로 죽을지도 모른다는 극심한 두려움이 밀려왔을 것이다.

사자(使者)는 가장 익숙한 얼굴로 나타난다고 했다. 세경이 선착장을 지나가는 영선을 발견하고 희망을 가진 순간, 그것은 곧 절망으로 바뀌지 않았을까. 이 모든 일의 원흉이 뻔뻔하게 도망치는 것을 본 세경이 느꼈을 분노는 짐작조차 할 수 없었다.

태희는 수백 번도 더 그날 밤으로 돌아가 보곤 했다. 하지만 달라지는 것은 아무것도 없었다. 세경에게는 미안하지만, 똑같은 밤이 온다고 해도 태희는 같은 선택을 할 것이다.

"그래서 공방까지 차려서 우리에게 그런 걸 보내는 거야? 참 낭만적인 시간 낭비구나. 그 애들이 디퓨저를 쓰는 이유는 내가 그걸 선물했다고 했기 때문이야. 내 도움이 없었다면 성공하지 못했을 방법이었다고. 이제 내겐 통하지 않을 테니 소용없어."

"네가 오해하고 있는 게 있는데, 난 너희를 죽이려고 하는 게 아니야."

"뭐?"

태희가 반문하자, 세경이 다가왔다.

"혹시 모를 확률에 도박을 하고 있는 거지. 난 시간이 아주 많거든."

세경은 골프장갑을 벗어 털었다가 태희의 어깨를 두어 번 두드렸다. 가까이서 본 그녀의 얼굴은 너무나도 낯설어서 저도 모르게 긴장하고 말았다. 잠시 멈칫하는 사이, 세경은 저 멀리 가버린 후였다.

태희는 얼른 소리쳤다.

"왜 나한테 향수를 줬어?"

다른 친구들은 처음부터 디퓨저를 받았지만, 태희는 향수를 받은 후에 디퓨저를 한 번 더 받았다. 세경의 말대로 가해자와 방관자를 나누는 기준인가 싶었으나, 같은 방관자였던 은영마저도 디퓨저를 받았다는 사실이 이해가 되지 않았다.

세경은 그 말에 무언가 생각하듯 미간을 찌푸리더니 모호한 답을 내놓았다.

"그땐 네가 좋았나 보지."

그녀는 더 이상 볼일이 없다는 제스처를 하고는 연습장을 나가버렸고, 태희는 우두커니 서서 그 말을 곱씹고 있었다. 아무리 생각해도 세경의 말을 이해할 수 없었다. 향수에도 니코틴을 넣은 것이 특별 대우였단 말인가.

분명히 '그땐'이라고 말했다. 세경의 표현을 되짚어보던 태희는 이상한 점을 발견했다. 어째서 아주 오래된 일을 말하는 것처럼 굴었을까. 태희는 한참 전까지 거슬러 올라가 하나의 지점에서 멈추었다.

열아홉의 정영선은 몸에 밴 소금 냄새가 싫다고 입버릇처럼 말했고, 그런 영선에게 서울에서 사왔다며 향수를 내민 사람이 세경이었다.

오이비누 향기가 나던 나비 모양의 향수병.

그것은 태희의 첫 번째 향수이자 세경이 준 최초의 선물이기도 했다.

하지만 왜 그 오래전 시절까지 거슬러 올라가야 이해할 수 있는 대답을 했을까?

태희는 모래처럼 씹히던 이질감의 답을 찾았다.

향수를 보낸 것은 김세경이 아니었다.

32

강수확률 1%. 금요일 밤에 뜬 일기예보는 오래간만에 맑은 날씨를 볼 수 있을 거라고 했다. 눈이 펑펑 쏟아지길 바랐지만 야속하게도 이번 주는 내내 화창할 예정이었다. 태희는 이불 속에서 겨우 눈을 떴다. 밤새 향수를 보낸 사람에 대해 생각하느라 해가 뜨고 나서야 잠이 든 탓이었다.

아무리 생각해도 짚이는 사람이 없었다. 무역도 친구들은 아니었고, 세경도 아니라면 주변 사람들 중 하나일까? 하지만 새로 생긴 공방에서, 세경과 똑같이 액상 니코틴을 넣어 보낼 확률은 0에 가까웠다.

가장 유력한 후보는 조혜선이었으나 그녀가 일면식도 없던 태희에게 해를 끼칠 이유는 없었다. 생각하면 할수록 미궁으로 기어들어 가는 느낌이었지만 이제 몸을 일으켜야 할 시간이었다.

주말이 되자 남편은 약속을 지키겠다며 아침부터 분주하게 움직였다. 고작 아쿠아리움을 가는 것뿐인데도 유난히 기분이 좋아 보여서 태희는 몸이 좋지 않다고 거짓말을 하려다가 체념하고 따라나섰다.

태희가 바다를 좋아하지 않는다는 사실은 남편에게 중요해 보이지 않았다. 아쿠아리움은 태희가 임신했다고 준영에게 털어놓은 장소였으니 남편은 그곳을 추억의 장소쯤으로 여기는 모양이었다. 그날 자신이 어떤 기분이었는지는 절대 모를 것이다.

그날은 두 사람의 마지막 데이트 날이었다. 준영은 말없이 거대한 수조에서 흘러다니는 물고기들을 무미건조하게 훑어보고 있었고, 태희는 그의 공허한 눈에서 이별을 읽었다. 태희는 그를 놓치고 싶지 않았다. 처음이자 마지막 기회일지도 몰랐다. 태희에게는 준영을 가장 잘 아는 사람도, 감싸줄 수 있는 사람도 자신이라는 확신이 있었다.

하지만 아쿠아리움은 변수였다. 마치 바다 위에 떠 있는 것처럼 울렁거리는 메스꺼움을 느끼고 태희는 견디지 못하고 주저앉아 헛구역질을 했다. 늘 꾸던 악몽이 현실이 되어 눈앞에 펼쳐진 것 같았다. 귓가에는 계속 세경이 살려달라고 외쳤다. 이대로 가다간 쓰러질 것만 같아 태희는 허옇게 질린 얼굴로 준영을 붙잡았다.

'나 임신했어.'

명백한 거짓말이었지만 아예 가능성이 없지도 않았다. 피임약을 한 번 먹지 않았으니 운이 좋으면 현실이 될 수도 있었다. 태희는 그만큼 절박했고, 쓰러질 것 같은 모습은 연기처럼 보이지도 않았다. 다행히 지우가 생겼고, 그땐 준영을 잡은 것이 행운인 줄로만 알았다.

어느새 아쿠아리움에 도착했다. 지우는 남편 목에 올라타 손가락으로 쉴 새 없이 커다란 물고기들을 가리키며 좋아했다. 사방이 온통 바다 같은 터널에 아들의 목소리만 가득 울려 퍼졌다.

태희는 즐거워하는 두 사람을 지켜보면서 산책을 하듯 걸었다. 고개를 어느 쪽으로 돌려도 눈 안에 바다가 들어왔다. 세경이 살아 있음을 알게 되어서인지 예전만큼 힘들지는 않았지만 자연스레 무억도를 떠올리게 되는 풍경이었다.

이 거대한 어항 속에 사는 물고기들은 제 처지에 만족하고 있을까? 아무리 넓어도 이곳은 어항일 뿐이었다. 눈앞에서 유유히 지나가는 물고기들은 살아있다기보다는 만들어낸 영상 같다는 생각이 들었다.

"누구를 닮았는지 바다를 참 좋아하네."

어느새 옆으로 다가온 남편이 장난처럼 말했다. 저 멀리 지우가 물고기들의 먹이를 주는 아쿠아리스트의 모습을 신기하게 쳐다보고 있었다.

"당신을 쏙 빼닮았지."

태희는 웃으며 지우에게 손을 흔들었다. 남편은 뒤끝이 긴 남자였고, 태희는 그 성격을 마냥 받아주지만은 않았다. 준영은 그 대답이 마음에 든 모양인지 웃었다.

"연주회는 어땠어? 당신이라면 잘해냈을 것 같은데."

"까다롭긴 했지만 계속 보게 될 사이는 된 것 같아. 당신은 그 여자에 대해서 아는 거 있어?"

이미 인연이 있었으니 그렇게 틀린 말도 아니었다. 태희는 시선을 지우에게 고정한 채 대수롭지 않게 물었다. 세경에 대해 어떤 말이

나와도 남편보다는 자신이 아는 것이 더 많을 것이다.

"최근에 운송업체를 인수해서 우리 회사랑도 일하게 될 것 같아. 내년부터는 사업에 적극적으로 나설 거라는 소문이 있던데, 그간 뭘 했는지 구체적으로 아는 사람이 없더라고. 당신이 좀 물어봐."

남편은 내년부터 온라인 식품 배송사업을 시작할 예정이라 규명건설 쪽에 관심이 많았다.

"그럴게."

태희는 심드렁하게 대답하곤 돌아보는 지우에게 손을 흔들었다. 물고기가 밥을 먹는 것뿐인데도 저렇게 신기하고 기쁠까.

"그 집은 특이하게 둘째한테 경영권을 준 모양이야."

"무슨 소리야?"

남편이 쏠 만한 이야기를 꺼내자, 태희의 관심은 다시 그에게 향했다.

"규명건설 회장한테 딸만 둘이 있거든. 보통은 첫째가 회사를 물려받을 텐데, 그쪽은 의사라 그런지 둘째가 회사를 운영할 예정인가 봐."

준영은 달려오는 지우를 품에 안고 물고기가 더욱 잘 보이는 자리로 움직였다. 두 사람이 그러든 말든, 태희는 깊은 고민에 빠졌다.

세경이 언니가 있다고 말한 적이 있던가? 태희의 기억 속에서 그런 일은 없었다. 부모님이 이혼했다는 말은 일찌감치 들었지만 세경은 언니에 대해서는 언급하지 않았다. 어쩌면 피가 섞이지 않았을 수도 있다. 그건 그렇게 중요한 일은 아니었다.

묘하게 뒤틀린 말들이 머릿속으로 쏟아지는 것 같았다. 어제 만난 김세경은 규명건설의 둘째이자, 그녀의 친구가 분명했다. 사람들

앞에서도 자신을 그렇게 소개하지 않았던가.

하지만 엄마는 편지로 세경이 의사가 되었다고 했다. 그건 첫째의 이야기였다. 엄마가 거짓말을 했을 리는 없었다. 세경이 식물인간이 되었을 때부터 한동안 간호를 해주었다고 했으니 착각할 수도 없는 문제였다.

태희는 마지막으로 세경이 했던 말을 떠올렸다. 태희에게 향수를 보냈다는 사실조차 기억하지 못하는 것만 같던 그녀의 태도가 이제야 퍼즐처럼 맞춰지는 것 같았다.

향수를 보낸 사람은 첫째였다.

쿵쿵.

철문을 두 번 두드리는 소리에 영선의 엄마 희자는 놀라서 눈을 떴다. 깜빡 잠이 들었던 모양이다. TV 속에서는 미니시리즈 드라마가 시작되고 있었다. 열 시에 방영하는 치정극이었다. 그녀는 하품을 하곤 소리가 난 마당 쪽으로 향했다.

"누구세요?"

대답은 돌아오지 않았다. 이 시간에 찾아올 만한 사람이 있던가. 가만히 생각해보던 희자는 철문을 벌컥 열었다. 혹시라도 이름을 말할 수 없는 누군가가 몰래 찾아왔을지도 모르는 일이었다.

하지만 그곳에는 아무도 없었다. 조금이나마 기대했던 게 왠지 부끄러웠다. 부질없는 기대라며 스스로를 탓하던 희자의 시선이 발 아래로 향했다. 두 뼘 정도 되는 네모난 상자가 덩그러니 놓여 있다.

누가 이런 걸 두고 갔을까? 희자는 얼른 밖으로 나가 주변을 두리번거렸다. 칠흑 같은 어둠과 스산한 바람 소리만이 무억도의 겨울 밤을 채우고 있었다.

희자는 아무것도 걸치지 않은 팔뚝을 쓸어내리며 다시 집으로 들어갔다. 누군가 골목에서 그 모습을 지켜보고 있었다.

11월의 마지막 주였지만 해수면은 예년보다 따뜻했다. 기다리던 월요일인데도 지혜는 착잡한 마음이 들었다. 오늘은 그녀가 무궁화호를 운전하는 마지막 날이었다. 민구 삼촌에게 수리를 맡긴 후에 지난번에 하지 못했던 거래를 마무리할 생각이었다.

마음 한구석이 텅 비는 것만 같았다. 배들을 한 척씩 팔 때마다 몸의 일부분이 떨어져 나가는 기분이었지만 오늘은 특히 마음이 복잡했다. 무궁화호는 가족이나 다름없었다. 팔지 않고 버텨볼까도 했지만 빌린 돈을 갚기 위해서는 어쩔 수 없는 일이었다.

옷을 껴입고 밖으로 나가니, 아버지가 마당을 쓸고 있었다. 오늘따라 그는 평소와 다르게 활기찬 얼굴이었다. 며칠간 술을 마시지 않은 덕분이었다.

"아버지, 나 오늘 늦어요."

"언제는 일찍 들어왔냐? 대체 요즘 뭘 하고 다니는지 원. 할 거 없으면 나가서 도미 좀 잡아와."

"빨리 정신 차리고 아버지가 잡아와요."

지혜는 툴툴거리면서도 그의 변화가 내심 반가웠다.

"안 그래도 그러려고 한다. 젊은 녀석한테 맡겼더니 일이 시원찮아 가지고. 은퇴도 마음 놓고 못 하겠어."

오래간만에 보는 아버지의 너스레에 지혜는 괜히 코끝이 시큰했다. 배를 모두 팔아버린 후라는 것을 알면 얼마나 상심이 클까. 지혜는 차마 말도 하지 못하고 쭈뼛거렸다.

"우리 같은 사람들은 몸이 재산이다. 따뜻하게 입고 건강하면 돼."

아버지는 자신의 목에 둘렀던 목도리를 지혜에게 매주며 말했다. 어쩐지 아버지가 모두 알고 있다는 생각이 들었다. 지혜는 눈물이 나오려는 걸 들키지 않으려고 고개를 돌렸다.

다시 시작할 수 있다. 아버지는 그렇게 말하고 있는 것 같았다. 지혜는 집을 나서면서 다짐했다. 이번 일을 모두 마무리하면 아버지와 함께 새롭게 출발하리라.

지혜가 운전하는 무궁화호는 선착장에 도착해 있었다. 배를 민구의 수리 센터에 맡기고, 지혜는 컨테이너 사무실로 출근했다.

담당자는 차 키를 건네주며 간단한 주의사항을 일러주고 갔다. 서울 쪽 담당자는 꽤 예민한 성격이니 괜히 신경 거슬리게 하지 말고 신속하고 조용하게 물건만 옮기라는 것이었다. 지혜는 고개를 끄덕이며 모자와 마스크로 얼굴이 거의 보이지 않게 가렸다.

태희에게서는 답장이 한 번도 오지 않았다. 지혜는 그게 남편 때문이라고 생각했다. 레스토랑까지 갔을 때 잠깐 대화를 나눈 게 전부이긴 했지만 그는 어쩐지 자기중심적이고 예민한 것처럼 보였다. 남편 앞에서 쩔쩔매던 정태희는 친구들과 함께 있을 때와는 영 딴판이라, 평소 부부관계가 어떤지 짐작할 수 있었다. 아마 태희가 지금 핸드폰이 없는 것도 그 때문일 것이다. 조심해서 나쁠 것은 없었다. 지혜는 오늘 일정만 간단하게 전송하고 차를 출발시켰다.

네 시간을 달려 도착한 곳은 옥수동에 있는 한 아파트였다.

지혜는 기웃거리면서 마스크를 좀 더 올렸다. 전화를 걸어 물건을 받으러 왔다고 하자, 여자는 짜증을 내면서 기다리라는 말만 했다. 이곳은 서울 쪽 담당자 조혜선의 자택인 것 같았다.

기다린 지 10분이 지나자, 카트를 가지고 올라오라는 전화가 왔다. 지혜는 그녀가 시키는 대로 15층으로 향했다.

"미리 전화를 하고 오셨어야지, 이렇게 갑자기 오면 어떡하라고요?"

문이 벌컥 열리면서 짜증 섞인 목소리가 튀어나왔다.

조혜선은 외출복을 입고 있었지만 이제 막 일어난 듯 머리가 부스스했다. 지혜는 눈이 마주치자마자 그녀가 아틀리에 K의 사장이라는 것을 알아보았다.

"죄송합니다."

지혜는 혹시라도 자신을 알아볼까 봐 목소리 톤을 내리는 것은 물론, 고개를 아래로 숙여 얼굴을 감추었다.

"맞다, 새로 오신 기사님이시랬지? 앞으로 잘 좀 부탁드려요."

혜선은 인사하는 척 고개를 숙이며 가려진 틈 사이로 얼굴을 확인하려는 듯했다. 지혜는 비스듬히 고개를 돌리며 말했다.

"물건을 빨리 주셔야 돌아갈 수 있어서요."

혜선은 지혜를 현관과 가장 가까운 방으로 안내했다. 크지 않은 방은 창고로만 사용하고 있는지 박스들로 가득했다. 깨지기 쉬운 물건에만 따로 표시가 되어 있을 뿐 특별한 점은 보이지 않았다.

VIP 병동에 들어갈 물건이라면 이 안에 약점이 될 만한 게 있을지도 몰랐다. 지혜는 지레짐작해보면서 물건을 카트에 쌓았다.

"요양원 꼭대기 층 엘리베이터 앞에만 가져다 두시면 돼요. 나머지는 내가 할 테니까."

"무거우실 텐데요."

혜선은 제 입장을 생각해준 지혜가 마음에 들었다는 듯이 팔을 툭 치며 친근감을 표시했다. 다른 운전기사들은 제 성격에 대해 들었는지 말을 걸면 슬금슬금 피하기만 했는데.

"그러니까요. VIP라고 이런 사소한 물건 하나하나까지 직접 챙기라는 게 말이 되냐고. 나이가 들어서 이젠 허리도 성치 않은데 이러다가 내가 입원하게 생겼지 뭐예요?"

그녀는 그동안 쌓인 불만이 꽤 많았는지 쉬지도 않고 말했다. 이렇게 신경을 쓸 정도면 세경에게 중요한 인물이 그곳에 머물고 있다는 뜻일지도 몰랐다. 지혜는 점점 더 병동에 호기심이 생기기 시작했다.

"힘드시면 제가 들여놓을까요?"

지혜가 조심스럽게 물었다. 병동을 살펴볼 수 있는 좋은 기회였다.

"그건 안 되지. 사장님이 알면 난리 날 텐데."

안 된다고 말했지만 혜선이 망설이고 있는 게 느껴졌다. 그녀가 말하는 사장은 김세경을 말하는 것이 분명했다. 지혜는 얼른 덧붙였다.

"다들 퇴근하시면 그때 살짝 가져다 놓을게요. 그럼 아무도 모를 거예요."

"하긴 야간 근무자도 식사는 해야 되니까."

혜선은 하는 짓이 의뭉스런 지혜를 보며 고개를 끄덕였다. 지혜는 혜선의 집에서 나오며 태희에게 금지 구역이던 4층에 들어갈 수 있게 되었다는 문자를 보냈다.

물건을 싣지마자 얼른 차에 올라탔다. 다행히 정체를 들키지 않은 것 같았다. 지혜는 마음을 진정시킨 뒤, 차에 시동을 걸고 출발했다. 밤까지는 아직 시간이 충분했다.

현관문이 닫히자, 혜선은 기다렸다는 듯 하품을 하며 커피머신을 작동시켰다. 대부분의 가게가 그렇듯이, 아틀리에 K 역시 월요일이 휴무였지만 혜선은 마음 놓고 쉴 수도 없었다.

규명건설 계약직 사무보조에서 지금 이 자리에 오기까지 얼마나 많은 노력을 했던가. 쉴 새 없이 달려왔던 8년간, 그녀는 일이 있을 때면 휴무에 상관없이 움직여야 했고 그것을 당연하다고 여겼다.

회사와의 계약 종료를 앞두고 좌절하던 그녀에게 손을 내민 것은 지금의 사장이었다. 정확히는 규명건설 회장의 딸이었지만 편의상 혜선은 그녀를 사장이라고 불렀다. 개인 비서로 일하며 주로 무도관광에서 운영하는 요양원 업무를 처리했고, 올해부터는 공방 운영까지 시작했으니 몸이 열 개라도 모자를 지경이었다.

시키는 일은 군말 없이 하는 편이었지만 요즘 들어 불쑥불쑥 불만이 튀어나왔다. 특히 중간에 끼어서 니코틴 향수를 얼굴에 맞은 것만 생각하면 아직도 분했다. 사장의 지극히 사적인 복수에서 혜선은 제3자로 보이겠지만 그녀는 생각보다 더 많은 것을 알고 있었다. 방금 전에 방문했던 운전기사가 강지혜라는 것까지도.

혜선은 누군가에게 전화를 걸었다.

"조혜선입니다. 오늘 밤에 시간 괜찮으세요?"

아메리카노가 완성되는 소리가 들렸다. 혜선은 그럼 그렇지, 하는 표정으로 통화를 마무리 지었다.

태희는 월요일 아침부터 자전거를 타고 한강을 돌고 있었다. 오래간만에 타는 자전거라 비틀거리기도 했지만 금방 균형을 잡고 예전처럼 페달을 밟았다. 속도를 내면 낼수록 차가운 바람이 답답한 머릿속을 개운하게 만드는 것만 같았다.

다리 아래 도착한 태희는 아무도 없는 곳에 자전거를 세워두고, 습관처럼 담배를 꺼내 들었다. 지혜에게 일이 잘 진행되고 있다는 문자가 도착했다. 굳이 말하지 않아도 강지혜는 한번 시작한 일이라면 끝을 볼 것이다. 비록 우직하고 미련한 방법일지라도 자신만의 스타일대로 해낼 것이다.

그렇다면 태희는 그녀가 할 수 있는 일을 해야 했다. 머릿속에 맴도는 의문을 정리하고 확인할 시간이었다.

세경에게는 의사인 언니가 있었다. 무슨 이유인지는 모르겠지만 그녀는 자신에게 액상 니코틴이 든 향수를 보냈다. 이 일은 세경과는 합의되지 않은 사항이라는 것이 의문이었다. *보고 싶어, 영선아.* 친근하게 이름을 부르는 메시지는 마치 두 사람이 이미 알고 있는 사이처럼 들렸다.

태희는 그 마음을 이해해보려고 노력했다. 어쩌면 세경에게서 무억도의 이야기를 많이 들어서 친근감을 느꼈을지도 모른다. 무억도에서 세경의 흉내까지 내며 돌아다녔을 정도면 충분히 그렇게 생각할 수도 있었다. 자매가 많이 닮았다면 어른들은 눈치채지 못하고 세경을 대하듯 살갑게 언니를 대했을 것이다. 하지만 그것만으로는 그녀의 언니가 자신에게 향수를 보낸 이유가 충분하지 않았다.

규명건설의 첫째에 대한 정보는 베일에 싸여 있었다. 의사라는 것 이외에는 정보도 희박했다. 하다못해 이름을 아는 사람도 없는 것을 보면 철저히 일반인으로 살겠다는 의지가 강한 것 같았다.

태희는 집에 들러 옷을 갈아입고 바로 목하병원으로 향했다.

혜선이 공방에서 자신을 본 후에, 그녀가 바로 이 병원을 찾은 것은 이유가 있을 것이다. 태희는 이곳이 세경의 언니가 일하고 있는 곳이라고 확신했다. 그렇다면 그동안 김세경이라는 의사를 찾을 수 없었던 것도 설명할 수 있었다.

목하병원은 서울 노원구에 있었다. 의사의 개인정보를 무작정 알려달라고 하면 의심만 받는다는 것을 이미 겪어보았기에 태희는 핸드폰 속에 있는 세경의 고등학생 시절 사진을 내밀었다.

"여기 의사 중에 이런 사람 있죠?"

지혜가 간직하고 있던 사진이라 오래되긴 했지만 알아볼 수 있을 것 같았다. 데스크 직원은 눈을 가늘게 뜨고 사진을 살펴보았다. 태희는 혹시나 이상한 오해를 받을까 봐 얼른 덧붙였다.

"제가 이분한테 도움을 받은 적이 있어서 꼭 좀 뵙고 싶은데요."

직원은 갸웃거리며 옆에 있던 다른 직원에게 핸드폰을 내밀었고, 두 사람은 이내 사진 속 인물을 알아본 듯 속닥거렸다.

"이분은 지금 저희 병원에 안 계세요. 지난달에 그만두셨거든요."

"성함이 어떻게 되죠?"

태희는 다급하게 물었다.

"김윤경 선생님이요."

이런 이름을 들어본 적이 있던가. 아무리 생각해도 처음 들어보는 이름이었다. 김윤경. 세경은 친구들에게 언니가 있다는 말을 한 번도 한 적이 없었다. 가족이라고는 그녀를 키워주신 식당 할머니가 전부인 것처럼 말했다.

조금 의아했지만 이름을 알아냈으니 나머지 행적을 찾는 것은 시간 문제였다.

지혜 역시 무억도에서 제 역할을 하고 있었으니 곧 김세경의 약점을 쥘 수 있을 것이다. 태희는 개운한 기분으로 차에 올라탔다.

이번에 알아낸 것은 지혜에게 공유해도 괜찮을 것 같았다. 태희는 문자를 보내고, 시계를 확인했다. 마침 지우가 학원을 마칠 시간과 비슷했기에 그녀는 아들에게도 문자를 남겨두었다.

겨울바람이 꽤나 시원하게 느껴졌다. 발목에 매달려 있던 마음의 짐을 한꺼번에 던져버린 것 같았다.

태희는 다시 완벽한 아내로 돌아가기 위해 시동을 걸었다.

33

오후 여섯 시가 되면 요양원 직원들은 교대를 시작한다. 지혜는 일부러 그 시간에 맞춰 요양원 앞에 도착했다.

스산한 바람이 마른 나뭇가지들을 흔드는 소리에 지혜는 옷깃을 여몄다. 아버지가 매어준 목도리를 살짝 위로 올려 얼굴을 가린 지혜는 그 차림으로 트럭에서 짐을 내렸다. 이불은 일반 환자들에게 제공하는 것보다 도톰하고 부드러웠으며, 이름 모를 약병들이 가득했다. 그중에는 책도 있었다. 그 상자는 다른 것보다도 무거워서 힘을 더 많이 써야 했다.

엘리베이터를 타고 4층으로 올라가자, 간호사들이 교대를 앞두고 전달사항에 대해 이야기를 나누고 있었다. 지혜는 카트에서 물건을 내리는 데만 집중하는 척했다.

이윽고 둘 중 한 명이 퇴근했고, 지혜는 남은 한 명을 흘긋거리며 말을 건넸다.

"여긴 뒤가 산이라서 그런지 밤이 되니까 더 춥네요. 고생 많으시겠어요."

"익숙해지면 괜찮아요."

"밤새 일하시려면 배가 든든해야 할 텐데. 식사는 하셨어요?"

"그럼요. 여긴 밥 한 번 먹으러 나가기도 힘들어서 도시락 싸오는 편이에요."

간호사는 손가락으로 도시락 가방을 가리켰다. 계획과 달리 그녀는 자리를 비울 생각이 없어 보였다. 괜히 느릿하게 엘리베이터 앞에 상자를 쌓아놓던 지혜는 더 이상 옮길 상자가 없자, 어쩔 수 없이 자리를 떠야 했다.

"계단으로 내려가도 되죠?"

간호사는 고개를 끄덕였고, 지혜는 엘리베이터에서 비상계단으로 가며 다시 한번 4층의 구조를 살폈다. 데스크를 기준으로 오른쪽이 빈 병실이었으니, VIP 환자들은 왼쪽에 있는 것이 분명했다.

지혜는 어쩔 수 없이 비상계단에 쭈그려 앉았다. 간호사도 화장실을 가든, 원무과에 가든 자리를 비울 때가 있을 것이다. 냉기가 느껴지는 계단에 자리를 잡은 지혜는 든든하게 입고 와서 다행이라고 생각하며 목도리를 더 꽉 매었다.

핸드폰을 확인하니 태희에게 문자가 도착해 있었다.

김세경에게 언니가 있어. 김윤경이라고. 언니 쪽이 의사래.

지혜는 메시지를 몇 번이고 보았지만 이해할 수 없었다.

마지막으로 세경을 본 것은 10년 전, 식당 할머니의 장례식이었다. 아직 겨울을 밀어내지 못한 3월의 어느 날이었다. 오랜 이웃이 떠난 슬픈 날이었지만 장례식장은 보이지 않는 싸움이 한창이었다. 식당 할머니와는 관계없긴 했지만 무도관광은 그의 아들이 만든 회사였다. 무도관광의 영향력이 날로 커지고 있었을 무렵이라, 사람들은 찬성파와 반대파로 나뉘어 감정의 선을 긋고 있었다.

지혜는 반대파의 수장이었기에 장례식장에서도 결연한 얼굴로 소주만 들이켰다. 그 옆을 지킨 것은 수림이었고, 저 멀리에는 찬성파인 은영이 새침한 모습으로 앉아 있었다. 무엇도 친구들의 분열이 일어나고 있었지만 중도파인 명주는 이러지도 저러지도 못한 채 한숨만 푹푹 쉬었다.

그곳에 할머니의 손녀이자 무도관광의 딸인 세경이 나타났다. 분명 식물인간이 되었다고 들었는데 어느새 그 애는 번듯한 대학생이 되어 있었다. 쉬는 동안 잘 먹고 잘 지냈는지 얼굴이 더 좋아 보였다.

훌륭한 의대생이 되었다며 어른들은 입을 모아 칭찬했다. 특히 무도관광을 찬성하는 사람들은 그에게 잘 보이기 위해 애를 썼다. 역겨운 기회주의자들 같으니. 지혜는 잔뜩 열이 받았지만 장례식이라는 걸 감안해 놀랄 만한 인내력으로 화를 속으로 삭였다.

정말 놀라운 건 세경이었다. 세경은 힘든 일을 겪고도 편안한 얼굴로 친구들을 대했다. 화를 내고 머리채를 잡아도 모자랄 판에 먼저 인사까지 건네었다.

간단한 인사에 불과했지만 지혜와 수림, 명주는 귀신을 본 것마냥 발을 빼서 물러섰다. 그러고도 주춤거리며 어쩔 줄을 몰라했다. 세경을 바다에 빠뜨린 이후로 그들은 약속이나 한 듯이 입을 다물고 이 사건에 대해 함구하고 있었다.

혹시 기억상실증에 걸린 건 아닐까? 잠시 그렇게 생각했던 적도 있었다. 다시 만난 세경은 악의는 조금도 없어 보였고, 예전 그때처럼 그저 순진하고 친근하게 굴었다. 그날의 일을 제대로 기억하지 못하는 것 같다는 생각에 안심했지만 지금 생각해보면 그저 발톱을 숨긴 것뿐이었는지도 몰랐다.

무도관광을 둘러싼 찬성과 반대파의 팽팽한 기싸움이 거의 다 끝나갈 무렵, 새로운 싸움이 시작되고 말았다. 술이 들어간 탓이었다.

병원 주차장에서 마주친 지혜와 은영은 서운한 감정들을 뱉어냈다. 처음에는 무도관광에 대한 악담에서 시작했으나 점차 옛날에 함께 놀던 얘기까지 흘러갔다.

지켜보던 수림마저도 유치하다고 중얼거릴 정도였으면 그 내용은 뻔한 것들이었다. 하지만 은영은 꾹꾹 참아온 말을 기어이 밖으로 내뱉고 말았다.

'내가 다 봤어! 너희들이 세경이 바다에 밀어버린 거.'

그녀는 예상치도 못한 목격자였다. 남편이 무도관광에서 일한다는 이유로 찬성파가 된 은영은 너무도 강경하게 버티는 지혜가 미워죽을 판이었다. 수림의 펜션 꼭대기 방은 무역도 아이들만을 위한 장소였지만 먼저 성인이 된 은영은 지금의 남편과 함께 그곳에서 몰래 만났던 것이다.

기세는 은영 쪽으로 기울었다. 지혜와 명주, 수림을 맹비난하던 은영은 그녀의 남편이 오자 슬며시 입을 닫았다. 은영은 다른 사람들에게 끝까지 가해자가 누구인지 말하지 않았다. 지혜는 그것만으로도 은영이 그들의 편을 들어준 것이나 다름없다고 생각했다.

아버지와 함께 집으로 돌아가려는데 지혜 앞에 세경이 나타났다.

그 애의 얼굴은 묘하게 비틀려 있었다. 웃는 것인지 우는 것인지 모를 표정으로, 구해주어서 고맙다며 아버지에게 공손하게 인사했다.

지혜의 아버지는 관광회사와 아이들 문제는 관련이 없다고 생각하는 사람이었기에 호탕하게 받아들였다. 앞으로 멋진 의사가 되라는 쓸데없는 덕담까지 곁들였다.

지혜는 그 모습이 왠지 부끄러워 고개를 돌렸지만 자신을 빤히 처다보는 세경의 또렷한 시선을 느낄 수 있었다. 어쩐지 섬뜩했다. 바다에 빠진 충격으로 머리가 어떻게 된 것이 분명했다. 그러지 않고서야 이런 행동을 할 수 없었다. 지혜는 아빠를 재촉해 집으로 돌아가면서도 연신 뒤를 살폈다. 세경의 눈빛을 지금도 잊을 수가 없었다.

그때 만났던 것이 세경이 아니라, 언니인 윤경이라는 말일까?

자연스럽게 친구들에게 인사를 건네던 그 모습은 의심할 여지도 없이 세경이었다.

혼란스러운 지혜는 다시 마음을 다잡았다. 이곳에 누가 있는지는 몰라도 세경이 특별하게 신경 쓰고 있는 존재라면 반드시 알아내야 했다. 지혜는 엉덩이를 털고 일어나 비상문에 귀를 갖다 대며 동태를 살폈다.

저녁 8시가 넘어가자 기온은 0℃에 가까워지고 있었지만 체감 온도는 그보다 더 내려갔다. 지혜는 손을 호호 불면서 핸드폰을 주머니에 넣었다. 이젠 핸드폰 배터리까지 얼마 남지 않아서 시간을 어떻게 보내야 할지 막막했다. 비상계단은 바깥만큼이나 추워서 이가 덜덜 떨렸고, 손은 곱아서 마음대로 움직여지지도 않았다.

언제까지 이렇게 대기하고 있어야 할까. 지혜는 슬쩍 문을 열어 보았다. 요양원 복도는 따뜻해서 지혜는 저도 모르게 몸을 내밀었다. 간호사는 자리를 비울 생각이 없어 보였다. 이대로 가다간 동사할지도 모른다는 생각이 들 정도였다. 나오지 않는다면 끌어낼 수밖에 없었다. 지혜는 핸드폰 배터리를 확인했다. 10%. 전화 한 통을 걸 수는 있을 것 같았다.

"안녕하세요. VIP 병동 기사인데요. 병동에 전해드려야 하는 게 있는데 깜빡했네요. 혹시 일층으로 나와 주실 수 있나요? 얼른 전해드리고 가봐야 해서요."

다행히 간호사는 마침 원무과에 볼일이 있었다며 얼른 내려오겠다고 했다. 지혜는 다시 문을 살짝 열었다. 그녀가 엘리베이터를 타는 모습이 보였다. 문이 닫히는 순간, 지혜는 비상구를 빠져나와 복도를 달렸다.

두텁게 입은 탓에 움직임이 다소 둔하게 느껴졌지만 복도가 길지 않아 금방 도착할 수 있었다.

지혜는 왼쪽 복도에 있는 병실들에 붙어 있는 이름표들을 살폈다. 이름표를 훑어보던 지혜는 가장 끝에 있는 병실에서 발을 멈추었다.

어째서 그 이름이 적혀 있는 것일까?

지혜는 예상치 못한 이름에 당황해서 인상을 확 찌푸렸지만 이내 정신을 차리고 핸드폰을 들었다. 남은 배터리는 5%였다. 문자로 모두 설명할 시간이 없었다. 지혜는 얼른 이름표 사진을 찍어 태희에게 전송했다. 아마 그 애라면 무슨 뜻인지 바로 알아들을 것이다. 사진 전송이 끝나자 핸드폰은 기다렸다는 듯이 꺼졌다.

이게 어떻게 된 일인지 생각해볼 틈도 없이 엘리베이터 문이 열리는 소리가 들렸다. 지혜는 병실 문을 열고 안으로 숨었다.

문밖에서는 간호사가 툴툴거리는 소리가 들렸다. 내려오라고 해놓고 모습도 보이지 않고, 전화도 받지 않는 터라 짜증이 났을 것이다. 멀리서 들려오던 소리는 점차 들리지 않게 되었다. 병동은 다시 고요에 휩싸였다.

그제야 지혜는 눈앞에 펼쳐진 병실의 전경을 제대로 볼 수 있었다. 커다란 방을 그대로 옮겨 온 것 같은 병실이었다. 마치 누군가의 방처럼 꾸며져 있었다. 외국 풍경을 담아온 커다란 액자와 손바닥 크기의 영화 포스터들이 곳곳에 장식되어 있었고, 크리스마스 분위기를 내고 싶었는지 바닥에는 붉은색 카펫이 깔려 있었다.

창가에는 지혜의 허리춤까지 오는 크리스마스트리가 놓여 있었지만 장식은 되어 있지 않았다. 아마 오늘 그녀가 가지고 온 박스들 안에 담겨 있으리라. VIP가 사용하는 물건 하나하나 손수 고르고 챙긴 것은 이 때문이었던 모양이다. 병원에서 사용하는 철제 침대만 아니었다면 일반 가정집이라고 착각했을지도 몰랐다.

오른쪽에 있는 화장실 때문에 침대 쪽이 가려져 있어 병실의 주인을 바로 확인할 수가 없었다. 이렇게 들어와도 괜찮은 걸까. 이미 조심스럽게 안쪽으로 다가가면서도 지혜는 걱정했다. 괜한 소란을 일으키면 자신이 강지혜라는 사실이 알려질 것이다. 무도관광과 관련 있는 요양원에서 일했다는 게 들통나면 무억도 사람들의 비난을 고스란히 받을지도 모른다. 하지만 여기까지 온 이상, 얼굴을 확인해봐야 했다.

마침내 침대 앞에 선 지혜는 그곳에 누워 있는 사람의 얼굴을 확인할 수 있었다. 이름표에서 이미 확인했지만 제 눈으로 본 지금에도 여전히 믿을 수가 없었다.

"네가 왜 여기……."

지혜가 말을 마치기도 전에 누군가 뒤에서 입을 틀어막았다. 인기척을 느끼고 돌아서려 했지만 괴한의 행동이 좀 더 빨랐다. 아무런 준비도 없이 들어선 것이 문제였다. 비명 소리는 입안에서만 맴돌았다.

지혜는 발버둥 치며 있는 힘껏 그의 팔을 뿌리치려 애썼다. 독한 냄새가 코와 입으로 순식간에 흘러들어오는 게 느껴졌다. 여기서 포기할 수는 없었다. 하지만 몸은 이미 제 마음 같지 않았다. 그의 팔에서 힘이 빠진 것이 먼저일까, 아니면 지혜의 몸에서 힘이 빠지고 있는 것일까. 툭 떨어진 팔을 다시 들어보려 했지만 주먹을 쥐는 것조차 쉽지 않았다.

괴한은 지혜의 몸을 바닥에 떨어뜨렸다. 그에게도 쉽지 않은 일이었던지 양쪽 팔을 번갈아 주무르고 있었다. 흐릿한 시야 속에서 지혜는 그의 얼굴을 알아보았다. 어째서 이런 짓을 하는 걸까?

"은영 언니?"

은영은 조용히 하라는 듯 검지를 입술에 갖다 대었다. 지혜는 왜 은영이 자신을 해치려 하는 것인지 전혀 이해할 수 없었다. 어디서부터 잘못된 것인지도 감이 오지 않았다. 태희에게서 돈을 빼앗지 못한 것? 어쩌면 그 이전일지도 모른다. 무도관광 때문에 대립하게 된 것이 가장 큰 이유일 테다.

마치 깊은 곳으로 한 계단씩 내려가고 있는 것만 같았다. 마침내 마지막 계단을 밟았을 무렵, 지혜는 병실의 주인을 떠올렸다. 문제는 모두 거기서부터 시작이었다.

결국엔 벌을 받게 되는 것일까. 모든 게 다 잘 마무리된 줄로만 알았으나 사실은 시발점이었던 것이다. 더 이상 버티는 것이 무의미할 정도로 몸은 제 것처럼 느껴지지 않았다. 아버지가 걱정하실 텐데. 그 생각을 마지막으로 지혜는 눈을 감았다. 깊은 심해 속으로 속절없이 빨려 들어가는 것만 같았다.

34

주말엔 가족들이 단란한 시간을 보냈고, 오늘 식사 메뉴는 남편이 좋아하는 생선찜으로 준비를 해놓았다. 그의 마음에 걸릴 것이 하나 없었건만 준영의 표정은 살벌하게 굳어 있었다.

살얼음 같은 분위기에 태희는 물론, 어린 지우까지 잔뜩 긴장하고 있는 게 느껴졌다.

무슨 일이 있냐고 물어봤다간 큰일 날 것 같아서 태희는 일부러 묻지 않았다.

식사가 끝난 후, 태희는 얼른 지우를 방으로 들여보냈다. 저녁 시간에는 되도록 나오지 않도록 간식을 잔뜩 챙겨주었다.

태희는 남편의 신경을 거스르지 않도록 조심스럽게 설거지를 하고 있었다. 그는 소파에 앉아 서류를 보고 있었지만, 페이지는 이십 분째 넘어가지 않고 있었다. 태희는 설거지를 마치고 드레스룸으로 들어갔다. 남편의 시야에서 사라지는 게 가장 안전한 일이었다.

태희는 가장 바닥 쪽에 있는 가방에서 핸드폰을 꺼냈다. 하필이면 오늘 요양원에 잠입할 줄이야. 걱정되면서도 무언가 알아낼 수 있다는 생각에 조금은 들뜨기도 했다. 마침 지혜에게서는 문자가 도착해 있었다.

사진을 본 태희는 자신의 눈을 의심하며 사진을 확대해 보았다. 사진 속에는 선명하게 이름이 보였다.

환자 김세경

그 밑에는 작게 요양원의 이름이 적혀 있었다.

김세경이 어째서 요양원의 환자로 등록되어 있는 것일까? 의사인 언니를 둔 세경이 굳이 통영에 있는 요양원까지 갈 이유가 없었다. 이해가 되지 않는 일이 너무 많았다.

무억도 친구들에게 복수하기 위해서 두 사람이 모두 김세경인 척하고 움직이고 있다면, 어째서 윤경은 세경 몰래 향수를 보냈을까?

카드에는 특별한 말이 쓰여 있지 않았지만 향수를 골랐다는 점이 신경 쓰였다. 향수는 자신과 세경에게 의미 있는 물건이었다.

지혜에게 이게 어떻게 된 거냐고 물었지만 답장은 오지 않았다. 찬찬히 생각해야 했다. 뭔가 중요한 사실을 빠뜨리고 있는 것이 분명했다. 핸드폰을 만지작거리던 태희는 불현듯 떠오른 생각에 사진첩을 눌렀다.

분명 학창 시절 세경의 사진을 보여주었는데, 병원에서는 윤경을 바로 떠올릴 정도로 자매는 닮았다. 하지만 두 사람이 함께 있는 모습을 본 사람이 있던가?

의사인 윤경이 아무리 바쁘다고 해도 무억도에는 가끔씩 모습을 비추었다고 했다. 그런데 왜 자선행사 같은 곳에는 나타나지 않을까? 심지어 그녀는 지난달에 이미 병원까지 그만둔 상태였다. 똑같이 생긴 자매라면 한 번쯤 소문이라도 퍼졌을 법했다.

남편은 그런 이야기를 들어본 적이 있을지도 몰랐다. 나아가 만날 수 있는 자리를 마련해줄 수도 있지 않을까. 태희는 핸드폰을 다시 가방에 숨긴 다음, 막연한 희망을 품고 거실로 나갔다.

"차 마실래?"

태희는 넌지시 운을 띄워 보았다. 그의 기분은 여전히 좋지 않은 듯했다. 태희는 불편한 심기를 그대로 드러내듯 입을 꾹 다문 준영을 보고 질문은 내일로 미루기로 했다. 오늘은 트집잡힐 거리를 만들지 않는 데 최선을 다하는 것이 좋겠다는 판단이 섰다.

태희는 잔뜩 겁을 먹고 있을 지우를 달래기 위해 아이의 방으로 향했다. 그 순간, 뒤에서 남편의 싸늘한 목소리가 들려왔다.

"김세경이랑 무슨 사이야?"

온몸에서 위험신호를 보내고 있었다. 그는 어느새 보고 있던 서류들을 모두 옆으로 치우고 태희를 빤히 보고 있었다. 아마 그는 이 말을 하기 위해서 오래도록 감정을 억누르고 있었던 모양이었다.

"당신이 연결해준 거잖아. 연주회에도 가보라고 했고……."

"내년부터 우리 회사가 온라인 식품 배송사업을 시작하기로 했다는 거 알고 있었지? 그런데 택배업체가 규명건설 쪽에 인수되면서, 우리랑 계약을 하지 않겠다고 통보했어. 유일하게 조건이 맞는 곳이었는데 말이야."

"그게 나랑 무슨 상관이야?"

298

"김세경이 당신은 그 이유를 알고 있을 거라던데."

그는 글자 하나하나에 분노를 담아 내뱉고 있었다. 새로운 사업은 남편이 올해 내내 직접 발로 뛰면서 정성을 들였던 거였다. 태희도 그가 이 사업에 거는 기대와 중요성을 잘 알고 있었다.

이건 명백한 복수였다. 무도관광을 설립한 후에 무억도 친구들 사이에는 분열이 일어났고, 지혜와 수림의 집안이 일자리를 잃었다. 자세히는 몰라도 명주와 은영에게도 타격이 있었을 것이다. 그들의 차례가 끝이 났으니 이제 타깃은 자신이 된 것이다. 세경은 차근차근히 친구들의 숨통을 조이고 있는 것이다.

복수는 이제부터가 시작이었고, 세경은 남편 앞에 정태희를 먹잇감으로 던졌다.

"인수 얘기 돌면서 김세경한테 사람을 붙여놨는데 이런 게 왔더라고. 그래놓고 당신은 내게 김세경에 대해 모르는 척 굴었지."

남편은 서류 뭉치 아래서 사진 몇 장을 집어 들었다. 골프장에서 찍힌 태희와 세경의 모습이었다. 사진은 말이 없었지만 그런 건 중요하지 않았다. 그는 화풀이할 대상이 필요한 것뿐이었다.

"우연히 만난 거야. 내가 당신 사업에 대해 뭘 알겠어?"

아무런 보호 장비 없이 남편 앞에 선 태희는 떨리는 목소리를 감출 길이 없었다.

"모르면 가만히 있었어야지. 이날 대체 무슨 소리를 했길래 김세경이 갑자기 마음을 바꿔?"

"정말 아무 말도 안 했어. 인사만 했던 거라고."

"그 인사 때문에 내 사업을 망쳤다고!"

남편은 태희의 뒷머리를 움켜쥐며 속삭였다.

"당신은 시키는 거나 제대로 해. 쓸데없는 짓 좀 하지 말고."

남편이 시키는 것. 그 빌어먹을 세 가지 약속을 지켜서 얻은 게 뭐였더라. 태희는 남편의 손아귀에서 빠져나와 멍하니 거실을 둘러보았다.

통창으로 보이는 도심의 불빛, 반들반들하게 닦인 대리석 바닥, 이태리 최고급 가죽으로 만든 수제 소파와 유리 테이블, 그 위에 놓인 화려한 생화까지. 그림 같은 마제스티 54층의 어느 것 하나도 그녀의 소유가 아니었지만 매일 감사하면서 살아야 했다. 정영선은 절대 누릴 수 없는 것들이었으니까.

'넌 꼭두각시에 불과하잖아.'

하필이면 이런 때 세경의 말이 떠오르는지 모를 일이었다.

언제부터 남편의 말에 복종하게 된 것일까? 처음 봤을 때 김준영은 소심하고 별볼일 없는 남자였는데. 하다못해 양말 색깔도, 목소리 톤도, 웃을 때 보기 좋은 입꼬리 위치까지도 모두 그녀의 작품이었다. 지금의 성공한 사업가 김준영을 만든 것은 정영선이었다.

하지 마. 당신을 사랑해서 그래. 당신이 뭘 알겠어? 내 말만 들어. 이건 전부 다 당신을 위해서야.

하지만 그의 입에서 나오는 말들은 영선을 갉아먹는 데 효과적이었다. 그렇게 다 잡아먹히고 나서야 영선은 정태희가 될 수 있었고, 어느새 준영은 그녀의 모든 것을 휘두르고 있었다.

"쓸데없는 짓 같은 거 한 적 없어."

"당신이 발뺌할까 봐 증거도 하나 찾아놨지."

준영은 기다렸다는 듯 어딘가로 전화를 걸더니, 태희를 지나쳐 방문을 열어보기 시작했다.

대체 무슨 증거를 찾고 있는 것일까? 의문도 잠시, 태희는 그가 무엇을 찾고 있는지 눈치채고 허옇게 질리기 시작했다. 그는 자신이 몰래 핸드폰을 가지고 있다는 걸 알고 있었다.

말릴 새도 없이 준영은 드레스룸을 벌컥 열고 들어갔다.

마치 처음부터 그곳에 있었다는 걸 알면서 일부러 애간장을 태운 것이 분명했다. 그는 진열된 가방 속에서 진동이 울리는 곳을 찾아냈다.

"대체 내가 모르는 게 뭐가 더 있지? 김세경과 손잡고 날 망하게 만드는 게 목적이었어?"

그는 핸드폰을 제공한 사람이 세경이라고 생각한 모양이었다.

"그럴 리 없잖아."

"얼마나 더 날 속일 셈이야? 다시 정영선으로 돌아가고 싶은 게 아니라면, 누군지 말해!"

그는 태희를 벽으로 밀어 넣고 윽박질렀다.

여기서 지혜의 이름을 말하면 어떻게 될까? 남편은 수림을 죽이지 않았지만 두 사람이 만났던 것은 사실이었다. 어쩌면 태희에게 했던 것처럼 똑같이 굴었을지도 모른다. 남의 손을 빌렸을 가능성도 아예 없지는 않았다.

"방에 지우 있어. 목소리 낮춰."

"그 애는 밖으로 나오지 않을 거야. 착한 아이는 엄마 말을 잘 듣거든."

준영은 태희가 지우에게 했던 말을 들었던 모양인지, 가증스러운 미소를 지으며 그녀를 조롱했다. 그는 늘 좋은 아빠 역할을 해왔으니 아이에게 해를 가하지는 않을 것이다. 지금 태희가 믿을 것은 그

것 하나뿐이었다.

"난 당신의 죄도 눈 감아줬어."

그녀가 할 수 있는 유일한 협박이었다. 하지만 남편에게는 통하지 않는 듯 보였다.

"오해하고 있는 모양인데, 그래봤자 그걸 없앤 순간부터 우리는 한배를 탄 거야."

"좋아. 직접 확인시켜줄게."

태희가 손을 내밀었다.

침착한 척하고 있었지만 속마음을 들키지 않기 위해 시선을 자신의 손바닥에 고정하고 있었다. 남편이 그녀를 빤히 쳐다보는 게 느껴졌지만 태희는 고개를 들지 않았다.

준영은 의심스러워하면서도 확인하겠다는 듯 천천히 핸드폰을 내밀었다.

남편이 지켜보는 가운데, 태희는 통화 버튼을 눌렀다. 지혜에게는 미안하게 됐지만 어쩔 수 없는 일이었다.

─전원이 꺼져 있어 소리샘으로 연결됩니다.

안내 음성이 나오자, 그제야 태희는 남편의 눈을 똑바로 쳐다보았다. 아직 행운은 그녀의 편을 들어주고 있었다. 더 이상 추궁할 일은 없을 것이라 생각한 순간, 그는 헛웃음을 터뜨렸다.

"단단히 짜고 치는군. 이딴 개수작으로 날 속일 수 있을 것 같아?"

남편이 핸드폰을 쥔 손을 들어올렸다. 순간 자신을 때리려는 것으로 생각한 태희는 바짝 움츠러들었다. 그의 손에서 한 차례 진동이 울렸고, 준영은 성가시다는 듯 핸드폰을 확인했다.

"당신이 꼭 읽어야 할 문자가 도착했어. '선물 잘 받았다. 잘 쓰마. 겨울철 감기 조심해라' 몰래 개통한 핸드폰으로 연락한 사람이 누군지는 안 물어봐도 뻔해. 당신은 마지막 약속까지 어겼어."

그의 말대로 그건 엄마의 문자였다. 그런데 선물이라니? 문자를 보내는 것조차도 조심스러웠는데. 보내지도 않은 선물을 받았다고? 하지만 모른 척하기에는 기시감이 들었다. 엄마에게 익명으로 선물을 보낼 만한 사람이 누구일까! 태희의 머릿속은 하나의 인물을 가리키고 있었다.

독이 든 디퓨저. 세경은 그걸 엄마에게 보낸 것이다.

김세경은 남편을 이용해 태희를 궁지에 몰아넣고, 이젠 엄마까지 이용해 자신을 사지로 끌어들일 셈이었다. 만약 무억도로 가지 않으면 세경은 엄마를 죽일지도 모른다. 수림에게 그랬던 것처럼. 그녀는 남편과 엄마, 둘 중 하나를 선택하라고 말하고 있었다.

남편은 겁에 질린 태희의 얼굴을 보면서 기가 막힌다는 듯 혀를 찼다. 연기를 하고 있다고 생각하는 모양이었다.

"누군지 금방 떠오르지 않는 거야? 그럼 밤새 고민해봐."

순식간이었다.

준영이 거칠게 그녀의 목을 잡아챘다. 태희의 목은 한 손으로 쥘 정도로 가늘었다. 그는 무자비하게 그녀를 바닥에 끌고 베란다로 향했다. 마치 캐리어를 끌고 가듯 가벼운 동작이었다. 태희는 발버둥을 치면서 반항했지만 소용없었다. 비명을 지르고 욕을 해도 그의 손에 가로막혀 껵껵댈 뿐이었다.

이대로 더 있다간 죽을지도 모른다. 얼굴에 피가 쏠리자 입으로 숨을 뱉어내기조차 힘들었다. 귀가 멍해지면서 모든 것이 비현실적으로 느껴지기도 했다. 베란다에 이르기도 전에 쓰러져 기절할 것 같았지만 이 개자식은 전혀 신경 쓰지 않는 것 같았다. 어떻게든 막아야 했다.

집에 있는 소품은 모두 태희가 직접 고르고, 섬세하게 위치를 고려해 인테리어 한 것이었다. 어느 것 하나도 허투루 놓이지 않았다는 건 태희의 자랑이기도 했다.

소파를 지나칠 때, 태희는 테이블 위로 손을 뻗었다. 손안에 그녀가 직접 만든 유리 화병이 들어왔다. 남편은 몰랐겠지만 화병 밑바닥에는 두 사람의 결혼기념일이 새겨져 있었다.

태희는 유리 화병을 바닥으로 내리쳤다. 화병은 날카로운 소리를 내며 깨졌지만 남편은 뒤도 돌아보지 않았다. 흩어진 꽃들과 흘러내린 물이 태희의 발아래로 멀어지고 있었다.

태희는 그 손을 그대로 들어 남편의 팔을 찍었다. 뾰족한 유리조각은 그의 팔에 한 번, 그다음 다리에도 한 번 박혔다.

"아악!"

그제야 준영은 소리를 지르며 움켜쥔 목을 바닥에 떨어트렸다.

태희는 머리를 바닥에 부딪히고 연신 콜록대면서도 정신을 차리려 안간힘을 썼다. 아직 끝난 게 아니었다. 이건 어느 한쪽이 완전히 끝나야 살아남는 전쟁이었다. 마무리가 더없이 중요했다. 싸워야 할 준영은 제 몸에 흐르는 피를 보더니 화가 솟구쳐 몸을 주체하지 못했다.

태희는 남편의 발광하는 몸짓 하나도 놓치지 않고 기어서 뒤로 물러섰다. 위치는 테이블 근처, 세 발짝 정도. 발 근처에 물이 닿는 곳까지.

"오늘 끝을 보게 될 거야."

준영은 예상대로 화가 나 쫓아왔고, 분에 못 이겨 그녀에게 폭력을 휘두르기 위해 다리를 들었다. 태희는 눈을 질끈 감았다. 다리를 하나 들어준다면 더없이 고마울 일이었다.

아니나 다를까, 바닥에 쏟아져 퍼진 물 때문에 순간 무게중심을 잃은 준영이 뒤로 넘어졌다. 그는 넘어지면서 태희의 계산처럼 유리 테이블과 대리석 바닥에 차례로 머리를 세게 부딪혔다. 요란한 소리도 잠시, 거실은 다시 조용해졌다.

그제야 숨을 돌린 태희는 천천히 몸을 일으켰다. 몸의 긴장이 한순간에 풀리며 온몸이 덜덜 떨리기 시작했다. 걷는 법을 잊은 것처럼 다리가 힘없이 축축 처졌다. 지금은 이것조차 시간 낭비였다. 억지로 팔다리를 주무르며 일어섰다.

다행히 남편의 머리에는 피가 보이지 않았으니 목숨에는 지장이 없는 모양이었다. 확실하게 해두고 싶었지만 가까이 다가가면 금방이라도 눈을 번쩍 뜨고, 목을 잡아챌 것 같아 두려워졌다.

이제 어떻게 해야 할까?

119 또는 112, 어느 쪽도 내키지는 않았다. 팔과 다리에 생긴 상처가 깊지는 않을 테니 곧 흐르는 피는 멈출 것이다. 태희는 멀찍이 서서 쓰러진 준영의 모습을 지켜보았다. 꽃들 위로 누워 있는 남편의 꼴은 꽤 볼만했다. 남편이 깨어나면 제일 먼저 할 일이 무엇인지는 몰라도 그때는 바닥에 누워 있을 사람이 태희라는 건 확실했다.

무역도로 가야 한다.

엄마를 구하기 위해서도, 남편에게서 도망치기 위해서라도 떠나야 했다. 하지만 이 모든 것을 버리고 떠날 수 있을까? 마제스티는 인생의 절반을 바친 역작이었다. 결코 쉽게 포기할 수 없었다.

망설이는 태희의 귀에 작은 소리가 들려왔다. 울음은 감출 수 있어도 코를 훌쩍이는 것까지는 어쩌지 못했다. 태희는 얼른 지우의 방으로 들어섰다. 침대 위에 둥그렇게 말려 있는 이불이 보였다.

"지우야, 많이 놀랐지? 이제 괜찮아."

태희는 그 안에 있는 아들을 감싸 안으며 안심시켰다. 아마 오늘 있었던 일은 오래도록 지우의 트라우마가 될 것이다. 그나마 다행인 건 지우가 그 모습을 직접 보지 않았다는 점이었다.

모든 상황이 그녀가 이곳을 떠나야 할 때라는 걸 알려주고 있었다. 더 이상 시간을 지체할 수 없었다. 이젠 결정을 해야 했다. 아들을 위해서라도.

태희는 탈진할 것 같은 기세로 울어대는 지우를 달래면서도 아이를 어디에 맡겨야 할지 고민했다. 김세경이 있을지도 모르는 무역도에 데려갈 수는 없었다. 믿을 만한 사람이 누구일지 생각해 보았지만 적임자가 떠오르지 않았다. 다들 이 시간에 무슨 일이 있었는지 궁금해하며 온갖 억측들로 아이에게 상처만 남길 것이다.

태희는 아이가 없고, 무리에서 동떨어진 사람을 떠올렸다. 송지현. 캘리그라피 모임의 막내였다. 그녀는 태희에게 호감을 가지고 있었고, 부탁받은 일을 거절할 성격이 아니었다. 늦은 시간의 곤란한 부탁에도 싫은 내색을 하지 않고 받아줄 터였다.

아이의 거처가 정해지자, 태희는 서둘러서 짐을 쌌다. 다행히도 지우는 눈치가 빨랐고, 직접 가방을 챙겼다. 거실에 쓰러져 있는 아빠를 봤지만 입을 꾹 다문 채 제가 할 일을 했다. 이런 점은 꼭 자신을 닮아 안심이 되었다.

지혜가 주었던 핸드폰은 액정이 형편없이 깨진 채로 구석에 처박혀 있었다. 워낙 오래된 물건이라 고치기도 힘들었지만 의뢰는 해볼 작정이었다. 무억도 친구들의 추억이 담긴 사진첩을 이대로 버리기엔 아쉬웠다.

생각난 듯 태희는 파우더룸으로 뛰어 들어가 장식장을 열었다. 손을 깊숙하게 넣자 귀여운 장식의 핸드폰이 딸려 나왔다. 수림의 핸드폰이었다. 한때는 치가 떨리도록 싫었던 무억도 친구들이 다양한 방법으로 그녀를 도와주고 있다는 것이 새삼스러웠다.

태희는 엘리베이터를 호출하고, 지현에게 연락해 아이를 이틀 정도 맡기로 했다. 보육원에서 봉사활동을 해본 경험이 있다고 했으니 지우를 돌봐주는 일에도 능숙할 것이다.

준비는 모두 끝이 났다. 태희는 현관 앞에서 마지막으로 뒤를 돌아보았다. 거실에 쓰러져 있는 남편이 금방이라도 일어나서 쫓아올 것만 같았다. 태희는 얼른 지우의 손을 붙잡고 집을 나섰다.

지하 주차장으로 내려가면서 태희는 아들의 작은 손을 더 꽉 잡았다. 무억도로 가 엄마를 구하고, 김세경과 담판을 짓고 나면 남편과 본격적으로 싸우게 될 것이다. 어쩌면 아들을 영영 만나지 못하게 될 수도 있었다. 이 손을 다신 잡지 못한다고 생각하니 슬퍼졌다.

후회하게 될까? 누군가 귓가에서 계속 묻는 것만 같았다. 지금이라도 돌아가 남편을 병원으로 옮기고, 싹싹 빌면 몇 년간은 더 버틸 수 있을지도 몰랐다. 하지만 그 이후의 삶이 어떻게 흘러갈지 태희는 아주 잘 알고 있었다.

그녀에게는 시간이 필요했다. 이 모든 상황을 받아들이고, 정리할 시간이 절실했다. 남편의 말대로 밤새 고민해보면 해답이 나올지도 몰랐다.

주차장에 도착하자마자 두 사람은 차를 향해 달렸다. 지우가 조수석에 타는 동안, 태희는 무언가를 발견하고 걸음을 늦추었다. 본네트 위에 상자가 놓여 있었다.

평범한 황갈색 택배박스였지만 태희는 그것이 무엇인지 알고 있었다.

김세경이 무슨 수작을 부리려는 건지는 몰라도 장난질에 놀아날 생각은 없었다. 태희는 거칠게 상자를 뜯었다. 향수 위에는 처음과 똑같은 카드가 놓여 있었다.

가지 마, 영선아.

35

어둠에서 살아남으려면 눈을 뜨고 똑바로 마주해야 한다. 지혜는 이곳이 어디인지 파악하려 애썼다. 어둠은 자신을 두려워하지 않는 이들에게만 장막을 걷어내어 진짜를 보여주곤 했다. 온기라곤 찾아볼 수 없는 바닥과 발에 채이는 박스, 저 멀리 세로로 희미하게 들어오는 가느다란 빛까지. 은영 혼자 힘으로 멀리까지 옮기지는 못했을 테니 아마 4층 복도 어딘가에 있던 창고일 것이다.

몇 시나 되었을까. 서리가 끼어 있는 창틀 너머에는 불투명한 어둠이 깔려 있었다. 지혜는 묶여 있는 팔다리를 움직여보았지만 겨우 몸부림을 치는 게 고작이었다. 비명을 질러도 마찬가지였다. 소리는 테이프로 막힌 입을 뚫지 못한 채 목구멍에서 맴돌았다.

은영이 이렇게 배신을 할 줄이야.

이유는 물어볼 것도 없이 돈이었다. 어쩌면 예견된 수순이었다. 한때 은영은 무도관광의 찬성파에 섰던 사람이었고, 누구보다 자신에게 이익이 되는 쪽으로만 움직이지 않았던가. 그제야 지혜는 은영이 서울에 볼일이 있다며 남는다고 했던 게 이해되기 시작했다. 아마 그때 은영은 조혜선을 만났을 것이다. 받을 수나 있을지 알 수 없는 정태희의 돈보다는 이런 짓을 하면 확실하게 돈을 받을 조혜선 쪽에 서는 편이 더 나을 거라고 판단했을 것이다.

지혜는 기어서 문 앞에 도착했다. 지금 할 수 있는 일은 이것뿐이었다. 지혜는 있는 힘껏 발로 문을 찼지만 예상과 달리 맥 빠지는 소리만 났다. 오랜 시간 묶여 있다 보니 다리의 감각이 둔해지고 있었다. 이렇게 세게 묶어놓은 것을 보면 작정을 한 게 분명했다.

지혜는 다시 한번 문을 찼다. 작은 소리였지만 조용한 요양원 안에서는 꽤나 신경 쓰일 소리일 텐데 응답이 없었다. 밤에 근무하는 사람들이 많지 않을 테니 이대로 아침이 오기만 기다려야 할지도 몰랐다. 만약 아무도 오지 않는다면 어떻게 될까? 벌써부터 몸이 으슬으슬 떨리고 있었다.

태희는 마지막에 보낸 문자의 의미를 알아챘을까? 병실에 있는 얼굴은 분명히 김세경이었다. 의사가 되었다더니 순 거짓말 아닌가. 곰곰이 생각하던 지혜는 의문이 들었다. 무덕도가 저 멀리 보이는 요양원. 가정집처럼 꾸며놓은 병동. 오랜 시간 그곳에 누워 있었던 것 같은 환자가 김세경이라니!

만약 처음부터 깨어난 적이 없었다면?

세경을 구했던 아버지는 그 애가 깨어날 수 있을지 걱정이라고 했었다. 통영의 한 병원에서 그녀를 간호했던 영선의 어머니도 마찬가지였다. 모두가 입을 모아 걱정했던 세경은 할머니의 장례식장에 멀쩡한 모습으로 등장해 그들에게 인사까지 하지 않았던가.

진짜 세경이었다면 그들을 보고 그렇게 태연하게 인사 같은 건 건네지 않았을 것이다. 지혜였다면 당장 멱살을 잡고 소리를 지르기 시작해, 다시는 무억도에 발을 붙이지 못할 정도로 망신을 주었을 것이다. 그러나 그 애는 그러지 않았다. 마치 그날의 일을 모두 잊은 것처럼. 아니, 아무것도 기억하지 못하는 사람처럼.

병실에 있는 사람이 그들이 아는 진짜 김세경이고, 사고 이후 보았던 김세경이 사실은 그의 언니 김윤경이었다면 이상한 행동들을 설명할 수 있었다.

어쩌면 그들이 정태희를 찾아내 협박을 시작한 것도 우연이 아닐지도 몰랐다. 그때부터 이미 은영에게 접근해 그들을 부추긴 것은 아닐까?

그날 있었던 일을 모두 영선에게 뒤집어씌우자고 처음 말을 꺼낸 사람은 은영이었다. 놀랍게도 영선의 인스타그램을 찾아낸 것도 은영이었다. 실은 그걸 알아낸 건 두 자매고, 미끼처럼 흘린 걸 은영이 물었을 것이다.

내부에 눈을 심어 자신들의 사정을 훤히 알 수 있었으니 저희들의 진흙탕 싸움이 얼마나 우스웠을까.

지혜는 분한 마음을 실어 마지막으로 문을 찼지만 미약한 소리에 더 열이 받았다. 닫혀 있다고 해도 창문 틈으로 바람이 새어 들어왔다. 이대로 가다간 정말 여기서 동사할지도 몰랐다. 아무리 돈을 받았다고 해도 은영은 죄책감을 느낄 일을 저지를 사람은 못 되었다. 바다에 빠진 세경을 보고 바로 신고한 것만 봐도 알 수 있었다.

다만 윤경의 생각은 다를 것이다. 그는 무억도 친구들 모두를 노리고 있었다.

지혜는 다시 상자가 가득한 곳으로 기어갔다. 하반신에 감각이 느껴지지 않았지만 이대로 포기할 수는 없었다. 지혜는 어깨와 머리를 사용해 쌓여 있는 상자들을 밀었다. 생필품을 가져다 놓은 창고라면 이 안에 쓸 만한 것이 있을 것이다. 운이 좋으면 묶인 손발의 테이프를 자를 칼이나 가위가 나올 수도 있었고, 그게 아니라면 긴 밤을 무사히 보낼 이불이라도 나와주었으면 했다.

지혜는 다시 상자를 밀었다. 위태롭게 쌓여 있던 상자들은, 맨 아래의 상자를 힘껏 밀자마자 큰소리를 내며 우르르 쏟아졌다. 어둠 속에서 지혜는 피하지도 못한 채 덮치는 상자를 고스란히 받아낼 수밖에 없었다. 이마에서 피가 흐르는 것 같았지만 이런 걸 신경 쓸 새가 없었다. 지혜는 이를 악물고 몸을 움직였다. 옷을 든든하게 입은 것이 그나마 다행이었다.

무슨 계략을 꾸미고 있는지는 몰라도 뜻대로 이루어지게 둘 수는 없었다. 지혜는 움직이지 않는 몸을 이끌고 박스로 다가갔다. 몸을 뒤로 돌린 채 손가락을 움직여 상자의 테이프를 떼어내면서 지혜는 다시 나타날 은영을 맞이할 준비를 했다.

아들을 지현에게 맡기고, 태희는 다시 운전대를 잡았다. 통영까지는 4시간이 걸렸고, 다리를 건너 무억도로 들어가면 총 다섯 시간이 소요될 예정이었으니 도착하면 새벽녘이었다.

벌써부터 눈발이 흩날리고 있었으니 곧 빙판길이 될지도 몰랐다. 태희는 최대한 시간을 앞당기기 위해 속도를 냈다.

모든 것이 허상임을 깨닫는 데는 그리 오래 걸리지 않았다. 마제스티의 주차장을 빠져나오는 순간, 태희는 그녀가 가진 것들이 온전히 자신의 것이 아님을 깨달았다. 심지어 지금 타고 있는 차까지도. 손에 쥔 것을 놓고 싶지 않아 발버둥 치던 지난날들이 허탈할 정도로 새어나가고 있었다.

걱정거리를 하나 덜게 된 태희는 조수석을 흘긋 보았다. 그곳에는 아들 대신 택배 박스만 놓여 있었다. 향수를 보낸 것으로 보아 이번에는 김윤경이 보낸 메시지였다. 분명 무억도로 가지 말라는 뜻일 것이다.

잠시 미루어두었던 의문은 다시금 머리를 들었다. 두 사람이 김세경인 척 움직이고 있었지만 서로 다른 목적을 가지고 있는 것 같았다. 한 명은 자신을 죽이고 싶어 하고, 한 명은 위험을 경고하고 싶어 한다. 단 한 번도 태희를 본 적 없는 윤경이 왜 그런 행동을 하는 것일까?

환자 김세경. 태희는 지혜가 마지막으로 보냈던 사진을 떠올렸다. 만약, 아주 만약에 진짜 세경이 그곳에 있는 거라면…….

태희는 가지고 온 수림의 핸드폰 전원을 켰다. 배터리를 충분히 충전해놓지 않아서 차에 있는 충전 시스템을 이용해야 했다. 엄마에게 전화를 걸어 디퓨저를 버리라고 하는 것이 가장 빠른 방법이었지만 그 전에 확인할 것이 있었다. 태희는 자신이 외우고 있는 전화번호를 눌렀다. 몇 번의 신호음 끝에 상대방은 전화를 받았다.

—여보세요?

의심을 확신으로 바꿀 질문이었다. 태희는 다소 높은 톤의 목소리로 물었다.

"김윤경 선생님이시죠?"

—그런데요. 누구세요?

태희는 대답하지 않고 전화를 끊어버렸다. 방금 통화를 했던 전화번호는 연주회에서 만난 김세경의 것이었다. 이제 모든 퍼즐이 맞추어지는 것 같았다.

언니인 김윤경이 동생 김세경의 흉내를 내이 친구들에게 복수를 하고 있었다. 진짜 김세경은 요양원에 있을 것이다. 아마 일상생활 조차 하지 못할 상황이겠지만 누군가의 도움을 받아 자신에게 위험 신호를 보내고 있었다.

보호자인 조혜선이 그 역할을 하고 있지 않을까. 혜선이라면 향수의 의미를 모르고 무작정 윤경이 한 대로 액상 니코틴을 넣어서 보냈을 가능성이 컸다.

김윤경이 엄마에게 선물을 보낸 것은 자신을 꼬여내기 위해서였다. 아무리 연을 끊고 살았다 한들 엄마가 위험하다고 하면 신경이 쓰이는 게 당연했다. 하지만 직접 무억도에 가지 않아도 전화 한 통으로 그 선물을 버리라고 할 수도 있었다. 그런데도 군이 엄마에게 선물을 보냈다고 티를 내는 것은 한 가지 이유밖에 없었다.

김윤경은 지금 엄마 옆에 있다.

태희는 엄마에게 전화를 걸려고 하다가 그만두었다. 윤경은 남편의 사업을 망쳐놓기 위해 호시탐탐 기회를 엿보았을 것이다. 준영의 상냥한 가면 뒤에 숨겨진 모습도 이미 알고 있었을 테다. 그를 자극하면 자신이 위험해질 것이고, 궁지에 몰린 태희가 가만히 있지 않으리라는 것도 계산에 넣었을 것이다.

무작정 집을 나온 태희가 갈 곳이 어디 있겠는가. 마음이 약해진 틈을 타 엄마가 떠오르도록 만드는 것. 만약 지금 엄마에게 전화를 걸었다면 꼼짝없이 무억도로 갔을지도 모른다. 이것은 윤경이 만든 교묘한 덫이었다.

하지만 그녀가 모르는 것이 있었다. 누군가 자신에게 엄마를 사랑하느냐고 물으면 그렇다고 대답하겠지만 위험에 빠진 엄마를 구하러 갈 것이냐고 묻는다면 대답은 '아니오'였다. 다 알면서도 불구덩이 속으로 뛰어드는 멍청한 사람이 흔한가? 비극을 피할 방법은 충분히 있었다. 태희는 자신이 가야 할 곳이 어디인지를 알았다.

36

자정이 넘은 시각이었다. 요양원은 저녁 아홉 시가 되면 대부분의 병실을 소등했다. 각 층마다 담당 간호사가 한 명씩 있었지만 이 시간이 되면 일층에 근무할 한 사람을 제외하고는 돌아가면서 쪽잠을 자곤 했다.

간호사 한 명이 하품을 하며 데스크에 앉아 있었다. 지루한 천국이 있다면 이런 곳일까. 캐릭터들을 일렬로 맞추면 되는 단순한 핸드폰 게임을 반복적으로 하던 그녀는 밖에서 차의 시동이 꺼지는 소리에 고개를 들었다.

요양원에는 보호자들도 아홉 시 이후로는 방문이 제한되어 있었고, 사람들이 자주 오가는 위치도 아니었다. 그녀는 비상벨을 누를까 말까 한참을 고민하다가 정문으로 가까이 다가갔다.

간호사의 손이 유리문에 닿기도 전에 거칠게 문이 열렸다. 그녀는 기겁을 하며 뒤로 물러섰다.

"갑작스럽게 찾아와서 많이 놀랐죠?"

조혜선이었다. 간호사는 그제야 안도의 미소를 지으며 그녀를 맞이했다.

"잠깐 확인할 게 있어서 들렀어요."

혜선은 손에 들린 롤 케이크를 건넸다.

엘리베이터에 탄 혜선은 거울을 보고 머리를 만지며 연신 짜증을 냈다. 요일이 바뀌자마자 업무가 쏟아지고 있었다. 무억도로 간 그녀의 상사는 어떻게 된 건지 설명을 해주지 않았으니 눈치껏 행동할 수밖에 없었다.

4층은 섬뜩할 정도로 고요했다. 병실 문을 열자, 은영이 달려 나왔다.

혜선은 그녀에게 건성으로 인사를 하고, 침대를 흘긋 보았다. 그곳에는 사장인 김윤경과 똑같은 얼굴의 여자가 곤히 잠들어 있었다.

온종일 바쁘게 돌아다니는 혜선과 반대로 그녀는 반듯한 자세로 누워 움직이지 않는 것이 일이었다. 살아있는 인형. 그것이 김세경의 역할이었다.

"이제 내가 보고 있을 테니, 가봐도 좋아요. 입금은 약속한 날짜에 해줄게요."

"감사합니다."

혜선이 나가보라고 손짓하자, 은영은 구석에 둔 가방을 챙겨 서둘러 병실을 나섰다.

시계를 보니 새벽 한 시가 가까워지고 있었다. 무억도에 도착하면 두 시쯤 될 것이다. 아침 일찍 식당으로 출근하려면 푹 자두어야 했다. 어느새 김장의 계절이었다.

엘리베이터를 통해 일층 로비에 도착한 은영은 근처에 세워둔 자전거의 잠금장치를 풀었다. 하루 세 번 운행하는 요양원의 셔틀버스는 오후 다섯 시가 마지막이었고, 산 중턱이라는 애매한 위치 때문에 택시는 불러도 오지 않았다.

자전거가 아직까지는 괜찮을지 몰라도 조금 더 추워지면 요양원으로 올라오는 길에 살얼음이 끼어 위험할 것이 분명했다. 아무래도 다음 달에는 스쿠터를 구입해야 할 것 같았다.

은영은 자전거를 끌고 내리막길을 따라 내려갔다. 가시 같은 나무들이 질서 없이 뻗어 있어 음산함을 더했다.

이럴 때 남편이 데리러 나오면 얼마나 좋을까. 어느새 도로 초입에 도착한 은영은 옆으로 지나가는 차를 보면서 아쉬운 듯 한숨을 쉬었다. 이제 남편은 주말에도 무억도에 내려오지 않았다.

차는 요양원 쪽으로 올라가고 있었다. 은영은 차를 따라 시선을 움직이다가 불현듯 지혜를 떠올렸다. 어떻게 이걸 깜빡할 수가 있단 말인가.

이미 30분을 내려온 상황이었다. 다시 올라갔다가 내려올 것을 생각하니 도저히 엄두가 나지 않았다. 좋은 쪽으로 생각하기로 했다. 강지혜는 무슨 수를 써서라도 자신이 갇힌 걸 알릴 것이고, 그것도 여의치 않으면 아침 근무자가 출근해 묶여 있는 그 애를 발견하기라도 할 것이다.

어쩔까 고민하던 은영은 결국 혜선에게 문자를 보내는 것으로 이를 해결했다. 나중에 무억도에서 지혜와 마주치면 어떻게 대해야 할까. 고민은 잠시였다. 은영의 우선순위에는 친구 관계 따위는 없었다. 은영은 피곤한 몸을 이끌고 자전거에 올라탔다.

요양원은 고요했다. 혜선은 복도를 두리번거리며 아무도 없다는 것을 확인하고서야 마음을 놓았다. 4층에는 오가는 사람이 드물다는 걸 알면서도 괜히 신경을 곤두세웠다.

혜선은 병실로 돌아와 문을 꼭 닫았다. 병실 안에는 인공 벽난로의 장작 타는 소리만 들렸다. 혜선은 침대 머리맡으로 다가갔다.

침대에는 병실의 오랜 주인이 깊은 잠에 빠진 듯 눈을 감고 있었다.

"시키신 대로 했어요. 마음에 드실지는 모르겠지만."

혜선의 속삭임은 마치 은밀한 주문처럼 들렸다. 아무런 대꾸 없는 환자를 빤히 보던 혜선은 궁금해졌다. 이렇게 오래 누워 있기만 하는 사람은 무슨 생각을 하면서 시간을 보낼까? 자세히는 몰라도 긍정적이거나 희망적인 생각은 아닐 것이다. 지금 상황에 만족한다면 굳이 이런 짓을 하지는 않을 테니.

하지만 그녀가 무슨 생각을 하고 계획을 세웠는지는 자신이 상관할 바가 아니었다. 그저 시키는 일을 하고 대가를 받으면 그만이었다. 때로는 모르는 게 더 나을 때가 있으니까.

혜선은 전기포트에 물을 끓이기 시작했다. 밤을 새기 위해서는 진한 커피를 마셔두어야 했다. 장작 타는 소리를 들으며 혜선은 작게 콧노래를 부르기 시작했다.

노래에 맞추어 환자의 손가락이 미세하게 움직였다. 톡. 톡. 톡.

시간이 얼마나 흘렀는지 가늠이 되지 않았다.

지혜는 박스 모서리에 뺨을 문질러 입에 붙은 테이프를 떼어냈다. 땀으로 가득 차 있던 입가에 시원한 공기가 퍼졌다. 소리를 질러 사람을 부르는 짓은 하지 않을 셈이었다.

턱과 입술을 움직이며 근육을 푼 다음 박스 테이프를 이로 끊어냈다. 손으로 하는 것보다 자세가 수월했다.

가장 아래 있는 박스는 꽤 무게가 있었다. 옆으로 누운 지혜는 허벅지를 이용해 박스를 얼굴 쪽으로 밀어 올렸다. 벌써 다섯 번째 박스를 개봉하고 있는 터라 힘에 부쳤다.

박스에는 크게 쓸 만한 것은 없었다. 연말 분위기를 내기 위한 트리 장식, 치약과 샴푸 같은 생필품, 식물영양제 따위가 들어 있었다. 가장 무거운 박스에는 책들이, 구석에는 러그가 방치되어 있으니 도움이 될 만한 물건은 하나도 찾지 못했다.

이제는 어깨마저도 뻐근하게 아려왔다. 은영을 원망하던 감정은 시간이 흐를수록 흐지부지되고 있었다. 똑같이 창고에 가두어버리거나 바다에 쳐넣어버려야겠다고 생각하다가도 힘이 쭉 빠지기 시작할 무렵에는 오죽했으면 그런 선택을 했을까 이해하기 시작했다. 지금이라도 와서 이 손발을 풀어주기만 한다면 모든 것을 용서할 수 있을 것 같았다.

결국 은영은 끝까지 나타나지 않을 모양이었다. 요양원 사람들은 한통속일 테니 아침이 온다고 해도 상황은 달라질 것이 없어 보였다. 지혜는 포기하지 않고 다른 박스도 열어보기 시작했다.

마침내 상자 밑바닥에서 작은 커터칼을 손에 넣었다. 처음에는 손이, 그다음엔 묶여 있던 발이 빠르게 자유를 찾았다. 몸을 마음대로 움직일 수 있다는 것이 이렇게 기분 좋은 일일 줄이야. 지혜는 잠시 대자로 누워 온몸의 긴장을 풀었다. 조금만 더 힘을 풀었다가는 잠이 쏟아질 것 같아 억지로 몸을 일으켰다. 이제부터 어떻게 해야 할지 생각해봐야 했다.

당장이라도 병실에 쳐들어가는 것은 성급해 보였고, 올 때까지

기다리는 건 성미에 맞지 않았다. 섣불리 움직였다가 나중에 태희에게 한소리 들을지도 모르는 일이었다. 혹시 충전기가 있지 않을까 하는 기대로 창고를 살피기 시작했다.

이것저것 뒤지는데 밖에서 문이 닫히는 소리가 작게 들렸다. 지혜는 숨을 죽인 채 가까워지는 기척을 살폈다. 은영이 병실에서 나온 걸까? 창고 안은 널브러진 박스와 어지럽게 흩어진 물건들로 엉망진창이 되어 있었다. 지혜는 커터 칼을 들고 문 옆으로 몸을 감추었다. 손대면 툭하고 부러질 작은 칼이었지만 어둠 속에서는 알아보기 힘들 것이다.

누군가 문밖에 있다는 게 더욱 확실해졌다.

지혜는 문 아래 틈으로 드리워질 그림자에 집중하며 손을 풀었다. 한 손으로는 입을 틀어막고, 다른 손으로는 목에 칼을 들이댈 생각이었다. 처음 해보는 일이라 바짝 긴장이 섰다.

멀리서 또다시 문을 여닫는 소리와 동시에 한 여자가 창고 문을 슬쩍 열고 몸을 내밀어 들어왔다. 조심스럽게 문을 닫더니 살금살금 걸어왔다. 지금이었다. 지혜는 틈을 놓치지 않고 그의 입을 틀어막았다.

"조용히 안 하면 죽어."

거칠게 반항할 것이란 생각과 달리, 순순히 말을 따랐다. 은영도, 간호사도 아닌 것 같았다. 더 이상 기척을 숨길 이유가 없었다. 이곳에 몰래 들어올 만한 사람이 누가 있을까? 자신 같은 사람이 또 있다는 사실에 지혜는 잠시 고민에 빠졌다.

그 순간, 눈앞에 네모난 빛이 들어왔다.

"아이씨."

어둠 속에 몇 시간 째 갇혀 있던 지혜는 인상을 확 찌푸리며 고개를 돌렸다. 그래도 칼을 들이댄 손을 놓지는 않았다. 지혜는 신경질적으로 정면을 보았다. 핸드폰 화면이었다.

당장 치우라고 윽박지르려던 지혜는 화면 속 인물을 알아보고 손을 풀었다. 핸드폰 잠금 화면 가득 수림의 얼굴이 보였다.

"강지혜도 별거 없네. 이런 데 숨어 있는 건지, 잡혀 있는 건지."

태희가 빈정거리며 핸드폰 불빛으로 창고를 비추어보았다. 한바탕 난리를 피운 창고의 모습은 지혜의 고군분투를 짐작하게 했다.

"네가 왜 수림이 핸드폰을 가지고 있어?"

"오다 주웠지."

태희는 뻔뻔하게도 거짓말을 해댔다.

"네가 올 줄은 몰랐어. 이 시간에는 집에서 못 나올 줄 알았는데."

"난 김세경 면회 온 거야. 진짜 친구 얼굴을 확인하고 싶어서."

그 말에 지혜는 얼른 상황을 설명하려 했지만 태희는 알고 있다는 듯 어깨를 으쓱거렸다.

"조혜선이 널 여기다가 가둔 거야?"

"은영 언니가 우릴 배신했어."

믿었던 사람에게 배신당한 지혜는 침울해 보였지만 태희는 단조로운 톤으로 아, 하고 반응하는 것이 끝이었다. 다른 사람도 아니고 은영이 배신했다는 건 태희에게 놀라운 일이 아니었다. 은영은 무억도 친구들 중에 가장 머리회전이 빨랐으니 이번에도 이익이 되는 쪽을 따라갔을 것이다.

"병실에 은영 언니 말고 다른 사람이 있는 것 같은데."

태희는 자신이 창고에 들어오게 된 상황을 떠올렸다. 비상문을 열고 4층에 진입해 두리번거리고 있는데, 끝에 있는 병실 문이 열리며 누군가 나오고 있었다.

정확히 누군지는 모르겠지만 은영이 아니라는 것만은 확실했다. 태희는 놀라서 몸을 숨길 곳을 찾다가 비상문 앞에 있던 창고의 문을 열었다. 다행히 창고는 잠겨 있지 않았다.

"조혜선일 거야. 보호자로 등록되어 있었으니까."

"한 명씩 꼬여내서 처리해야 돼. 은영 언니가 여기에 네 상태 보러 온 적 있어?"

"아직. 하지만 불러낼 수 있을 것 같은데."

지혜는 뒤로 세 발짝 정도 물러서더니 그대로 달려가 문에 온몸을 부딪쳤다.

쾅!

복도를 울릴 정도로 시끄러운 소리가 들렸다. 지혜는 한 번에 그치지 않고 두세 번 더 반복했다.

"제압하기도 전에 몸이 남아나질 않겠다."

"큰일에는 상처가 뒤따르는 법이거든. 너 같이 고생 없이 사는 애들은 모르겠지만."

지혜가 하는 농담에 태희는 씁쓸하게 웃었다. 창고가 어두워 지혜가 태희의 상태를 알아채지 못하는 것이 다행이었다. 친구에게 동정받는 것은 썩 내키지 않았다. 지혜가 알면 자연히 엄마의 귀에 들어가게 된다는 점도 싫었다. 목을 가리는 옷을 입었으니 밝은 곳으로 가도 눈치채기는 어려울 것이다.

은영이 들어오길 기다리면서 지혜는 문 뒤에, 그 뒤로는 태희가 박스 테이프를 들고 있었다. 두 사람은 분담해서 은영을 제압하기로 했다.

"온다!"

지혜는 온 신경을 바깥에 집중시켰다. 보폭이 큰 걸음으로 누군가 창고를 향해 오고 있었다. 현재 시각은 새벽 한 시 사십 분이 넘어가고 있었으니 잔뜩 짜증이 난 은영의 발소리가 분명했다.

발소리의 주인은 망설이는 기색도 없이 창고 앞에서 문을 벌컥 열었다.

난장판이 된 창고 안을 보면서 불을 켜려는 듯 벽면을 더듬는 게 보였다. 지혜는 그 순간을 놓치지 않고 뒤에서 그의 입을 틀어막았다. 두 사람이 격렬하게 다투는 동안, 태희는 바깥에 사람이 없다는 걸 확인하고선 문을 닫았다.

발버둥 치던 팔과 다리, 소리를 지르려던 입을 테이프로 다 감아버리고 나서야 태희는 그녀가 누군지 깨달았다.

조혜선이었다.

"젠장, 언니 아니잖아? 잘됐어. 이 여자가 아는 게 더 많을 테니까."

지혜는 혜선의 입을 틀어막은 테이프를 떼려고 했다.

"안 돼. 풀어주는 순간 소리를 질러댈 거야. 요양원에 있는 사람 모두가 여기로 달려온다고. 경찰이 출동할지도 몰라."

태희의 완강한 반대에 지혜는 바로 인정했다. 사람들이 많이 몰려오면 자신이 무도관광 반대 시위의 주도자라는 사실까지도 들킬 수 있었다. 그건 절대 알리고 싶지 않은 비밀이었다.

두 사람은 혜선을 창고에 묶어두고 빠져나왔다.

길게 뻗은 복도에는 그들의 숨소리만이 겨우 들렸다. 전부를 버렸을 때 비로소 모든 것을 얻을 때가 있다. 그 애만 있으면 모든 일을 되돌릴 수 있었다.

태희는 지혜의 등을 물끄러미 바라보았다.

방해꾼이 하나 더 있었다.

37

병실 안에 먼저 들어선 사람은 지혜였다.

제일 먼저 오른쪽에 있는 화장실 문을 벌컥 열어 아무도 없다는 걸 확인하고서야 태희에게 눈짓을 했다.

태희는 의외로 긴장하는 기색도 없이 천천히 병실을 둘러보다가 침대로 다가섰다.

"쌍둥이였구나."

놀라울 정도로 윤경과 똑같이 생긴 여자가 누워 있었다. 이 애가 진짜 김세경이었다.

태희는 그 얼굴을 찬찬히 뜯어보면서 세경의 몸 상태를 확인했다. 산소호흡기도 없고, 심전계도 없었다. 16년을 누워 있었으니 자유롭게 몸을 움직일 수는 없어도 어쩌면 의사표현은 할 수 있는 상태일지도 몰랐다.

"우리가 그때 미쳤었나 봐."

태희는 울먹이는 목소리에 돌아보았다. 지혜는 차마 못 보겠는지 얼굴을 감싸 쥐었다. 귀까지 새빨개진 것을 보니 감정이 북받쳐 오르는 듯했다. 태희는 그 모습을 보며 소리 없이 비웃었다. 강지혜는 가끔 뻔뻔한 구석이 있었다. 그렇게 미안했다면 한 번쯤 세경을 찾아가 사과라도 했으면 될 것 아닌가. 게다가 '우리'라는 말은 꽤나 거슬리는 표현이었다.

태희는 근처에 있는 서랍장을 하나씩 열어보기 시작했다. 김윤경이 감추어놓은 무언가가 여기 있을 것 같았지만 흥미로운 것은 나오지 않았다. 조혜선이 쓰던 물건만 여기저기 흩어져 있을 뿐이었다.

벽면에는 작은 책장이 있었다. 윤경은 이곳에서 주로 공부를 했던 모양이었다. 의학 서적이 가장 많았고, 에세이도 몇 권 꽂혀 있었다. 죄다 희망이 들어가는 제목이었다. 윤경은 의식도 없는 세경에게 밤마다 읽어주었을지도 몰랐다.

혹시나 그 안에 무언가를 숨겨두었을지 몰라 하나하나 꺼내 흔들어보던 태희는 가장 아래층에서 다이어리를 발견했다. 튼튼한 보랏빛 양장의 다이어리는 오래되었는지 손때가 묻어 있었다.

태희는 무작위로 편 페이지를 읽기 시작했다. 단번에 누구의 것인지 알아챌 수 있었다. 그것은 열아홉 살 김세경의 일기장이었다.

1월 18일
엄마와 아빠가 이혼한 것은 다행이었지만 그 이후에 엄마는 너무나도 필사적으로 살고 있다. 새벽부터 일을 하면서 힘들지 않다는 건 거짓말이다. 엄마는 나를 위해 산다고 말했지만 내가 짐 같다는 말처럼 들렸다.

아빠가 술을 마시는 걸 몸서리치게 싫어했으면서, 이제는 엄마도 술을 마시기 시작했다.

2월 5일

윤경이에게 메일을 보냈는데 답장이 오지 않는다. 무슨 일이 있는 건 아닐까? 경찰에 신고해야 되는 것은 아닌지 걱정이 된다.

3월 20일

엄마가 돌아가셨다.

4월 8일

며칠 동안 학교를 안 갔더니 담임선생님이 할머니께 연락드린 모양이다. 하루만 더 빠지면 졸업할 수 없다고 했다. 그러든지 말든지.

할머니가 함께 무억도에서 살자고 말씀하셨다. 그곳은 공기가 맑고, 바다가 멋져서 기운이 날 것이라고 하셨다. 하지만 나는 엄마와 함께 살던 집을 떠나고 싶지 않다.

저녁에 윤경이를 만났는데, 윤경이도 그게 낫겠다고 했다. 어쩐지 서운해서 눈물이 날 뻔했다. 모두가 엄마를 잊으라고 하는 것만 같고, 내가 어떻게 되든지 신경쓰지 않는 것 같다. 아빠도, 윤경이도 날 짐처럼 생각하는 건가?

윤경이는 밥을 먹으면서도 영어단어장을 손에서 놓지 않았다. 장래 희망도 없다면서 공부는 왜 이렇게 열심히 하나 몰라. 쌍둥인데 왜 쟤는 1등이고 나는 뒤에서 손꼽히는 건지⋯⋯. 이건 유전자의 신비다.

그래도 윤경이가 핸드폰을 사줬다. 아빠가 다시 일을 시작했으니 앞으로는 잘 풀릴 것이라고 했다. 지가 뭘 안다고. 그래도 기분이 좀 나아졌다.

5월 3일

전학 첫날.

영선이 덕분에 반 애들이랑 친하게 지낼 수 있게 되었다. 영선이는 무억도에서 가장 예쁜 애인데 성격까지 좋다. 지혜는 쿨해서 의지가 되고, 명주는 무뚝뚝해서 조금 무섭지만 배에서 내릴 때 손을 잡아준 걸 보면 사실은 착한 애 같다. 수림이는 귀엽고 발랄해서 보고만 있어도 재미있다. 무억도에 오게 된 게 나쁘지만은 않은 것 같다.

7월 12일

무억도 생활에 완벽하게 적응한 것 같다.

오늘은 애들이랑 보충수업 빼고 노래방에 갔다. 영선이는 노래 부를 때 새끼손가락을 드는 버릇이 있다. 명주가 그걸 놀리는 바람에 둘이 싸울 뻔했지만 지혜 덕분에 잘 넘어갔다. 나도 사실 놀리고 싶었지만 잘 참았다. 영선이는 한 번 삐지면 뒤끝이 긴 것 같다.

곧 여름방학이다. 지혜 아버지께서 야간 낚시를 시켜주시겠다고 했고, 수림이네 부모님께서 펜션 꼭대기 층에서 마음껏 놀라고 허락해주셔서 기대된다.

저녁에 윤경이랑 통화를 했다. 말로는 공부하느라 힘들다고 해놓고 사실은 즐기는 것 같았다. 모의고사에서도 1등급만 나온다고 자랑을 해댄다. 재수 없다.

아빠는 다시 사업을 시작할 예정이라고 했다. 요즘엔 술도 안 마시고, 때리지도 않는 좋은 아빠가 되었다고 한다. 진작 그랬다면 참 좋았을 텐데. 갑자기 엄마 생각이 나서 코를 훌쩍였다가 핀잔만 들었다. 윤경이는 엄마 생각은 별로 안 하는 것 같다.

그래도 윤경이는 무억도 친구들한테 관심이 많아졌다. 영선이, 지혜, 명주, 수림이, 가끔 보는 은영 언니까지 만나고 싶어 한다. 윤경이는 성격이 까칠해서 친구가 별로 없는 게 분명하다.

방학 하루 정도는 윤경이랑 바꿔서 지내기로 했다. 내가 윤경이 흉내를 잘 낼 수 있을까? 특히 아빠랑 어색하지 않게 대화해야 한다니 생각만 해도 불편하다. 그래도 놀이공원 갈 생각을 하니 너무 즐겁다. 이건 우리 둘만의 비밀!

8월 1일

윤경이는 무억도 친구들이 마음에 들었나 보다. 야간 낚시가 제일 재미있었는지 문자에 ㅋㅋㅋㅋ이 몇 개나 들어갔는지 모른다. 그래도 걔들은 내 친구다.

8월 2일

영선이에게 서울에서 사온 향수를 주었더니 굉장히 수줍어하면서 좋아했다. 저렇게 좋아할 줄 알았으면 하나 더 사다줄 걸 그랬나? 싸구려 향수인데 기뻐하니까 괜히 나까지 쑥스러워진다. 영선이는 서울을 굉장히 좋아하는 것 같다. 그래봤자 사람 사는 덴 다 비슷비슷한데.

10월 31일

영선이가 서울에 있는 기획사에 오디션 영상을 보내고 싶다고 도와 달라고 했다. 수업 끝나고 몰래 둘이서 오디션 영상을 찍었다. 화장을 하고, 고데기로 머리를 한 영선이는 정말 연예인처럼 예뻤다. 드라마의 한 장면을 연기했는데 조금 오그라들긴 했다. 그래도 영선이는 잘될 것 같다.

11월 4일

오디션 결과는 아직도 나오지 않았다. 영선이는 하루에도 몇 번씩 내 귀에 떨린다고 속삭였다. 나는 그때마다 잘될 거라고 안심시켜주었다. 영선이가 영상을 보냈다는 것은 아직 나밖에 모른다. 다른 친구들한테는 말하기 부끄럽다고 했지만 사실은 다른 이유가 있는 것 같았다. 어쨌든 영선이는 오디션에 붙으면 무억도를 떠날 거니까.
급식실에 가는데 누가 날 뒤에서 밀었다. 실수일까?

11월 12일

다 함께 학교를 가는데 지혜와 명주, 수림이가 자꾸 날 돌아보면서 기분 나쁘게 킥킥댔다. 영선이는 핸드폰을 보느라 걔들이 그러는 걸 모르고 있었다. 안다고 해도 영선이는 오디션 때문에 머리가 복잡해서 신경 쓰지 않았을 것이다.
수업 시간 내내 자기들끼리 쪽지를 주고받았다. 무슨 내용인지는 모르지만 내 욕이 쓰여 있을 것만 같아서 물어보지도 못하겠다. 내가 뭘 잘못한 게 있나? 짚이는 구석이 없다. 뭔가 오해가 있을지도 모른다. 쉬는 시간마다 명주는 내 어깨를 치고 가고, 지혜는 계속 노려보면서 겁을 주고, 수림이는 수업 시간에 뒤에서 지우개를 쪼개어 머리로 던진다. 나는 알면서도 그러지 말라고 하지 못했다.

윤경이는 곧 수능이 다가오느라 예민해진 것 같았다. 나도 고민이 많은데, 윤경이 고민을 들어주다가 한 시간이 훌쩍 가버렸다. 괜한 소리를 해서 걱정하게 만들지 말자. 졸업하면 무억도를 떠날지도 모르니까 조금만 참으면 되겠지.

11월 17일

애들이 영선이에게 다가가 뭐라고 했다. 자리가 멀어서 잘 들리지는 않았다. 영선이가 인상을 확 쓰면서 손을 휘휘 저었다. 그 와중에도 핸드폰만 보고 있어 지혜가 많이 화가 난 것 같았다. 난 괜히 트집 잡히지 않도록 모른 척했다.

담임선생님이 수능이 며칠 안 남았으니 컨디션 관리를 잘하라고 하셨다. 이제 와서 벼락치기 한다고 달라질까? 괜히 윤경이한테 전화하지 말고 잠이나 많이 자둬야겠다.

저녁에 영선이한테 전화가 왔다. 자기 대신 선착장에 나가달라는 부탁이었다. 뭔가 속상한 일이 있었는지 코맹맹이 소리가 나서 부탁을 거절하기가 어려웠다. 게다가 이번 기회에 오해를 풀 수도 있지 않을까? 윤경이는 졸업만 하면 서울로 와서 함께 살자고 했지만 할머니만 두고 떠나기는 어렵다. 무억도에 계속 있게 된다면 친구들과 계속 마주쳐야 하니, 이번에 확실히 얘기해야지. 시간은 9시라고 했으니까 곧 나가봐야 한다. 할머니가 돌아오시기 전에 다녀와야겠다.

마지막 페이지였다.

세경은 거의 이틀에 한 번 꼴로 일기를 쓰곤 했다. 무억도의 밤은 길었으니 혼자서 할 만한 취미로 안성맞춤이었다. 그 안에는 열아홉 살이던 세경의 꿈과 고민들이 가득 담겨 있었다. 이제야 윤경이 세경의 흉내를 내면서도 들키지 않은 이유를 알 것 같았다. 비상한 머리를 가진 윤경이 이 내용들을 모두 외우고 자신의 것으로 만드는 데는 오랜 시간이 걸리지 않았을 것이다.

태희는 다이어리를 다시 제자리에 넣고 세경이 누운 침대로 다가갔다.

무슨 말부터 해야 할지 몰랐다. 사과를 한다고 해서 세경의 지난 시간이 돌아오지는 않았다. 오랜 시간 이곳에 누워 있으면서 세경은 누구를 가장 원망했을까.

무억도 친구들이 16년간 자신의 인생을 사는 동안 세경은 오로지 과거의 일을 곱씹는 게 전부였을지도 모른다.

사람은 변하지 않는다. 태희는 그 말을 세경에게도 적용시켰다. 순진하던 열아홉, 세경은 오랫동안 그 시간에 머물러 있을 것이다. 그렇다면 세경은 이미 자신을 용서하지는 않았을까? 그렇지 않고서야 태희에게 향수로 위험을 경고할 이유가 없었다. 다른 것보다도 그건 쌍둥이인 윤경을 배신하는 일이었다.

"일어나."

태희의 나지막한 목소리에 지혜는 놀란 듯 고개를 들었다.

혼수상태에 빠져 있는 것이 아니었던가? 어리둥절하던 지혜가 헉, 외마디 비명을 질렀다.

세경의 깜빡거리는 눈동자. 그녀가 두 사람을 빤히 쳐다보고 있었다.

38

세경이 처음 눈을 뜬 건 여름이었다.

오후의 햇빛은 블라인드를 통해 한 번 걸러졌지만 따가웠고, 매미는 신경이 거슬리도록 울어댔다. 에어컨에서 나오는 차가운 바람에도 공기는 습했다.

곁눈질로 옆을 흘긋 보니 처음 보는 아주머니가 테이블에 엎드려 졸고 있었다. 정확히 얼마 만에 눈을 뜬 건지는 모르겠지만 사고 이후로 시간이 많이 흘렀다는 사실은 느껴졌다. 눈을 뜨지는 못했지만 먼 곳에서 윤경의 목소리가 들리곤 했다. 대부분 화를 내고 있었다.

세경은 손가락을 움직여보았다. 검지를 움직였는데 움직이긴 한 건가. 제 몸이 제 몸같이 느껴지지 않았다. 무언가가 어깨를 잡고 내리누르는 듯 몸이 무거웠다.

예상치 못한 호전 소식에 윤경은 뛸 듯이 기뻐하며 서울에서 한 달음에 달려왔다.

세경은 오래간만에 본 윤경의 얼굴을 보며, 자신의 얼굴을 그려보았다. 거울을 보진 않았지만 분명 똑같이 생겼을 것이다. 벌써 16년이 흘렀다고 했다. 눈을 뜨니 서른 중반이라니, 어쩐지 불공평하다는 생각이 들었다.

몸은 여전히 움직이지 않았고, 화를 낼 수도 울 수도 없어 답답함을 삼켜야 했다. 의사표현이라고는 눈을 깜빡이거나 손가락을 움직이는 것이 전부였다.

세경이 깨어나서 가장 많이 들은 말은 '복수'였다. 윤경은 끊임없이 복수를 말했고, 자신이 알아서 준비하고 있으니 걱정하지 말라고 안심시켰다. 윤경은 앞으로 어떤 일을 해나갈지 계획을 주구장창 늘어놓았지만 세경은 아직 열아홉, 사고 직후의 시간을 되새기는 중이었다.

손가락만 까딱하던 지혜, 무서운 표정으로 자신을 밀어버리던 명주와 수림이 떠올랐다. 그 애들 때문에 잃어버린 16년을 생각만 하면 분하고 또 분했다. 하지만 세경이 가장 속상했던 것은 자신의 구조 신청을 외면한 영선이었다.

궁금한 것도 잠시, 윤경은 친구들의 근황을 줄줄 읊어주었다. 마치 권선징악을 담은 동화처럼 그들을 어떻게 망쳐놓았는지도 알려주었다. 그것은 현재진행형이어서 세경은 마냥 재미있게 듣고 있었다.

"네가 자유롭게 움직이게 되는 날, 그 애들이 네 앞에서 하나둘씩 죽어나가는 모습을 보여줄게."

윤경은 그렇게 말하며 웃었다.

처음엔 장난인 줄로만 알았다. 윤경은 늘 세경을 위해서라면 뭐든지 다 해줄 기세였지만 이런 이야기를 진심으로 하는 사람은 없지 않은가. 그러나 수림이 죽었다는 소식을 듣자 세경은 더 이상 웃음이 나오지 않았다. 윤경은 마음먹은 일은 반드시 하는 사람이었다. 미리 알려주었던 것처럼 순서대로 친구들을 모두 죽이고 말 것이다.

세경은 그것만큼은 막아야 한다는 마음으로 절박하게 신호를 보냈다. 마침내 그 사인을 알아들은 영선이 찾아온 것이다.

수많은 감정이 복합적으로 얽히고 있었다. 적어도 세경은 그랬다. 행복하고 부유하게 잘살고 있다던 영선의 눈은 실핏줄이 군데군데 터져 있었다.

세경은 예전에도 그런 얼굴을 본 적이 있었다. 이혼하기 직전, 엄마의 눈빛이었다. 벼랑 끝에 내몰린 처절하고 절박한 모습을 영선에게서도 똑같이 읽었다. 그때 엄마의 손을 잡은 사람은 세경뿐이었고, 이번에도 세경은 그러리라는 생각이 들었다.

"가서 휠체어 구해와."

"뭐 하는 거야?"

지혜가 놀라서 물었다. 태희는 세경이 덮고 있던 이불을 홱 걷어내고 있었다. 지혜는 그 손을 덥석 잡으며 말렸지만 소용없었다.

"여기 오래 머무르면 둘 다 잡힐 거야. 은영 언니가 김윤경이랑 연락하지 않는다고 장담할 수 있어?"

태희가 단호하게 말하자 지혜는 인정할 수밖에 없었다. 고개를 끄덕였다. 지금은 잡히지 않는 것이 최우선이었다.

지혜는 병실에서 나와 카운터를 살핀 다음 창고로 향했다. 복도는 고요했고, 간간히 창문 너머로 바람 소리가 계속됐다. 혜선은 도움을 요청할 생각 따위는 버린 것 같았다. 괜히 문을 발로 차거나 창문을 깨뜨리는 일은 그들을 자극하기만 한다는 것을 아는 듯 조용했다.

자신이 힘들게 몸부림치던 것만 생각하면 조혜선 역시 고생해보라고 내버려두고 싶었지만 은영과 똑같은 짓을 해봤자 마음만 불편해질 뿐이었다.

문을 열자 희미한 빛이 창고 안을 비추었다.

러그 위에 혜선이 미동도 없이 누워 있는 게 보였다. 지혜가 들어서자 혜선은 몸을 살짝 틀어 얼굴을 확인하고선 다시 몸을 돌렸다. 자신이 처한 상황에 순응하는 듯 보였다. 지혜는 창문 근처에서 휠체어를 찾아내 창고를 나서려다가, 차렵이불을 꺼내 혜선의 위에 덮어주었다.

"내일 아침이면 사람들이 올 거예요."

그 말을 들은 혜선이 무어라고 웅얼거렸다. 계속 입을 막고 있으면 얼마나 답답한지 알게 된 지혜는 잠시 테이프를 떼어주었다. 어차피 소리를 질러도 복도엔 듣는 사람이 없었다. 떠나기 전의 마지막 배려였다.

"넌 이용당하는 거야."

"뭐? 누구한테요?"

하지만 혜선은 그 말만 하고는 다시 돌아누웠다. 나가려다 말고 기다렸는데 그녀는 더는 말해줄 생각이 없어 보였다. 지혜는 손에 들린 테이프를 구겨버렸다. 어차피 곧 떠나는 마당에 가학적으로 굴 필요는 없을 것 같았다. 지혜는 휠체어를 들고 창고 문을 닫았다.

지혜가 창고에 간 사이, 태희는 누군가와 통화를 하며 세경의 거처를 마련했다.

세경은 그 통화내용을 들으면서도 별다른 반응을 보이지 않았다. 그저 멍하니 너울거리는 벽난로를 보고 있었다.

간단하게 통화를 마치고 나서 태희는 세경의 머리맡으로 다가가 그녀와 눈을 마주쳤다.

"나한테 향수를 보낸 게 너라는 거 알아."

세경은 끄덕거리는 것으로 의사표현을 대신했다. 친구를 보호하고 싶다는 마음인지 아니면 윤경의 악행을 막기 위한 것인지는 모르겠지만 윤경의 눈을 피해 태희에게 경고를 해준 것만은 분명했다.

"이젠 날 도와줄 사람이 너밖에 없어."

다시 한번 끄덕.

"한 번만 도와줘."

태희는 스스로에게 말하듯 되뇌었다.

세경만 있으면 어긋나버린 일들을 한 번에 제자리로 돌려놓을 수 있었다. 하룻밤 사이에 벌어진 악몽은 태희조차도 받아들이기가 힘들었다. 이번에야말로 남편에게 목줄을 걸어 다시는 물지 못하게 묶어놓을 것이다. 그동안 쌓아 올린 작은 성을 되찾아올 기회가 눈앞에 있는데 이대로 놓칠 수는 없었다.

병실 문이 열리자 태희는 침착하게 세경의 몸을 부축했다.

지혜는 가져온 휠체어에 세경을 앉히고 태희에게 앞으로의 계획을 물었다.

"어디로 갈 셈이야?"

태희는 한참을 고민하다가 말했다.

"무억도."

"위험하지 않을까? 네가 무억도에 있으면 은영 언니가 바로 김윤경한테 연락할 텐데."

"김윤경이 지금 거기서 우리 엄마를 인질로 잡고 있을 거야."

지혜는 대번에 미간을 찌푸렸다. 놀라지는 않았다. 김윤경이라면 충분히 그럴 수 있다고 생각하는 것 같았다.

"왜 이제 말해?"

지혜는 당장이라도 달려갈 것처럼 굴었지만 그게 태희를 비난하는 것처럼 들리지 않기를 바랐다. 만약 지혜의 아버지가 잡혀 있다고 했다면 지체할 시간도 없이 바로 출발했을 것이다. 하지만 이런 상황에서도 태희는 침착하게 대응하고 있었다. 지혜는 그런 태희의 차분함이 가끔은 무섭게도 느껴졌다.

"그러니까 서둘렀으면 해. 아마 나랑 연락이 안 되어서 지금쯤 초조할 거야. 이미 엄마를 위험에 빠뜨렸을지도 모르고."

태희는 금세 눈시울이 붉어졌다. 창백한 안색과 대비되어 더욱 측은했다. 그나저나 시간이 갈수록 위험해질 것이다. 김윤경이 이 상황을 눈치채고 요양원으로 달려오지 않기만을 바랄 뿐이다. 태희는 병실 불을 끄고 조심스레 문을 닫았다.

1층까지 내려가는 일은 쉽지 않았다. 태희는 복도마다 사람이 있는지 확인하기 위해 비상계단으로 향했다.

시야에서 지혜가 보이지 않자, 태희는 창고 문을 슬쩍 열고 수림의 핸드폰을 던져 넣었다.

아침이면 수림의 핸드폰을 찾으러 온 사람이 조혜선을 구해주게 될 것이다. 태희는 혜선의 입이 자유로워졌다는 사실까지는 알지 못했다.

2층까지 엘리베이터를 이용해 내려간 세 사람은 비상계단으로 향했다. 지혜는 마지막 남은 힘을 쥐어짜서 세경을 등에 업었다. 온

몸에 털이 쭈뼛 설 정도로 추운 날이었지만 지혜는 더워서 땀을 흘리고 있었다. 그 뒤로는 태희가 휠체어를 들고 따라갔다.

1층에 도착해 지혜와 태희는 휠체어에 세경을 앉혔다. 시간은 벌써 새벽 세 시를 향해가고 있었다. 카운터에는 당직자가 앉아서 업무를 보고 있었다.

그의 눈을 피해 이곳을 빠져나가기 위해서는 지혜의 도움이 절실했다.

"아까 오면서 보니까 밖에 요양원 이름 쓰인 트럭 하나 있던데. 그게 네 거야?"

"응."

"그럼 네가 주의를 끄는 동안 우린 먼저 출발할게. 넌 트럭 타고 따로 와."

"이제 그 트럭 탈 일 없어. 여기다 놓고 가도 돼."

지혜는 볼일이 끝난 이상 이곳에서 일하지 않을 셈이었다.

"내일까지는 출근해서 상황을 살펴야 할 것 아니야? 어차피 조혜선은 네 얼굴도 못 봤고, 취업할 때 다른 이름 댔다며. 오늘 병실에 몰래 들어간 사람은 강지혜야, 강지영이 아니라."

태희의 말에 지혜는 복도로 떠밀리듯 나갔다. 틀린 말은 아니었다. 뭐든 사후처리가 중요한 법이었다. 지혜는 카운터로 다가갔다.

그녀를 알아본 간호사는 아직까지 가지 않았냐고 놀라 하며 이상하게 쳐다보았다. 그도 그럴 것이, 한겨울에 지혜는 땀을 흘리고 있었다.

"어디 아파요?"

"감기 기운이 몰려와서 복도 의자에서 잠깐 눈 좀 붙인다는 게. 잠들었나 봐요. 실례가 안 된다면 감기약 좀 얻을 수 있을까요?"

간호사는 걱정스러운 얼굴로 기다리라 하곤 자리를 떴다. 그녀가 휴게실에서 상비약을 꺼내오는 동안 태희는 무사히 세경을 데리고 밖으로 빠져나갔다.

"고맙습니다."

지혜는 감기약을 먹는 척 주머니에 넣고, 밖으로 나왔다.

태희는 혼자서 낑낑대며 뒷좌석에 세경을 구겨 넣고 있었다. 휠체어까지 트렁크에 실은 다음 태희는 지혜의 발걸음에 맞추어 시동을 걸었다.

"무억도에서 보자."

지혜는 안전한지 체크하는 눈길로 태희와 세경의 얼굴을 번갈아 보고나서야 트럭에 올라탔다.

요양원에서 무억도까지는 30분도 채 걸리지 않았다. 이쪽에서는 초행길일 테니 태희를 위해 지혜가 앞장섰다.

도로에는 가로등이 많지 않아 새까맣게 보였다. 마치 거대한 밤바다 같았다. 넘실대는 바다로 가끔씩 보이는 조그만 빛들은 그들이 가는 길을 안내하고, 길을 잃지 않게 도와주었다.

지혜는 그런 풍경에도 익숙했다.

지혜야, 내가 잘못했어. 다시는 영선이 옆에 있지 않을게.

바다에 빠지기 전 마지막으로 세경이 했던 말이 갑자기 떠오를 게 뭔가. 그때는 가장 친한 친구에게 다른 친구가 생기는 것에도 민감하게 굴 시기였다. 지혜는 갑자기 나타나 영선과 비밀을 공유하고 있는 세경에게 질투를 느꼈다. 단지 그런 유치하고 어리석은 마음으로 세경의 16년을 허무하게 만들어버리다니.

고작 사과로 용서받을 수 있는 일이 아니었다. 하지만 지혜는 지금이라도 용서를 구하고 세경을 위해 할 수 있는 일을 할 생각이었다. 세경이 건강해질 때까지 옆에서 간호를 하는 일도 마다하지 않을 것이다. 퇴원했다던 명주에게도 이 사실을 알려야 했다. 어쩌면 모두에게 주어진 마지막 기회일지도 몰랐다. 지혜는 자신에게 다짐하듯 고개를 끄덕이며 핸들을 꺾었다. 어느새 지혜의 차는 무역도로 들어가는 붉은 다리 위에 있었다.

"뭐야?"

당황한 얼굴로 지혜가 돌아보았다.

뒤따라오던 차는 어느새 유유히 다른 방향으로 향하고 있었다. 차를 돌리기엔 이미 늦은 때였다. 지혜는 태희가 자꾸만 따로 차를 타자고 하던 것이 떠올랐다. 이 교활한 인간은 처음부터 이럴 생각이었던 것이다. 끝까지 제멋대로였다. 아니, 무엇이든 이런 식이었다.

지혜는 분에 못 이겨 소리를 질렀다. 정영선은 결국 무역도에 발도 들이지 않고 자신을 엿 먹이고 있었다.

갓길에 차를 세우고 한참이나 악을 질러댔다. 몸이 축 늘어졌을 때야 지혜는 겨우 숨을 골랐다. 세경이 먼저 떠올랐다. 영선이야 그렇다 치고, 세경은 앞으로 어떻게 될지 알 수가 없었다. 몸도 제대로 가눌 수 없고 눈만 끔뻑이는 게 고작인 세경을 데려가서 어쩔 셈이란 말인가. 앞으로 세경의 간호를 도맡을 생각을 했던 지혜는 세경이 걱정이 앞섰다.

그런데 그건 잘못 본 걸까? 문득 차에서 마지막으로 본 세경의 표정이 떠올랐다. 그녀가 잘 못 본 게 아니라면 뒷좌석에 누워 있던 세경의 입가는 경련이 이는 것처럼 조금씩 씰룩이고 있었다.

그때, 김세경은 웃고 있었다.

39

창밖으로 보이는 나뭇가지들 위로 눈꽃이 내려앉았다. 경수는 동두천에서 마지막으로 보는 새벽풍경을 먹먹하게 내다보고 있었다. 한동안 눈물이 멈추지 않는 날이 이어지더니, 이제는 바닥까지 말라버린 것 같았다. 머지않아 심장까지도 말라붙는 날이 오지 않을까.

아내와의 결혼 생활이 이렇게 짧으리라고는 상상도 해본 적이 없었기에 경수가 받은 충격은 이루 말할 수가 없었다. 게다가 경찰조사에서 자신이 몰랐던 아내의 고민들을 알게 된 이후로는 극심한 죄책감에 시달렸다.

경수는 수림이 평소 심근경색 약을 먹고 있다는 사실은 더더욱 알지 못 했다. 그녀는 하루에 있었던 일 대부분을 고주알미주알 늘어놓곤 했지만 정작 중요하고 심각한 이야기는 혼자 끌어안고 있었다.

경수는 수림을 발견했던 날을 떠올렸다. 문을 열자마자 나던 이상한 냄새. 경수가 잠시 집을 비우는 동안 수림은 집에 향수를 들이 부은 것만 같았다. 향수와 담배가 섞인 이상한 냄새가 집 안을 채우고 있었다.

코를 막고 안방 문을 열었을 때, 수림은 침대에 가만히 누워 있었다. 처음엔 자고 있는 줄로만 알았다. 하지만 아무리 불러도 대답이 나오지 않았다. 경수는 코를 막았던 손을 내렸다. 독한 냄새는 안방까지 스며들어 있었고, 그녀의 몸에서는 더욱 이상한 냄새가 나고 있었다.

경수에겐 수림의 마지막이 뭐라 설명할 수 없는 기이한 냄새로 남고 말았다.

이대로 수림을 따라갈까 생각도 했지만, 장모님에게 호되게 혼난 후로는 마음을 고쳐먹었다. 수림에게 속죄하듯 그 냄새와 함께 영원히 기억하기로.

경수는 창을 몇 번 쓰다듬고 나서 돌아섰다. 맘에 드는 집은 아니었지만 두 사람의 추억이 곳곳에 배어 있던 장소라 쉽사리 발이 떨어지지 않았다. 함께 지낸 시간에 비해 정리는 너무나도 빨랐다. 다시 한번 곳곳을 둘러보면서 빠뜨린 것이 있나 살펴보았다. 아직도 수림의 핸드폰은 찾지 못했다. 사소해 보일지 몰라도 경수에게는 중요한 물건이었다.

그 안에는 수림과 자신의 사진들이 잔뜩 들어 있었다. 수림이 카메라 어플을 고집하는 바람에 두 사람의 사진은 늘 수림의 핸드폰으로 찍었다. 사고 당일 날 사라진 핸드폰은 아직까지도 발견되지 않았다. 경수는 한숨을 푹푹 쉬면서 짐을 들고 나섰다. 밖에는 이삿짐 차가 그를 기다리고 있었다.

그렇다고 포기하기는 일렀다. 경수는 매일 같이 위치추적 어플을 사용해 핸드폰의 위치를 알아보고 있었다. 전원이 켜지기만 하면 바로 위치를 알아낼 수 있을 것이다. 사람의 손이 닿지 않을 위치가 아니라면 누군가 줍지 않았을까. 경수는 마지막 희망을 놓지 않았다.

간절하면 이루어진다고 했던가. 어플을 켠 경수는 신호가 잡힌 것을 보고 놀라서 소리를 질렀다. 화면에는 조금 전 확인됨이라는 멘트와 함께 지도가 떴다. 경수는 얼른 지도를 확대해서 위치를 확인했다.

"아저씨, 이쪽으로 가주세요."

경수는 그의 얼굴에 핸드폰을 들이밀었다. 그곳에는 통영의 한 요양원의 이름이 떠 있었다. 수림이 죽기 전에 이곳에 방문했다는 뜻일지도 몰랐다. 메말랐던 경수의 눈에 생기가 돌기 시작했다.

경수는 약 다섯 시간을 달려 요양원에 도착했다. 그는 요양원을 이 잡 듯 뒤지다가 4층 VIP 병실까지 올라갔다. 4층을 담당하는 간호사는 의아해하면서도 같이 핸드폰을 찾아주었다. 경수는 통화 상태를 유지하며 소리에 집중했다. 복도 끝에 있는 창고에서 미세한 진동 소리가 울렸다. 간호사는 그곳은 담당자 아니면 들어갈 일이 없는 장소라고 설명했다.

하지만 분명 이곳이다. 경수가 문을 벌컥 열자 바닥에 떨어진 채 진동하는 핸드폰이 보였다. 사랑하는 남편. 수림과 경수가 얼굴을 맞댄 채 웃고 있는 사진이 화면 가득 떠 있었다. 경수는 울컥해하며 핸드폰을 집어 들었다.

"어머, 실장님!"

간호사가 뭔가를 보고 놀라며 창고 안으로 들어섰다. 경수는 그녀의 시선을 따라 창고의 구석을 보았다. 그곳에는 이불더미에 묻혀 눈을 감고 있는 중년 여성이 있었다. 경수가 흠칫하며 뒤로 물러 섰다. 미동이 없었다. 설마 아내의 핸드폰이 이곳에 있던 것과 관련이 있는 일일까?

간호사가 얼른 그녀가 숨을 쉬는 지 확인을 했다.

"놀랐잖아요. 여기서 뭐 하세요?"

다행히 살아 있던 모양이었다. 여자는 눈을 끔뻑거리며 조그마한 소리로 욕지거리를 하더니 팔을 풀어달라고 요구했다. 간호사가 근처에 있던 커터 칼을 찾아 팔다리를 묶은 테이프를 끊어냈다. 그 사이 경수는 수림의 핸드폰을 주머니에 넣고 슬쩍 창고를 빠져 나왔다. 그에게는 수림의 핸드폰이 왜 이곳에 있는지 까지는 중요하지 않았다. 그저 아내와의 추억이 제 손에 돌아온 것에 만족하며 무억 도로 돌아갔다.

혜선은 팔다리가 자유로워지자 굳은 몸을 움직여보았다. 묶여 있던 부위는 붉은 자국이 나 있었다. 이 빌어먹을 것들. 혜선은 다시 한번 중얼거렸다. 더 늦었으면 소리를 지를 수밖에 없었는데 다행히 적당한 시간에 그녀를 구할 누군가가 나타났다. 그래도 핸드폰을 놓고 간 걸 보면 정태희도 혜선을 죽일 생각은 없었던 모양이다.

"나 좀 병실로 데려다 줘."

혜선은 간호사의 부축을 받아 세경의 병실로 향했다. 온몸이 저릿하고 여기저기 쑤시는 통에 몸을 움직이기도 힘들었다. 병실에 도착한 간호사는 아무도 없는 빈 침대를 발견하고 기겁을 했다.

"환자가 사라졌어요!"

"입 조심해."

혜선이 싸늘하게 쏘아붙였다. 세경과 윤경의 앞에서와는 전혀 다

른 태도였다. 혜선은 간호사를 내보내고 침대에 누웠다. 침대에 누
웠더니 비로소 긴장이 풀리면서 피로가 몰려왔다. 하지만 혜선의
할 일은 아직 끝나지 않았다.

혜선은 병실에 두고 갔던 자신의 핸드폰을 들었다. 아침 아홉 시
가 조금 지난 시간이었다. 혜선은 핸드폰 카메라로 자신의 팔과 다
리의 붉은 멍을 촬영해 윤경에게 메시지를 보냈다. 자신도 습격을
당해 어쩔 수 없었다는 내용이었다. 윤경에게 바로 전화가 왔다. 그
녀는 귀가 떨어져나갈 정도로 크게 분노했다.

혜선은 전화를 끊고 나서 침대에 드러누웠다. 상황이 앞으로 어
떻게 흘러갈지 예측할 수 없었지만 혜선이 할 일은 입을 다무는 것
이었다. 괜히 입을 열었다가 윤경과 세경 모두의 심기를 거스를지
도 몰랐다. 모르는 척하고 시키는 일만 할 것. 혜선은 끝까지 그 원
칙을 고수할 예정이었다.

새로운 출발은 누구에게나 가슴 벅찬 일이었다. 태희는 택시 안
에서 상쾌한 기분을 만끽하고 있었다.

김세경은 당분간 지현의 집에 머물기로 했다. 다행히 그녀가 간호
조무사와 요양보호사 자격증을 가지고 있다니 안성맞춤이었다.

지현은 캘리그라피 모임에서 존재감이 모호한 사람이었다. 무색
무취. 태희는 지현을 보면서 그런 생각을 했었다. 취업준비생 특유
의 주눅 들어 있는 태도도 그랬지만 취향이 불분명했기 때문이었
다. 태희의 집에 모임 사람들을 초대했을 때, 그녀는 지현을 보고 이
대로라면 조만간 모임에도 나오지 않겠다고 생각했었다.

그런데 지금은 태희에게 가장 중요한 사람이 되었다. 정말이지

사람들 간의 관계는 어떻게 변할지 아무도 모르는 일이었다.

　현재 살고 있는 자취방은 지현 혼자서 겨우 몸을 누일 정도로 좁았지만 머지않아 상상하지도 못했던 공간을 가지게 될 것이다. 세경을 데리고 있다는 것은 그런 행운을 포함하는 일이었다.

　윤경은 이를 바득바득 갈며 자신의 전화만을 기다리고 있을 것이다. 태희는 공중전화로 첫 번째 조건을 제시했다. 윤경은 분노했지만 거절하지는 못했다. 지금까지 모든 것을 컨트롤 할 수 있다고 믿었겠지만 이제부터는 자신의 말만 듣게 될 것이다.

　누군가의 약점을 쥐고 있다는 건 꽤 기분 좋은 일이었다. 잠시나마 태희의 약점을 쥐었던 무억도 친구들이 떠올랐지만 앞으로 자신의 인생에 그들이 등장할 일은 없을 것이다.

　멀리 보이는 마제스티는 여전히 위용이 넘쳤다. 지난밤에 이곳을 나설 때는 후련하다고 생각했지만 사실은 모두 착각이 아니었을까? 태희는 다시 제 손 안에 들어올 것들을 떠올리며 절로 웃음이 나왔다.

　지금쯤 남편이 뭘 하고 있을지는 뻔했다. 정태희가 없는 김준영은 머저리에 불과했다. 온 동네에 광고라도 할 셈인가. 차마 아파트 안으로 들어서지 못한 경찰차를 보면서 태희는 혀를 찼다.

　택시에서 내린 태희는 당당하게 걸어 마제스티 안으로 들어섰다.

　신고를 받고 마제스티 54층에 출동한 경찰들은 당황스럽다는 얼굴들로 집 안을 살폈다. 아내에게 무슨 일이 생긴 것이 분명하다고 하도 난리를 쳐서 와봤더니 연락이 되지 않는다며 실종이라고 주장했다. 당장 찾아달라는 억지에 실종신고를 하라는 말만 반복하는 것도 꽤 곤란한 일이었다.

"사장님, 좀 더 기다려보시는 게……."

"여보!"

그들이 일제히 현관을 바라보았다. 실종되었다던 아내가 밝은 얼굴로 그곳에 서 있었다.

경찰들은 그럼 그렇지, 하는 눈빛을 교환했다. 사라진 지 열두 시간도 되지 않았는데 신고를 하는 사람이 어디 있단 말인가. 남편 쪽이 꽤나 유난스러웠다.

"갑갑해서 야간 드라이브를 하러 갔다가 길을 잃었지 뭐예요. 핸드폰이 없어서 연락도 못 하고. 저희 남편이 워낙 걱정이 많은 타입이라, 괜히 번거롭게 해드렸네요."

"무사히 돌아오셨다니 다행입니다. 그럼 저희는 이만 가봐도 되겠죠?"

"그럼요. 조심히 가세요."

태희는 경찰들을 현관까지 배웅하고 문을 닫았다.

준영은 병원에 다녀왔는지, 머리와 어깨에 붕대를 감고 있었다. 어젯밤 일이 꿈이 아니라는 걸 증명하는 상처였다.

"뻔뻔하네. 제 발로 걸어 들어오고. 찾는 데 시간이 좀 걸릴 줄 알았더니."

그는 먹잇감을 발견한 맹수처럼 태희를 느긋하게 바라보았다. 그러나 실은 지금 이 상황이 당황스러웠고 애써 감추려고 노력하고 있었다.

아내가 달라졌다. 아무리 눈썰미가 없는 사람이라도 눈치챌 수 있을 정도로 확연하게 다른 느낌이었다. 씻지도 않고 대충 묶은 머리카락과 어제 입고 있던 홈웨어, 꿉꿉한 냄새까지. 그러나 단순히 외양의 문제가 아니었다.

콕 집어서 말을 하기 어려울 뿐이었다. 어젯밤에 대체 무슨 일이 있었던 것일까? 어느새 준영은 태희를 벽으로 밀치며 다가섰다. 이 집에서 그가 모르는 일은 없어야 했다. 아내의 꿍꿍이를 모른 척 눈 감아 주는 것은 어제부로 끝이 났다.

빨리 말해. 남편의 눈이 그렇게 말하고 있었다. 평소 같았으면 그 눈을 피했을 태희는 똑바로 시선을 받아내고 있었다. 더 이상 두렵지 않았다.

"보고 싶어서 왔어. 이제 내게 더 이상 함부로 못 할 테니까."

"뭐?"

"출근해야지? 선물이 기다리고 있을 거야."

태희는 가볍게 그의 팔을 뿌리치며 드레스룸으로 들어가 셔츠를 골라서 나왔다.

태연하게 흰 셔츠와 푸른색 셔츠를 대어보더니, 흰 셔츠를 골라 파우더룸으로 들어갔다.

얼빠진 그의 표정을 감상하고 싶었지만 아직 할 일이 남았다.

태희는 장식장을 열고 아틀리에 K의 향수를 집어 들었다. 매일 아침 남편의 옷에 향수를 뿌려놓는 것은 태희의 일이었다.

한 번, 두 번, 세 번.

태희는 남편 내조에 열성인 표정을 하고는 준영에게 옷을 건넸다.

그는 여전히 이해할 수 없다는 표정을 지으면서도 셔츠를 받아들었다. 열 시에 있을 회의에는 늦지 않게 참석해야 했기에 서둘러 옷을 갈아입었다.

준영은 단순히 기분 탓이 아니라는 걸 느꼈다. 아내는 갑자기 다른 사람이 된 것 같았다. 무슨 생각을 하고 있는지 예상할 수가 없었다. 의심에 사로잡혔지만 준영은 그녀의 말대로 움직였다.

준영이 현관문을 나서자 아내는 태연하게 손까지 흔들어주었다. 부부에게는 아무 일도 일어나지 않았던 것처럼 보였다. 어젯밤 그저 심란한 꿈을 꾼 것만 같기도 했다. 준영은 떨떠름하게 고개를 끄덕이며 엘리베이터에 올라타 주차장으로 향했다.

이번에는 대체 무슨 꿍꿍이로 저러는 것일까? 준영은 벌써 태희와 십 년을 함께 살았지만 속내를 알 수가 없었다. 어쩌면 모르는 게 당연했다. 아내는 하나부터 열까지 거짓인 사람이었다.

그동안 몰랐겠지만 준영은 태희가 샤워를 하러 들어간 사이 그녀의 핸드폰을 열어 통화 기록을 확인하곤 했다. 아내가 약속을 잘 지키고 있는지 확인하는 방법 중 하나였다. 준영은 태희가 저장하지 않은 번호와 통화한 내용이 있으면 상대방이 누구인지 알아내야 직성이 풀렸다. 최근 아내의 핸드폰에는 모르는 번호들이 떠 있었고, 새벽이면 침실을 비우는 일이 잦았다.

준영은 머지않아 번호의 주인이 누구인지 알 수 있었다. 아내가 호텔에서 친구들을 만나고 온 다음 날, 그는 태희의 친구라고 주장하는 사람을 만났다.

자신을 박수림이라고 소개한 여자는 비서실을 통해 연락을 해왔다. 아내인 정태희의 비밀을 알고 있다는 둥 헛소리를 지껄이는 바람에 일단 약속을 잡기는 했다. 장소는 도산대로 근처에 있는 카페였다.

준영은 태희의 친구를 보자마자 눈살을 찌푸릴 수밖에 없었다.

차림새는 그렇다 쳐도, 준영을 스캔하듯 연신 눈을 굴리는 모습은 무례한 행동이었다. 머릿속으로 계산이 끝났는지 눈치를 보며 태희의 과거를 들먹이기 시작했을 때는 역겹기까지 했다.

초록은 동색이라고 친구는 닮을 수밖에 없었다. 준영을 만나기 전에 '정영선'은 이런 모습에 가까웠을까? 준영은 태희의 예전 모습을 떠올렸다. 그럴 리가 없다. 적어도 그녀는 저렇게 멍청하게 행동하지는 않았을 것이다.

예상한 대로 수림은 돈을 요구했다. 태희의 비밀을 지켜주는 대가로 겨우 1억을 요구하면서도 온갖 눈치를 보았다. 준영이 생각해 보겠다고 하자 수림은 당황했고, 비서실장이 다가오자 서둘러 자리를 떠났다.

준영은 무엇보다 태희에게 크게 실망했다. 태희가 고작 이런 여자에게 휘둘리고 있었다는 것이 무척 한심스러웠다. 준영은 수림이 의자에 떨어뜨리고 간 핸드폰을 주워들었다. 시간은 벌써 열 시가 넘어가고 있었고, 이 여자는 지하철 막차를 타야 하니 돌아오지 않을 것이다.

준영은 친절을 베풀어 수림의 핸드폰을 보관하기로 했다. 이걸 아내에게 보여주면 무슨 생각을 할까? 태희가 당황할 걸 생각하니 공연히 즐거워지기도 했다. 준영은 새벽까지 야근하기 위해 두 손 가득 간식거리를 사들고 카페를 나서 다시 회사로 돌아갔다.

무언가 믿을 구석이라도 생긴 것일까? 준영은 의심을 궁굴리면서 차에 시동을 걸었다. 다시 돌아온 아내가 마냥 그의 말에 순응하지 않을 것이란 점은 확실했다. 두 사람에게는 새로운 약속이 필요했다.

남편을 배웅하고 나서 태희는 오늘 해야 할 일들에 대해 생각했다.

핸드폰을 개통하고, 엄마한테 연락을 해봐야겠다. SNS 계정을 다시 만들고, 늘어지게 낮잠을 잔 뒤에 저녁쯤에는 늦지 않게 김윤경에게 다음 조건을 알려주어야겠다.

저녁식사는 아들과 단 둘이 외식을 하는 것도 좋은 방법이었다. 지우에게는 어젯밤에 있었던 일들이 별거 아니었다고 말해줄 생각이다. 하지만 다시는 이런 일이 일어나지 않는다고 약속할 수는 없었다. 삶은 언제나 예측 불가능한 방향으로 흘러가기 마련이니까.

영선은 무억도에서 도망치면서 새로운 삶을 꿈꾸었다. 남편의 말대로 모든 인연을 끊고, 자신을 드러내지 않으면 또 다른 내가 될 수 있을 것이라 생각했다. 영선은 모든 게 거짓이던 정태희라는 여자를 연기하면서 계속 그렇게 살 수 있을 줄로만 알았다.

그렇게 기대만 하며 수동적으로 사는 삶은 조그만 변수에도 어긋나기 마련이다. 한 번 어긋나기 시작하면 다시 맞출 길이 요원해진다. 더 이상 기대 같은 것도 하지 않게 된다. 그럴 수가 없게 되는 것이다. 남는 건 삶의 태도를 바꿀지 판단하는 일이다. 그것은 인생의 묘미이기도 했고, 엿 같은 운명의 장난 같기도 했다. 이제 태희가 윤경을 상대로 무억도 친구들이 하던 행동을 똑같이 하게 될 것처럼.

다만 자신은 친구들처럼 실패하지는 않을 것이다.

태희는 개운해진 마음으로 손에 들린 향수를 다시 장식장에 집어넣었다.

그 향수는 아주 천천히, 비밀스럽게 쓰일 것이다. 그가 알아채지 못하도록.

지혜는 다리를 건너 선착장 근처에 차를 댔다. 배신감이 한 차례 휩쓸고 지나간 자리에는 허탈함만 남았다. 정영선은 애초에 이럴 생각으로 요양원에 나타난 것이 분명했다. 혼자서 김세경을 책임질 수 있다고 생각하는 것일까. 지혜는 분노와 걱정이 뒤섞인 모호한 감정으로 차에서 내렸다.

낮과 밤이 경계에 있을 시간에는 하늘과 바다도 같은 색으로 물든다. 지혜는 이 시간을 가장 좋아했다. 모든 것의 구분이 명확하지 않을 때 비로소 머리가 맑아져 자신이 해야 할 일을 깨닫곤 했다.

하지만 지금은 아니었다. 지혜는 거대한 그물에 걸린 것만 같았다. 빠져나가려 애쓰면 애쓸수록 엉키는 그물. 지혜는 결국엔 자신의 처지를 깨닫고 세경의 구원을 기다려야 하는 꼴이 되고 말았다.

지혜는 오래전 세경을 빠뜨렸던 선착장을 바라보았다.

검푸른 바다는 그날과 변함없었다. 이렇게 될 줄은 누구도 상상하지 못했다. 고작 물에 빠졌을 뿐이었다. 지혜의 계산으로는 감기에 걸려 하루 이틀 끙끙 앓는 것이 전부였다. 그러고 나면 세경은 멀쩡해야 했다. 이제 와서 후회해봤자 세경이 잃어버린 16년은 돌아오지 않았다.

어디서부터 잘못된 것일까?

세경에게 용서를 빌기 위해서는 오랜 기억들을 헤집어야 했다. 사고가 일어났던 원인을 정확히 마주하는 것부터가 시작이었다. 그건 지혜가 할 수 있는 마지막 변명이기도 했다.

지혜는 발걸음을 옮겨 몽돌해변으로 향했다.

선착장에서 몽돌해변으로 가기 위해서는 작은 숲을 통과해야 했다. 관광객이 늘어나면서부터는 지겟길을 만들어 통행이 편리하도록 만들어 놓았다. 길을 따라 올라가나 보면 고목과 절벽 사이로 무영다리가 한눈에 보였다.

지혜는 지겟길을 지나 몽돌해변에 도착했다. 발걸음마다 자갈이 밟히는 소리가 크게 들렸다. 지혜는 친구들이 보고 싶을 때마다 이곳을 찾곤 했다. 낮에는 발을 담그고 물놀이를 했고, 밤에는 해변가를 따라 산책하며 두런두런 이야기를 나누던 장소였다.

지혜는 해변 초입에서 걸음을 멈추고 파도치는 바다를 바라보았다. 정확히 이쪽이었다.

사고 전날 밤, 지혜는 영선을 찾아 몽돌해변까지 왔다. 전화도 받지 않고, 답장도 없으니 직접 찾아 헤맬 수밖에 없었다. 지혜는 요즘 들어 자신에게 거리를 두는 영선에게 서운했고, 대화로 해결하고 싶었다.

해변에는 영선과 세경이 함께 있었다. 거리가 멀어 무슨 대화를 나누는지 들리지 않았지만 높은 웃음소리가 꽤나 즐거워 보였다. 둘만 있는 모습이 심심찮게 눈에 뜨인 건 여름부터였다. 그때부터 부쩍 어울려 다니더니 영선은 조금씩 달라졌다.

그러니까 영선이 변한 건 저 애가 전학 오고 나서부터였다. 지혜는 당장이라도 두 사람 사이에 돌이라도 던져버리고 싶었지만 꾹 참고 돌아섰다. 도저히 말을 걸 기분이 아니었다.

그때, 지혜의 귀에 분명하게 들린 것은 두 개의 단어였다. 영선이 크게 소리를 지른 탓이었다. 오디션과 서울.

지혜는 잔뜩 들떠 있는 영선의 목소리에서 그 의미를 바로 알아챌 수 있었다. 정영선은 오디션을 보러 서울로 가려고 했다.

영선이 배우가 되고 싶어 한다는 것은 누구보다도 자신이 잘 알고 있었다. 그런데 영선은 자신에게 오디션 얘기를 한 적이 없었다. 그걸 세경이만 알고 있는 것이다. 적잖은 충격이 몰려왔다. 배신감이 파도처럼 들이쳤다.

다음 날 저녁 영선을 선착장으로 불러낸 것은 심술에 가까웠다. 오디션과 친구, 둘 중 하나를 선택하라고 몰아붙일 작정이었다. 이번에도 솔직하게 말해주지 않으면 말다툼으로 이어질지도 몰랐다. 그저 솔직하게 고민을 털어놓고 함께 얘기를 나누는 것, 그거면 충분할 수도 있었다. 그러나 영선은 비웃기라도 하듯 그 자리에 세경을 보냈다.

영선이 조금이라도 자신을 생각했다면 이렇게 잔인하게 굴 수는 없었다. 지혜는 선착장에 나온 세경을 보고 당장이라도 바다에 밀어버리고 싶은 충동을 참아야 했다. 지혜는 고개를 돌려 모터보트에 올라탔다. 눈에 불이 일었다.

명주와 수림이 세경을 데리고 그 뒤를 따랐다. 명주와 수림이 노를 저어 나아가기 시작하자, 세경은 어리둥절해하면서도 걱정은 없어 보였다. 신기하다는 눈길로 바다를 둘러보았다.

지혜는 아버지에게서 수심에 대한 설명을 수백 번도 더 들었기에 안전한 포인트를 알고 있었다. 지혜가 손짓하자 두 사람은 노를 멈추었다.

수심은 170cm가 채 되지 않는 곳이었다. 이 정도면 충분히 수영을 해서 빠져나올 수 있는 깊이였다. 지혜는 명주와 수림이 세경을 바다에 밀어버리는 것을 보고, 모터보트를 돌렸다. 세경의 키는 165cm 정도 되었으니 조금만 헤엄치면 걸어서도 나올 수 있는 수심이었다.

그날따라 세경은 엄살이 심했다. 시혜는 세경이 살려달라고 울부짖자 잠시 멈칫했다. 그때 보트를 돌렸다면 어땠을까. 이제 와서 후회해봤자 소용없는 일이었다. 지혜는 절박하게 외치는 세경의 목소리를 모른 척했다.

지금 생각해보면 참 이상한 일이었다. 여름방학에 다 함께 야간 낚시를 갔던 날 세경은 무역도 아이들처럼 능숙하게 헤엄을 쳐서 선착장까지 도착했다. 이렇게 허우적거리는 게 그저 터무니없는 쇼 같기만 했다. 수영을 전혀 하지 못하는 사람처럼 굴어서 더 골탕을 먹이고 싶었는지도 몰랐다.

고작 그런 이유로 용서받을 수 있을 것이란 생각은 하지 않기로 했다. 다만 한 사람의 인생을 망쳐놓은 죄를 끊임없이 상기하면서도 숨 쉴 구멍을 만들어놓고 싶었다. 모든 게 사소한 오해로 인해 시작되었으니 조금은 가엾게 여겨달라고.

지혜는 해변을 바라보았다. 하늘과 바다가 맞닿은 곳에서 해가 떠오르고 있었다.

삶은 매 순간 선택지를 제시하지만 정답을 알려주는 데는 하염없이 시간을 질질 끌거나 끝까지 답을 감추기도 한다. 처음으로 돌아가 다른 선택을 할 수 있다면 삶을 송두리째 뒤엎어야 할 것이다. 결과적으로 그건 가능한 일이 아니다. 그러니 기를 쓰고 자신의 선택이 옳다는 것을 증명하기 위해 애쓰며 살아가는 게 아닐까?

때로는 잘못된 선택이어서 힘겹고 고통스러운데 어떻게 하나. 그 선택이 옳지 않았다고 깨닫는다면 자신의 선택에 책임을 지는 것만이 남는다. 삶의 무게는 이런 것들이 모두 모여 측정되고 있는지도 모른다. 내 삶은 이제 좀 더 무거워질 것이다.

영선이도 마찬가지일 것이다. 세경을 데려간 것도 이를 증명하기 위해서겠지. 영선은 정태희를 선택한 삶에 책임을 지기 위해 그녀의 방식대로 행동하고 있었다.

그렇다면 자신 역시 최선을 다해 증명해야 했다. 어리석은 선택으로 소중한 사람들을 잃었지만 이를 받아들이고 나아가야 했다. 그것조차도 자신의 선택이었으므로.

지혜는 다시 뒤돌아 해변을 빠져나갔다. 일단 세경의 위치를 파악하는 것이 우선이었다. 더 이상 후회할 일을 만들지 않을 것이다.

지현은 일주일간 자신에게 일어난 일들이 꿈인지 생시인지 모를 정도로 가슴이 벅차올랐다. 반지하에서 방마다 햇볕이 들어오는 집으로 이사를 오는 것도 모자라, 취업까지 하게 되었으니 매일이 믿을 수 없는 일투성이었다.

지현은 정성스레 만든 녹두죽을 들고 안방으로 향했다.

문을 열자 은은한 꽃향기와 함께 침대에 누워 있는 사람이 보였다. 가만히 누워 눈만 깜빡거리는 여자는 태희의 친구라고 했다. 지현의 일은 이 사람을 정성스럽게 보살피는 일이었다.

"입에 맞으실지 모르겠어요."

지현은 조심스럽게 티스푼을 들었다. 여자의 입이 조금씩 열렸다.

두 사람은 대체 무슨 관계이길래 이렇게까지 하는 걸까?

지현은 궁금한 것이 많았지만 물어볼 수 없었다. 아무것도 묻지 않고, 누구에게도 말하지 않는 것이 계약 조건이었다. 지현은 괜한 실수라도 해서 태희의 눈 밖에 나고 싶지 않았다.

다행히 학교에서 배운 간호지식을 요긴하게 사용하고 있었다. 태희가 말한 것과 달리 세경의 상태는 그리 나쁘지 않았고, 자신의 의사표현도 확실하게 할 줄 알았다.

"필요하신 게 있으면 불러주세요."

여자가 고개를 끄덕였다. 심심하지 않게 라디오를 켜주고 방에서 나온 지현은 소파에 드러누웠다. 집 안을 밝히는 햇살을 온몸으로 맞으며 낮잠이라도 자야겠다.

지현은 행복한 미소를 지으며 눈을 감았다. 모든 일이 잘 풀리고 있는 것만 같았다.

홀로 남은 세경이 침대 옆 버튼을 누르자 자동으로 허리를 세워주었다.

그녀는 기지개를 쭉 펴며 어깨를 돌리기도 하고, 손가락을 자유롭게 움직이기도 했다. 밖에 있는 멍청한 애는 시키는 것 말고는 아무것도 하지 않을 테니, 방에서 무슨 일이 일어나도 알지 못할 것이다.

협탁 테이블에 놓인 라디오에서는 시시콜콜한 농담 따위가 흘러나오고 있었다. 요즘 인기 있는 가수의 노래가 이어지기도 했다. 시간의 흐름을 느낄 수 없도록 만들어진 요양원과 달리, 이곳은 세경이 원하는 것은 눈치껏 가질 수 있었다. 조금만 눈썹을 내린 채 시무룩한 표정을 지으면 새로운 보호자는 의심 없이 들어주곤 했다.

드디어 지긋지긋한 김윤경의 손아귀에서 벗어났다.

윤경은 복수를 대신해주겠다는 이유로 자신의 삶까지 살았다. 처음엔 마냥 대단해 보이던 그 애의 태도는 점차 이상한 방향으로 흘러갔다.

어느 날부터 윤경은 세경의 학창 시절을 마치 자신이 겪은 것처럼 말하곤 했다. 무억도 친구들과의 추억은 물론이고, 그날 밤 바다에서 일어난 일까지 전부. 그 애가 나의 기억을 훔쳐가고 있었다.

이상하다고 생각했을 때는 이미 늦었다. 윤경이 두 사람의 몫을 한꺼번에 헤내는 일은 집착에 가까웠다. 그건 본인이 원하지 않는 일이었지만 윤경은 들을 생각도 없었다. 애초에 윤경이 자신의 의견을 궁금해했던 적이 있던가.

윤경은 세경이 안정을 취해야 한다는 이유로 움직이지 못하게 만들었다. 세경은 직접 복수하기를 바랐지 남의 손을 빌리고 싶지 않았다. 그것이 윤경이라면 더더욱. 그녀는 점차로 김세경의 존재를 이 세상에서 지워나가고 있었다.

다행히 혜선을 제 편으로 끌어들이는 것은 그리 어렵지 않았다. 그녀는 통장에 찍히는 금액만큼의 일을 하는 사람이었고, 윤경에게 슬슬 불만을 표출하기 시작한 터라 가능한 일이었다. 박쥐처럼 굴긴 했어도 혜선의 입은 무거웠다. 돈이 아니면 입을 열지도 않는 사람이었으니 당분간은 윤경이 이 사실을 알지 못할 것이다.

세경은 몸에 덮인 이불을 걷어내었다. 다리에 닿는 공기는 적절한 온도로 세팅되어 있었다. 구석에는 그날 밤 타고 있었던 휠체어가 보였다. 세경은 한 번도 그것이 필요하다고 말한 적이 없었다. 애초에 물어보는 사람도 없었지만.

앞으로 무엇을 해야 하는지는 명확했다.

자신의 복수는 지금부터 시작이었다. 어느새 라디오에서는 크리스마스 캐럴이 흘러나오고 있었다.

모두에게 선물을 보낼 때가 된 것 같았다. 세경은 몸을 일으켜 두 다리로 섰다.